【臺灣現當代作家
研究資料彙編】104

王詩琅

國立台灣文學館
出版

部長序

　　文化是一群人思想言行的沉澱，臺灣文化是共同活在這塊土地上所有人的記憶，臺灣文學更是寫作者、評論者、閱讀者經驗交流的最具體且明顯的印記。

　　在不很久之前的 2018 年 1 月，國立臺灣文學館才舉辦「臺灣現當代作家研究資料彙編計畫」第七階段成果發表會，作家、家屬、學者齊聚，見證累積百冊的成果已成當代文學界匯集經典與志業的盛事。

　　時序來到歲末年終，文學館接力推出第八階段的出版成果，也就是林語堂、洪炎秋、李曼瑰、王詩琅、李榮春、吳瀛濤、王藍、郭良蕙、辛鬱、黃娟十位重要作家的研究彙編，為叢書再疊上一批穩固的基石。

　　記憶是土壤，會隨著時代的震盪而流失，甚至整個族群忘卻事情的始末，成為無根的人群。這時候就需要作家的心、文學的筆，將生命體驗以千折百轉的方式描摹、留存到未來。如此說來，文學就是為國家的記憶鎖住養分，留待適當的時機按圖索驥，找出時空的所有樣貌。

　　作家所見所思、所想所感，於不同世代影響時代的認識，因此我們談文學、讀作品，不可能躍過作家。「臺灣現當代作家研究資料彙編計

畫」的精神恰與文化部近來致力推動「重建臺灣藝術史計畫」的核心想法不謀而合，也就是從檔案史料中提煉出最能彰顯臺灣文化多元性的在地史觀，為 21 世紀臺灣文化認同找到最紮實的記憶路徑。這套叢書透過回顧作家生平經歷、查找他們的文學互動軌跡，加上諸多研究者的評述，讀者不僅與作家的文學腳蹤同行，也由此進入臺灣特有的文學世界。

　　十分欣見臺文館將第八階段的編選成果呈現在面前。這個計畫從 2010 年開展，完成了 110 位臺灣現當代重要作家的研究資料彙編。這份長長的名單裡，雖不乏許多讀者耳熟能詳的文學大家，但也有許多逐漸為讀者或研究者都忘的好手。這個百餘冊的彙編，就是倒入臺灣文化記憶土壤的養分。漸漸離開前臺的前輩作家，再度重新被閱讀、被重視、被討論，這是推展臺灣文學的價值。

　　這一套兼具深度與廣度的臺灣文學工具書，不只提供國內外關心、研究臺灣文學的用戶參考，並期待持續點亮臺灣文學的光芒。

文化部部長　鄭麗君

館長序

　　以文字方式留存的臺灣文學，至少已有三百餘年歷史，若再加計原住民節奏韻味的口傳文化，絕對是至足以聚攏一整個社會的集體記憶。相對於文學創作的不屈不撓，臺灣文學的「研究」，則因為政治情境所迫，而遲至 1990 年代才能在臺灣的大學科系成立，因此有必要加緊步履「文學史」的補課工作。

　　國立臺灣文學館，當然必須分擔這個責任。文學，是人類使用符號而互動的最高級表現，作家透過作品與讀者進行思想的美好交鋒，是複雜的社會共感歷程。其中，探討作家的作品，固是文學研究的明確入口，然而讀者的回應甚至反擊，更是不遑多讓的迷人素材。臺灣文學館在 2010 年開啟《臺灣現當代作家研究資料彙編》的編纂計畫，委託臺灣文學發展基金會執行，以「現當代」文學作家為界，蒐羅散落各地、視角多元的研究評論資料，期能更有效率勾勒臺灣文學的標竿圖像。

　　《臺灣現當代作家研究資料彙編》，由最早預定三個階段出版 50 冊的計畫，因各界的期許而延續擴編，至今已是第八階段，累積出版已達 110 冊。當然，臺灣文學作家的意義，遠遠大於現當代的範圍，彙編選擇的作家對象，也不可能窮盡，更無位階排名之意。現當代的範圍始自 1920 年代賴和的世代至今，相對接近我們所處的社會，也更能捕捉臺灣文化史的雜

揉情境。當然部落社會的無名遊吟者、清末古典文學的漢詩人，曾在各個時代留下痕跡的文學家們，亦為高度值得尊崇的文學瑰寶。第八階段彙編計畫包含林語堂、洪炎秋、李曼瑰、王詩琅、李榮春、吳瀛濤、王藍、郭良蕙、辛鬱、黃娟共十位作家，顧及並體現了臺灣文學跨越族群、性別、世代、階級的共同歷程，而各冊收錄的研究評論，也提供我們理解臺灣文學特殊面向的不同視野。期待彙編資料真能開啟一個窗口，以看見臺灣短短歷史撞擊出的這麼多類屬各異的文學互動。

國立臺灣文學館館長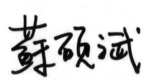

編序

◎封德屏

緣起

1995 年 10 月 25 日，在臺灣師範大學教育大樓的 201 室，一場以「面對臺灣文學」為題的座談會，在座諸位學者分別就臺灣文學的定義、發展、研究，以及文學史的寫法等，提出宏文高論，而時任國家圖書館編纂張錦郎的「臺灣文學需要什麼樣的工具書」，輕鬆幽默的言詞，鞭辟入裡的思維，更贏得在座者的共鳴。

張先生以一個圖書館工作人員自謙，認真專業地為臺灣這幾十年來究竟出版了多少有關臺灣文學的工具書，做地毯式的調查和多方面的訪問。同時條理分明地針對研究者、學生，列出了十項工具書的類型，哪些是現在亟需的，哪些是現在就可以做的，哪些是未來一步一步累積可以達成的，分別做了專業的建議及討論。

當時的文建會二處科長游淑靜，參與了整個座談會，會後她劍及履及的開始了文學工具書的委託工作，從 1996 年的《臺灣文學年鑑》起始，一年一本的編下去，一直到現在，保存延續了臺灣文學發展的基本樣貌。接著是《中華民國作家作品目錄》的新編，《臺灣文壇大事紀要》的續編，補助國家圖書館「當代文學史料影像全文系統」的建置，這些工具書、資料庫的接續完成，至少在當時對臺灣文學的研究，做到一些輔助的功能。

2003 年 10 月，籌備多年的「臺灣文學館」正式開幕運轉。同年五月《文訊》改隸「財團法人台灣文學發展基金會」，為了發揮更大的動能，開

始更積極、更有效率地將過去累積至今持續在做的文學史料整理出來，讓豐厚的文藝資源與更多人共享。

於是再次的請教張錦郎先生，張先生認為文學書目、作家作品目錄、文學年鑑、文學辭典皆已完成或正在進行，現在重點應該放在有關「臺灣現當代作家評論資料目錄」的編輯工作上。

很幸運的，這個計畫的發想得到當時臺灣文學館林瑞明館長的支持，於是緊鑼密鼓的展開一切準備工作：籌組編輯團隊、召開顧問會議、擬定工作手冊、撰寫計畫書等等。

張錦郎先生花了許多時間編訂工作手冊，每一位作家的評論資料目錄分為：

（一）生平資料：可分作者自述，旁人論述及訪談，文學獎的紀錄。

（二）作品評論資料：可分作品綜論，單行本作品評論，其他作品（包括單篇作品）評論，與其他作家比較等。

此外，對重要評論加以摘要解說，譬如專書、專輯、學術會議論文集或學位論文等，凡臺灣以外地區之報刊及出版社，於書名或報刊後加註，如中國大陸、香港、新加坡等。此外，資料蒐集範圍除臺灣外，也兼及中國大陸、香港、新加坡、日本、韓國及歐美等地資料，除利用國內蒐集管道外，同時委託當地學者或研究者，擔任資料蒐集工作。

清楚記得，時任顧問的學者專家們，都十分高興這個專案的啟動，但確定收錄哪些作家名單時，也有不同的思考及看法。經過充分的討論後，終於取得基本的共識：除以一般的「文學成就」為觀察及考量作家的標準外，並以研究的迫切性與資料獲得之難易度為綜合考量。譬如說，在第一階段時，作家的選擇除文學成就外，先考量迫切性及研究性，迫切性是指已故又是日治時期臺籍作家為優先，研究性是指作品已出土或已譯成中文為優先。若是作品不少而評論少，或作品評論皆少，可暫時不考慮。此外，還要稍微顧及文類的均衡等等。基本的共識達成後，顧問群共同挑選出 310 位作家，從鄭坤五、賴和、陳虛谷以降，一直到吳錦發、陳黎、蘇

偉貞，共分三個階段進行。

　　「臺灣現當代作家評論資料目錄」專案計畫，自 2004 年 4 月開始，至 2009 年 10 月結束，分三個階段歷時五年六個月，共發現、搜尋、記錄了十餘萬筆作家評論資料。共經歷了三位專職研究助理，近三十位兼任研究助理。這些研究助理從開始熟悉體例，到學習如何尋找資料，是一條漫長卻實用的學習過程。

接續

　　「臺灣現當代作家評論資料目錄」的專案完成，當代重要作家的研究，更可以在這個基礎上，開出亮麗的花朵。於是就有了「臺灣現當代作家研究資料彙編暨資料庫建置計畫」的誕生。為了便於查詢與應用，資料庫的完成勢在必行，而除了資料庫的建置外，這個計畫再從 310 位作家中精選 50 位，每人彙編一本研究資料，內容有作家圖片集，包括生平重要影像、文學活動照片、手稿及文物，小傳、作品目錄及提要、文學年表。另外每本書分別聘請一位最適當的學者或研究者負責編選，除了負責撰寫八千至一萬字的作家研究綜述外，再從龐雜的評論資料中挑選具有代表性的評論文章，平均 12～14 萬字，最後再附該作家的評論資料目錄，以期完整呈現該作家的生平、創作、研究概況，其歷史地位與影響。

　　第一部分除資料庫的建置外，50 位作家 50 本資料彙編（平均頁數 400～500 頁），分三個階段完成，自 2010 年 3 月開始至 2013 年 12 月，共費時 3 年 9 個月。因為內容充實，體例完整，各界反應俱佳，第二部分的 50 位作家，分四階段進行，自 2014 年 1 月開始至 2017 年 12 月，共費時 4 年，並於 2017 年 12 月出版《百冊提要》，摘要百冊精華，也讓研究者有清晰的索引可循。2018 年 1 月，舉行百冊成果發表會，長年的灌溉結果獲文化部支持，得以延續百冊碩果，於 2018 年 1 月啟動第三部分 20 位作家的資料彙編。

成果

　　雖然過程是如此艱辛，如此一言難盡，可是終究看到豐美的成果。每位編選者雖然忙碌，但面對自己負責的作家資料彙編，卻是一貫地認真堅持。他們每人必須面對上千或數百筆作家評論資料，挑選重要或關鍵性的評論文章，全面閱讀，然後依照編選原則，挑選評論文章。助理們此時不僅提供老師們所需要的支援，統計字數，最重要的是得找到各篇選文作者，取得同意轉載的授權。在起初進度流程初估時，我們錯估了此項工作的難度，因為許多評論文章，發表至今已有數十年的光景，部分作者行蹤難查，還得輾轉透過出版社、學校、服務單位，尋得蛛絲馬跡，再鍥而不捨地追蹤。有了前面的血淚教訓，日後關於授權方面，我們更是如臨深淵、如履薄冰，希望不要重蹈覆轍，在面對授權作業時更是戰戰兢兢，不敢懈怠。

　　除了挑選評論文章煞費苦心外，每個作家生平重要照片，我們也是採高標準的方式去蒐集，過世作家家屬、友人、研究者或是當初出版著作的出版社，都是我們徵詢的對象。認真誠懇而禮貌的態度，讓我們獲得許多從未出土的資料及照片，也贏得了許多珍貴的友誼。許多作家都協助提供照片手稿等相關資料，已不在世的作家，其家屬及友人在編輯過程中，也給予我們許多協助及鼓勵，藉由這個機會，與他們一起回憶、欣賞他們親人或父祖、前輩，可敬可愛的文學人生。此外，還有許多作家及研究者，熱心地幫忙我們尋找難以聯繫的授權者，辨識因年代久遠而難以記錄年代、地點、事件的作家照片，釐清文學年表資料及作家作品的版本問題，我們從他們身上學習到更多史料研究可貴的精神及經驗。

　　但如何在規定的時間內，完成每個階段資料彙編的編輯出版工作，對工作小組來說，確實是一大考驗。每一冊的主編老師，都是目前國內現當代臺灣文學教學及研究的重要人物，因此都十分忙碌。每一本的責任編輯，必須在這一年的時間內，與他們所負責資料彙編的主角——傳主及主編老師，共生共榮。從作家作品的收集及整理開始，必須要掌握該作家所

有出版的作品，以及盡量收集不同出版社的版本；整理作家年表，除了作家、研究者已撰述好的年表外，也必須再從訪談、自傳、評論目錄，從作品出版等線索，再作比對及增刪。再來就是緊盯每位把「研究綜述」放在所有進度最後一關的主編們，每隔一段時間提醒他們，或順便把新增的評論目錄寄給他們（每隔一段時間就有新的相關論文或學位論文出現），讓他們隨時與他們所主編的這本書，產生聯想，希望有助於「研究綜述」撰寫的進度。

在每個艱辛漫長的歲月中，因等待、因其他人力無法抗拒的因素，衍伸出來的問題，層出不窮，更有許多是始料未及的。譬如，每本書的選文，主編老師本來已經選好了，也經過授權了，為了抓緊時間，負責編輯的助理們甚至連順序、頁碼都排好了，就等主編老師的大作了，這時主編突然發現有新的文章、新的資料產生：再增加兩三篇選文吧！為了達到更好更完備的目標，工作小組當然全力以赴，聯絡，授權，打字，校對，重編順序等等工作，再度展開。

此次第三部分第一階段共需完成的 10 位作家研究資料彙編，年齡層與活動地區分布較廣，跨越 19 世紀末至 1930 年代出生的作者，步履遍布海內外各地。出生年代較早的作者，在年表事件的求證以及早年著作的取得上，饒有難度，也考驗團隊史料採集與判讀的功力。以出生年代較近的作者而言，許多疑難雜症不刃而解，有些連主編或研究者都不太清楚的部分，譬如年表中的某一件事、某一個年代、某一篇文章、某一個得獎記錄，作家本人及家屬絕對是一個最好的諮詢對象，對解決某些問題來說，這是一個好的線索，但既然看了，關心了，參與了，就可能有不同的看法，選文、年表、照片，甚至是我們整本書的體例，於是又是一場翻天覆地的大更動，對整本書的品質來說，應該是好的，但對經過多次琢磨、修改已進入完稿階段的編輯團隊來說，這不啻是一大挑戰。

1990 年開始，各地縣市文化中心（文化局），對在地作家作品集的整理出版，以及臺灣文學館成立後對日治時期作家以迄當代重要作家全集的

編纂，對臺灣文學之作家研究，也有了很好的促進作用。如《楊逵全集》、《林亨泰全集》、《鍾肇政全集》、《張文環全集》、《呂赫若日記》、《張秀亞全集》、《葉石濤全集》、《龍瑛宗全集》、《葉笛全集》、《鍾理和全集》、《錦連全集》、《楊雲萍全集》、《鍾鐵民全集》等，如雨後春筍般持續展開。

　　經過近二十年的努力，臺灣文學的研究與出版，也到了可以驗收或檢討成果的階段。這個說法，當然不是要停下腳步，而是可以從「臺灣現當代作家評論資料目錄」所呈現的 310 位作家、10 萬筆資料中去檢視。檢視的標的，除了從作家作品的質量、時代意義及代表性去衡量外、也可以從作家的世代、性別、文類中，去挖掘有待開墾及努力之處。因此這套「臺灣現當代作家研究資料彙編」，大部分的編選者除了概述作家的研究面向外，均有些觀察與建議。希望就已然的研究成果中，去發現不足與缺憾，研究者可以在這些不足與缺憾之處下功夫，而盡量避免在相同議題上重複。當然這都需要經過一段時間去發現、去彌補、去重建，因此，有關臺灣文學的調查、研究與論述，就格外顯得重要了。

期待

　　感謝臺灣文學館持續推動這兩個專案的進行。「臺灣現當代作家評論資料目錄」的完成，呈現的是臺灣文學研究的總體成果；「臺灣現當代作家研究資料彙編」的出版，則是呈現成果中最精華最優質的一面，同時對未來臺灣文學的研究面向與路徑，作最好的建議。我們可以很清楚的體會，這是一條綿長優美的臺灣文學接力賽，經過長時間的耕耘、灌溉，風搖雨濡、燭影幽轉，百年臺灣文學大樹卓然而立，跨越時代並馳而行，百冊作家研究資料彙編得千位作家及學者之力，我們十分榮幸能參與其中，更珍惜在傳承接力的過程，與我們相遇的每一個人，每一件讓我們真心感動的事。我們更期待這個接力賽，能有更多人加入。誠如張恆豪所說「從高音獨唱到多元交響」，這是每一個人所期待的。

編輯體例

一、本書編選之目的，為呈現王詩琅生平、著作及研究成果，以作為臺灣文學相關研究、教學之參考資料。

二、全書共五輯，各輯內容及體例說明如下：

輯一：圖片集。選刊作家各個時期的生活或參與文學活動的照片、著作書影、手稿（包括創作、日記、書信）、文物。

輯二：生平及作品，包括三部分：

1. 小傳：主要內容包括作家本名、重要筆名，生卒年月日，籍貫，及創作風格、文學成就等。

2. 作品目錄及提要：依照作品文類（論述、詩、散文、小說、劇本、報導文學、傳記、日記、書信、兒童文學、合集）及出版順序，並撰寫提要。不收錄作家翻譯或編選之作品。

3. 文學年表：考訂作家生平所進行的文學創作、文學活動相關之記要，依年月順序繫之。

輯三：研究綜述。綜論作家作品研究的概況，並展現研究成果與價值的論文。

輯四：重要文章選刊。選收作家自述、訪談紀錄以及國內外具代表性的相關研究論文及報導。

輯五：研究評論資料目錄。收錄至 2018 年 11 月底止，有關研究、論述臺灣現當代作家生平和作品評論文獻。語文以中文為主，兼及日文和英文資料。所收文獻資料，以臺灣出版為主，酌收中國大陸、香港、日本和歐美國家的出版品。內容包含三部分：

1. 「作家生平、作品評論專書與學位論文」下分為專書與學位論文。

2. 「作家生平資料篇目」下分為「自述」、「他述」、「訪談」、「年表」、「其他」。

3. 「作品評論篇目」下分為「綜論」、「分論」、「作品評論目錄、索引」、「其他」。

目次

輯一◎圖片集

影像◎手稿◎文物

約1920年代，少年時期的王詩琅。
（翻攝自《臺灣近代名人誌（二）》，
自立晚報社文化出版部）

約1930年代，彼時懷抱無政府主義理
想的青年王詩琅。（翻攝自《陋巷
清士──王詩琅選集》，稻鄉出版
社）

1935年6月1日，攝於臺南佳里公會堂舉辦之「臺灣文藝聯盟佳里支部」成立大會。前排右起：吳乃占、
佚名、毛昭癸、佚名、王烏硈、林茂生、石錫純、佚名、葉陶及其子楊資崩、張深切；中排右起：吳新
榮、王登山、佚名、佚名、吳萱草、王詩琅、郭水潭、佚名、曾對、佚名、鄭國津、佚名、黃清澤；後
排左起林芳年、徐清吉、佚名、佚名、葉向榮。（國立臺灣文學館）

約1940年代末的王詩琅。
（翻攝自《臺灣近代名人
誌（二）》，自立晚報社
文化出版部）

1939年7月，任職《廣東迅報》的王詩琅（前排右三），攝於汕頭。（翻攝自
《陋巷清士──王詩琅選集》，稻鄉出版社）

約1950年代初期，王詩琅與彰化市民生
國民學校校長鄭茂淋（左）合影於校門
前。（王禮謙提供）

1953年2月4日，王詩琅（右一）出席臺北市文獻委員會舉辦
的「艋舺耆老座談會」，於會上發言情形。（翻攝自《臺北
文物》第2卷第1期）

1953年4月21日，攝於「臺灣省市縣文獻委員會座談會」。前排：吳新榮
（右二）、王白淵（右三）、楊雲萍（右四）、黃啟瑞（右五）、郭水潭
（右八）；中排：黃得時（右二）、吳濁流（右三）、吳瀛濤（右五）；
後排：龍瑛宗（右二）、王詩琅（右三）。（龍瑛宗文學藝術教育基金會
提供）

1953年5月11日，出席臺北
市文獻委員會舉辦的「大龍
峒耆宿座談會」，與會人員
合影於臺北市蘭州街臺北孔
子廟前。前排左起：吳槐、
黃水沛、吳朝瑞、黃純青、
張根乞、陳培漢；中排左
起：王詩琅、陳鐵厚、陳錫
福、廖漢臣、蘇得志、陳錫
慶、黃得時；後排左起：
陳培錐、吳開關、施教堂、
曹甲乙。（翻攝自《臺北文
物》第2卷第2期）

1954年12月15日，出席臺北市文獻委員會舉辦的「美術運動座談會」。前排左起：李石樵、黃得時、黃啟瑞、楊肇嘉、郭雪湖、王白淵、林玉山；中排左起：鄭世璠、陳慧坤、郭水潭、李君晰（後）、陳敬輝、呂基正、盧雲生、廖漢臣、金潤作（後）；後排左起：蘇得志、王詩琅、王金木。（王禮謙提供）

1955年5月20日，出席臺北市文獻委員會舉辦的「音樂舞蹈運動座談會」。前排右起：張維賢、呂泉生、林明德、蔡瑞月、黃秀峯、黃得時；後排右起：黃春成、王詩琅、廖漢臣、呂訴上、蘇得志、陳君玉、郭水潭。（翻攝自《陋巷清士——王詩琅選集》，稻鄉出版社）

約1950年代中期，王詩琅（右二）與臺北市文獻委員會同仁合影。（王禮謙提供）

1955年12月，時任《學友》主編的王詩琅（左），攝於學友雜誌社編輯部。（王禮謙提供）

1959年10月，王詩琅（後排右六）與友人攝於林壽南宅前。（王禮謙提供）

約1950年代後期，攝於臺北市南京西路榮星合唱團。左起：王詩琅（左二）、榮星合唱團
團長呂泉生（左四）。（王禮謙提供）

約1950年代後期，與家人、朋友出遊，合影於石門海濱。左起：王詩琅（左一）、子王禮
謙（左一前）、妻子黃玉馨（左五）。（王禮謙提供）

1960年，戰前的《民俗臺灣》發行人金關丈夫於戰後初次訪臺，王詩琅與文友一同招待。前排右起：吳濁流、楊千鶴、金關夫人、金關丈夫、李騰嶽、廖漢臣、黃啟瑞；後排右起：龍瑛宗、吳槐（後）、黃得時、陳紹馨、佚名、郭水潭、王詩琅、戴炎輝、周金波、佚名、林衡道、佚名、佚名。（龍瑛宗文學藝術教育基金會提供）

1961年2月19日，王詩琅（右一）與中村孝志（左一）及周井田全家合影於三重周宅前。（翻攝自《陋巷清士——王詩琅選集》，稻鄉出版社）

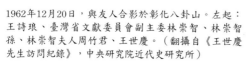

1962年12月20日，與友人合影於彰化八卦山。左起：王詩琅、臺灣省文獻委員會副主委林崇智、林崇智孫、林崇智夫人周竹君、王世慶。（翻攝自《王世慶先生訪問紀錄》，中央研究院近代史研究所）

1964年1月25日，臺灣省文獻委員會人員合影。前排右起：林衡道、林耕宇、毛一波、佚名、方家慧、林崇智、陶芸樓、曾今可、曹健；後排右起：陳澤、王詩琅、佚名、陳漢光、曹進、王金連、佚名（後）、林衡立、王世慶、佚名、歐陽荊（前）。（王孟亮提供）

1967年12月27日，與中國民俗學會成員歡送德國民俗學者艾伯華（Wolfram Eberhard），攝於臺北市青年會館。前排：艾伯華（左五）；中排：林衡道（左一）、陳奇祿（左二）、王詩琅（左三）；後排：吳瀛濤（左四）。（王禮謙提供）

1969年6月21日，參與臺大歷史系霧峰林家口述訪問計畫，與同仁及霧峰下厝林家主人合影於霧峰下厝宮保第。前排右起：王詩琅、萊園主人夫婦、李德心夫人；後排右起：王世慶、陳漢光、林衡道、李德心、林培英。（翻攝自《王世慶先生訪問紀錄》，中央研究院近代史研究所）

1970年，王詩琅全家福。前排右起：王詩琅、妻子黃玉馨；後排右起：子王禮謙、長女王貴美、次女王佩芬。（翻攝自《陋巷清士──王詩琅選集》，稻鄉出版社）

1970年3月27日，王詩琅拜訪法國道教研究者施博爾（Kristofer Schipper，又名施舟人，右），攝於臺南施宅。（翻攝自《陋巷清士──王詩琅選集》，稻鄉出版社）

1970年代中期，王詩琅與蘇得志（右）合影。（翻攝自《臺北文獻》第182期）

1974年10月，與友人合影。前排：毛一波（左一）、王詩琅（左二）、劉寶夫人（左四）；中排：陳崁（左二）；後排：謝有丁。（王禮謙提供）

1980年10月，時任《聯合報‧副刊》主編的瘂弦（右）拜訪王詩琅，合影於王府書房。
（翻攝自《創世紀‧創世紀：1954-2008圖像冊》，創世紀詩雜誌社）

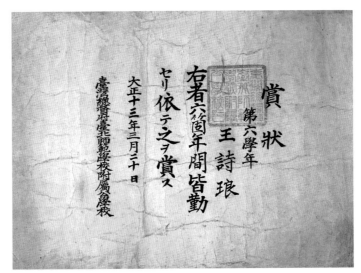

1924年3月20日，王詩琅就讀老松公學校（原臺灣總督府臺北師範學校附屬公學校，今臺北市萬華區老松國民小學）六年全勤獎狀。（王禮謙提供）

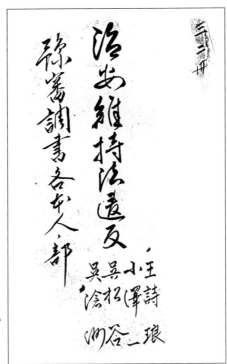

1928年2月，「臺灣黑色青年聯盟事件」判決書。（國立臺灣文學館）

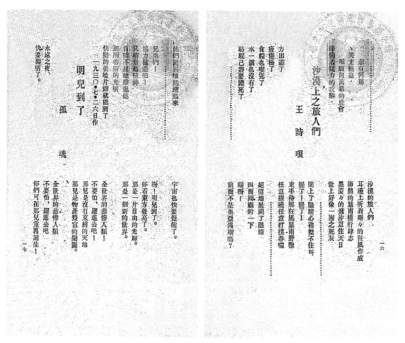

1930年8月7日，詩作〈沙漠上之旅人們〉發表於《明日》第1期，為目前所知王詩琅最早發表的作品之一。（臺灣圖書館提供）

約1950年代，王詩琅公務員履歷表。（王禮謙提供）

1952～1955年，王詩琅主編之《臺北文物》。

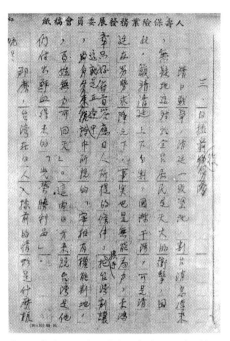

1973年12月12日，王詩琅致王世慶明信片，述及退休後生活艱苦，擬另謀他職。（王孟亮提供）

約1970年代，王詩琅歷史文章手稿。（翻攝自《文訊》第1期，1983年7月）

1983年7月，《文訊》創刊號分別刊載王詩琅、蘇雪林專訪，並於封面並陳兩位作家受訪照片。（文訊文藝資料中心提供）

輯二◎生平及作品

小傳◎作品◎年表

小傳

王詩琅（1908～1984）

　　王詩琅，男，筆名王錦江、王剛、王一剛、裔剛、王仿、王禮謙、嗣郎、榮峰、正宏、古月、問樵等，籍貫臺灣臺北，1908 年（明治 41 年）2 月 26 日生，1984 年 11 月 6 日辭世，享年 76 歲。

　　臺北市老松公學校（今臺北市萬華區老松國民小學）畢業。畢業後與友人自組讀書團體「勵學會」，觸及民族主義及左翼思潮，1926 年與日人小澤一等人組織無政府主義團體「臺灣黑色青年聯盟」，隔年被捕繫獄，至 1935 年間，因「臺灣勞動互助社事件」及日本國內無政府主義共產黨事件波及，三度入獄。1930 年代前期加入「臺灣文藝協會」，開始從事文學創作及評論，並於 1936 年擔任《臺灣新文學》主編。1937 年應日本政府徵召，赴上海從事日軍宣撫工作，數月後由於遭舉報懷有抗日思想，自行辭職返臺，翌年應聘《廣東迅報》，旅居廣州並任職該報編輯八年。戰後曾任國民政府軍事委員會廣州行營臺灣籍官兵總隊政治教官、《民報》編輯、《和平日報》社論主筆及「臺灣通訊社」編輯主任，1952 年起歷任臺北市文獻委員會編纂、《臺北文物》編輯、《學友》、《大眾之友》主編、臺灣省文獻委員會編纂組長、《臺灣文獻》、《臺灣風物》編輯等。曾獲民國 70 年度聯合報短篇小說推薦獎、國家文藝獎文學特殊貢獻獎、臺灣新文學特別推崇獎、臺美基金會臺灣人才成就獎之人文科學獎。

　　王詩琅創作文類包括詩、小說、論述、兒童文學與文獻編纂。精通中、

日文，然多以中文創作，為日治時期少數能以中文寫作的臺灣新文學作家
之一。早年於《洪水報》、《伍人報》、《明日》等報刊發表新詩，1930 年代
中期始有小說創作，歷時雖不長，卻展現出對於所處時代深刻的觀察及批
判，細膩描繪出角色內心與外在境遇，為當時臺灣社會留下鮮明的人物形
象。〈夜雨〉、〈沒落〉、〈十字路〉即以左翼抗爭經驗為基底，從罷工工人、
左翼知識分子、銀行小職員等視角，對社會運動進行反面書寫，如實呈現
資本主義及殖民強權抑壓下斲傷的心靈；〈青春〉則描寫意欲突破傳統桎梏
的現代女性，並呈現日、臺人之間超越族群的情誼；〈老婊頭〉以鴇母角色
刻畫人性貪婪，生動勾勒壓迫者的臉譜，也暴現資本主義社會強凌弱的縮
影。鍾肇政曾稱：「作為一個文藝家，王詩琅應是社會型的寫實者，以敏
銳的觸覺，深入的眼光，去剔抉存在於當時社會的種種切切，並以客觀的
筆法表露出來，為歷史作一個見證。」

　　王詩琅自 1950 年代起投身臺灣歷史、民俗文化的書寫與編纂，一方面
以改寫方式將史料及研究成果大眾化，一方面以自身經歷及人際網絡，廣
泛發掘、整理日治時期歷史材料，為臺灣史研究奠定重要基礎。主編《臺
北文物》期間，更策畫多場耆老座談會，為即將消逝的時代記憶留下重要
的口述見證。主編兒童雜誌《學友》期間，採集臺灣早期的民間故事，以
童話創作的方式改寫，為最早從事兒童文學工作的代表之一，時有「臺灣
的安徒生」美譽。

　　從「黑色青年」到致力文獻編纂的鄉土史家，王詩琅始終不變的是對社
會真切的關懷。晚年獨自翻譯註釋《臺灣總督府警察沿革誌》，為後繼研究
者留下探究日治時代文化運動與社會運動的重要史料。因樂於鼓勵後進，吳
密察曾指出「這個一直在野的、學院門牆外的研究者，卻在臺灣研究上培養
出比學院內學者更多的年輕人來」，足見其對於臺灣文史研究的深遠影響。

作品目錄及提要

【論述】

臺灣省文獻會 1964

臺灣省文獻會 1974

台灣史話

臺北：臺灣省文獻委員會
1964 年 6 月，32 開，312 頁
與毛一波、陳漢光、陳澤、廖漢臣合撰

臺中：臺灣省文獻委員會
1974 年 6 月，32 開，338 頁
與毛一波、陳漢光、陳澤、廖漢臣合撰

本書以通俗簡明文筆介紹臺灣三百餘年歷史。全書計有「有史前後」、「荷西時期」、「明鄭時代」、「清代」、「日據時期」五章。正文前有方家慧〈序言〉、圖片集。
1974 年版：正文第二章新增〈荷人據臺的設施〉，正文前新增張炳楠〈改訂版序〉。

臺灣社會生活

臺北：東方文化書局
1974 年，32 開，240 頁
北京大學中國民俗學會民俗叢書・東方文叢第 106 冊

本書收錄作者討論臺灣歷史與風俗之文章。全書分「史實」、「事物」、「民俗」、「高山族、平埔族」、「人物」五部分，收錄〈「臺灣」的名稱是怎麼來的〉、〈臺灣拓殖史略〉、〈艋舺街名考源〉、〈艋舺填地事略〉等 38 篇。正文前有妻子匡〈扉頁說明〉。

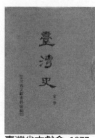

臺灣史
臺中：臺灣省文獻委員會
1977 年 4 月，25 開，1034 頁
與盛清沂、高樹藩、林衡道合編

臺北：眾文圖書公司
1979 年 2 月，25 開，1034 頁
與盛清沂、高樹藩、林衡道合編

臺灣省文獻會 1977

眾文圖書公司 1979

本書為據《臺灣省通志》改寫之簡明臺灣通史。全書計有「史前時期之臺灣」、「載籍中所見之古代臺灣」、「宋元時代之臺灣」、「明代之臺灣」、「荷蘭與西班牙人之竊據」等 10 章。正文前有張炳楠〈序〉，正文後有毛一波〈跋〉。
1977 年眾文版：內容與 1977 年臺灣省文獻會版同。

日本殖民地體制下的臺灣
臺北：臺灣風物雜誌社
1978 年 1 月，25 開，211 頁
臺灣風物叢書

臺北：眾文圖書公司
1980 年 12 月，25 開，211 頁

臺灣風物 1978

眾文圖書公司 1980

本書分三部分，分別集結作者對於日治時期統治政策之介紹、反日及抗日運動的史實及評論文章、資料性短文，收錄〈日人臺灣刺探記〉、〈誰請日軍入臺北城〉、〈日據時期統治政策的演變〉、〈日據初期的籠絡政策〉、〈冷眼看日人的「治臺」〉等 63 篇。正文前有王詩琅〈例言〉，正文內附錄王詩琅〈讀葉榮鐘著《半路出家集》與《小屋大車集》〉、〈讀《臺灣民族運動史》〉。
1980 年眾文版：內容與 1978 年臺灣風物版同。

霧峰林家之調查與研究

臺北：林本源中華文化教育基金會
1991 年 12 月，25 開，384 頁
林本源基金會叢書 2
與王世慶、陳漢光合撰

本書為霧峰林家訪談調查報告。全書分王世慶「霧峰林家之歷
史」、陳漢光「霧峰林家調查報告之一部分」、王詩琅「霧峰林
家與臺灣的文化教育」、王詩琅「霧峰林家與臺灣的抗日運
動」四部分，收錄〈遷臺始祖林石定居大里墾殖〉、〈林遜遺寡
黃氏率子遷霧峰重建家園〉、〈定邦奠國營墾建設奠定頂下厝基
業〉、〈提督文察兄弟立戰功擴展家產〉等 33 篇。正文前有林
崇智〈序「林本源基金會叢書」〉、陳奇祿〈序〉、陳捷先
〈序〉、黃富三〈出版說明〉、照片集，正文內附錄陳漢光編
〈梁任公萊園名勝十二絕墨寶〉、〈林獻堂先生榮哀錄〉、〈林氏
族譜〉。

【小說】

王詩琅、朱點人合集

臺北：前衛出版社
1991 年 2 月，25 開，298 頁
臺灣作家全集・短篇小說卷／日據時代 5
張恆豪編

短篇小說集。本書為王詩琅、朱點人作品合集，王詩琅部分收
錄〈夜雨〉、〈青春〉、〈沒落〉、〈老婊頭〉、〈十字路〉、〈沙基路
上的永別〉、〈邂逅〉共七篇。正文前有照片集、鍾肇政〈緒
言〉、張恆豪〈燃燒的靈魂——王詩琅集序〉，正文後有張恆豪
〈黑色青年的悲劇——王詩琅及其小說意識〉、張恆豪編〈王
詩琅小說評論引得〉、張恆豪編〈王詩琅生平寫作年表〉。

【兒童文學】

臺灣歷史圖畫——第三冊・日據時期

臺中：臺灣省文獻委員會
1972 年，18.5×21 公分，129 頁
林衡道編；楊震夷圖

本書以深入淺出方式敘述日治時期臺灣歷史。全書收錄〈朝鮮
東學黨作亂　引發中日甲午戰爭〉、〈清軍在平壤敗師　北洋艦
隊黃海潰滅〉、〈訂立馬關條約　清廷割臺議和〉、〈要求外援及
國際干涉落空　割臺成定局〉、〈臺民悲憤　自主保衛國土〉等
64 篇。

台灣民間故事

臺北：玉山社出版公司
1999 年 2 月，19×24 公分，155 頁
影像・臺灣 25
王心瑩編；王灝圖

本書集結作者發表於兒童雜誌《學友》及《正聲兒童》的臺灣
民間故事。全書收錄〈百萬富翁周廷部〉、〈曾切的故事〉、〈太
古巢〉等 23 篇。正文前有張良澤〈祖先們走過來的路〉、吳密
察〈臺灣安徒生〉、王心瑩〈我的大伯公——王詩琅〉、王詩琅
〈自序〉，正文後附錄〈各篇原載出處〉。

台灣歷史故事

臺北：玉山社出版公司
1999 年 2 月，19×24 公分，189 頁
影像・臺灣 26
王心瑩編；李欽賢圖

本書集結作者發表於兒童雜誌《學友》及《學伴》的臺灣歷史
故事。全書收錄〈林道乾鑄銃打自己〉、〈鄭成功拒降記〉、〈寧
靖王〉等 12 篇。正文前有張良澤〈尋根〉、鄭清文〈歷史的觀
點〉、王心瑩〈我的大伯公——王詩琅〉、王詩琅〈自序〉，正
文後附錄〈各篇原載出處〉。

【翻譯】

（第一冊）　　（第二冊）

余清芳抗日革命案全檔・第一輯（二冊）

臺中：臺灣省文獻委員會
1974 年 6 月，32 開，868 頁
與程大學、吳家憲共同編譯

本書集結整理「臺灣總督府公文類纂」中余清芳事件相關資料。全書計有「余清芳事件的全貌」、「偵訊筆錄（一）」、「搜查報告」、「偵訊筆錄（二）」四章。正文前有〈例言〉。

臺灣社會運動史──文化運動

臺北：稻鄉出版社
1988 年 5 月，25 開，547 頁

本書為臺灣總督府編《臺灣總督府警察沿革誌（第二篇）：領臺以後的治安狀況（中卷）・臺灣社會運動史》，由王詩琅譯注。全書計有「總說」、「臺灣同化會的成立」、「東京留學生的各種運動」、「在華青年學生的思想運動」、「臺灣文化協會」等六章。正文前有曹永和〈序──歷史的傳承〉、王詩琅〈本書簡介〉、王詩琅〈日人看臺灣抗日運動──寫在譯前〉、〈凡例〉，正文後有〈解說〉、張炎憲、翁佳音〈編後語〉。

【合集】

王詩琅全集
高雄：德馨室出版社
1979 年 6 月～1980 年 3 月，32 開
張良澤編

共 11 冊。正文前有〈王詩琅履歷簡介〉、王詩琅〈自序〉、張良澤〈寫於王詩琅全集出版前夕〉。

鴨母王
高雄：德馨室出版社
1979 年 6 月，32 開，158 頁
王詩琅全集卷 1・臺灣民間故事

本書集結作者發表於兒童雜誌《學友》、《新學友》、《學伴》、《正聲兒童》的臺灣民間故事。全書收錄〈百萬富翁周廷部〉、〈曾切的故事〉、〈太古巢〉等 22 篇。

孝子尋母記
高雄：德馨室出版社
1979 年 6 月，32 開，219 頁
王詩琅全集卷 2・臺灣歷史故事

本書集結作者發表於兒童雜誌《學友》及《學伴》的臺灣歷史故事。全書收錄〈林道乾鑄銃打自己〉、〈鄭成功拒降記〉、〈寧靖王〉等 12 篇。

艋舺歲時記

高雄：德馨室出版社
1979 年 6 月，32 開，294 頁
王詩琅全集卷 3・臺灣風土

本書集結作者發表於《臺北文物》、《掃蕩報・人文副刊》等報刊之臺灣風土民俗文章。全書收錄〈艋舺歲時記〉、〈艋舺的金銀紙製造〉、〈艋舺街名考源〉、〈劍潭寺〉、〈淡水河上的遊域〉等 83 篇。

清廷臺灣棄留之議

高雄：德馨室出版社
1979 年 6 月，32 開，192 頁
王詩琅全集卷 4・臺灣史論

本書集結臺灣省文獻委員會出版《台灣史話》中由作者撰寫的臺灣史文章。全書分兩部分，收錄〈清廷臺灣棄留之議〉、〈行政區域與治理機構〉、〈渡臺禁令〉、〈土地及產業的開發〉等 37 篇。

余清芳事件全貌

高雄：德馨室出版社
1980 年 3 月，32 開，210 頁
王詩琅全集卷 5・臺灣史話

本書集結作者發表於《臺灣風物》、《臺北文物》等報刊之抗日活動討論文章。全書收錄〈臺灣島怎樣生成的？〉、〈荷軍攻略基隆史料〉、〈鄭成功復臺的正確日期〉等 11 篇。正文後有陳坤崙〈補編後記〉。

三年小叛五年大亂

高雄：德馨室出版社
1980 年 3 月，32 開，208 頁
王詩琅全集卷 6・清代臺灣社會

本書集結作者發表於《臺灣文藝》、《政治建設》、《臺北文物》
等雜誌文章，探討荷蘭統治至日治時期臺灣社會。全書收錄
〈荷蘭占據下的臺灣〉、〈三年小叛五年大亂〉、〈清代臺灣之考
試制度〉等 18 篇。正文後有陳坤崙〈補編後記〉。

臺灣人物誌

高雄：德馨室出版社
1979 年 6 月，32 開，446 頁
王詩琅全集卷 7・臺灣人物（上）

本書收錄作者纂修之《台灣省通志稿・卷七・人物志》「歷代
人物」部分。全書計有「宦績」、「貨殖」、「學藝」、「醫術」、
「行誼」等八章。

臺灣人物表論

高雄：德馨室出版社
1979 年 10 月，32 開，148 頁
王詩琅全集卷 8・臺灣人物（下）

本書收錄《台灣省通志稿・卷七・人物志》中人物表，並選收
作者發表於《臺北文物》的人物傳記文章。全書分「臺灣人物
表」、「臺灣人物錄」兩部分，收錄〈明鄭三世轄屬渡臺文職人
物表〉、〈明鄭三世轄屬渡臺武職人物表〉、〈清代巡察臺灣御史
人物表〉等 31 篇。

臺灣文學重建的問題

高雄：德馨室出版社
1979 年 11 月，32 開，194 頁
王詩琅全集卷 9・臺灣文教

本書集結作者對於日治時期臺灣文學、藝術與文化活動的介紹及評論文章。全書收錄〈臺灣祖國的文化交流〉、〈臺灣新文化運動與大陸〉、〈臺灣文化事業的回顧〉、〈日據初期全臺書房統計〉等 40 篇。

夜雨

高雄：德馨室出版社
1979 年 12 月，32 開，240 頁
王詩琅全集卷 10・文藝創作與批評

本書收錄作者日治時期發表之新詩、短篇小說、文學評論及戰後報導文章。全書分「創作與批評」、「文學報導」兩部分，收錄〈蜂〉、〈歷史〉、〈生田春日之死〉、〈社會進步與支配〉等 41 篇。

喪服的遺臣

高雄：德馨室出版社
1979 年 6 月，32 開，115 頁
王詩琅全集卷 11・兒童文學

本書集結作者發表於《學友》的兒童文學及翻譯改寫作品。全書收錄〈鄭成功〉、〈文天祥〉、〈孔子的一生〉等 14 篇。

陋巷清士——王詩琅選集
臺北：弘文館出版社
1986 年 11 月，25 開，418 頁
張炎憲、翁佳音編

臺北：稻鄉出版社
2000 年 7 月，25 開，418 頁
張炎憲、翁佳音編

弘文館出版社 1986

稻鄉出版社 2000

本書集結王詩琅短篇小說、文學批評、戰後初期社論、臺灣史譯著，以及友人、研究者追憶與評論文章。全書分「文藝作品」、「歷史作品」、「時事評論」、「人物憶述」、「生平述懷」、「後人評論」、「追思錄」七部分，收錄〈青春〉、〈老娼頭〉、〈沙基路上的永別〉、〈我沒有可以返回的故鄉——給郭水潭兄〉、〈一個試評——以「臺灣新文學」為中心〉等 52 篇。正文前有照片集，正文後有張炎憲、翁佳音編〈王詩琅先生年譜〉、張炎憲〈編後語——試論王詩琅先生〉。
2000 年稻鄉版：正文與 1986 年弘文館版同，正文前新增張炎憲〈初版與複刻板的兩份心情〉。

王詩琅選集
臺北：海峽學術出版社
2003 年 3～6 月，25 開
張良澤編

共七冊。正文前有藍博洲〈歷史的漏洞〉、王詩琅〈自序〉、張良澤〈寫於《王詩琅全集》出版前夕〉。

艋舺歲時記——臺灣風土民俗
臺北：海峽學術出版社
2003 年 3 月，25 開，248 頁
王詩琅選集第一卷

本書集結作者發表於《臺北文物》、《掃蕩報·人文副刊》等報刊之臺灣風土民俗文章。全書收錄〈艋舺歲時記〉、〈艋舺的金銀紙製造〉、〈艋舺街名考源〉、〈劍潭寺〉、〈淡水河上的遊域〉等 86 篇。

清廷臺灣棄留之議——臺灣史論

臺北：海峽學術出版社
2003 年 3 月，25 開，214 頁
王詩琅選集第二卷

本書集結《台灣史話》中由作者撰寫之臺灣史文章。全書分
「清代」、「日據時期」二部分，收錄〈清廷臺灣棄留之議〉、
〈行政區域與治理機構〉、〈渡臺禁令〉、〈土地及產業的開發〉
等 37 篇。正文後附錄王詩琅〈鄭成功〉、〈文天祥〉、〈孔子的
一生〉、〈桑下餓人〉、〈喪服的遺臣〉共五篇。

余清芳事件全貌——台灣抗日事蹟

臺北：海峽學術出版社
2003 年 4 月，25 開，281 頁
王詩琅選集第三卷

本書集結作者發表於《臺灣風物》、《臺北文物》等報刊之抗日
活動討論文章。全書收錄〈臺灣島怎樣生成的？〉、〈荷軍攻略
基隆史料〉、〈鄭成功復臺的正確日期〉等 11 篇。正文後有陳
坤崙〈補編後記〉，附錄王詩琅〈蜂〉、〈歷史〉、〈生田春日之
死〉等 20 篇。

三年小叛五年大亂——臺灣社會變遷

臺北：海峽學術出版社
2003 年 4 月，25 開，266 頁
王詩琅選集第四卷

本書集結作者發表於《臺灣文藝》、《政治建設》、《臺北文物》
等雜誌文章，探討荷蘭統治至日治時期臺灣社會。全書收錄
〈荷蘭占據下的臺灣〉、〈三年小叛，五年大亂——滿清時代臺
灣的革命運動〉、〈清代臺灣之考試制度〉等 18 篇。正文後有
陳坤崙〈補編後記〉、洪宜勇〈編後〉，附錄王詩琅〈葉榮鐘著
《半路出家集》與《小屋大車集》〉、〈《臺灣民族運動史》〉、
〈不斷進步的知識人——敬悼葉榮鐘先生〉等 20 篇。

臺灣文學重建的問題

臺北：海峽學術出版社
2003 年 5 月，25 開，220 頁
王詩琅選集第五卷

本書集結作者對於日治時期臺灣文學、藝術與文化活動的介紹
及評論文章。全書收錄〈臺灣‧祖國的文化交流〉、〈臺灣新文
化運動與大陸〉、〈臺灣文化事業的回顧〉、〈日據初期全臺書房
統計〉等 40 篇。正文後有陳坤崙〈補編後記〉、洪宜勇〈編
後〉，附錄王詩琅〈海龍來襲〉、〈荷蘭船的幻影〉、〈巨龍國探
險記〉等九篇。

臺灣人物誌

臺北：海峽學術出版社
2003 年 6 月，25 開，362 頁
王詩琅選集第六卷

本書收錄作者纂修之《台灣省通志稿‧卷七‧人物志》「歷代
人物」部分。全書分「宦績」、「貨殖」、「學藝」、「醫術」、「行
誼」等八章。正文後有洪宜勇〈編後〉。

臺灣人物表論

臺北：海峽學術出版社
2003 年 6 月，25 開，374 頁
王詩琅選集第七卷

本書收錄《台灣省通志稿‧卷七‧人物志》中人物表，並選收
作者發表於《臺北文物》的人物傳記文章。全書分「臺灣人物
表」、「臺灣人物錄」兩部分，收錄〈明鄭三世轄屬渡臺文職人
物表〉、〈明鄭三世轄屬渡臺武職人物表〉、〈清代巡察臺灣御史
人物表〉等 31 篇。正文後有洪宜勇〈編後〉。

【志書編纂】

台灣省通志稿
臺北：臺灣省文獻委員會
1950 年 12 月～1965 年 10 月，16 開

臺北：成文出版社
1983 年 3 月，16 開

共十卷，全套分十志五十九篇。卷五（制度沿革篇）由林熊祥主修，王詩琅與
張易纂修；卷七第二、三冊由王詩琅以特約編纂身分纂修。
1983 年成文版：據 1950 年 12 月～1965 年 10 月臺灣省文獻會版重印。

台灣省通志稿・卷五・教育志制度沿革篇
臺北：臺灣省文獻委員會
1954 年 6 月，16 開，129 頁

臺北：成文出版社
1983 年 3 月，16 開，133 頁

本書記述荷西時期至戰後臺灣教育制度之變遷。全書計有「早
期之教育制度」、「官學與鄉學」、「書院」、「學校」四章。正文
前有〈例言〉，正文後附錄〈臺灣教育令〉、〈臺灣教育令（大
正 11 年 2 月 4 日敕令第 20 號）〉、〈本篇主要參考書目〉。
1983 年成文版：內容與臺灣省文獻會版同。

（第二冊）　（第三冊）

台灣省通志稿・卷七・人物志
（第二、三冊）
臺北：臺灣省文獻委員會
1962 年 12 月，16 開，492 頁

臺北：成文出版社
1983 年 3 月，16 開，502 頁

本書記述明末至日治時期臺灣各領域特出人
物。全書計有「明延平郡王三世」、「歷代人
物」、「特行」、「表」四篇，共三冊（第二、
三冊由王詩琅纂修）。第二冊正文前有王詩
琅〈例言〉。
1983 年成文版：內容與臺灣省文獻會版
同。

增修臺灣省通志稿·卷三·政事志行政篇（上冊）

臺北：臺灣省文獻委員會
1966 年 2 月，16 開，144 頁

本書記述戰後臺灣的政府行政組織及其變遷。全書計有「行政
區域」、「行政組織」、「戶政」、「地政」四章。正文前有〈凡
例〉。

臺北市志稿

臺北：臺北市文獻委員會
1961 年 11 月～1970 年 10 月，16 開

臺北：成文出版社
1983 年 3 月，16 開

共十卷，全書分九志三十篇，另附大事年表。卷一、卷二（氣候篇）、卷三（役
政篇、地政篇、自治篇）、卷六（金融篇）、卷八（學藝篇）由王詩琅與蘇得志
主編；卷九由王詩琅以特約編纂身分纂修。
1983 年成文版：更名為《臺北市志》。據《臺北市志稿》、《臺北市志》、《續修臺
北市志》重新整理編印。

臺北市文獻會 1961

臺北市志稿·卷一·沿革志

臺北：臺北市文獻委員會
1961 年 11 月，16 開，92 頁

臺北：成文出版社
1983 年 3 月，16 開，112 頁

本書記述史前至 1950 年代臺北地區的發展情形及變遷。全書
計有「開闢沿革」、「疆域變遷」二章。正文前有黃得時〈例
言〉、歷史圖片。
1983 年成文版：正文與 1961 年臺北市文獻會版同，正文前新
增〈臺北市志總目〉。

成文出版社 1983

臺北市文獻會 1961

臺北市志稿・卷二・自然志氣候篇

臺北：臺北市文獻委員會
1961 年 11 月，16 開，120 頁

臺北：成文出版社
1983 年 3 月，16 開，127 頁

本書分項介紹臺北地區的氣候概況。全書計有「概說」、「臺北市應屬之氣候類」、「臺北市月令」、「臺北市之溫度」、「臺北市之降水量」等 11 章。

1983 年成文版：內容與 1961 年臺北市文獻會版同。

成文出版社 1983

臺北市文獻會 1961

臺北市志稿・卷三・政制志地政篇

臺北：臺北市文獻委員會
1961 年 11 月，16 開，139 頁

臺北：成文出版社
1983 年 3 月，16 開，152 頁

本書記述清代以前至 1950 年代臺北地區的土地政策。全書計有「概說」、「地政機關」、「土地整理」、「規定地價」、「公有土地使用」等 10 章。正文前有〈例言〉。

1983 年成文版：正文新增 1978 年《臺北市志》中「地價」一章。

成文出版社 1983

臺北市文獻會 1961

成文出版社 1983

臺北市志稿・卷三・政制志役政篇

臺北：臺北市文獻委員會
1961 年 11 月，16 開，159 頁

臺北：成文出版社
1983 年 3 月，16 開，168 頁

本書記述明鄭以前至 1960 年代初期臺北地區的兵役政策。全
書計有「概說」、「明鄭以前之役政」、「清代之役政」、「日據時
期之役政」、「光復以後之役政」五章。正文前有〈例言〉。
1983 年成文版：內容與 1961 年臺北市文獻會版同。

臺北市文獻會 1961

成文出版社 1983

臺北市志稿・卷三・政制志自治篇

臺北：臺北市文獻委員會
1961 年 11 月，16 開，109 頁

臺北：成文出版社
1983 年 3 月，16 開，119 頁

本書記述清代以前至戰後臺北地區的地方自治情形。全書計有
「概說」、「明清時代之地方自治」、「日據時期之地方自治」、
「光復後之地方自治」四章。正文前有〈例言〉。
1983 年成文版：內容與 1961 年臺北市文獻會版同。

臺北市文獻會 1961

成文出版社 1983

臺北市志稿‧卷六‧經濟志金融篇

臺北：臺北市文獻委員會
1961 年 11 月，16 開，67 頁

臺北：成文出版社
1983 年 3 月，16 開，74 頁

本書記述清代以來臺北地區貨幣流通情形及金融概況。全書計
有「概說」、「清代」、「日據時期」、「光復以後」四章。正文前
有〈例言〉。
1983 年成文版：內容與 1961 年臺北市文獻會版同。

臺北市文獻會 1961

成文出版社 1983

臺北市志稿‧卷八‧文化志學藝篇

臺北：臺北市文獻委員會
1961 年 11 月，16 開，99 頁

臺北：成文出版社
1983 年 3 月，16 開，108 頁

本書記述臺北地區哲學、科學、文學、藝術等文化活動的發展
情形。全書計有「概說」、「自然科學」、「社會科學」、「藝術
（上）」、「藝術（下）」五章。正文前有〈例言〉。
1983 年成文版：內容與 1961 年臺北市文獻會版同。

臺北市文獻會 1962

成文出版社 1983

臺北市志稿‧卷九‧人物志

臺北：臺北市文獻委員會
1962 年 6 月，16 開，145 頁

臺北：成文出版社
1983 年 3 月，16 開，145 頁

本書記述清代以來臺北地區各領域特出人物。全書計有「概說」、「宦績」、「特行」、「鄉賢」、「拓殖」等八章。正文前有王詩琅〈例言〉。

1983 年成文版：內容與 1962 年臺北市文獻會版同。

文學年表

1908 年 （明治 41 年）	2 月	26 日（農曆 1 月 3 日），生於臺北艋舺老布莊德豐吳服商。父王國琛，母廖燕。為家中三男。其父自福建泉州晉江來臺經商，漢學修養頗佳，奠定王詩琅漢學基礎。
1910 年 （明治 43 年）	本年	病弱，因天花得眼病。
1915 年 （大正 4 年）	本年	入秀才王采甫書塾讀漢學，至 1917 年總督府關閉漢學書塾止。
1918 年 （大正 7 年）	本年	進入臺灣總督府臺北師範學校附屬公學校（今臺北市萬華區老松國民小學）就讀。 耽讀《紅樓夢》、《水滸傳》、《三國演義》、《七俠五義》等章回、稗史小說。
1921 年 （大正 10 年）	本年	因養兄捲款逃匿，在父親要求下打斷繼續求學念頭。開始購入中學講義錄、英語講義錄等教材自修，亦經常向日本、上海的出版社郵購「世界文學全集」、「世界大思想全集」、《少年雜誌》等書刊。
1923 年 （大正 12 年）	春	與友人周和成等組織讀書團體「勵學會」，彼此交換讀書心得，至 1927 年「臺灣黑色青年聯盟事件」爆發止。
1924 年 （大正 13 年）	本年	自臺北市老松公學校（原臺灣總督府臺北師範學校附屬公學校）畢業。 響應臺灣文化協會理念，與「勵學會」友人自設讀書報處，亦邀請文化協會成員前來演講。

1926 年 （昭和 1 年）	11 月	27 日，與小澤一、周和成、吳滄洲、吳松谷等人於臺北市大正公園（今南京東路、長安東路一帶）成立「臺灣黑色青年聯盟」。
1927 年 （昭和 2 年）	2 月	1 日，因涉「臺灣黑色青年聯盟事件」，與小澤一、吳松谷、吳滄州等人一同被捕。
1928 年 （昭和 3 年）	2 月	21 日，判刑 1 年 6 個月，24 日入獄服刑。
	11 月	因昭和天皇舉行登基典禮，獲減刑 5 個月。
1929 年 （昭和 4 年）	3 月	出獄。
1930 年 （昭和 5 年）	8 月	7 日，〈生田春月之死〉、〈社會進化與支配〉，詩作〈沙漠上之旅人們〉發表於《明日》第 1 期。
		18 日，〈新文學小論——就革命文學而言〉，詩作〈由獄裡給愛人〉發表於《明日》第 2 期。
1931 年 （昭和 6 年）	6 月	31 日，與別所孝二、井手勳、藤原十三郎等 29 名日人及張維賢等 10 名臺人合組「臺灣文藝作家協會」，於臺北市西門町酒館高砂廳舉行創立大會。
	8 月	因涉「臺灣勞動互助社事件」被逮捕。
	本年	奉父母之命與第一任妻子結婚，隔年離婚。
1932 年 （昭和 7 年）	6 月	收監。
	12 月	25 日，判不起訴處分。
1933 年 （昭和 8 年）	10 月	郭秋生、廖漢臣、黃得時等人於臺北成立「臺灣文藝協會」，王詩琅受邀加入。
1934 年 （昭和 9 年）	10 月	〈慣習〉發表於《革新》第 1 期。（筆名王錦江）
	本年	父王國琛逝世。繼承家業，經營布莊。
1935 年 （昭和 10 年）	1 月	〈柴霍甫與其作品〉，詩作〈蜂——呈舊友〉，短篇小說〈夜雨〉發表於《第一線》第 2 期。（筆名王錦江）
	4 月	短篇小說〈青春〉發表於《臺灣文藝》第 2 卷第 4 期。

（筆名王錦江）

	8 月	短篇小說〈沒落〉發表於《臺灣文藝》第 2 卷第 8、9 期合刊。（筆名王錦江）
	11 月	受日本國內無政府共產黨事件波及，被拘禁 2 個月。
1936 年 （昭和 11 年）	5 月	〈一個試評——以「臺灣新文學」為中心〉發表於《臺灣新文學》第 1 卷第 4 期。（筆名王錦江）
	7 月	短篇小說〈老婊頭〉發表於《臺灣新文學》第 1 卷第 6 期。（筆名王錦江）
	8 月	「賴懶雲論」（〈賴懶雲論〉）發表於《臺灣時報》第 201 期。（筆名王錦江） 因《臺灣新文學》發行人楊逵與其妻葉陶雙雙臥病，自《臺灣新文學》第 1 卷第 8 期起負責編輯，至 1937 年 5 月交回楊逵。
	11 月	「魯迅を悼む」（〈悼魯迅〉）發表於《臺灣新文學》第 1 卷第 9 期。
	12 月	6 日，出席《臺灣新文學》於臺北高砂食堂舉行的「臺灣文學界總檢討座談會」，與會者有楊逵、楊雲萍、李獻章、黃得時、吳漫沙、朱點人等。 短篇小說〈十字路〉發表於《臺灣新文學》第 1 卷第 10 期「漢文創作特輯」。（筆名王錦江）
1937 年 （昭和 12 年）	1 月	9 日，出席《臺灣新文學》於臺北中山堂舉行的「年頭放言小集會」。活動紀錄〈年頭放言的小集〉後刊載於 2 月《臺灣新文學》第 2 卷第 2 期。
	本年	與張維賢同赴時為日軍占領區的上海，任職於日本陸軍特務部宣撫班。數月後因臺灣總督府警務局通報懷有抗日思想，自行辭職返臺。
1938 年	本年	經友人平山勳建議，參加《廣東迅報》徵聘招考，錄取後

（昭和 13 年）		前往廣州任《廣東迅報》報社編輯。
1939 年 （昭和 14 年）	本年	母廖燕逝世，返臺奔喪。葬儀完成後，再赴廣州。
1940 年 （昭和 15 年）	本年	與黃玉馨於廣州結婚。
1941 年 （昭和 16 年）	本年	除任職《廣東迅報》外，開始在同盟通信社、興亞院及香港華南文化協會等處兼職。
1945 年 （昭和 20 年）	8 月	日本無條件投降。《廣東迅報》報社解散。
	10 月	由丘念台引薦，任國民政府軍事委員會廣州行營臺籍官兵總隊政治教官。
1946 年	4 月	辭國民政府軍事委員會廣州行營職，與妻黃玉馨返臺。
	6 月	任《民報》編輯。
	7 月	28 日，出席臺灣文化協進會於臺北市中山堂舉辦的「第一屆文學委員會懇談會」，與會者有郭水潭、張星健、楊逵、呂赫若、張冬芳、王昶雄、朱石峰、蘇維熊、施學習、黃得時、洪炎秋、林荊南、吳漫沙等人。
	10 月	兼任中國國民黨省黨部幹事，協助整理國民黨議會資料，並將蔣中正的訪談稿翻譯成日文。
	本年	兼任臺灣通訊社編輯主任。
1947 年	5 月	《民報》因二二八事件被迫停業。
	7 月	2 日，〈臺灣新文學運動史料〉發表於《臺灣新生報・文藝副刊》5 版。（筆名王錦江）
1948 年	年初	應毛一波邀請，任《和平日報》兼任主筆，撰寫社論。
	1 月	26 日，〈論本省冬令救濟〉發表於《和平日報》2 版。
	2 月	2 日，〈臺幣的新考驗〉發表於《和平日報》2 版。
		13 日，〈從糧價論本省經濟政策〉發表於《和平日報》2 版。
		15 日，〈勗本省戲劇工作者──紀念第五屆戲劇節〉發表

於《和平日報》2 版。

22 日，〈送本省國大代表〉發表於《和平日報》2 版。

〈臺灣新文藝運動史稿——臺灣文藝作家協會及臺灣藝術研究會〉發表於《南方週報》第 3 期。（筆名王錦江）

3 月　13 日，〈臺煤增產當前的問題〉發表於《和平日報》2 版。

26 日，〈迎神賽會在本省〉發表於《和平日報》2 版。

因中國國民黨省黨部即將縮編，自請遣散，同時亦解除兼任的臺灣通訊社編輯主任職。

4 月　24 日，〈臺灣糖業的危機〉發表於《和平日報》2 版。

26 日，〈關於本省自治示範區〉發表於《和平日報》2 版。

5 月　3 日，〈臺灣的新文藝問題——寫在五四文藝節前〉發表於《和平日報》2 版。

10 日，〈治水與治山的問題〉發表於《和平日報》2 版。

11 日，〈衛生設施與防疫〉發表於《和平日報》3 版。

16 日，〈一年來省政的檢討〉發表於《和平日報》2 版。

19 日，〈本省的水產事業〉發表於《和平日報》2 版。

22 日，〈日產房屋出售問題〉發表於《和平日報》2 版。

23 日，〈臺灣文化事業之回顧〉發表於《和平日報》3 版。（筆名王剛）

29 日，〈臺灣工業的路線〉發表於《和平日報》2 版。

6 月　5 日，〈公地放租、公地放領〉發表於《和平日報》2 版。

12 日，〈臺茶外銷的苦悶〉（本名）、〈看張才個人影展——追求攝影藝術的哲學家〉（筆名王剛）發表於《和平日報》2、3 版。

14 日，〈本省縣市地方財政問題〉發表於《和平日報》2 版。

19 日，〈為澎湖呼籲！〉發表於《和平日報》2 版。

21 日，〈肥料政策的再檢討〉發表於《和平日報》2 版。

22 日，〈臺陽畫展簡史〉發表於《和平日報》3 版。（筆名王剛）

27 日，〈我們的希望〉發表於《和平日報》2 版。

30 日，〈臺灣林業當前的任務〉、〈成長中的臺省乳牛事業〉（筆名一萍）發表於《和平日報》2、3 版。

7 月　8 日，〈從犯罪談社會風氣〉發表於《和平日報》2 版。

9 日，〈論本省糧價與物價〉發表於《和平日報》2 版。

12 日，〈對日貿易的前途〉發表於《和平日報》2 版。

17 日，〈臺灣土地改革不要躊躇〉發表於《和平日報》2 版。

19 日，〈公營事業與物資調節〉發表於《和平日報》2 版。

24 日，〈市政二三事〉發表於《和平日報》2 版。

31 日，〈山地行政的目標〉發表於《和平日報》2 版。

8 月　2 日，〈本省的蠶業、紡織業〉發表於《和平日報》2 版。

7 日，〈今後本省的貿易〉發表於《和平日報》2 版。

16 日，〈評臺北市九年義務教育〉發表於《和平日報》4 版。（筆名王仿）

24 日，〈臺灣農業改進之道〉發表於《和平日報》2 版。
詩作〈歷史〉發表於《臺灣文學叢刊》第 1 輯。

9 月　2 日，〈對博覽會的希望〉發表於《和平日報》2 版。

4 日，〈充實臺灣電力的問題〉發表於《和平日報》2 版。

13 日，〈臺灣婦運當前的目標〉發表於《和平日報》2 版。

14 日，〈嚴厲執行物價管制〉發表於《和平日報》2 版。

19 日，〈從糧食走私說起〉發表於《和平日報》2 版。

27 日，〈談物價管制〉發表於《和平日報》4 版。（筆名
王一）

10 月　4 日，〈本省新設銀行問題〉發表於《和平日報》2 版。

18 日，〈臺灣公營事業的經營〉發表於《和平日報》2
版。

19 日，〈艋舺今昔街名考〉發表於《公論報・臺灣風土副
刊》6 版。

11 月　12 日，〈臺灣經濟管制的癥結〉發表於《國民》第 1 卷第
5、6 期合刊。

15 日，〈臺灣的私營鐵道〉（筆名一萍）發表於《公論
報》3 版；〈艋舺今昔街名考（續）〉（筆名王剛）發表於
《公論報・臺灣風土副刊》6 版。

1949 年　1 月　11 日，〈臺灣的租佃制度〉發表於《臺灣新生報》7 版。
（筆名王剛）

2 月　〈臺灣的路樹〉發表於《臺旅月刊》第 1 期。

4 月　20 日，〈臺北城掌故——河山無恙四城長留〉發表於《臺
旅月刊》第 3 期。

5 月　〈三年小叛五年大亂——滿清時代臺灣的革命運動〉、〈臺
灣島怎樣生成的？〉發表於《新希望》第 14 期。

7 月　〈祖國與臺灣的文化交流〉發表於《新希望》第 20 期。

1951 年　10 月　〈半世紀來臺灣新文學運動〉發表於《旁觀雜誌》第 16
期。

1952 年　1 月　〈日據前的臺北城及城內〉發表於《臺灣風物》第 2 卷第
1 期。（筆名王錦江）

3 月　〈臺灣文學重建的問題〉發表於《中學生文藝》第 1 期。
應黃啟瑞邀請，參與臺北市文獻委員會籌備工作。

6 月　11 日，臺北市文獻委員會成立，任職該會並擔任《臺北

市志》特約編纂委員、主編《臺北文物》季刊。

〈臺灣租佃制度的回顧〉發表於《產業界月刊》第 1 期。

12 月　〈淡水河流域的變遷〉發表於《臺北文物》第 1 卷第 1 期。（筆名王一剛）

〈黃蘗寺的奇僧〉發表於《學伴》第 1 卷第 6 期。

本年　參加臺灣省文獻委員會環島考察活動。

1953 年　2 月　24 日，出席臺北市文獻委員會於臺北市第三信用合作社二樓舉辦的「艋舺耆老座談會」，與黃啟瑞、吳槐、蘇得志共同主持，與會者有周延壽、魏清德、林添進、劉克明、黃傳祿、陳猪乳、林禮仁、楊仁俊、胡謙興、陳璉環、謝龍河、林聰田、楊文星、廖漢臣、曹甲乙、黃啓明、黃元愷、王自新、吳松谷、黃聯發、蘇穀保、郭芬芝、黃文虎。

4 月　〈漳泉械鬥與黃龍安〉、〈一首「漳泉拼」的民謠〉（筆名問樵）；〈艋舺三大廟門〉（筆名古月）；〈萬華遊里滄桑錄〉（筆名王一剛）；〈日據前的神祕托缽僧〉（筆名一剛）發表於《臺北文物》第 2 卷第 1 期「艋舺專號」。

5 月　11 日，出席臺北市文獻委員會於臺北孔子廟舉辦的「大龍峒耆宿座談會」，與吳槐、黃得時、蘇得志共同主持，與會者有施教堂、陳培錐、黃純青、張根乞、陳培漢、黃水沛、曹甲乙、陳鐵厚、廖漢臣、吳開關、吳朝瑞、陳錫慶、陳錫福。

8 月　〈臺北孔子廟事略〉（筆名榮峰）；〈圓山貝塚和大砥石〉（筆名王一剛）；〈港仔墘的地理〉（筆名一剛）發表於《臺北文物》第 2 卷第 2 期「大龍峒特輯」。

9 月　16 日，出席臺北市文獻委員會於臺北市第一信用合作社舉辦的「大稻埕耆宿座談會」，與吳槐、黃得時、蘇得志

共同主持，與會者有張家坤、黃師樵、楊仲臣、廖漢臣、曹甲乙、郭芬芝、李騰嶽、蔡毓材、林述三、林凌霜、林清月、陳廷植、黃純青。

11 月　〈天然足會〉、〈謝汝銓先生去世〉發表於《臺北文物》第 2 卷第 3 期「大稻埕專號」。（筆名一剛）

12 月　5 日，出席臺北市文獻委員會於臺北市文獻委員會辦公室舉辦的「城內及附郊耆宿座談會」，與黃啟瑞、吳槐、黃得時、蘇得志共同主持，與會者有郭芬芝、黃師樵、廖淦、高森杏、劉克明、陳猪乳、楊仁俊、張家坤、林禮仁、廖水星、黃純青、曹甲乙、楊阿九、廖漢臣、周宗發、周釜汪、陳九金、周宗善、魏清德。

1954 年　1 月　〈圭母卒社番遷大直〉、〈大南門的大學校〉（筆名一剛）；〈史大老不顧鄧大老面子〉、〈軍兵與樂生打架〉、〈劉城控訴兒玉總督〉（筆名古月）；〈日籍紳商人物誌〉（筆名王一剛）發表於《臺北文物》第 2 卷第 4 期「城內及附郊特輯」。

2 月　21 日，出席臺北市文獻委員會於臺北市立圖書館松山分館舉辦的「錫口耆宿座談會」，與黃得時、蘇得志共同主持，與會者有陳復禮、陳水柳、杜西、陳約翰、王子榮、凌順良、陳鏡波、徐春生、廖漢臣、謝新傳、游能、林湖樹、黃師樵、陳財金、陳明來。

5 月　28 日，出席臺北市文獻委員會於臺北市文獻委員會辦公室舉辦的「北部新文學、新劇座談會」，與黃啟瑞、黃得時、蘇得志、王白淵共同主持，與會者有吳新榮、張維賢、林快青、楊雲萍、廖漢臣、陳君玉、吳瀛濤、連溫卿、施學習、廖秋桂、龍瑛宗、林克夫、吳濁流、郭水潭、呂訴上、陳鏡波。

〈錫口社番口碑〉、〈永春坡〉（筆名一剛）；〈錫口地痞陳朝鳴〉（筆名問樵）發表於《臺北文物》第 3 卷第 1 期「錫口特輯」。

6 月　由林熊祥主修，與張易共同纂修《台灣省通志稿‧卷五‧教育志制度沿革篇》，由臺北臺灣省文獻委員會出版。

8 月　〈臺北日人的新劇運動〉（筆名王一剛）；〈臺灣小說選〉、〈懶雲做城隍〉、〈徐坤泉先生去世〉（筆名一剛）發表於《臺北文物》第 3 卷第 2 期「新文學、新劇運動專號——北部新文化運動特輯之一」。

〈鄭成功拒降記〉發表於《學友》第 2 卷第 9 期。

12 月　15 日，出席臺北市文獻委員會於臺北市文獻委員會辦公室舉辦的「美術運動座談會」，與黃啟瑞、黃得時、郭水潭、蘇得志共同主持，與會者有郭雪湖、陳敬輝、廖漢臣、王白淵、金潤作、呂基正、鄭世璠、李君晰、盧雲生、李石樵、林玉山、楊肇嘉、楊三郎。

〈臺灣文藝作家協會——臺、日文藝工作者首次的攜手〉、〈思想鼎立時期的雜誌〉（筆名王一剛）；〈臺灣最初的文藝雜誌〉、〈臺灣決戰文學會議〉、〈新文學、新劇運動人名錄〉（筆名榮峰）；《臺灣新文學》雜誌始末〉（筆名王錦江）發表於《臺北文物》第 3 卷第 3 期「新文學、新劇運動專號續集——北部新文化運動特輯之二」。該期雜誌因撰稿者皆為戰前左翼分子，印出後旋遭臺灣省政府教育廳查禁沒收。

〈百萬富翁周廷部〉、〈簡介學友社〉、〈先鋒旗手王得祿〉發表於《學友》第 2 卷第 12 期。

1955 年　2 月　〈林道乾鑄銃打自己〉發表於《學友》第 3 卷第 2 期。

〈民族志士丘逢甲〉發表於《學友》第 3 卷第 3 期。

辭臺北市文獻委員會職。

3 月　10 日，〈民間故事——謝必安、范無救〉發表於《臺灣新生報》6 版。（筆名王一剛）

〈臺展・府展〉發表於《臺北文物》第 3 卷第 4 期「美術運動專號——北部新文化運動特輯之三」。（筆名王一剛）

應白善邀請，任兒童文學雜誌《學友》主編。

〈山地英雄莫那魯道〉發表於《學友》第 3 卷第 4 期。

5 月　20 日，出席臺北市文獻委員會於臺北市文獻委員會辦公室舉辦的「音樂舞蹈運動座談會」，由黃得時、郭水潭、蘇得志、黃潘萬主持，與會者有呂訴上、廖漢臣、王白淵、林和引、黃秀峰、蔡瑞月、林善德、汪精輝、呂泉生、林明德、陳君玉、蔡培火、張維賢、林是好。

〈劉銘傳退法兵〉發表於《學友》第 3 卷第 5 期。

〈施乾及其事業〉（筆名問樵）;〈日據時期北臺列紳傳〉（筆名古月）發表於《臺北文物》第 4 卷第 1 期「人物特輯」。

6 月　〈日月潭紀遊〉發表於《學友》第 3 卷第 6 期。

7 月　〈郁永河採硫磺〉、〈張小燕訪問記〉發表於《學友》第 3 卷第 7 期。

〈太古巢〉、〈鶯歌陶瓷業參觀記〉發表於《學友》第 3 卷第 8 期。

8 月　〈黑旗將軍劉永福（上）——民族英雄〉發表於《學友》第 3 卷第 9 期。

〈新竹臺中震災義捐音樂會〉發表於《臺北文物》第 4 卷第 2 期「音樂舞蹈運動專號」。（筆名問樵）

9 月　〈黑旗將軍劉永福（下）——民族英雄〉、〈鴨母王〉發表

於《學友》第 3 卷第 10 期。

10 月　〈養豬公園──嘉美牧場〉發表於《學友》第 3 卷第 11 期。

12 月　〈林先生開大圳──臺灣開發史話〉、〈血灑蛤仔難（上）、（下）──臺灣開發史話〉發表於《學友》第 3 卷第 12 期。

〈柑桔產地──新埔訪問記〉、〈黃三桂一日平海山〉發表於《學友》第 4 卷第 1 期。

1956 年　1 月　〈墨是怎樣製成的？──統一墨廠參觀記〉發表於《學友》第 4 卷第 2 期。

3 月　〈物歸故主〉、〈墨水是怎樣製造的？──高樂牌文具製造廠參觀記〉發表於《學友》第 4 卷第 4 期。

4 月　〈曾切的故事〉發表於《學友》第 4 卷第 5 期。

〈艋舺歲時記〉（筆名王一剛）；〈月樵的遊北市詩〉、〈守墨樓詩屑〉（筆名問樵）發表於《臺北文物》第 5 卷第 1 期。

6 月　〈蓆帽是怎樣製造的？──榮利帽廠參觀記〉發表於《學友》第 4 卷第 7 期。

7 月　〈洋娃娃的製造〉、〈孤苦兒童的樂園──大同婦孺教養院參觀記〉、〈王雪娥訪問記──舞蹈新童星〉、〈馬戲團的少年〉發表於《學友》第 4 卷第 8 期。

1957 年　1 月　〈凱達格蘭族的源流及分布〉、〈黃玉階的生平〉（筆名王一剛）；〈日據十年後的公學校學生數〉、〈公學校畢業生的去路〉、〈臺灣民主國的印信〉、〈日據初期全臺書房統計〉、〈日據初期的宗教信者〉（筆名一剛）；〈乙未吊臺詩〉、〈白其祥的事蹟〉（筆名問樵）；〈日據時期北臺列紳傳（二）〉（筆名古月）；〈福智和尚〉（未署名）發表於

《臺北文物》第 5 卷第 2、3 期合刊號。

6 月　2 日，〈清代的港澳──臺灣商業史話之一〉發表於《中國商業週報》第 1 期。

10 日，〈先住民的對外貿易──臺灣商業史話之二〉發表於《中國商業週報》第 2 期。

17 日，〈荷蘭時代的貿易──臺灣商業史話之三〉發表於《中國商業週報》第 3 期。

24 日，〈明鄭的對外通商貿易──臺灣商業史話之四〉發表於《中國商業週報》第 4 期。

〈北部唯一的糖廠〉、〈動物園的由來〉、〈職業婦女的變遷〉、〈日臺的旅社〉、〈本市書房最後的數字〉、〈青山宮的謝范二將軍〉、〈扒龍船和謝江〉、〈檢番〉（本名）；〈清代臺灣的度量衡〉（筆名王一剛）；〈臺北盆地〉（筆名王榮峰）；〈日據時期北臺列紳傳（三）〉（筆名古月）；〈詩意閣〉（筆名榮峰）發表於《臺北文物》第 5 卷第 4 期。

7 月　1 日，〈清初的對內通商──臺灣商業史話之五〉發表於《中國商業週報》第 5 期。

8 日，〈清季的對外通商──臺灣商業史話之六〉發表於《中國商業週報》第 6 期。

15 日，〈郊行──臺灣商業史話之七〉發表於《中國商業週報》第 7 期。

22 日，〈鹿港的郊商──臺灣商業史話之八〉發表於《中國商業週報》第 8 期。

29 日，〈臺北五郊（上）──臺灣商業史話之九〉發表於《中國商業週報》第 9 期。

8 月　5 日，〈臺北五郊（下）──臺灣商業史話之十〉發表於《中國商業週報》第 10 期。

12 日，〈一府二鹿三艋舺（上）——臺灣商業史話之十
一〉發表於《中國商業週報》第 11 期。

19 日，〈一府二鹿三艋舺（下）——臺灣商業史話之十
二〉發表於《中國商業週報》第 12 期。

26 日，〈茶葉起家的大稻埕——臺灣商業史話之十三〉發
表於《中國商業週報》第 13 期。

〈臺灣史料的集大成——臺南市立歷史館參觀記〉發表於
《學友》第 5 卷第 9 期。

9 月　2 日，〈販糖致富的陳福謙（上）——臺灣商業史話之十
四〉發表於《中國商業週報》第 14 期。

9 日，〈販糖致富的陳福謙（下）——臺灣商業史話之十
五〉發表於《中國商業週報》第 15 期。

16 日，〈樟腦業先驅黃南球——臺灣商業史話之十六〉發
表於《中國商業週報》第 16 期。

23 日，〈稻江鉅商李春生（上）——臺灣商業史話之十
七〉發表於《中國商業週報》第 17 期。

30 日，〈稻江鉅商李春生（下）——臺灣商業史話之十
八〉發表於《中國商業週報》第 18 期。

〈臺北三郊與臺灣的郊行〉（筆名王一剛）；〈臺北市上下水
道的建設者〉、〈淡水港的起源〉、〈凱達格蘭族的房屋〉（本
名）；〈南雅詩社〉（筆名問樵）；〈凱達格蘭族的蕃歌〉（筆
名一剛）發表於《臺北文物》第 6 卷第 1 期。

10 月　〈劉銘傳的詩〉發表於《臺北文物》第 6 卷第 2 期。（筆
名古月）

本年　辭《學友》雜誌社職，再任臺北市文獻委員會編纂，纂修
《臺北市志》及主編《臺北文物》。

1958 年　3 月　10 日，〈清代的臺北市蕃社〉發表於《臺灣新生報》6

版。（筆名王一剛）

〈艋舺填地事略〉、〈北部平埔族的傳說〉、〈大雞籠社的平埔族人口〉（筆名王一剛）；〈宜蘭〉、〈日人街的分類〉（筆名榮峰）；〈日據初期北市救濟事業〉（筆名王榮峰）；〈日據時期之町會〉（筆名問樵）發表於《臺北文物》第 6 卷第 3 期。

6 月　〈圓環夜市・龍山寺夜市〉、〈外人的銅像〉（筆名一剛）；〈迎神反對運動〉、〈「沙美猶爾」即「三美路」〉、〈娼妓的民族正氣〉（筆名榮峰）；〈淡水港與臺北〉、〈「西門町」憶舊〉（筆名王榮峰）；〈日據時期臺北中央市場沿革〉（筆名王一剛）發表於《臺北文物》第 6 卷第 4 期。

　　　〈臺北乞丐考〉（筆名王一剛）；〈圓山運動場〉、〈臺北市日人的神社〉（筆名榮峰）；〈祖譜・宗祠・宗親會〉、〈北市日人的佛教〉、〈觀音山寺的口碑〉（筆名一剛）發表於《臺北文物》第 7 卷第 1 期。

7 月　〈寧靖王〉發表於《學伴》第 1 卷第 1 期。

　　　〈先族叔友竹公事蹟及詩〉（筆名王一剛）；〈臺灣史志的謬誤〉、〈臺灣的名產〉（筆名榮峰）發表於《臺北文物》第 7 卷第 2 期。

10 月　〈本省祠廟清帝所賜匾額〉（筆名一剛）；〈北門廓門樓額「巖疆鎖鑰」〉、〈五泉廟〉、〈臺灣的傳說六則〉（筆名榮峰）；〈臺北的傳說九則〉（筆名王一剛）發表於《臺北文物》第 7 卷第 3 期。

12 月　〈北市日語普及的程度〉、〈日據時臺北市的地價〉、〈臺北市龍脈〉、〈臺北競馬場〉、〈南部傳說七則〉（筆名榮峰）；〈艋舺人・大稻埕人〉、〈傳說的誤傳與類似性〉（筆名一剛）；〈北臺故事傳說七則〉（筆名王一剛）發表於《臺北

文物》第 7 卷第 4 期。

1959 年　　2 月　〈神童救父〉、〈北市日人的佛教派系〉、〈圓山運動場〉發
　　　　　　　　表於《學友》第 7 卷第 1 期。

　　　　　　4 月　〈傻孩子的故事〉發表於《新學友》第 1 期。

　　　　　　　　〈臺北盆地的成因〉、〈臺灣的珊瑚〉、〈臺北製糖所〉（筆
　　　　　　　　名榮峰）；〈日據前後的城內〉（筆名王一剛）發表於《臺
　　　　　　　　北文物》第 8 卷第 1 期。

　　　　　　　　〈義犬護主〉發表於《新學友》第 2 期。

　　　　　　6 月　翻譯〈海龍來襲〉發表於《學友》第 7 卷第 3 期。

　　　　　　　　〈虎姑婆〉發表於《新學友》第 3 期。

　　　　　　　　〈艋舺張德寶家譜〉（筆名王一剛）；〈中興大橋碑記〉（筆
　　　　　　　　名一剛）發表於《臺北文物》第 8 卷第 2 期。

　　　　　　7 月　翻譯〈荷蘭船的幻影〉、〈妙計濟貧〉發表於《學友》第 7
　　　　　　　　卷第 4 期。

　　　　　　8 月　〈白賊七〉、〈血染的信號旗〉發表於《新學友》第 4 期。

　　　　　　　　〈桑下飢人〉發表於《學友》第 7 卷第 5 期。

　　　　　10 月　〈本市居民移動〉（筆名榮峰）；〈顏雲年、顏國年〉、〈龍
　　　　　　　　塘王氏家譜〉（筆名王一剛）發表於《臺北文物》第 8 卷
　　　　　　　　第 3 期。

　　　　　12 月　〈臺灣新文學運動與大陸〉發表於《臺灣風物》第 9 卷第
　　　　　　　　5、6 期。（筆名王一剛）

1960 年　　2 月　〈南機場〉、〈全淡八景〉（筆名榮峰）；〈艋舺李氏家譜〉
　　　　　　　　（筆名王一剛）發表於《臺北文物》第 8 卷第 4 期。

　　　　　　3 月　〈北市科第表〉（筆名王榮峰）；〈辛亥北市颱風巨災紀
　　　　　　　　錄〉（筆名王一剛）；〈南菜園〉、〈北投溫泉〉、〈本市施行
　　　　　　　　市制初期的人口〉、〈臺北市市徽〉、〈張書紳不是張忠侯〉
　　　　　　　　（筆名榮峰）；〈芝山巖〉（筆名一剛）發表於《臺北文

物》第 9 卷第 1 期。

6 月　〈猴子紅屁股的故事〉發表於《正聲兒童》第 11 期。

7 月　〈狐狸精報恩〉發表於《正聲兒童》第 12 期。

8 月　〈七爺八爺〉發表於《正聲兒童》第 13 期。

9 月　〈巨人國〉發表於《正聲兒童》第 14 期。

10 月　〈邱罔舍的故事〉發表於《正聲兒童》第 15 期。

　　　〈三百年來臺灣政治運動的特徵〉發表於《政治建設》第
1 期。（筆名王一剛）

11 月　〈無某無猴〉發表於《正聲兒童》第 16 期。

　　　〈臺灣同化會的始末——臺灣政治運動史話之一〉發表於
《政治建設》第 2 期。（筆名王一剛）

　　　〈臺北的俚諺〉、〈日據時期私塾員生數〉、〈清軍下令抗日
的證據〉（筆名榮峰）；〈日據初期的習俗改良運動〉（筆名
王一剛）；〈日據初年的外僑〉、〈陳迂谷與曹敬〉、〈誰請日
軍入臺北城？〉（筆名一剛）；〈乙未割臺時的清軍〉；〈張
書紳揚名泉州〉、〈受日人褒揚的外人〉、〈日臺灣總督府的
「始政式」〉、〈同化主義及反同化主義〉、〈日據時本市
「接待婦」數〉（筆名禮謙）；〈艋舺的金銀紙製造〉（筆名
王禮謙）；〈日劇初年北市的戶口調查〉（筆名王榮峰）發
表於《臺北文物》第 9 卷第 2、3 期合刊。

　　　〈臺灣過去的政黨——臺灣議會期成聯盟與臺灣議會請願
運動〉發表於《政治建設》第 3 期。（筆名王禮謙）

12 月　〈紙姑娘〉發表於《正聲兒童》第 17 期。

　　　〈臺灣過去的政黨（二）——臺灣民眾黨・臺灣地方自治
聯盟〉發表於《政治建設》第 4 期。（筆名王禮謙）

　　　〈臺灣武裝抗日史序說〉（筆名王一剛）；〈日據時期北市
的鴉片吸食〉（筆名一剛）；〈北市的日語普及運動〉、〈日

據時期的市教育會〉、〈淡水日軍遣還清兵〉（筆名榮峰）、
〈北市國校聯合運動會與棒球賽〉、〈日據時期本市的義
塾〉、〈臺灣的乞丐數〉（筆名禮謙）；〈臺灣的貨幣〉（筆名
王禮謙）發表於《臺北文物》第 9 卷第 4 期。

〈臺灣民族運動與大陸〉發表於《臺灣風物》第 10 卷第
10、12 期合刊。（筆名王一剛）

1961 年	1 月	〈乞丐兒童〉發表於《正聲兒童》第 18 期。

〈日據時代臺灣的地方選舉〉發表於《政治建設》第 5
期。（筆名王一剛）

2 月　〈水蛙記〉發表於《正聲兒童》第 19 期。

〈義軍進攻臺北，圍攻宜蘭——臺灣武裝抗日史料北部篇
之一〉、〈鄭成功復臺的正確日期〉（筆名王一剛）；〈石敢
當與南無阿彌陀佛〉、〈朱一貴亂歌與日據初時民歌〉、〈製
茶工特准來臺〉、〈林灌園詠臺灣史景詩〉（筆名禮謙）；
〈臺北仁濟救濟院之演變〉（筆名古月）；〈三部同情臺灣
的日人著書〉（筆名一剛）；〈北臺有關颱風的俗語〉（筆名
榮峰）；〈日據初期的懷柔政策〉（筆名王禮謙）發表於
《臺北文物》第 10 卷第 1 期。

4 月　〈新竹城隍救駕〉發表於《正聲兒童》第 21 期。

9 月　〈臺北市衛生建設計劃人巴爾敦〉、〈劉銘傳的日人幕賓名
倉信淳〉（筆名一剛）；〈日據初期來臺日人統計〉（筆名榮
峰）；〈臺北市郊義軍的活動——臺灣武裝抗日史料北部篇
之二〉；〈纏足解除運動補遺〉（筆名王一剛）；〈姿勢取締
令〉、〈頭一個的臺籍留日學生〉、〈伊藤博文詠臺灣詩〉
（筆名禮謙）；〈日人臺灣刺探記〉（筆名王禮謙）發表於
《臺北文物》第 10 卷第 2 期。

11 月　中篇小說〈孝子尋母記〉連載於《學伴》第 35～48 期，

至 1963 年 6 月止。

與蘇得志主編《臺北市志稿・卷一・沿革志》、《臺北市志稿・卷二・自然志氣候篇》、《臺北市志稿・卷三・政制志地政篇》、《臺北市志稿・卷三・政制志役政篇》、《臺北市志稿・卷三・政制志自治篇》、《臺北市志稿・卷六・經濟志金融篇》、《臺北市志稿・卷八・文化志學藝篇》，由臺北市文獻委員會出版。

本年　辭臺北市文獻委員會職。

應李騰嶽邀請，任臺灣省文獻委員會編纂組長，主要纂修《臺灣省通志》，並擔任《臺灣文獻》編輯。

1962 年　6 月　纂修《臺北市志稿・卷九・人物志》，由臺北市文獻委員會出版。

12 月　纂修《台灣省通志稿・卷七・人物志（第二、三冊）》，由臺北臺灣省文獻委員會出版。

1964 年　6 月　〈日據時期的臺灣新文學〉發表於《臺灣文藝》第 3 期。（筆名王錦江）

與毛一波、陳漢光、陳澤、廖漢臣合著《台灣史話》，由臺中臺灣省文獻委員會出版。

1965 年　1 月　〈臺灣文學獎設置的意義〉發表於《臺灣文藝》第 6 期。（筆名王錦江）

6 月　〈鄉土資料的活辭典〉發表於《南瀛文獻》第 10 卷合刊「石故本會顧問晹睢先生紀念特輯」。（筆名王一剛）

10 月　〈無名英雄的微笑——悼王井泉先生〉發表於《臺灣文藝》第 9 期。（筆名王錦江）

〈臺灣光復前後旅居廣州的臺胞〉發表於《臺灣風物》第 15 卷第 4 期。（筆名王一剛）

12 月　〈張深切兄及其著作〉發表於《臺灣風物》第 15 卷第 5

期。（筆名王錦江）

1966 年	2 月	纂修《增修臺灣省通志稿‧卷三‧政事志行政篇（上冊）》，由臺北臺灣省文獻委員會出版。
	10 月	15 日，〈臺灣的人名〉發表於《徵信新聞報‧臺灣風土副刊》11 版。（筆名王一剛）
		25 日，〈歲時節令〉發表於《徵信新聞報‧臺灣風土副刊》11 版。（筆名王一剛）
		29 日，〈平埔族與臺灣地名〉發表於《徵信新聞報‧臺灣風土副刊》11 版。
	12 月	〈誠摯的學人〉發表於《臺灣風物》第 16 卷第 6 期。
	本年	應毛一波邀請，任《臺灣風物》編輯。
1967 年	2 月	〈西皮福祿之爭〉（筆名王一剛）；〈《前夜》讀後〉（本名）發表於《臺灣風物》第 17 卷第 1 期。
	4 月	〈故吳新榮先生簡歷〉發表於《臺灣風物》第 17 卷第 2 期。（筆名一剛）
	6 月	〈地方文化的建設者〉發表於《臺灣風物》第 17 卷第 3 期。
	8 月	〈新書評介──葉榮鐘著《半路出家集》與《大車小屋集》〉發表於《臺灣風物》第 17 卷第 4 期。
1969 年	6 月	〈豐原呂氏與桃園呂氏〉發表於《臺灣風物》第 19 卷第 1、2 期合刊。（筆名一剛）
	12 月	〈日本新出版的臺灣研究書籍〉發表於《臺灣風物》第 19 卷第 3、4 期合刊。
		〈乙未臺北抗日義士列傳〉發表於《臺北文獻》直字第 9、10 期。（筆名王一剛）
1970 年	2 月	〈日據初期臺灣的留日學生〉發表於《臺灣風物》第 20 卷第 1 期。（筆名一剛）

	12 月	〈臺灣民俗的集大成——吳瀛濤著《臺灣民俗》讀後〉發表於《臺灣風物》第 20 卷第 4 期。
1971 年	2 月	〈澎湖瓦硐村張家木牌〉發表於《臺灣風物》第 21 卷第 1 期。（筆名王一剛）
	6 月	23～24 日，於國防部政治作戰局文宣心戰組演講「臺灣抗日運動後期」。
1972 年	3 月	14 日，隨臺灣省文獻委員會遷居臺中。
	4 月	於淡江大學歷史學系演講「沈葆楨、劉銘傳與臺灣近代史」。
	6 月	〈扶鸞卜日人投降〉發表於《臺灣風物》第 22 卷第 2 期。（筆名一剛）
	7 月	〈臺灣民族運動史〉發表於《華學月報》第 7 期。
	本年	兒童文學《臺灣歷史圖畫——第三冊・日據時期》由臺中臺灣省文獻委員會出版。
1973 年	6 月	〈乙未臺民的抗日戰〉、〈子弟戲、子弟班〉發表於《臺灣風物》第 23 卷第 2 期。（筆名王一剛）
	9 月	〈西皮福祿及軒園之爭〉發表於《臺灣風物》第 23 卷第 3 期。（筆名王一剛）
	本年	自臺灣省文獻委員會退休。
1974 年	2 月	15 日，遷回臺北。
	4 月	〈也談「霧社事件」的文學〉發表於《臺灣文藝》第 43 期。
		與毛一波、陳漢光、陳澤、廖漢臣合著《台灣史話（改訂版）》，由臺中臺灣省文獻委員會出版。
	6 月	與程大學、吳家憲共同編譯《余清芳抗日革命案全檔・第一輯》（共二冊），由臺中臺灣省文獻委員會出版。
	9 月	〈荷軍攻略基隆史料〉、〈西班牙攻略北臺史料〉發表於

《臺北文獻》直字第 29 期。（筆名王一剛）

11 月　　出席《大學雜誌》舉辦的「日據時代的臺灣文學與抗日運動」，與會者有林鍾隆、郭水潭、黃得時、楊雲萍、林瑞明等。

本年　　《臺灣社會生活》由臺北東方文化書局出版。

1975 年　3 月　　〈談臺北市的名勝古蹟〉發表於《幼獅月刊》第 41 卷第 3 期。

〈樟腦事業的開拓者〉發表於《臺灣風物》第 25 卷第 1 期。（筆名王一剛）

6 月　　〈從文學到民俗〉發表於《臺灣風物》第 25 卷第 2 期。

7 月　　〈臺灣民俗學家群像〉發表於《新時代》第 15 卷第 7 期。

8 月　　著手翻譯、校訂與註解《臺灣總督府警察沿革志》。

9 月　　〈李騰嶽先生事略〉發表於《臺灣風物》第 25 卷第 3 期。

11 月　　翻譯〈日本人眼中的臺灣抗日運動──譯自臺灣總督府警察沿革志第二篇（中卷）〉發表於《臺灣政論》第 4 期。（筆名正宏）

12 月　　〈日本占據臺灣時期統治政策的演變〉發表於《中華文化復興月刊》第 8 卷第 12 期。

〈貓婆鬍鬚全拚命〉發表於《臺灣風物》第 25 卷第 4 期。（筆名王一剛）

1976 年　3 月　　〈日據初期的籠絡政策〉發表於《臺灣文獻》第 26 卷第 4 期。

〈張丙案的特徵〉（本名）；〈馬偕的設教和貢獻〉（筆名王一剛）發表於《臺灣風物》第 26 卷第 1 期。

6 月　　〈明鄭開闢臺灣〉發表於《臺灣風物》第 26 卷第 2 期。

9 月　　〈北臺義軍頻頻出擊〉發表於《臺灣風物》第 26 卷第

3 期。

10 月　〈純樸的鄉下人〉發表於《臺灣文藝》第 53 期。

〈臺灣抗日運動新探求〉發表於《夏潮》第 1 卷第 7 期。

1977 年　3 月　〈故楊仲佐先生立碑記〉發表於《臺灣風物》第 27 卷第 1 期。

4 月　與盛清沂、高樹藩、林衡道合編《臺灣史》，由臺中臺灣省文獻委員會出版。

6 月　〈故楊肇嘉先生生平事跡〉發表於《臺灣風物》第 27 卷第 2 期。

〈讀《臺灣涉外關係史》〉發表於《臺灣文藝》第 55 期。

9 月　〈日本殖民地體制下的臺灣（上）〉發表於《臺灣風物》第 27 卷第 3 期。

10 月　〈新劇臺灣第一人——悼張維賢兄〉發表於《臺灣文藝》第 56 期。

12 月　〈日本殖民地體制下的臺灣（續完）〉發表於《臺灣風物》第 27 卷第 4 期。

1978 年　1 月　〈臺灣民俗工作的發展〉發表於《東方民俗》創刊號。

《日本殖民地體制下的臺灣》由臺北臺灣風物雜誌社出版。

3 月　〈劉枝萬兄的業績和近著〉發表於《臺灣風物》第 28 卷第 1 期。

6 月　〈粗線條的人粗線條的作品〉發表於《臺灣文藝》第 59 期。

9 月　〈好漢剖腹錸相見：「楊逵畫家」序〉發表於《夏潮》第 5 卷第 3 期。

10 月　8 日，出席《聯合報・副刊》主辦的「光復前的臺灣新文學運動作家」座談會，與會者有王昶雄、巫永福、杜聰

明、郭秋生、郭水潭、黃得時、陳火泉、陳逢源、葉石濤、楊雲萍、楊逵、廖漢臣、劉捷等。座談會紀錄〈傳下這把香火——「光復前的臺灣文學」座談會〉由黃武忠整理，連載於同月22～24日《聯合報・副刊》12版。

1979年	2月	與盛清沂、高樹藩、林衡道合編《臺灣史》，由臺北眾文圖書公司出版。
	3月	17～18 日，〈日據下臺灣新文學的生成及發展〉發表於《聯合報・副刊》12版。
	6月	《鴨母王》、《孝子尋母記》、《艋舺歲時記》、《清廷臺灣棄留之議》、《臺灣人物誌》、《喪服的遺臣》由高雄德馨室出版社出版。
	8月	〈日人在臺殖民體制之奠定——為紀念舅父廖金泰先生而作〉發表於《美麗島》第1卷第1期。〈臺灣社會的變遷——《攝影臺灣》序〉發表於《雄獅美術》第102期。
	9月	〈臺灣拓殖的過程〉發表於《八十年代》第1卷第4期。
	秋	於臺北新公園跌倒腿傷，致不良於行。
	10月	25日，〈往事的回憶〉發表於《民眾日報・副刊》12版。《臺灣人物表論》由高雄德馨室出版社出版。
	11月	《臺灣文學重建的問題》由高雄德馨室出版社出版。
	12月	《夜雨》由高雄德馨室出版社出版。
1980年	2月	22日，〈春節——快樂的童年〉發表於《民眾日報・副刊》12版。
	3月	《余清芳事件全貌》、《三年小叛五年大亂》由高雄德馨室出版社出版。
	7月	2日，出席《聯合報・副刊》於淡水紅毛城主辦的「永不熄滅的爝火——光復前臺灣文學中的民族意識與抗日精神」

座談會，與會者有楊雲萍、王昶雄、郭水潭、黃得時、楊逵、廖漢臣、龍瑛宗、黃武忠等。座談紀錄由李泳泉、吳繼文整理，連載於同月 7～8 日《聯合報・副刊》8 版。

| 10 月 | 27 日，短篇小說〈沙基路上的永別〉發表於《聯合報・副刊》8 版。 |

12 月　12 日，〈我的苦讀〉發表於《民眾日報・副刊》12 版。

《日本殖民地體制下的臺灣》由臺北眾文圖書公司出版。

本年　眼力每況愈下，不僅戴老花眼鏡，更需以放大鏡方能勉強閱讀報章書籍。

於家中跌斷右腿，需依賴輪椅方能出門。

1981 年　6 月　〈臺灣民俗學的開拓者池田敏雄兄〉發表於《臺灣風物》第 31 卷第 2 期。

7 月　短篇小說〈沙基路上的永別〉獲民國 70 年度聯合報短篇小說推薦獎。

10 月　25 日，〈「清國奴」，罵醒了民族意識！〉發表於《聯合報》14 版「慶祝臺灣光復 36 年特刊」。

12 月　7 日，〈歲暮雜感——領獎之後〉發表於《聯合報・副刊》8 版。

〈掙扎硬幹談苦編〉發表於《臺灣風物》第 31 卷第 4 期。

本年　眼力幾乎無法看字，手亦無法運筆撰文，仍口述請人筆錄。

1982 年　1 月　8～18 日，於家中接受下村作次郎訪談，訪談文章「王詩琅が語る『台湾新文學運動』」（〈王詩琅談「臺灣新文學運動」〉）收入『文学で読む台湾——支配者・言語・作家たち』，於 1994 年由東京田佃書店出版。

6 月　24 日，接受鐘麗慧訪問，訪問文章〈受日文教育・用中文寫作——王詩琅、陳火泉年逾古稀　筆耕不輟〉次日刊載於《民生報》7 版。

28 日，〈閒談懶雲〉發表於《聯合報・副刊》8 版。

29 日，獲國家文藝基金會頒贈「文學特殊貢獻獎」。

1983 年	3 月	《臺北市志・卷一・沿革志》、《臺北市志・卷二・自然志氣候篇》、《臺北市志・卷三・政制志地政篇》、《臺北市志・卷三・政制志役政篇》、《臺北市志・卷三・政制志自治篇》、《臺北市志・卷六・經濟志金融篇》、《臺北市志・卷八・文化志學藝篇》（與蘇得志主編），《臺北市志・卷九・人物志》（王詩琅纂修），由臺北成文出版社出版。
	6 月	〈略論日本帝國主義統治下的臺灣〉發表於《臺灣風物》第 33 卷第 2 期。
	7 月	《文訊》創刊號封面以王詩琅與蘇雪林並列，內文刊載鐘麗慧訪問文章〈王詩琅印象記〉。
	8 月	獲鹽分地帶文藝營頒贈「臺灣新文學特別推崇獎」。
	9 月	11 日，〈「老鼠欲入之孔變成圓穹門」〉發表於《聯合報・副刊》8 版。（翁佳音筆錄）
1984 年	10 月	獲臺美基金會頒贈「臺灣人才成就獎之人文科學獎」。
	11 月	6 日，病逝於臺北馬偕醫院。
1986 年	1 月	〈我的早年文學生活〉刊載於《臺灣文藝》第 98 期。
	11 月	《陋巷清士──王詩琅選集》由臺北弘文館出版社出版。
1988 年	5 月	翻譯臺灣總督府《臺灣社會運動史──文化運動》（原《臺灣總督府警察沿革誌（第二篇）：領臺以後的治安狀況（中卷）・臺灣社會運動史》），由臺北稻鄉出版社出版。
1991 年	2 月	《王詩琅、朱點人合集》由臺北前衛出版社出版。
	12 月	與王世慶、陳漢光合著《霧峰林家之調查與研究》，由臺北林本源中華文化教育基金會出版。
1999 年	2 月	兒童文學《台灣民間故事》、《台灣歷史故事》由臺北玉山

社出版公司出版。

| 2000 年 | 7 月 | 《陌巷清士——王詩琅選集》由臺北稻鄉出版社出版。 |

2003 年　3 月　《艋舺歲時記——臺灣風土民俗》、《清廷臺灣棄留之議——臺灣史論》由臺北海峽學術出版社出版。

4 月　《余清芳抗日事件全貌——台灣抗日事蹟》、《三年小叛五年大亂——臺灣社會變遷》由臺北海峽學術出版社出版。

5 月　《臺灣文學重建的問題》由臺北海峽學術出版社出版。

6 月　《臺灣人物誌》、《臺灣人物表論》由臺北海峽學術出版社出版。

2005 年　本年　兒童文學〈七爺八爺〉（Seventh Lord and Eighth Lord）、〈鴨母王〉（The Duck King）英文版選入杜國清、拔苦子（Robert Backus）主編 *Folk Stories from Taiwan*，由加州大學聖塔芭芭拉分校臺灣研究中心出版。（羅德仁翻譯）

2013 年　6 月　為推廣臺灣研究活動並紀念王詩琅先生，榕懋實業股份有限公司董事長黃啟宗於臺灣大學文學院設置「王詩琅臺灣研究講座」，以邀約國內外著名學者講演或從事其他學術教學活動。

2014 年　3 月　27 日，「王詩琅臺灣研究講座」於臺灣大學文學院會議室舉行啟動儀式，由梅家玲、陳弱水主持，康寧祥、柯慶明主講「艋舺出身的黑色青年——堀江町的王詩琅」及「談王詩琅的文史寫作」，與會者有黃啟宗、王禮謙等人。

參考資料：

・張良澤，〈王詩琅先生事略年譜〉，《大高雄》革新第 8 期，1979 年 3 月，頁 118～120。

・王詩琅，〈我的早年文學生活〉，《臺灣文藝》第 98 期，1986 年 1 月，頁 198～204。

・張炎憲、翁佳音合編，《陌巷清士——王詩琅選集》，臺北：弘文館出版社，1986 年 11 月。

・張炎憲，〈王詩琅年表〉，《臺灣近代名人誌（2）》，臺北：自立晚報文化出版部，1987 年 1 月，頁 247～248。

・鄒易儒，〈無政府主義與日治時期臺灣新文學──王詩琅之思想前景與文藝活動關係研究〉，政治大學臺灣文學研究所碩士論文，2010 年 7 月。

・蔡易澄，「王詩琅略年表」，〈黑色青年與戰後再出發〉，成功大學臺灣文學研究所碩士論文，2012 年 7 月，頁 85～111。

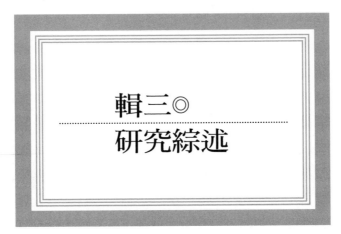

輯三◎
研究綜述

從黑色青年到陋巷清士
王詩琅研究概述

◎許俊雅

一、前言

　　王詩琅，一位艋舺出身的島國黑色青年，到晚年蝸居汕頭街受盡病痛折磨，仍然寫作不輟的陋巷清士，他的形象不由讓人仰望。王詩琅練過字的，與好友朱點人一樣，都寫一手好字，但我看到的文稿，歪斜重疊難以辨識[1]，腦海中浮現的圖像，便是他白髮蒼蒼，戴著厚厚的鏡片，一手拿放大鏡，一手拿著筆，在微弱燈光下，艱辛讀書翻譯創作，一筆一筆刻寫著的老人，讓人擔憂他會不會像鍾理和一樣。當時與王詩琅先生有過接觸的，在他們筆下、言談中的王詩琅，莫不是這麼一副病魔纏身、窮居陋巷卻又恬淡隨和，古道熱腸，用力傳承臺灣史，無私提攜後輩，因此贏得同輩和晚輩的敬重。我們讀其作品，自然也就從中感受到一種溫度及感動。

　　回顧我個人初次的王詩琅印象，始溯於 1982 年 5 月時，洪醒夫在臺中市中山醫學院講〈談小說創作〉，談他個人從事文學工作的經驗及其文學創作的態度，其中有一段話說：「作家王詩琅，現在正研究日據時代的一套治警的資料。這只有他有辦法，因為他曾參加當時的許多活動，但是他身體

---

[1] 如丘彥明〈在最黑暗處燃燒的——王詩琅先生印象〉：「『怎麼不開燈？』『眼睛都差不多看不見了，開不開燈都一樣，』聲音沙啞濃濁，邊說著話，他硬撐著要起來，說：『不好意思，房子太窄了！』……記得剛接到王詩琅寄來的小說原稿時，我們看得心酸，因為他已經沒法把字填到格子裡面了，每個字都是打結的，同時第一行字寫寫就斜到第四行去了。」見《聯合報‧副刊》，1980 年 10 月 27 日，第 8 版。又收入《寶刀集：光復前臺灣作家作品集》（臺北：聯合報社，1981 年）、《陋巷清士——王詩琅選集》（臺北：弘文館出版社，1986 年）。

不行，眼睛不好，生活也不如意，所以很多人為他的生活擔心。這兩位前
輩作家都沒有受到任何妥善的照顧，使他們專心寫作。今年正式公布一個
統計數字，叫我嚇了一跳，這項報告說，去年臺灣地區的人民花在購買報
章雜誌上的錢，平均只有 40 塊 9，其中還包括了報紙、電視週刊。每個人
平均購不到一本書，在這樣的環境下，我們的作家實在難以維生。」[2]文中
提到的這兩位前輩作家，除了王詩琅，另一位指的是楊逵，作家生活的窘
況，讓當時的青年洪醒夫備為感慨及不捨。不久，我到臺北市大安國中擔
任實習老師，暑期收到《文訊》創刊號，其封面以王詩琅與蘇雪林並置，
當時只是好奇這樣一份刊物，還有能作為創刊號封面的人物，應該很了不
起吧。再過很長一段時間，王詩琅曾說過的一句話：「沒有藝術的國家和民
族是要滅亡的」，總讓人心動不已。王詩琅被關注被研究的時間點差不多是
我就讀大學時期，等到我有比較多接觸他作品的機會，興起訪問念頭時，
他早已過世了。

　　王詩琅作品主要以中文寫作，範圍涵蓋甚廣，除單行本《臺灣社會生
活》、《日本殖民地體制下的臺灣》、《臺北市志》、《臺灣史》、《霧峰林家之調
查與研究》外，其小說、新詩、評論、文獻與民俗、民間文學、兒童文學等
主要創作，見於張良澤主編的「王詩琅全集」[3]以及張炎憲、翁佳音合編的
《陋巷清士──王詩琅選集》[4]二書。戰後，他尤致力於整理日治時期歷史
文獻以及臺灣風土民俗、兒童文學、翻譯。其中 1975 年開始著手翻譯的
《臺灣總督府警察沿革誌（第二篇）：領臺以後的治安狀況（中卷）‧臺灣

---

[2]洪醒夫演講；王世勛整理，〈談小說的創作〉，收於《懷念那聲鑼》（臺北：號角出版社，1983 年）。
[3]由高雄德馨室出版社出版（1979 年 6 月～1980 年 3 月），共 11 卷。全集各卷書名及內容如下：卷
　1《鴨母王》、卷 2《孝子尋母記》為臺灣民間故事與歷史傳說；卷 3《艋舺歲時記》為臺灣風土民
　俗的紀錄；卷 4《清廷臺灣棄留之議》、卷 5《余清芳事件全貌》為王詩琅歷史研究之成果；卷 6
　《三年小叛五年大亂》描寫臺灣社會生活，主要收集王詩琅於《臺北文物》、《政治建設》等雜誌
　上發表之文章；卷 7《臺灣人物誌》為臺灣相關人物之傳略；卷 8《臺灣人物表論》為卷 7 中特殊
　人物之表傳；卷 9《臺灣文學重建的問題》為臺灣文學史論述；卷 10《夜雨》收錄其文藝創作與
　文藝批評；卷 11《喪服的遺臣》為兒童文學之創作與翻譯。
[4]《陋巷清士──王詩琅選集》收錄「王詩琅全集」未見的文章，屬於純文藝之創作很少，在分類
　上同「王詩琅全集」留下一些可商榷之處。關於「王詩琅全集」的分類討論，有許雪姬〈評「王
　詩琅全集」──兼論臺灣人物表的做法〉，《書評書目》第 90 期（1980 年 1 月），頁 58～70。

社會運動史》[5]，頗具貢獻，時為研究者參引。對王詩琅的研究成果，多集中在對其小說的討論以及兒童文學的研究，此外，尚有對其生平思想的再檢討，重新關注黑色青年聯盟事件。相關的學位論文不少，從葉瓊霞〈王詩琅研究〉到卓英燕〈王詩琅臺灣民間文學作品之研究〉、徐淑雯〈王詩琅兒童文學研究〉、鄒易儒〈無政府主義與日治時期臺灣新文學——王詩琅之思想前景與文藝活動關係研究〉、蔡易澄〈王詩琅研究——黑色青年與戰後再出發〉等等。

二、關於生平、思想的補充及再探

王詩琅在廣州八年的生活、學思、藝文活動，除他自己所述外，事實上仍有諸多空白，尤其是《廣東迅報》、同盟通信社、興亞院與華南文化協會的關係，此外是其晚年對早年參與黑色青年聯盟的淡化。有些混沌不明處，今日雖亦憑藉殘存史料推敲，但也只是提醒讀者問題的推測、解決的過程，有些論點或仍需憑靠日後更多文獻加強佐證。先述王詩琅一些不被提及的生平細節。

王詩琅香港之行僅見鍾逸人文章，譚冰清〈王詩琅廣東八年考〉[6]，查證《廣東迅報》〈香港歌壇漸復熱鬧〉一文作者「裔剛」是否即是王詩琅的筆名時，引用了鍾逸人〈塚本照和與王詩琅〉一文：「談話中，得悉他（王詩琅）與家叔前後期被徵召赴港，並於今年（1941 年）初，奉命從準備去澳門創辦《西南日報》的家叔手中接辦『華南文化協會』。因此，更拉近我們之間的關係。」[7]由於王詩琅所有的回憶以及生平簡歷都未提及他曾在1941 年回臺，亦未提及王詩琅赴香港接手華南文化協會的事。鍾逸人此文可以為裔剛〈香港歌壇漸復熱鬧〉提供合理的解釋，並客觀推測「裔剛」即王詩琅其人。

---

[5]臺灣總督府警務局編；王詩琅譯，《臺灣社會運動史——文化運動》（臺北：稻鄉出版社，1988 年）。
[6]譚冰清，〈王詩琅廣東八年考〉（廈門大學臺灣研究院文學所碩士論文，2016 年），頁30。
[7]鍾逸人，〈塚本照和與王詩琅〉，《文學臺灣》第 93 期（2015 年 1 月），頁15。

　　日本投降後，在等待回臺的這段時間，王詩琅在廣州的生活如何？根據藍博洲訪問臺北帝國大學醫學部第一屆畢業生蕭道應及其妻子黃怡珍，在《臺灣好女人》一書中記載：

> 1993 年 11 月 7 日，我在臺北市第一次採訪黃怡珍女士時，她說：「丘念台先生任命蕭道應為集訓總隊的中校政訓主任；我則被派為少校教官兼女子大隊副大隊長。其他臺籍的輔導教官還包括王詩琅等人。訓練所的全名應該是『國民政府軍事委員會廣州行營臺籍官兵集訓總隊』，是丘念台先生取得第二方面軍張發奎長官的同意，在花地接收了五個軍用大倉庫成立的。其中，男隊員，包括軍夫、通譯，編成兩個大隊（14 個中隊），分住四個倉庫；女隊員統編成一個女子大隊，住一個倉庫。」

> 通過丘念台先生和我們這些教官的講解後，她們後來也都能接受中國。因為這樣，精通臺灣歷史的文化界前輩王教官，也就是王詩琅先生的課，特別受到歡迎。[8]

　　從這兩段敘述，可推知王詩琅在二戰結束後，回臺灣之前的活動，他曾在「國民政府軍事委員會廣州行營臺籍官兵集訓總隊」擔任輔導教官（政治教官），可能講授課程就是臺灣歷史，而且特別受到歡迎。[9]中校政訓主任蕭道應、少校教官黃怡珍都是同僚，藍文有助於了解蕭道應、鍾浩東、蔣碧玉等臺灣青年前往大陸參加抗戰情形及臺籍官兵集訓總隊人事方

---

[8]藍博洲，《臺灣好女人》（北京：臺海出版社，2005 年），頁 36～37。亦見藍博洲另一篇〈蕭道應先生傳奇而悲苦的道路（1916—2002）〉，《祖國破了，要把它黏回去：蕭道應先生紀念文集》（臺北：海峽學術出版社，2004 年），頁 116～117。

[9]在張炎憲、翁佳音合編《陋巷清士──王詩琅選集》及李盛平主編的《中國近現代人名大辭典》（北京：中國國際廣播出版社，1989 年）已提到王詩琅 1945 年 10 月透過丘念台引薦任國民政府軍事委員會廣州行營臺籍官兵總隊政治教官。後回臺灣，先後任《民報》、《臺北文物》編輯，《臺灣風物》、《學友》、《和平日報》等報刊主編，中國國民黨臺灣省黨部幹事、臺北市文獻委員會和臺灣省文獻委員會編輯組長等職。

面的動態。這部分資訊又可以王詩琅訪談錄的回答予以補充。他在當時的工作內容是「整理黨議、資料和三民主義理論體系，把蔣公的言論資料譯成日文，校對也是我」，還有《民間知識》、《婦女雜誌》等中日文對照的雜誌的編校。[10]同時說「日本投降時，我正在廣州行營臺籍官兵集訓總隊任政治教官，對許多海南島來的臺籍官兵眷屬及護士作再教育。」在給李獻璋的書信也說「我在廣州行營臺籍官兵集訓總隊當了半年的政治教官，到了4月2日搭輪，初十日抵家鄉。」[11]寫信時間是民國35年6月14日。由此可知王詩琅擔任教官及具體回臺的時間。

　　此外，王詩琅曾於1967年參與「臺灣口述歷史計畫」。緣於1965年時，臺灣大學陳奇祿與許倬雲教授在演講「臺灣研究在中國史學上的地位」之後，深感臺灣史的研究有加強的必要，因此在哈佛大學燕京學社的資助下，於1967年推動「臺灣口述歷史計畫」，請王詩琅、王世慶負責主訪經歷日本統治的臺灣耆老，以及板橋林家、霧峰林家兩大家族的相關人物，包括陳逢源、林呈祿、林熊祥、黃旺成等。這個計畫至1969年為止，因經費關係沒有再繼續。又因政治尚未解嚴，為避免不必要的麻煩，未即時公開出版，直到1991年才整理成《近現代臺灣口述歷史》。[12]關於王詩琅在「臺灣口述歷史計畫」的工作細節，在葉榮鐘數位典藏計畫完成後，可以看到1969年3月22日及4月28日王詩琅致葉榮鐘信函，陳述「5月9日赴下榻臺中鐵路飯店，下午集體赴霧峰訪問……5月10日、11日繼續訪問，並於11日返北。」信函提及葉榮鐘先生是重要訪問對象。

　　在王詩琅給葉榮鐘的信函（1969年6月3日），可見他提供〈本世紀來的臺灣新文學運動〉與〈日據時期的臺灣新文學〉給葉氏撰述「臺灣新文學

---

[10] 王麗華，〈史話與童話——訪王詩琅談文獻工作與兒童文學〉，《大高雄》革新第8期（1979年3月），頁113～114。
[11] 王麗華，〈史話與童話——訪王詩琅談文獻工作與兒童文學〉，《大高雄》革新第8期，頁113。
[12] 參許雪姬，〈近年來臺灣口述歷史的發展及其檢討〉，收入楊祥銀主編，《口述史研究・第一輯》（北京：社會科學文獻出版社，2014年），頁314。沈懷玉，〈口述史料的價值與應用〉，收入喬萬敏、俞祖華、李永璞主編，《中國近現代史史料學國際學術討論會論文集》（北京：新華出版社，2005年），頁140。

運動」時參考。又提到〈日據時期的臺灣新文學〉曾譯成日文刊於《今日之中國》。對葉榮鐘所贈之《臺灣近代民族運動史》提出尾崎秀樹之作誤植為池田敏雄，訂正參考書目的「臺北市文獻」宜作臺北文獻、臺北文物，信札所涉詩文評論，月旦之言、攻錯之語，皆足資後人借鑑，可見他對朋友能奇文共欣賞，疑義相與析，處處可見態度真誠，學術切磋精神。

　　近期《臺灣文學館通訊》羅列 2017 年 12 月至 2018 年 2 月捐贈名單，有王詩琅家屬捐贈書信文物資訊，經查是王詩琅致王瑞興（王詩榜）、王詩欠兩封信，分別是 1935 年 7 月 19 日及任職中國國民黨省黨部宣傳處時期（判斷是 1947 年 2 月 1 日），雖是談有關公款一事及自己遷新居的地址，但在 1935 年這封信卻已見「宿患眼疾加重不能執筆」，此時王詩琅廿七歲，可說一生為眼疾所困，卻又充滿精進奮發之志。

　　目前的研究成果對於書信的應用尚不明顯，但從李獻璋編〈王詩琅先生信札集——其所反映的光復初期生活〉（《臺灣風物》第 35 卷第 3 期，1985 年 9 月）可見其推心置腹的坦誠，舉凡政治經濟社會形態、文化背景、教育狀況、學者文人之間的交往以及他們的學術觀點和文化追求，直接和間接，積累起來便是可珍可貴的史料，即談一事一物，似乎無關宏旨，但當時的習俗風尚，報刊種類、建築物價、出版進出口書籍等生活圖景，也可作今昔的對照，洞察其生活真相，思想軌跡。

　　有關王詩琅晚年對早年參與黑色青年聯盟的淡化及相關討論，首先，鄒易儒論文圍繞王詩琅「黑色青年聯盟事件」的疑點，釐清王詩琅晚年寫下〈老鼠欲入之孔變成圓穹門〉一文時，刻意消解「黑色青年聯盟事件」重要性之緣由。其後，蔡易澄〈王詩琅研究——黑色青年與戰後再出發〉論文，特別列一章討論，他認為王詩琅在 1982 年發表〈老鼠欲入之孔變成圓穹門〉一文，指「黑色青年聯盟事件」只是當年與友人小澤一的惡作劇所引發的意外，甚至間接否認自己是無政府主義者。之所以如此，是回應1980 年代初期張恆豪〈黑色青年的悲劇——王詩琅及其小說意識〉以「黑

色青年」討論王詩琅[13]，以及 1982 年由《暖流》雜誌社所舉辦的「『黑色青年』王詩琅座談會」、1983 年李南衡、王曉波、尉天驄、郭楓等人對王詩琅進行口述歷史的訪談稿〈黑色青年與臺灣文學〉。而茅漢（即王曉波）等人對王詩琅在《聯合報》上發表的〈老鼠欲入之孔變成圓穹門〉此文章有不同的詮釋，他們認為王詩琅這篇文章有「以古鑑今」之意。蔡易澄認為從「黑色青年」一詞的背後，「將表面上看似抗（日）威權，但其實上是嫁接到抗（國民黨）威權。但更重要的是，在這樣的討論下，王詩琅的想法被『架空』，被他人詮釋為抗威權的象徵而已。」[14]「對於這些『黑色青年』的討論，王詩琅也並不領情。」因此除了以〈老鼠欲入之孔變成圓穹門〉一文削弱「黑色青年聯盟事件」在抗日史的意義，同時減少黨外雜誌文章的發表，以此可理解王詩琅用「刻意遺忘」的態度，來應對「黑色青年」討論的復甦。蔡文影響了譚冰清〈王詩琅廣東八年考〉「再論王詩琅與黑色青年運動」一節，但也對蔡易澄、王曉波之說，提出不同看法，認為王詩琅承認無政府主義思想，並非是刻意遺忘。他所否認或者說刻意淡化的只是──黑色青年聯盟事件。王詩琅的目的和出發點已在文中表明：「這個事件不過是他們的一個藉口，用來一貫地高壓臺灣人而已」。王詩琅的「著力點在於強調當年日本人對臺灣人的嚴酷殖民統治，是對自林房雄以來的日本右翼企圖美化殖民戰爭，並勾結島內親日勢力為侵略歷史翻案的回應，提醒當代臺灣人不忘當年的恥辱。」[15]

三、文學（包含兒童文學、民間文學）、民俗學、歷史學的研究

王詩琅主要以中文寫作，範圍涵蓋甚廣，包括小說、新詩、評論、文

---

[13] 此文首先注意到王詩琅發表於《明日》的文章，同時通過分析王詩琅作品，辨析其中所包含的無政府主義之思想成分，探究小說投射的社會運動影像，後續研究者使用無政府主義、黑色青年來研究王詩琅，正是受〈老鼠欲入之孔變成圓穹門〉一文之啟發。

[14] 蔡易澄，〈王詩琅研究──黑色青年與戰後再出發〉（成功大學臺灣文學研究所碩士論文，2012年），頁 26。

[15] 譚冰清，〈王詩琅廣東八年考〉，頁 57～62。

獻與民俗、民間、兒童文學等。王詩琅於青年時期，曾受《伍人報》、《洪
水報》、《明日》等單位邀稿，撰寫許多讚頌自由、和平的詩作，王詩琅於
〈我的早年文學生活〉如此描述：

> 這時候，臺灣陸續辦了很多雜誌；比如以民族運動為主流的，由黃白成
> 枝和謝春木所辦的《洪水報》；由王萬得、周合源等合辦的，有共產主義
> 傾向的《伍人報》；由黃天海辦的，有無政府主義色彩的《明日》等，所
> 謂三大思想鼎立時代，成了臺灣文壇的熱潮。我和這些人都是朋友，經
> 他們的慫恿，每個雜誌我都寫了稿；有的是新詩，有的是論文。

可惜因為這些雜誌幾乎都遭當局查禁，導致王詩琅新詩作品公開刊登
的很少，目前僅見〈沙漠上的旅人們〉（1930 年）和〈蜂〉（1935 年）等兩
篇，討論者亦少。小說是他最被重視的項目，雖然王詩琅小說創作數量亦
不多，但有他個人從事社運的特殊經驗為背景，如果說「文學是一個時代
社會的反映」，那麼〈夜雨〉、〈沒落〉、〈青春〉、〈十字路〉、〈老婊頭〉這些
作品正反映了日治下不同階層人們的苦悶、沮喪和知識分子的徬徨。這些
作品大約可分為兩類：一是反映社運分子之心路歷程，此與其他作家以警
察和人民的糾葛為題材者，或和楊逵筆下的知識分子迥異。另一種是反映
人性百態，如〈青春〉、〈老婊頭〉。〈夜雨〉敘述一印刷工人響應罷工後，
生活頓時陷入困境，只好讓女兒淪跡青樓。罷工失敗，他仍以同情的態度
來看業主、內奸、降服的工人，只是「他覺得似乎別有個大的、看不見的
責任者」。〈十字路〉中，主人翁張來福公學校畢業後，進入銀行當工友，
並於夜間繼續進修，考取普通文官試驗，在銀行掙得行員的職位。然而自
從擔任銀行行員，也有十年以上了，這十年來不管他如何努力，那些後進
的大學、高商畢業的後輩個個都超過他。他每日唯唯諾諾，小心翼翼地侍
奉上司，戰戰兢兢地怕被革職，想到這裡，一種無可名狀的憤慨不平和悲
哀，不禁齊湧心頭。什麼「適材適所」、「不論學歷，人材拔擢登用」全是

騙人的幌子。他不禁想到以前同窗出入文協，研究社會問題；表哥放棄前
程，到大陸參加社革，回臺被捕。而自己卻毫不理睬，只圖榮華。一位因
參戰社革入獄六年的好友歸來，二人餐敘，他向好友說現在他漸悟社革的
重要，但好友卻已意志消沉，不予附和，令他對極不公平的殖民社會感慨
萬分。小說呈現了民族待遇的不平等，強烈的突顯了臺灣人民的反日意識；
然而時局形勢禁止、社運迭遭挫折，知識分子由是心灰漸生，日益消極，
竟至頹唐。作者擅長進入人物之心靈，捕捉人物心中對一切外在事物的反
應。諸如以外在境遇的逆轉，如失業的打擊、家勢的沒落、生活的困窘等，
映襯人物的挫敗感、頹廢感、虛無感，隱示小說主題。王氏這些小說除呈
現當時重要的現象外，似亦不無夫子自道之意，帶有半自傳性質。毓文曾
描述王氏受社運挫折之後亦曾消極頹廢，毓文說：

> 他去年曾在《臺灣文藝》誌上，發表一篇〈沒落〉，便是描寫從實際運動
> 後退了的他自己的哀感。

> 錦江先生自失了思想的根據，又因過度的勉強，雙眼陷於極度的近視，
> 一時非常悲觀，終跑上自暴自棄之路，夜夜出入於咖啡館與酒場之中。
> 這樣，頹廢的生活，連續經過了數月，據他自身說，當他在熱中於酒色，
> 一個月最多的時候曾消耗了三百餘塊。普通的月給生活者，一個月的月
> 給，最多是三十塊，錦江先生把月給生活者，辛辛苦苦經了十個月久，
> 才掙得到一筆大錢，僅僅在一個月間的時內就開消了，讀者諸賢，爾想
> 豪勢不豪勢呢？[16]

　　身為社會運動者兼文學創作者，王氏之文學精神自然亦有抨擊殖民統
治者與舊社會陰暗面之成分，然而王氏不出之以搖籃期創作聲嘶力竭之控

訴，而運用不慍不火之溫婉筆調，使人物自省，藉內心之掙扎，使讀者無形中對當時天昏地暗之年代有所共鳴。研究者認為張恆豪〈黑色青年的悲劇──王詩琅及其小說意識〉將王詩琅筆下軟弱形象的知識分子轉化為民族意識覺醒的社會運動者，陳芳明〈王詩琅小說與左翼政治運動〉則將小說人物對資本主義的批判，解讀為對殖民體制的批判。二文將王詩琅的小說安放在「左翼抗日」的脈絡。蔡易澄則以〈黑色青年聯盟宣言〉、〈社會進化與支配〉到小說〈夜雨〉、〈沒落〉、〈十字路〉諸文，認為王詩琅關心的重點一直是臺灣左翼社會運動，似乎並沒有特別揚起「抗日」的大旗。如此說法，與戰後楊逵重出文壇時的現象如出一轍，其〈送報伕〉在 1970 年代亦以「抗日」視之，其後方以階級小說重新審視，這自然也關係到當時的政治社會環境，以及戰後世代的經歷、教育環境有關。

另〈青春〉、〈老娼頭〉二篇小說反映人性百態，王詩琅曾述其寫作緣起：

> 〈青春〉所描寫的，是舍妹因肺結核而從女校退學，進入療養院休養的生活。那時起，我對於人生的看法因此而受到影響。我覺得年輕的妹妹為何變成這種地步，又要如此可憐地死去呢？……〈老娼頭〉是敘述目前仍在萬華的某一個娼館老闆娘，她依照臺灣的慣例，買來小姑娘，養大之後再讓她去賣淫，以臺灣這種陋習為經緯所寫成的，諷刺老娼頭越有錢越趾高氣昂，目空一切。

〈青春〉寫少女月雲夢想當歌星，但患肺結核，住院年餘，含恨而終。小說以玫瑰（娜利耶）喻凋謝的青春，流露對人生無可奈何的傷感情緒。月雲拾起花束中脫落的「娜利耶」（玫瑰花），歎息道：「娜利耶是花中的女王！我也欲做女人中的女王！」「花卉盛開一時，才肯凋謝；我卻在含蕾未開，就要夭折！」用「易凋的娜利耶」歎息難以挽回的青春。同時也表達跨民族的個人情誼，互信互助的美好情操。〈青春〉、〈老娼頭〉與戰後發表的〈沙基路上的永別〉、〈邂逅〉，是王詩琅小說被討論較少的，龍瑛宗〈名

作的誕生——評王詩琅〈沙基路上的永別〉〉[17]，評述此作乃以第一人稱展
開著故事，透過女主角的嘴，道出沙面租界的緣由，以及沙基慘案的始末。
「不施脂粉，寧稱平淡無奇，仍屬寫實主義的好文章」、「開門見山地便心
理描寫著臺灣人的苦惱。……主角好像哈姆雷特般猶豫思索起來，這是近
代文學的特色」、「現代人的過剩意識抬頭起來，這也是近代文學的特色」，
強調此篇小說的「近代文學的特色」及「臺灣人不是日本人」、「臺灣人永
遠是漢民族呀！」

　　關於兒童文學的研究，王詩琅於 1955 年辭去臺北市文獻會的職務，就
任《學友》雜誌主編，由於該雜誌以兒童和青少年為編輯對象，因而他就此
開始了兩年（1955～1957 年）的兒童故事編輯生涯。[18]李南衡在〈王詩琅先
生，我們實在感謝您！〉中，肯定王詩琅對編輯兒童文學雜誌的才能：

> 內容有世界文學名著改編，臺灣民間故事改寫，創作的兒童文學與漫畫、
> 科學新知……內容非常充實，當時能在臺灣欣欣向榮，每期銷售高達四、
> 五萬本，可說是文化沙漠上的一大奇蹟，而創造出這項奇蹟的，就是
> 《學友》雜誌出版幾期即繼彭震球先生之後，接下主編棒子的王詩琅先
> 生。[19]

　　楊雲萍〈王詩琅先生追憶〉，也對當時《學友》雜誌受歡迎的情況，
作了如下的說明：「這本為青少年出版的雜誌，一時紙貴洛陽。最多時聽
說發行到三萬本，而全數售罄。……王詩琅的編輯才能，實令人注目。」
張恆豪於「『黑色青年』王詩琅」座談會中，如此介紹：

---

[17]陳萬益主編，《龍瑛宗全集‧評論集》（臺南：國家臺灣文學館籌備處，2006 年），頁 344～347。
[18]林文寶在〈王詩琅與兒童文學〉一文推論，王詩琅於 1955 年元月任《學友》雜誌主編，真正主
　編的《學友》始於 1955 年 2 月，即《學友》第 3 卷第 2 期，而他辭去《學友》主編，是在 1957
　年 12 月。
[19]李南衡，〈王詩琅先生，我們實在感謝您！〉，《文季》第 10 期（1984 年 12 月），頁 69～70。

他寫兒童故事，總不忘以深入淺出的方式來闡揚民族的精神，如鄭成功、文天祥的故事；另外並有流露一些鄉土情懷的民間故事，如鴨母王、水蛙記、七爺八爺等。此外，他也介紹一些科學新知，強調教育性和啟發性。這些作品與後來因惡性競爭，而一味抄襲日本或西方的暴力、玄奇以招攬讀者的文章，簡直不可同日而語。這一點是應加以肯定的。[20]

王詩琅兒童文學的作品，包括兒童散文與兒童故事編寫兩大類。與兒童文學直接相關的，見諸張良澤所編「王詩琅全集」中卷 1《鴨母王》（如〈鴨母王〉、〈虎姑婆〉、〈白賊七〉、〈七爺八爺〉等）、卷 2《孝子尋母記》（如林道乾、鄭成功、郁永河、王得祿、吳沙、劉銘傳、莫那魯道等人）、卷 10《夜雨》下篇「文學報導」及卷 11《喪服的遺臣》（前五則寫鄭成功、文天祥、孔子、趙盾、方孝孺五人的故事，後半部九個故事屬於外國童話的翻譯之作）。

目前有林文寶〈王詩琅與兒童文學的活動〉、〈王詩琅與兒童文學〉。[21]文中論及「王詩琅兒童文學作品的特色」時，將王詩琅的兒童文學作品分為「臺灣民間故事」、「臺灣歷史故事」、「中國歷史故事」、「翻譯」、「報導文學」五類。在「翻譯」類下，作者表示：「王詩琅的翻譯作品有九篇，而嚴格說來就是改寫。雖然它的原書皆屬於歐美兒童文學作品，但是，王詩琅是譯自日文本，且是簡譯。由於王詩琅並未註明改寫的出處，又是簡譯，是以無法追溯其出處。」〈王詩琅與兒童文學的活動〉內容大體是前述〈王詩琅與兒童文學〉一文的第三節，原標題作「步入兒童文學的行列」。另有兩篇碩論研究王詩琅的兒童作品，分別是徐淑雯的〈王詩琅兒童文學研究〉與郭雅芳的〈王詩琅兒童故事的教育意涵研究〉，徐淑雯首先針對王詩琅兒童文學作品童話版本問題，取德馨室「王詩琅全集」卷 1《鴨母王》與玉

---

[20]徐曙整理，〈「黑色青年」王詩琅〉，《陋巷清士——王詩琅選集》，頁 303。
[21]林文寶，〈王詩琅與兒童文學的活動〉，《兒童文學學術研討會論文集——少年小說》（臺東：臺東師範學院語文教育學系，1992 年），頁 297～322。二文有相近之處。林文寶〈王詩琅與兒童文學〉，《東師語文學刊》第 7 期（1994 年 6 月），頁 118～219。

山社《台灣民間故事》，以及「王詩琅全集」卷 2《孝子尋母記》與玉山社《台灣歷史故事》，詳加對校，對「王詩琅全集」故事的衍脫舛誤狀況，釐訂差異，評斷其優劣。其次亦討論王氏改寫自己兒童故事作品的情形，王詩琅兒童故事的分類與取材、兒童故事的主旨等。郭雅芳則旨在分析王詩琅的兒童故事，有系統整理與歸納其故事教育性，探究王詩琅兒童故事的內容，從主題、情節、人物、文字修辭進行探討，逐一釐清其作品的寫作特質。最後探討故事內容中的教育內涵，以提供後續研究或鑑賞的基礎資料。

四、關於評論與翻譯研究概況

王詩琅的評論文章，對文藝的評論有〈生田春月之死〉、〈新文學小論〉、〈慣習〉、〈柴霍甫與其作品〉、〈一個試評——以「臺灣新文學」為中心〉、〈賴懶雲論〉等，雖然為數並不多，「未有理論前導，但卻是出自內心的持平之論」，且「善盡了評論家的角色」。以上所舉各篇，都發表於日治時代。研究者較少關注此區塊，鄒易儒論文〈無政府主義與日治時期臺灣新文學——王詩琅之思想前景與文藝活動關係研究〉，對王詩琅的文藝評論進行分析，觀照「無政府主義的實踐經驗於其文藝評論中所留有的轉化再生之跡，以及王詩琅對於臺灣新文學不同發展階段的關注視角之變移。」[22]在「黑色意識的轉化與再生——王詩琅文藝評論之分析」一節，分析〈新文學小論——就革命文學而言〉、〈柴霍甫與其作品〉、〈一個試評——以「臺灣新文學」為中心〉三篇評論，認為王詩琅〈新文學小論〉一文「已為日本的無政府主義文學運動，於臺灣新文學的發展脈絡中留下了一抹光影。」（頁 97）第二篇〈柴霍甫與其作品〉，根據鄒易儒的研究，王詩琅是以追尋知識分子的敗北黯影為主軸，關注契訶夫筆下參與那露彌基運動的俄國知識分子，其從昂揚奮起到敗北幻滅的期間種種幽微混沌的思緒情

---

[22]鄒易儒，「摘要」，〈無政府主義與日治時期臺灣新文學——王詩琅之思想前景與文藝活動關係研究〉（政治大學臺灣文學研究所碩士論文，2010 年）。

感，以及在運動挫敗之後迷惘而絕望的知識分子如何面對自身理想的虛妄與現實生活的嘲諷。[23]王詩琅從而在〈柴霍甫與其作品〉中，抒發其對於俄國知識分子的慨嘆：

> 1870 年代的文人、思想家、青年智識階級們，以如初戀的男女的愛和情熱，爭先恐後地追求的「那露彌基」的運動。為其理想主義的內在矛盾，及社會狀態的變遷，當然是不得不破綻而消滅的，經濟地位屬於小資產階級的智識階級，疲憊於過去的沒有功果的爭鬥。到這而纏恍然大悟難以打勝周圍的玩迷的社會。而不得不沉痛傷悲了。以往崇高的努力都付諸流水了。齷齪醜汗的現實生活，理想和現實的無限的遠離，現實生活的慘澹的敗北，他們都不約而同一齊陷入絕望，空虛，倦怠的境地了。這在歷史的現實的形成裡，必然的會變為自己破滅的兩種意識，一種是無為的生活，如機械的存在，失掉對理想的希求和慾望。一種是成為完全喪失力氣，徒詛咒人生，嘲笑世間的敗殘的憂鬱的厭世。[24]

這裡的提點非常重要，以王詩琅文學作品（小說、評論）呼應敗北知識分子的形象之由來。此外，〈賴懶雲論〉、〈粗線條的人粗線條的作品〉分別評論賴和、張文環，文字雖不長，但眼力之睿可見。林瑞明〈重讀王詩琅〈賴懶雲論〉〉即是篇力作。王惠珍〈戰時東亞殖民地作家的變奏——朝鮮

---

[23] 鄒易儒，〈無政府主義與日治時期臺灣新文學——王詩琅之思想前景與文藝活動關係研究〉，頁 99。文中並云：「或許王詩琅正是藉由觀看其所再現的敗北知識分子之形象，與過去曾從事無政府主義運動的自己展開一場赤裸裸的自我對話與心靈重建，甚且由此確立了王詩琅小說創作中，以最切身的知識分子或運動從事者為主角的書寫基調亦不無可能。」（頁 266）更早之前，徐曙在座談會裡即說：「王詩琅在許許多多的作家裡挑柴霍甫來寫，主要的原因是：柴霍甫筆下的知識分子大多屬於灰暗面貌的，他們在沙皇專制統治下，知道現實生活很糟糕，卻無力去改變它，有的人只好消極地躲在小閣樓，終日耽酒，王詩琅寫柴霍甫，寫的實是當時臺灣知識人的悲哀。」見徐曙整理，〈「黑色青年」王詩琅〉，《陋巷清士——王詩琅選集》，頁 301～302。

[24] 刊《第一線》第 1 期（1935 年 1 月），頁 67。王詩琅可能看過《小說月報》刊登的一些重要的有關契訶夫的評論，如第 17 卷第 10 號上陳著譯的〈克魯泡特金的柴霍甫論〉，同一期上還有趙景深翻譯的俄國作家蒲甯的回憶文章〈柴霍甫〉。趙景深還在《小說月報》第 18 卷第 5 號上譯有科普林的〈柴霍甫〉。另汪偶然，〈柴霍甫及其他〉，《俄國文學 ABC》（出版地不詳：ABC 叢書社，1929 年）。

作家張赫宙與臺灣作家的交流及其比較〉[25]則突顯戰後王詩琅對張文環的文風評價以張赫宙為評比標準。王詩琅原文：

> 記得遠在日據時期，筆者讀過他（張文環）的作品所獲的印象，覺得有如在日本文壇活躍的朝鮮作家張赫宙初期的作品的風味，縱然內容、題材，描寫手法以及意義各不相同，但同樣粗獷，猶如天馬行空，一種壓迫感令人非讀到結末不忍掩卷的力量卻是沒有二致的。兩人的作風都是「粗線條」的。[26]

　　關於王詩琅的翻譯研究，在日本統治時期曾以日文撰述〈賴懶雲論〉，而其中文根柢亦深厚，當時能兼善中日文的臺灣作家仍有限。他在 1930 年代嗜讀文藝作品，而除了看書外，他也著手翻譯，最初是譯茅盾的《子夜》為日文，但只譯一小部分即到中國大陸。在廣州時，幾位臺灣同好所編的雜誌，曾邀王詩琅翻譯橫光利一的小說〈機械〉，據王詩琅所述，他曾翻譯此書[27]，但目前未悉是何種雜誌？譯著《機械》一書亦未得見。僅戰後譯註的《臺灣總督府警察沿革誌（第二篇）：領臺以後的治安狀況（中卷）・臺灣社會運動史》，在 1995 年 11 月由稻鄉出版社以《臺灣社會運動史──文化運動》的名義出版，此書為了解日治時代文化運動與社會運動的重要史料[28]，影響極大。

　　譯著《機械》一書雖未得見，但透過橫光利一〈機械〉短篇小說的閱讀，可以了解王詩琅所譯之作的內容。譚冰清〈王詩琅廣東八年考〉考察

---

[25]王惠珍，〈戰時東亞殖民地作家的變奏──朝鮮作家張赫宙與臺灣作家的交流及其比較〉，《臺灣文學研究學報》第 13 期（2011 年 10 月），頁 9～40。

[26]王詩琅，〈粗線條的人粗線條的作品〉，《臺灣文藝》第 59 期（1978 年 6 月），頁 115～118。

[27]王詩琅〈我的早年文學生活〉，《陌巷清士──王詩琅選集》，頁 213。下村作次郎編；蔡易達譯，〈王詩琅先生口述回憶錄──以文學為中心〉，《陌巷清士──王詩琅選集》，頁 218。

[28]張恆豪先生於 2017 年 11 月於「飛頁書餐廳」的演講，提及王詩琅過世後，此書差一點被當垃圾處理，憶及老人以風中殘燭的微弱生命譯註此書的艱辛刻苦，真情流露，潸然淚下，非常令人感動的一個畫面。

横光利一〈機械〉小說，發表於 1930 年 9 月的《改造》。認為〈機械〉這篇小說除對「第四人稱」的實驗性操作技巧以外，此篇小說尚有深刻的主題：刻畫在資本主義壓迫下工人的異化，以及對資本主義社會的批判。王詩琅「雖然在日本機關工作，但他還是延續了自『黑色青年運動』時期對資本主義社會的一貫批判，只不過，這次是通過他人之口，採取了更加委婉的方式。」並以王詩琅在 1930 年 8 月 7 日《明日》創刊號上發表的〈社會進化與支配〉一文印證其無政府主義的互助精神及對資本主義的批判精神，透過〈機械〉延續下來，以此隱祕方式進行抗爭。最後並歸結為王詩琅將此「內化為對祖國的認同和對日本殖民者的憎惡，成為王詩琅晚年文學創作最重要的兩個主題」。由於譯作未見，而〈機械〉作者是橫光利一，作品所傳達的思想感情很難等同於譯者的意思，同時，王詩琅曾自述「只有應人要求，勉強翻譯一些和自己的文學傾向不同的橫光利一、志賀直哉的日文小說一篇而已」[29]，因此就橫光利一〈機械〉小說內容詮釋譯者的翻譯動機及其國家認同，恐需更嚴謹多加斟酌，因為我們無法就其他不同國家的譯者翻譯〈機械〉也歸諸於具有此相同的意圖。

　　譚作首先注意到王詩琅翻譯〈機械〉，並提出詮釋，值得肯定。可以提供讀者思考的是，《改造》雜誌在 1930 年 9 月登載了作家橫光利一的《機械》時，同年 4 月至 6 月，《改造》連載了左翼文學的代表性作家小林多喜二（1903～1933）的小說〈工廠細胞〉。其時以「機械」問題意識作為創作動機的現象已經出現，在更早的 1929 年，日本文壇文化界對圍繞「機械」流行著諸多言論，同樣是《改造》所刊的藏原惟人（1902～1991）〈新藝術形式的探究──普羅藝術當前的問題〉，在 1929 年 12 月號上登載，可以說是普羅文學運動陣營中迫切呼籲作家要與「機械」緊密相連的文章。小林多喜二的〈工廠細胞〉以「機械」為關鍵字，賦予了普羅文學對「機械」的新含義。而新感覺派橫光利一的〈機械〉，從人與機械對立的角度，描寫

---

[29]王詩琅，〈往事的回憶〉，《陋巷清士──王詩琅選集》，頁 187。關於翻譯志賀直哉的日文小說，未見他指出實際的作品是哪一部小說。

人的自主性的喪失，通過對「人」的内心獨白和心理變化的描寫，揭示了當時社會中生活的人被異化了的心理狀態，對現代主義而言，此作亦具有新意義，新的審美觀，尤其不斷流動的心理描繪以及内裡含有一種參與社會、批判社會的傾向。王詩琅廣州時期不敢隨意試作文學，在朋友請託下，勉強翻譯了與自己文學傾向不同的横光利一小說〈機械〉，這是就翻譯自主性而言，作為譯者的他，如主動從事翻譯，他會選擇文學傾向與自己相同的作家作品，但這並非意味他因此排斥不同傾向的作家作品，他曾列舉自己注意的新感覺派作家谷崎潤一郎、吉田絃二郎的隨筆，永井荷風、島村抱月以及川端康成、横光利一、龍胆寺雄等新感覺派的作品，同時又說自己也讀普羅文學，小林多喜二也是其中一位作家。雖然這兩種不同傾向的文學，卻因社會參與意識使二者產生連結，尤其新感覺派作家的一些作品在看似現代主義的手法，卻指向現實的一面，在 1930 年代臺灣文學作品即產生像〈愛睏的春杏〉現代與現實融合的作品。作為關鍵詞的「機械」，對日本殖民地臺灣文學產生怎樣的回響與呼應[30]，值得繼續討論。此外，王詩琅喜讀夏目漱石作品，在所寫的〈賴懶雲論〉評價賴和〈惹事〉一篇時，他說這一篇所給予的感動，是「夏目漱石《少爺》中的幽默，加上略微沖淡了的魯迅辛辣所混合的味道。」王詩琅最後翻譯了〈機械〉，除上述原因外，或許此作和夏目漱石作品中的低迴趣味極相似，亦有其可能。

五、關於小說使用的語言

　　王詩琅、朱點人、林越峰、廖毓文、林克夫諸氏雖主張以中國白話文創作，然行文之際，為求傳神、真實，亦間用閩南話文，尤以記錄下層社會人

---

[30] 王詩琅，〈社會進化與支配〉：「那無生氣的怪物——機械便出來助資本家富強起來。在資本主義社會的×××××為要維持明日的生計，不得不在他的鐵蹄下窒思著自己的知識、創造力，而從事的工作。自己天天所做的工作，到底是甚麼東西一點也不知，只像附屬在機械的肉塊一樣。做到和械器迴轉的同一時間來拖延了他們的日子就罷了。」《明日》創刊號（1930 年 8 月），頁 12。〈柴霍甫與其作品〉：「這在歷史的現實的形成裡，必然的會變為自己破滅的兩種意識：一種是無為的生活，如機械的存在，失掉對理想的希求和欲望。一種是成為完全喪失氣力，徒詛咒人生，嘲笑世間的敗殘的憂鬱的厭世。」《第一線》第 2 期（1935 年 1 月）。

物對話時，為了寫其身分、口吻之真實，自亦不得不乞靈於閩南話文。從王詩琅〈老婊頭〉（1936 年 6 月寫，7 月刊出）使用的閩南語言，如：

1. 著啦：對啦。（著啦，生意實在真壞。）
2. 媟媟囝仔：女孩子。（每晚一個　媟囝仔，罕有二人以上的人客。）
3. 恁：你。（恁那裡已是成了市，有二個人客倒是不壞。）
4. 拔拔去：搶去。（我們這裡的人客，總給恁那裡拔拔去。）
5. 古早：以前。（錢是古早賺入手，也沒有缺食用，免賺也沒要緊。）
6. 親像：像。（親像我們一家口，靠那生意食穿。）
7. 曝干：曬乾，猶言喝西北風。（生意若無，大家就要曝干。）
8. 敢著那麼緊：何必那麼快。（再坐啦，敢著那麼緊。）
9. 來去坐：到我家坐坐。（和她告辭聲「來去坐」。）
10. 人親朋，錢性命：臺灣諺語，喻視錢如性命，比親戚朋友還重要。
11. 蕃仔酒矸：日據下臺灣妓女，如接日本客人，被恥叫為「蕃仔酒矸」。（「蕃仔酒矸」已散在路上等待客了。）
12. 小潑賤：罵女人語。（這小潑賤，一定是又不返來喫飯。）
13. 喫本：蝕本。（今天又是喫本……哼！）
14. 食飽未：吃飽沒？（阿娘，你食飽未！）
15. 食看：吃吃看。（阿娘，你食看，新款的。）
16. 新款的：新的樣品。（同前例）
17. 一領：一件。（只這一領我就不再做啦，好嗎？）
18. 昨年：去年。（第一是昨年秋鬧鬼。）
19. 按怎樣：怎麼樣。（按怎樣？更新不好嗎？）
20. 食那款藥：吃那種藥。（秀仔講食那款藥，病沒有甚麼好。）
21. 不要細膩：不必客氣。（不要細膩，不是要向你借。）

　　其中臺語（閩南語）的使用，讓小說人物口吻生動傳神，鍾肇政〈臺灣文壇的不朽老兵——簡介王詩琅其人其作品〉說：

　　　當時在臺灣文壇盛行的一種文體——嚴密地說，那是當時臺灣文人習稱的白話文；是中文沒錯，卻夾雜著為量相當不少的臺語與日語。……句型有時也不免有臺語化的。簡言之，這是在當時的臺灣發展出來的頗為特殊的文體，或可名之為「殖民地文體」，庶幾近之。我想作家們並不一定不懂較純的白話文，特以顧慮讀者的接受方式，而不得不出此。否則在當時一般民眾不易接觸祖國書籍的情形下，把「自動車」改用「汽車」（日語汽車係火車之謂），「自轉車」改用「單車」，「女給」、「手形」分別用「女侍」、「支票」，讀者可能反而無以索解了。王氏的文章大體也類似。[31]

　　鍾肇政特別點出「殖民地文體」的特殊性，這自然是當時文壇創作界的文字使用情形。但客觀而言，「〈青春〉與〈老婊頭〉這兩篇作者二十七、八歲的少作，在藝術經營方面，有不圓熟之處，用詞亦多犯日本式漢字之嫌。」[32]似乎也有其道理。只是某些特殊用法，通常有時代、個人因素，很難說絕對的好或絕對的壞。比如「自己們」的用法，早些年可能覺得文字不通，近年則時見「○○們」的用法，尤其是在政治新聞評論裡屢見不鮮。朱宥勳〈自己們的餘燼紀念日——王詩琅〈沒落〉〉[33]，首次提到小說〈沒落〉使用「自己們」。他的解釋是小說的敘事者對讀者寫「為要打破父母反對自己們的結婚……」的時候，不被認定為同伴的，是不能用這個詞去指的。

---

[31]鍾肇政，〈臺灣文壇的不朽老兵——簡介王詩琅其人其作品〉，《鍾肇政全集・隨筆集（二）》（桃園：桃園縣文化局，2000 年），頁 343～344。

[32]林文月，〈雖留身後名一生亦枯槁——評《陌巷清士——王詩琅選集》〉，《聯合文學》第 31 期（1987 年 5 月），頁 213。

[33]朱宥勳，〈自己們的餘燼紀念日——王詩琅〈沒落〉〉，《幼獅文藝》第 708 期（2012 年 12 月），頁 25～27。

　　筆者從朱文的提醒，進而追索「自己們」出處及用法，發現與魯迅關係密切。王詩琅不僅寫了〈悼魯迅〉一文，事實上，他本人讀大陸作家的作品，「仍然是以魯迅的作品讀得較多」[34]，因此其創作語言亦受到魯迅的影響。魯迅作品用「自己們」的篇章有〈觀鬥〉：「我們中國人總喜歡說自己愛和平，但其實，是愛鬥爭的，愛看別的東西鬥爭，也愛看自己們鬥爭。〈隱士〉：「泰山崩，黃河溢，隱士們目無見，耳無聞，但苟有議及自己們或他的一夥的，則雖千里之外，半句之微，他便耳聰目明，奮袂而起，好像事件之大，遠勝於宇宙之滅亡者，也就為了這緣故。其實連和蒼蠅也何嘗有什麼相關。明白這一點，對於所謂『隱士』也就毫不詫異了，心照不宣，彼此都省事。」[35]〈在上海看蕭伯納〉：「關於中國的政府罷，英字新聞的蕭，說的是中國人應該挑選自己們所佩服的人，作為統治者；日本字新聞的蕭，說的是中國政府有好幾個；漢字新聞的蕭，說的是凡是好政府，總不會得人民的歡心的。」〈論語一年：借此又談蕭伯納〉：「大家沸沸揚揚的嚷起來，說他有錢，說他裝假，說他名流，說他狡猾，至少是和自己們差不多，或者還要壞。」〈止哭文學〉：「當自己們被征服時，除了極少數人以外，是很苦痛的。」《阿 Q 正傳》：「倘打得慢，他就會在戲臺上吊死；洗得慢，真鬼也還會認識，跟住他。這擠在人叢中看自己們所做的戲，就如要人下野而念佛，或出洋遊歷一樣，也正是一種缺少不得的過渡儀式。」〈病後雜談〉：「到底是刻了一本集，連自己們都附進去，而韻事也就完結了。」這種用法應是魯迅自發明的。

　　其例甚多，可以合理懷疑，王詩琅閱讀魯迅作品並受其影響。[36]尤其是這樣一個用在自己後加上「們」的特殊用法。本來「們」用在代詞或指人

---

[34]下村作次郎編；蔡易達譯，〈王詩琅先生口述回憶錄——以文學為中心〉，《陋巷清士——王詩琅選集》，頁221。

[35]此文寫於1月25日。最初發表於1935年2月20日上海《太白》半月刊第1卷第11期，署名長庚。

[36]王詩琅執筆的卷首語〈悼魯迅〉，提到魯迅是中國最偉大的作家，其因在於作品〈藥〉、〈孔乙己〉、〈狂人日記〉等立下新文學實質基礎（相對於理論），其中又以《阿Q正傳》為一里程碑。

的名詞後面，是一個表示複數的尾碼，在國語運動開展之後得以頻繁使用，儘管在舊時一般沒有用「們」的，但說 「學生們」時，「們」的用法還是恰切的。人稱代詞包括「我、你、他、我們、咱們、自己、人家」等等。我們考察現代漢語的實際用例，人稱代詞中僅限於第一、二、三人稱代詞的單數形式可以加「們」表示複數形式，而無「自己們」、「人家們」、「我們們」之說。[37]因此將「們」用在反身代詞「自己」的後面，則正是魯迅對語法常規的顛覆。從此一例，可推知王詩琅對魯迅作品並不陌生。

六、結語

　　1908 年 2 月 26 日出生於臺北艋舺的王詩琅，年輕時活躍於文化運動，也積極參與社會運動。他醉心於文學、政治、經濟、社會的各種知識，而對他的思想起著最大作用的是 1923 年日本關東大地震之後，日本無政府主義領袖大杉榮夫婦被非法逮捕、殺害的事件。這一慘案打破了王詩琅對「明治維新」、「大正民主」的神話，從而驚覺到國家權力無限擴張的可怕。經由對大杉榮的同情，他開始接觸無政府主義的書籍，曾因「臺灣黑色聯盟事件」被捕入獄。此事件對王詩琅影響甚大，遭此挫折後，他改弦更張，從事文學創作，1935、1936 年完成的〈夜雨〉、〈沒落〉、〈十字路〉，皆反映日治時期社會運動者的生活及痛苦。1938 年赴廣州，任職廣東迅報社，從事編輯工作。戰爭結束後，他轉而從事臺灣文獻的編修整理。發表了不少政論性文章，如《和平日報》多篇時事評論：〈從糧價論本省經濟政策〉、〈臺灣糖業的危機〉、〈關於本省自治示範區〉、〈衛生設施與防疫〉等，可見他有心改善臺灣的政治、社會。同時也整理臺灣文獻，編寫兒童讀物，主編《學友》雜誌。他所寫的兒童故事，往往有傳奇的特色，除了記錄了許多不尋常的事件、趣事，也寫民族英雄的事蹟。他說「我寫神話，不強

---

[37]如「這件事由他們自己去解決／這件事由他自己去解決」一句，前者的「自己」指代的是複數，它也表複數義；後者的「自己」指代的是單數，它也表單數義。所以「自己們」、「別人們」和「誰們」中的「們」都是多餘的。

調迷信，而是供給小孩知識，強調裡面的教育性，歷史故事和民間故事是民族的文化遺產，小孩不能不知，尤其是鄭成功、文天祥這些故事的編寫，我用了不少心血。安徒生寫童話，也是同樣強調『教育性』的。」[38] 其影響不可小覷。張良澤〈寫於王詩琅全集出版前夕〉一文，曾提到他之所以走上文學之路，是受到王詩琅的誘導：

> 原來我在小學時最愛讀的《學友》雜誌的臺灣民間傳說、世界童話名著等作品，十之八九都出自王先生之手。受了這些故事的影響，我於小學六年級時，寫了生平第一篇創作〈矮爺柳爺〉，並第一次大膽地投給《學友》，……現在回想起來，我一生之所以會走上文學之路，不能不說是受了王先生的誘導。[39]

他也任職「臺北文獻會」及「臺灣省文獻會」，擔任《臺灣風物》雜誌社務委員兼編輯委員，對文獻史料的整理出版，貢獻良多。由於他的創作面向極廣，但觀察歷來的研究成果，偏重其小說創作與兒童文學創作，文獻與民俗研究較少，在臺灣史、臺灣文獻研究整理方面雖亦多被援引，但研究量仍大有開展之空間。他一生體弱多病，視力不佳，晚年身居陋巷，不改其樂。莊永明在〈「《臺北文獻》季刊 60 週年紀念」口述歷史座談會紀錄〉，說：

> 當年那些在臺北市文獻會工作的老先生，我都有見過並且有些交情，像我手邊這份王詩琅先生的文件，這是他當時視力已經很糟糕，不過這份情況還好。其他像他後來寫的文章，我必須從第一個字跳到最後再轉回來，因為他的眼睛等於看不見，以前他看報紙是頂到鼻子來看。當然，這些前輩很多作為，後來有些學者也有批判，認為他們是抄日本人文獻來做翻譯文

---

[38] 王麗華，〈史話與童話──訪王詩琅談文獻工作與兒童文學〉，《大高雄》革新第 8 期，頁 116～117。
[39] 張良澤，〈寫於王詩琅全集出版前夕〉，張氏編「王詩琅全集」，頁 8。

章。但其實在當年各位可以想像，做這些事只是他們的一份工作，要做深入研究是有其困難度，我們需體諒他們；而且他們晚年也相當淒涼，像王詩琅後來還摔斷腿，我去找他時，我從敲門到他開門之間，必須花費一、二十分鐘，因為他是用爬的出來開門，導致後來我都不忍心去找他。[40]

雖體衰多病，但始終不減其關懷鄉土的熱誠，後人以臺灣新文學的活字典、臺灣鄉土史家、臺灣文獻家、臺灣的安徒生等稱許他，而這其中令人感動、感佩的是「陋巷清士」。綜觀其一生，從黑色青年到陋巷清士的王詩琅，生命發光發熱，指引年輕人以明燈。

---

[40] 蕭明治記錄整理，〈「《臺北文獻》季刊 60 週年紀念」口述歷史座談會紀錄〉，《臺北文獻》第 182 期（2012 年 12 月），頁 3。

輯四◎
重要評論文章選刊

我的早年文學生活

◎王詩琅

幼年愛好稗史小說

　　幼年時代，臺灣沒有為小孩寫作的兒童讀物，不知道什麼時候開始，看了些什麼書也記不起來了。總之，武俠小說之類，入了眼就喜愛起來了。記得初時，《彭公案》、《七俠五義》、《施公案》等，都是我最愛好的書。《彭公案》續到二十幾集，雖然內容、文章和前變了樣，仍是愛不釋手。有時，不認得的字，就向父親討教。父親在大陸曾經讀過舉業子書，所以學問比較深，字也認得多。《西遊記》是後來才看到的，更愛讀了。記得《西遊記》裡，孫悟空變化無窮的神態，豬八戒蠢笨可愛的模樣，沙和尚憨直的表情，及唐三藏瀟灑斯文的形象，彷彿就在眼前。我反覆讀了四、五遍，不但是裡頭的人物，就是幕幕場景也歷歷在眼前。記憶裡親炙這些書是在十一歲左右的時候。

　　到後來，我就由這些小說世界逐漸走進了稗史世界。不過，小說仍舊沒有放棄，繼續看著。稗史如：《唐朝演義》、《隋唐演義》、《宋朝演義》、《西太后秘史》等都看過；尤其是《神州光復志》，對我的影響最大，我不但喜歡它的內容，更感謝它們對我民族意識儆醒所發生的作用。這些大約是在我十五歲左右的事。在那之後，我對日本在臺灣的措施，逐漸有了認識，就是在學業上也發生了變化。在課堂，我寫文章時用的語句時常被老師寫在黑板上，讓同學們來讀，老師還說：

　　「王詩琅，人雖小，文章寫起來卻像大人一般。」

在我的印象中，這些事都還很鮮明地在腦子裡。

本來我是很晚才入公學校的，父親這樣說：

「做生意人不用什麼學問，也用不著學什麼日語。」

我偏違了他的意思，走入了另一個世界裡，這到底是幸福還是不幸福誰又說得上來。在這段時期裡，家裡生意做得很好，家中的人個個忙碌終日，而我卻整天抱著書看。到了 14 歲那年，家兄因賭輸錢，虧了大空，便私自繞道日本回到福建家鄉，然後轉赴南洋檳榔嶼去了。父親便有意要我退學從商。可是親友，及鄰近的人都替我反對，這才沒走入商途，而得以畢業。畢業後，我已能讀《論文規範》，且一方面也讀起日本書來。對日本的文學作品，也漸漸地有了興趣。像夏目漱石的《少爺》、《我是貓》，及永井荷風、樋口一葉、德田秋聲、尾崎紅葉等人的作品也都開始讀起來。

我已讀的小說及稗史除了上述之外，還有很多，不過，這時候因讀了《論文規範》、《中學規範》，對論文也發生了興趣，且對日本的論文也喜愛起來。關於這方面的書，讀得不少。剛開始從某先生的指導，說要了解人生，就要讀哲學的書，我便開始找哲學書籍閱讀。

這時我已看完中學會的《中學講義錄》，早稻田的《文學講義錄》也讀了一半，到後來都讀完了，對人生就多了一些理解。

朋友慫恿開始寫稿

因為讀了很多書，對日本統治臺灣，益加憎恨，也抱了不平。況且兒童時代，常被日本小孩罵是「清國奴」，更加深了民族意識，所以年輕時，就是在這種強烈的民族意識中生活著。

日本人的統治臺灣很巧妙，他們巧奪豪取，隨便壓榨，硬生生掠奪，使臺灣人只顧得三餐，並沒儲蓄的餘地。我們做生意的人，何嘗不也是這樣。大正 12 年，東京大震災發生，日本人在東京慘殺朝鮮人；而大杉榮、伊藤野枝，及他們的外甥所掀起的運動，更挑起了我的民族意識，於是我對當時的社會主義也發生了興趣。本來喜歡老莊哲學思想的我，也受了影

響，只是我並不贊成暴力行為而已。文學方面來說，喜歡的書更廣了。大陸這時正在流行著 1930 年代文學，魯迅、郭沫若的作品正在流行。我就在這期間對中國新文學發生了興趣，張資平、許地山、冰心、林語堂、胡適、陳獨秀的作品都成了我閱讀的目標。這時候大陸的文學雜誌陸續湧進臺灣，我著實也讀了不少。

這時候，臺灣陸續辦了很多雜誌；比如以民族運動為主流的，由黃白成枝和謝春木所辦的《洪水報》；由王萬得、周合源等合辦的，有共產主義傾向的《伍人報》；由黃天海辦的，有無政府主義色彩的《明日》等，所謂三大思想鼎立時代，成了臺灣文壇的熱潮。我和這些人都是朋友，經他們的慫恿，每個雜誌我都寫了稿；有的是新詩，有的是論文。當年寫稿是沒稿費的，但寫得卻也熱衷。這些作品，大致都已散失了。到了臺灣文藝聯盟在臺中成立的時候，我沒有出席。理由是文藝這種東西，不需要統一或劃一。也因此有很多對我的評論隨著來，說我從事文藝工作者，為什麼不去參加。我想這只是意見不同而已。

在文藝聯盟成立之前，臺北由於郭秋生、黃得時、黃啟瑞、陳君玉、廖漢臣、蔡德音、朱點人、林克夫、吳逸生等的臺灣文藝協會早已成立，我也早被拉進這回合成了會員。他們已經編印出版了《先鋒部隊》文藝雜誌，後來，《先鋒部隊》改成《第一線》。在臺中的文藝聯盟發行了《臺灣文藝》，我都投了稿。楊逵、葉陶和張深切鬧分家後，另創立「臺灣新文學」雜誌社。這些雜誌社的印刷處後來都轉移到臺北來，我便受了楊逵先生之託，主編《臺灣新文學》有半年以上。在這期間，我也開始寫了幾篇小說：〈沒落〉、〈青春〉、〈老婊頭〉、〈十字路〉，都是這時期的作品。

30 歲時，我就到上海去。不久，又回臺灣來。那年歲末再去廣州。

我讀了很多文藝作品

我開始讀文藝書是在我國所謂的 1930 年代文藝時期，和日本的新感覺派和普羅文學時代，兩地都很熱鬧。1930 年代作家、新感覺派、和普羅文

學的作品，幾乎都看過。後來，就成了早年來讀書的習慣，每天在生意場合中，對周遭發生的事物都不理會，自讀自的書。在這時期裡看的書，印象也特別深刻。

《紅樓夢》這本書，自早年至這時候差不多已看了七、八遍之數。劉姥姥進大觀園、黛玉葬花、賈寶玉出家當和尚，這些都是我印象最深刻的情節；它描寫了片面人生，令人神往。

世界文學來說，福樓拜的小說、莫泊桑的《女人的一生》、托爾斯泰全集、雨果的作品、紀德的《田園交響樂》、蕭霍洛夫的《靜靜的頓河》等都是我愛讀的。愛默生文也是我喜歡讀的。此外，日本很多新作家的作品，也深深地吸引了我。

中國的新作家，像茅盾的《子夜》、《春蠶》，和歐陽山所寫的，都夾有地方語言，我讀得很順暢。我在日後的作品中也摻有地方語言是受了他們的影響。日本作家谷崎潤一郎的小說《痴人之愛》、《春琴抄》，對我的影響也不小。

總之，除了看書之外，我也曾著手翻譯工作，最初是譯《子夜》為日文，不過，只譯了一小部分就到大陸去了。也就是在這時期裡，還沒到大陸之前，還為《臺灣文藝》寫了〈沒落〉、〈老娼頭〉、〈青春〉；為《臺灣新文學》寫了〈十字路〉。

我之不看翻譯的中文作品也有一段故事；就是在二十歲左右，有個朋友在上海讀書，曾經和商務印書館有往來。他對我說起中國人譯日文為中文時，或日本人譯中文為日文時，都是幾人合譯的；你一段我一段，誰通那一段就譯那一段，所以一合起來，文章就既不通順又不感人了。戰後，還有一個朋友告訴我，他說紀德的《田園交響樂》中譯本，聽說是由原文譯來的，他就把日譯本和中譯本一起拿來比照，發現中譯本並非所聽的，是由原文直譯的，卻是由日文轉譯的，內容有很濃厚的日本語法、語氣。自從聽了他們的述說後，我對外文中譯本就不感興趣了。

專讀古文學作品

　　到上海那年，正是日本占領上海時期，當年歲末，我轉往廣州。在廣州的工作是做一個報館的編輯，報館是日人辦的。在這時候，正是日本右派大抬頭的時期，也就是癲狂侵華時期。這時候的廣州市內，滿目瘡痍。我閒暇便到那時新成立的攤販市場看書，因為知道時代氣氛，所以盡量自修、吸收舊文學的精華。喜歡看的書有《蘇曼殊全集》、《影梅庵憶語》、《世界美文學專集》、《浮生六記》等很多書，現在要數也數不全了。

　　廣州時期，我幾乎沒有文學活動和作品。硬要拿來充數的話，就是幾個臺灣同好所編的一個雜誌，要我翻譯橫光利一的小說〈機械〉而已。

　　這段時間內，古文學看的不少，前記的《紅樓夢》之外，《水滸傳》、《三國演義》、《西遊記》都是百看不厭的書。《水滸傳》中梁山泊及各路英雄的行徑；《三國演義》中的劉、關、張都是我心儀的人物、情節。這時期雖然沒什麼文學作品及活動，但是關係電影公司的事做得不少，這或者可說和文學有點關係吧。文學活動和作品所以少，完全和時代氣氛有關。

　　我在想，人的一生，由於興趣的轉變，對一個人的影響很大。

我當了扶輪社文學推薦委員

　　臺灣西區扶輪社，為了獎勵臺灣的文學、藝術、體育等活動起見，曾經設了各種扶輪社獎，我就被提為推薦委員。當時我接觸到的新作家不多，何況當時新作家也找不到幾個；有人向我提起廖清秀的小說，我便拿來仔細讀了一遍，覺得規模不小，文學意味也很重。內容是描述一個日本女孩和本省青年戀愛的故事，寫到後來日人被遣送回日。我又仔細讀了好幾遍，覺得很不錯，便向西區扶輪社推薦，幸得如願以償，該篇小說得了獎。成了廖清秀受獎的作品。

　　第二年，有人把一個本省籍的婦人，她曾在大陸受過教育，所寫的作品推薦出來。我認為雖然她籍是一半在臺灣，半世卻在大陸受教育的這個

關係，而不同意她受獎，可是她也當選了。

　　年輕時，在思想鼎立時期，曾寫了不少新詩，給各雜誌發表。那時候，由於正當年輕，感情敏銳，所以寫起詩來很容易。後來年紀大了，這種感情也沒有了，就慢慢地走入小說之都，寫寫小說而已，而這些小說也跟著當時刊登的雜誌散失得蕩然無存了。

　　現在的我，興趣也轉往了歷史方面，寫稿時都偏向歷史，尤其是日據時期的文獻，搞得最多。

舊詩作的回憶

◎王詩琅

筆者的名叫「詩琅」，很多朋友以為「琅」音與「朗」或「郎」通，誤為「詩琅」是屬於雅號，因此通訊時有「詩朗」或「詩郎」兄相稱，這或者是「詩吟朗朗」或「吟詩郎君」都是一位墨客雅士。其實不然，筆者本是個平庸的凡夫，名字本是先父於筆者生下時就如此命名，先父是遵古法製，沿用陶南蚶江我們三槐堂傳來行輩：「文章華國，詩禮傳家」八個字，他是「國」字輩，筆者則是下字的「詩」字輩；至於「琅」字則做兄弟都是採取斜「玉」傍的字為名，這似乎更沒有多大的含意，所以自昔聽到這樣的稱許，不勝辯解，只好笑笑置之。

筆者自幼雅好文學，年方髫齡便耽讀章回小說；稍大，知識之門開，人文科學、社會科學等理論之外，更喜新詩、小說、散文之類，中日文兼讀，凡是世界名作無不趨之若鶩。到了二十歲前後一如一般青年，嫉惡如仇，追求理想，富幻想，多愁善感，滿腹嚕囌，苦無處發洩。

到了 1929、1930 年（日昭和 4、5 年）前後，臺灣思想界，塵埃大體落定，各種思想旗幟分明，不過在日本政治上軍閥勢力日強，反動力量有增無已。抗日陣營中的各種思想系統的運動逐漸被迫退卻，大多只好辦些言論來吐露心聲，於是雜誌刊物相繼出籠，《伍人報》、《洪水報》、《明日》等便是三種思想傾向的代表性刊物，他們都是藉這些刊物來吐口氣。他們這些刊物雖然都是代表某一種思想傾向的人物所辦，其實，內容未必盡然，所以都是很龐雜。況且當時會寫文章的人不多，求之不易，因此，凡有來稿，不管有沒有思想，作者是什麼思想系統的人物，幾乎是有稿必登。

　　筆者雖然讀過一點書，而且中日文都讀，可是還沒有寫作的自信。平日以為舞文弄墨與我無干，但能夠寫得順情達意的書信便算了。有一天，《明日》的編者黃天海又來半鼓勵半慫恿，說：「你只一味讀，沒有寫是不行的。鼓起勇氣來寫，評論、文藝作品……什麼都好，寫寫看。」後來又有一些朋友也這樣說，我這樣被他們一再似鼓勵又似催，心裡於是也有點癢，怦然一動，便真的鼓起勇氣，寫了一篇評論和一首新詩交給他。這兩篇刊登在《明日》雜誌，這大概也是筆者的「處女作」。後來他每期一定要筆者寫些東西。

　　後來《伍人報》、《洪水報》的編者也來要筆者寫東西，這些人大都也是朋友，不好推辭。筆者於是便都隨便寫些新詩交卷。當然是不管他們的雜誌思想背景，我寫我的而已。後來這都成了例子，在這些刊物倒臺為止，寫了不少新詩。這些新詩且都是白話文的，現在回想起來，這真的是「盲人不怕虎」，有點赧然。

　　在這一時期，寫過多少作品？現在不但都忘記得一乾二淨，無法計算，用的筆名，除了「王錦江」及真名正姓外，也都記不清了。

　　日前偶然找出《明日》雜誌創刊號，這一期刊載的新詩〈沙漠上之旅人們〉，如上面說過，或者就是筆者的詩的「處女作」，這也是「碩果」僅存的。成果如何？筆者不敢說。不過後來張維賢兄辦的民烽劇團的學員，曾用毛筆把它抄寫在摺扇面，使筆者不覺地吃了一驚。

　　這首詩題為〈沙漠上之旅人們〉，詩的好壞姑且別論，頗能道出當時的感情。全文如次：

　　力出盡了
　　疲倦極了
　　食糧也喫完了
　　水一滴也沒有了
　　駱駝已將斃死了

．．．．．．．．．．．．．．．．．．．．．．．．．

沙漠的旅人們

耳邊上聽着嘶嘶的狂風作威

沛然的暴雨橫行肆志

黑蒙蒙的飛沙罩住天日

．．．．．．．．．．．．．．．．．．．．．．．．．

世上好像一團之死灰

閉上了眼睛心裡禁不住叫

罷了！罷了！

束手待那狂風暴雨野獸

任意摧殘任意打撲吞噬

．．．．．．．．．．．．．．．．．．．．．．．．．

絕望地展開了眼睛

四面回顧盼一下

噯呀！

前面不是奧亞錫斯嗎？

他們驚喜地跳躍起來

．．．．．．．．．．．．．．．．．．．．．．．．．

兄弟們！

協力猛進吧！

只稍奮起精神

百撓不屈地擊退他

那所希望的光明

快樂的美境片刻就能到了[1]

——1930 年 7 月 26 日作

---

[1]王詩琅，〈沙漠上之旅人們〉，《明日》第 1 期（1930 年 8 月），頁 16～17。

　　後來又在偶然的機會，在藏書中找出 1935 年（日昭和 10 年）1 月，臺灣文藝協會發行的《第一線》，也刊有拙詩〈蜂〉；及本省光復後楊逵兄的臺灣文學社於民國 37 年 8 月發行的《臺灣文學叢刊》第一輯也刊有拙詩〈歷史〉等二篇。光復前的兩作都是四、五十年前的作品；就是光復後的這一作也是經過了 30 年的舊作。這些在筆者都是在心靈上具有劃期性的意義。〈蜂〉是在日本軍閥反動的陰霾密布下產生的；後者則本省光復後，日人重壓一掃而空，靜觀在破曉的雞鳴，歷史又繼續在前進。兩詩原文如下：

　　　星雲般散開的蜂兒

　　　風雨中被撞破的窩巢碎斷

　　　瀕死的女王蜂躺在樹下哼著

　　　哦！喪失靈魂的

　　　彷徨在荒野的蜂兒

　　　不必悲傷舊巢顧盼舊址吧！

　　　強風烈雨狂吹著

　　　孱弱不堪的當然要飛散！

　　　蜂兒！

　　　去怒濤中找你的新生命

　　　去峻崖上建你的新巢穴吧！[2]

　　　　　　　　　　　　　　　　　　──1934 年 10 月 5 日作

　　　歷史重又奔流在大江之上

　　　　久埋在灰爐裡的情熱

　　　揉著惺忪的眼睛醒過來

---

[2] 王錦江，〈蜂──呈舊友〉，《第一線》第 2 期（1935 年 1 月）。

枯瘦的體軀電般充沛活力
　　乾癟的耳朵響著：
天空傳來的破曉雞鳴
萬馬千軍歡騰的前進

歷史當擠入狹谷窄河之中
　　這一班神的叛徒惶惑萬分
　　有的徬徨失措　有的頹然泯滅
有的在逆流中緊把船舵
他們相信雨後必有天晴
昏暗陰沈的夜又那麼長久

歷史當叩敲黝黑的大門時
　　這些結著辮子的孩子們
　　不覺又驚又喜
人世還有這麼遼闊的世界
瑰麗摩天的殿堂
　　於是他們背叛廟堂出走
跟著前跑　跟著歌唱
歷史的宏亮聲音
　　又在招參加歌唱了
　　‥‥‥‥‥‥‥‥‥‥3

——1948 年 7 月 10 日夜作

　　以上三首於筆者都具有意義，也是僅存的三首小詩。至於詩的好壞，

---

3 王詩琅，〈歷史〉，《臺灣文學叢刊》第 1 輯（1948 年 8 月）。

讀者自有公平的評斷。不過以筆者來說，是感情還充沛時才能夠寫出這樣有情感的東西，時過景遷，現在回想起來，真是不無今昔之慨。

——寫於民國 66 年 6 月 1 日

——選自王詩琅《夜雨》

高雄：德馨室出版社，1979 年 12 月

老鼠欲入之孔變成圓穹門

◎王詩琅

　　臺灣有句諺語：「老鼠欲入之孔，變成圓穹門。」意思是說本來老鼠出入的洞是很狹小的，卻變成了房屋的門那麼大；本來是雞毛蒜皮小事反而鬧成了龐大事件。

　　筆者約在五十多年前（昭和 2 年，1927 年）曾因所謂「具無政府主義思想」而遭日本政府檢舉，判決入獄。其實，那次的案件主要肇因於日本人小澤一想向日本警察開玩笑，未料玩笑竟鬧成上法庭的案件，日本當局還故意渲染，煞有介事地在「警察沿革誌」上大作文章，因而「老鼠孔變成圓穹門」。不過，這個事件在促成臺灣人反日運動上，深具意義。

　　事情是這樣的：當時，筆者年方 19 歲。某日，我的日本朋友小澤一身著便服、腳穿木屐到我家來。他告訴我，他想戲弄日本警察，並提出許多資料，其中有無政府主義的『サバトラント』宣傳手冊和宣言，而且也發給了其他的朋友。小澤說，這無關緊要的，讓警察窮緊張一下。可是這麼一來，驚動了臺灣的日本警察，他們神經過敏地煞有介事開始全面檢舉。南起屏東、高雄的黃石輝、謝賴登等，北迄基隆、宜蘭的黃白成枝等被檢舉人達數百餘名。當時稱此案為「臺灣黑色青年聯盟事件」。日本當局此次過敏的反應，很明顯地仍是要鉅細靡遺地打倒反日運動，尤其是當局對身受世界思潮影響的青年更深懷戒懼。

　　此案因嫌疑而遭檢舉者雖達數百名，但送預審的只有十幾人，而送到法庭接受審判的，除小澤一、筆者外，有吳滄洲、吳松谷計四人而已。當時判決所援用的法律是舊式的《治安維持法》，刑期最高為十年。四人中，

除小澤一判二年半外，其餘則為一年半或一年。

在法庭答辯中，枡見檢察官說：「泰山搖動，竟只抓到一隻老鼠而已。」意思就是說，大費周章把事件弄得那麼大，而「實在」有罪者竟僅僅四人。官方勞師動眾的結果，竟落得如此下場，豈不令人啼笑皆非？在控訴的過程上，檢察官枡見雖強詞奪理，其實也不過反映了日本統治者的心虛，時時想要防患未然地撲滅臺灣人抗日的火種。這個事件也不過是他們的一個藉口，用來一貫地高壓臺灣人而已。

無政府主義思想的「臺灣黑色青年聯盟」事件被檢舉的臺灣人成員中，有後來左轉成為共產主義者的洪朝宗、蔡孝乾等。不過成員中也有不少與筆者一樣主張民族主義者。例如曾任《民報》記者、臺北縣國民黨部主委的李友三先生即是。

本案本起於日人小澤一心存捉弄警察而釀成偌大之事，實在也是笑話。此為筆者一直埋藏在心底五十多年，鮮為他人所詳知的一段底蘊。如今，趁著《聯合報‧副刊》「公開」專欄披露出來，聊供國人更深認識日據時期統治本省的一個資料。（翁佳音筆錄）

（聯合報，1983 年 9 月 11 日）

──選自張炎憲、翁佳音合編《陋巷清士──王詩琅選集》
臺北：弘文館出版社，1986 年 11 月

同好者的面影（節錄）

◎毓文[*]

錦江先生

大正 15 年度，以一個二十來歲的大和青年小澤一氏為盟主，網羅島內一班革命的「阿那其斯特」[1]而結成的所謂「臺灣黑色青年聯盟」被銳敏警察當局探查了，開始一齊檢舉！那時候，被檢舉者之中，有一個姓王的，讀者諸賢還記得麼？那個姓王的，就是錦江先生！他的本名叫作詩琅，和阿拉一樣，是住在衰落的艋舺地方。他自少時，思想就很發達，據他自身說，他在公學校四、五學年中，和青萍先生（臺灣文藝協會員）的哥哥（名、阿拉忘掉了）二人，對於社會一般的事情，就頗有心得。不論是政治上的問題，或經濟上的問題，凡是級友所不知道的問題，他們盡都知道，所以同窗的級友，便替他們起了一個別號，叫錦江先生為「天文」、叫青萍先生的哥哥為「地理」。錦江先生，畢了公學校後，就逞身投入思想運動，拜「克魯包特金」為座主，努力建設無政府主義社會。無政府主義者，是採取革命的破壞主義，為其實現理想的手段，是社會主義者中最激烈的一派。讀者諸賢！那時候的錦江先生的鬥志是如何剛強呢？但是這是過去十年前的事，現在的錦江先生，受了時代的惰力所牽引，已經變成不堪爭鬥的廢兵了。去年歲末，日本發生「黑色強盜襲擊銀行事件」，錦江先生及張維賢先生等一班舊黨員，遭了餘殃，被警察當局請去過了四十餘天

[*]毓文（1912～1980），本名廖漢臣，臺北艋舺人。散文家、小說家、民俗研究者。
[1]編按：即「無政府主義者（anarchist）」之音譯。

的別墅生活，至本年舊曆正月一日，無事歸來，錦江先生，曾對阿拉發表過他的感想說，「早七、八年，就不知道，現在那裡有這勇氣，投入實際運動呢？」這是他的無忌諱的告白。他去年曾在《臺灣文藝》誌上，發表一篇〈沒落〉，便是描寫從實際運動後退了的他自己的哀感。

錦江先生自失了思想的根據，又因過度的勉強，雙眼陷於極度的近視，一時非常悲觀，終跑上自暴自棄之路，夜夜出入於咖啡館與酒場之中。這樣，頹廢的生活。連續經過了數月，據他自身說，當他在熱衷於酒色，一個月間最多的時候曾消耗了三百餘塊。普通的月給生活者，一個月的月給，最多是三十塊，錦江先生把月給生活者，辛辛苦苦地經了十個月久，才掙得到一筆大錢，僅僅在一個月間的時內就開消了，讀者諸賢，爾想豪勢不豪勢呢？

錦江先生除掉讀書而外，似乎沒有什麼別的趣味，他不曾到球間去撞球，又不曾到遊戲場去打菸，他也不會唱歌，也不會跳舞。他有兩個弟弟，時常邀友人來他家裡玩麻雀，但是無論再怎樣無聊的時候，他都不曾去探頭。至於運動一事，與他實無緣了，他在窮屈的時候，雖然也曾到淡水河邊去散步過，但是每天每天都是伏在櫃頭——他的家裡是布商，看書等候顧客的。

錦江先生，似乎楊雲萍先生主刊《人人》雜誌時代，就開始研究文學了。他曾和黃天海、林裴方、張維賢諸位先生創刊過《明日》的雜誌，臺灣文藝協會創立後，他又加入同會，為同會的中堅鬥將。以前他在《人人》、《明日》、《洪水報》諸誌上發表了很多的作品，《第一線》和《臺灣文藝》發刊後，也發表了好幾篇的創作和理論。如前記〈沒落〉外，還有〈夜雨〉、〈青春〉二篇小說，及理論〈柴霍甫與其作品〉一作，是從 1861 年農奴解放令頒布後的帝制露西亞的政治的、社會上的變革，敘及柴霍甫的履歷及其作品。以客觀的觀察，作細詳的解剖，描寫也很周到，像這一樣有系統的敘述在我們臺灣是很少見的。

錦江先生對於外國文學的造詣很深，尤其是對於蘇俄文學。不論是柴

霍甫的作品，或屠介涅夫、杜斯妥也夫斯基、托爾斯泰、高爾基諸人著作，大凡是傑出的作品，他大都讀過了。

　　我臺為懸海孤島，和歐美大陸離隔很遠，自然和外國文學接觸的機會也很少！阿拉很盼望他，時時介紹關於海外傑出的作家及其作品，給要研究外國文學的人作參考。這是從實際運動引退後的廢兵，轉出文藝戰線上為前衛的今日應盡的義務啦！

——1936 年 3 月 18 日——

萬華陋巷中的老人，
臺灣文化界的瑰寶

◎吳密察*

　　第二屆臺美基金會的人文獎決定頒給目前纏綿病榻的王詩琅先生，這是關心臺灣文化前途的同志們所熱切歡迎的事。對一個將大半生奉獻給臺灣研究的文化界前輩而言，這真是一個遲來的慰藉。但畢竟我們在最後的關頭裡，還是沒有完全忘記這個隱身於萬華陋巷中的老人。

兩度入獄・投身文學創作與評論

　　王先生一生七十餘年的歲月，都與臺灣的文化界脫離不了關係。在意氣風發的少年時代，他便是日本殖民統治社會中的前進分子，不但和友好組織讀書會（勵學會），研讀經由日本導入的西方思潮，而且憑著年輕人的熱情，加入理想色彩極濃的思想團體──黑色青年聯盟，但不旋踵間便被日本警察檢舉，先後兩度入獄。

　　1927 年臺灣的社會運動開始進入決戰期的同時，以文化、文學及思想啟蒙為目標的文筆活動也開始蓬勃起來。尤其在進入 1930 年代的初期，由於直接的街頭運動受到日警相當大的壓制之後，臺灣的文化界人士及社會運動家轉而從事文字筆耕，於是出現了不少包括思想與文學創作的綜合誌，例如：《伍人報》、《工農先鋒》、《臺灣戰線》、《明日》、《洪水報》、《現代生活》、《赤道》、《新臺灣戰線》，下開以後《南音》、《福爾摩沙》、《第一線》、《先發部隊》、《臺灣文藝》、《臺灣新文學》等文學雜誌出現的先河。

*發表文章時為臺灣大學歷史學系講師，現為國史館館長。

　　就在這個轉變的階段裡，王詩琅先生投入了文學創作與文學評論的行列，在臺灣的新文學界中綻放了不可磨滅的光彩。其中評論方面，以 1936 年在《臺灣時報》上發表的〈賴懶雲論〉最為膾炙人口，到現在為止，仍然是研究賴和文學最重要的參考文獻之一。在小說創作方面，〈夜雨〉、〈青春〉、〈沒落〉、〈老婊頭〉、〈十字頭〉也都有很高的評價。尤其，王詩琅先生以其從事思想、社會運動的經驗中所得來的反省，表現在其文學創作中，更使其文學具有歷史的意義。小說〈夜雨〉中所描寫的家庭悲劇，其實就是一個社會運動者面臨理想與現實衝突所記錄下來的反省痕跡。另外，王詩琅先生文學的另一個特徵是對潛存於一般民眾心中的封建成分，做澈底的批判，如果我們把王詩琅先生的文學作品中的這種呼籲被統治者自覺的要素抽離出來看的話，我們就可以看出王詩琅先生的文學比起與他同時的一些光是呼喊不著邊際的反帝口號的文學，真是不可同日而語。王詩琅先生文學裡這種對知識分子、小市民心理深層的反省和探索，如何使之成為我們以後文學繼承的養分，應該是迫不及待的課題，否則臺灣文學將在一大堆廉價的口號中輪轉，而無法從文學中提煉出我們思想的出路。希望這次王詩琅先生的得獎，有一部分的理由是基於對這種文學心靈的肯定。

「臺灣的安徒生」與「臺灣活字典」

　　光復以前的王詩琅先生是一個實行者、創作者；光復後的王詩琅先生與其他一部分先行代的前輩一樣，成為一個整理者、注釋者和傳承者。在光復初期短暫的報人生活之後，王詩琅先生最先是將他的理想放在兒童文學之上，他以臺灣歷史、文物為題材，從事兒童文學之創作，《學友》雜誌曾經伴著多少如今已四十歲的人，度過他們的童年，張良澤先生曾經說王詩琅先生是「臺灣的安徒生」。的確，在文化沙漠的 1950 年代裡，《學友》就如一棵長青的仙人掌。

　　接著，王詩琅先生先後進入臺北市文獻委員會和臺灣省文獻委員會，

從事臺灣歷史、民俗的編輯和研究，《臺北市志》和有臺灣百科全書之譽的
《臺灣省通志》，就是成於王先生之手的。在文獻會的二十餘年間，王詩琅
先生一方面從事歷史、民俗的研究，充分吸收日據時代的研究成果，以改
編重寫的方式，將之普及化；一方面以其在日據時期的經歷和關係，從事
日據時期歷史的發掘和整理。如果說臺灣近代史——日據時代史的研究，
王詩琅是開路先鋒也不為過。

　　王詩琅先生的終身文字生涯，已有張良澤所編輯的「王詩琅全集」和
《臺灣社會生活》、《日本殖民地體制下的臺灣》等，這些作品都是戰後年
輕一代初入臺灣研究園地的引導性作品。戰後新一代的臺灣研究者，幾乎
沒有不曾直接或間接受教於王詩琅先生者。

　　王詩琅先生以其長久以來，實際參與臺灣近代的社會、文學運動，和
研究臺灣歷史、風土民情的累積，使他成為年輕一輩眼中的「臺灣活字
典」。雖然王詩琅先生經常自謙是啟蒙期的人物「樣樣都知道一些，但樣樣
不精」，但數十年來，就沒有一位前輩像王先生那樣無私地提攜年輕人，遇
有年輕人前來討教，王先生無不傾囊相授，遇有複本書，便主動送予年輕
的研究者而毫無吝嗇。他常說：「我沒有受過學院訓練，我只能把自己提供
給你們年輕人做肥料。」。但是，這個一直在野的、學院門牆外的研究者，
卻在臺灣研究上培養出比學院內學者更多的年輕人來，即使現在，經常去
拜訪、探問他老人家的人，還包括幾個著名大學具有博士學位的教授們，
可見他受人尊敬的一斑。相對來看，學院內專業學者卻沒有真正培養出多
少人來。

奉獻一生・最後關頭終獲肯定

　　王先生的身體狀況一直不好，十年前更因跌倒而必須借助枴杖，才能
行動，又患有嚴重眼疾，閱讀書寫都必須利用放大鏡，但他老人家還是一
手拿著放大鏡，一手拿著筆，一個字一個字歪歪斜斜地寫下去，甚至以其
殘年獨力在做《臺灣總督府警察沿革誌》的譯註工作，直到前些年完全躺

下來為止，但他還是沒有就此完全停止他的著述工作。他採用口述而由別人筆錄的方式，仍然發表了好幾篇文章。但如今，他真的完全躺下來了，上一回我到醫院看他老人家，雖然他神智清醒，但已語言不清，我花費將近一個小時的時間才從口形中體會出他仍然念念不忘臺灣研究新生代的近況。當場我真的淚眼迷茫，他是這樣一個關心年輕人的長者。

這一次臺美基金會將人文獎頒給王詩琅先生，是一個智慧的決定，這不但在最後的階段，肯定一個為臺灣研究獻身一生者的努力和奉獻，更重要的是，這個獎帶給曾經受到王詩琅先生學恩、感召的年輕人安慰和希望，畢竟我們沒有忘記這麼一位終身關懷臺灣、愛護年輕人的文獻界長老。

（最後，藉此機會我要向劉峰松先生致敬。劉先生不但是一個溫文和平的民主改革者，也是一個在生活上體現真實博愛的有為青年。數年來，劉先生以侍奉親生父親般的耐心和愛心，照顧王老先生的起居無微不至。我相信所有王老先生的舊識或學生輩都會感念不已。）

——選自《臺灣文藝》第 91 期，1984 年 11 月

陋巷出清士
哀悼王詩琅兄

◎王昶雄*

　　愈樸而愈見其奇

　　愈奇而愈見其清

臘盡冬殘悼斯人

　　馬偕醫院住院中的老友王詩琅兄，因心臟衰弱併發肺炎而病情轉劇，雖經加護病房急救，但回天乏術，於去年 11 月 6 日晚上 10 時 10 分左右與世長辭，享壽七十有六。

　　這位長者過古稀以後，屢臥病中，好似將公立醫院當作別邸地進進出出，尤其是兩年來，住院的日數總比在家的多。由於人緣好朋友多，我唯恐常常探望對他反構成騷擾，一直裹足不前，心中卻忐忑不安。再說，那時候我又因料理先母後事，心身疲憊，便偷懶未赴問候，誰知這一懶，就與他生死永隔了。他因百病纏繞，身體日壞，他的死，儘管似是預料中事，但消息傳來，仍使我十分震悼。他與我是同宗、同道，而且祖籍也同為泉州晉江，交往這麼多年，往事歷歷在目，從一個聚會席上初識，以迄最後一次晤面的情景，像走馬燈一般，不禁一幕幕湧上了心頭。

　　一個生活清苦，又病魔纏身的文人，能活到將近八十歲，也許可算是

---

*王昶雄（1915～2000），本名王榮生，臺北人。小說家、散文家。曾任《臺灣文學》編輯、淡水純德女中歷史教師、淡水文化基金會顧問、「北臺灣文學叢書」主編，為文學團體「益壯會」創辦人、「臺灣筆會」發起人之一。

高壽。回溯去年夏秋之交的有一天，我去看他時，便向我含混地說：「我已經不成了，我遲早是要走這條路的。你看，桌上還有沒寫完的稿件呢！」當時我就覺得不祥，沒想到竟成讖語。我們與他的重逢，只有期之於九泉了。他的謝世，帶給我們無盡的感念和哀悼，他給社會所留下的典範，不待蓋棺已有定論。為了盼望給逝者補上一點微弱的聲氣，我在山房裡提筆撰寫追悼文章，詩琅兄的影子彷彿就在我的眼前晃動，一時思潮起伏，惆緒萬端，而不能自已。

在陋巷「不改其樂」

　　詩琅兄的四十年來的老家是在艋舺汕頭街，22 巷這一帶，據他的回想，當年是一片荒田，蟲唧梟鳴。自從人們胼手胝足地經營起來的陋屋散見於它的一半路面上之後，才算擺脫了陰森的懾慴，詩琅兄夫婦倆也是第一批到這兒來的拓荒者。後來房屋漸增，更顯得陽盛陰衰，每屆傍晚，只見燈火不見螢火。外圍那一排的門戶，已裝成店面，做起小買賣來了。於是雜貨、小吃、藥材、理髮等，小街上的店鋪一應俱全。

　　四鄰房屋櫛地，全是平房，路面蜿蜒其間，又窄又短的巷道，縱橫交錯，不定形的。詩琅兄一家人住在 30 弄的巷子裡，屋舍雖然很簡陋，卻別具幽靜。但是，由於住的是中間一排，在屋裡聽得見人聲，卻看不見人蹤。也就是說，不僅左右芳鄰，就是後面及前面一排屋內的動靜，也皆可聽到。活動的空間太小，有時孩子們在自家門前玩耍，常會擾及左鄰右舍的安寧。住在這一帶陋巷裡的，大多是默默工作而不求榮達的小民們，像公務員、店員、推銷員、攤販、工人等等。

　　詩琅兄夫妻由大陸返臺以後，選定此地一住就是四十年。他退休後、過著深居簡出的生活，但以前為了公務，在這條巷子不知跑了多少行程。晚年由於多病，健康日漸衰退，再也打不起精神來。自知已是有氣無力，天下事只好不聞不問了。

　　在這四十年當中，過的是清苦生活，也許他命中受窮，也許是由不得

他不安貧，不管如何，他只是靠著一些克制工夫，不止熬得住窮，就是窮得不濫。他之所以窮，因為他有骨氣，不逢迎，不肯翻舞長袖，就這樣，也只有清貧一世，和「窮酸」神交一生了。古詩他不能作，卻很喜歡吟，常常在斗室裡吟起陳古漁的「雨昏陌巷燈無焰，風過貧家壁有聲」，或是徐蘭剛的「可憐最是牽衣女，哭訴鄰家午飯香」等詩句。古人所謂「不忮不求」，一切隨緣，自我滿足。人家吃不消那簞食瓢飲的生活，他卻吃得消，真是好一幅「在陌巷不改其樂」的寫照。他一派樂天知命的作風，頗得顏回當年安貧樂道精神的真傳呢！

王太太黃玉馨女士，是詩琅兄在羊城結合的廣東姑娘，他倆是一對情投意合、同甘共苦的恩愛夫妻。她雖然識字不多，但她肯吃苦耐勞，一方面撫養子女，一方面砍柴燒飯，早年有時上山下水，面不改色。她每每扶丈夫散步時，不必細訴情意，自然會串起金黃年代歡樂的美夢；不必追尋名利，他倆早就知道真的幸福為何物，動亂好多年，幾經顛沛，但他們未曾離散過。日本有句俗語：「性格相似是夫妻」，王太太也是一位知足、安貧、靜淑的賢妻典型。

儘管陌巷的外貌如何不堪入目，但在小民們的眼中，它卻是一片洞天福地。工業社會的都市裡，住在同一棟公寓中的人，甚至近在隔壁，見面形同陌路，老死不相往來，正是「比鄰若天涯」。然而，這兒卻不同，鄰居們互相往來，互相關照，閒來無事時，聚在一起話話家常，令人大有「遠親不如近人」之感。王太太卻不喜歡串門子，因為她拙於言辭，與人閒聊，只有洗耳恭聽的份兒，所以她把串門子的時間和精力，都用在家務上和孩子們身上。對詩琅夫妻來說，陌巷裡的「家」像是冬天的太陽，帶給他們光亮、寧靜和溫暖，即使是「牛衣對泣」，也不失為一種難得的慰藉。

歷史的見證人

曾經席豐履厚，也曾落拓天涯，終於落腳汕頭街，過著被譽為「顏子再世」的生活。祖籍為福建泉州晉江，出身於艋舺的老布莊「德豐」號，

父親國琛是一位略通經典的生意人。詩琅是本名，筆名有錦江、一剛，有時候也用過王剛、嗣郎等別號，但概以本名行世。他雖是商賈子弟，卻自小就有文人氣息，終究能以「鄉土文史」為正業，數十年這方面的寫作生涯，也成了人生的寄託。

他體質虛弱，但年輕時是屬於多血型，除了木訥、老實外，還有一個上進問學的心願。六歲便開始從其父發蒙讀書，七歲時就讀於前清秀才王采甫的私塾，十歲才進入老松公學校。16 歲畢業後，理當要應考，可是父親怎麼也不准他升學，理由很簡單，布莊裡不但需要一個得力的幫手，而且將來擬將「頭家」的職位讓給他。

沒有指望的事趕快死了心，只好遵從父命，再也不想升學了。但是，他立刻下定決心──自修，硬是憑死讀的功夫，一味用功下去。白天抽空看書，夜間更是屬於自己的時間，就這樣，無師承自行研讀，終於遍讀中學和大學的講義錄，以及世界思想全集，吸收古今中外的進步思想。學歷只及小學的他，學問全靠自修苦讀點滴得來的。早歲跟王秀才念書打下的漢文基礎，也可以說竟能生衍出今日的繁花綠葉。

另一方面，他自小除了喜讀稗史、小說類之外，在他的記憶深處，常想起曾聽過父親屢述前清遺事、掌故，便確立了未來從事探討鄉土歷史民俗的志趣。小學時代，對「古書」一看再看，連不合邏輯的神怪說書也看。跟已故方豪教授一樣，一連串的巧合，使他走向文史領域的道路，他曾說：如果不是自小就喜聽「講古」、喜說「古書」；如果不是早時得到王老師的鼓勵；如果不是生長在閩南情調最濃的艋舺；如果不是讀日本民俗學權威柳田泉的著述令他對民俗著迷等等，這些「如果不是」加上他自學不輟的精神，使他成為一位蠻了不起的市井學人。

長期的學問飢渴，形成了他求知的最大動力，16 歲那一年，他跟幾位好學的朋友組織「勵學會」。該會雖是單純的讀書團體，但遭日警無理的干擾而解散，從此他恨「四腳的」（罵日人）入骨。在日帝的殖民體制下，他遂加入「黑色青年聯盟」，以無政府主義作為抗日活動的旗幟，當然不久便

被捕入獄。後來，又因「臺灣勞動互助社」等事件，屢次坐監。

抗日運動遭日警嚴厲取締後，他便參加「臺灣文藝協會」，開始文學創作。同時，他的思想發生變化，他認為無政府主義是空口說白話，當國家主權不能獨立時，這種思想，正如史記所說：「非所守也。」因此，後來儒家和三民主義的思想又促成他的回頭，一個人一生的轉變真是難料。民族主義思想在他的後期作品如〈沙基路上的永別〉，以及日後他整理文獻的觀點上，有最明顯的表現。

他的文學創作不豐，活動期間也不長，作品除上述一篇外，僅有〈夜雨〉、〈邂逅〉等三兩篇而已。至於兒童文學作品，他曾任《學友》編輯時，有寫過以寶島文物為題材的作品十多篇，雖以革命性與新鮮味著稱，但讚揚他為「臺灣的安徒生」，恐有過獎之嫌。他創作的本色是以鄉土文獻為樞軸，以文學為附庸，因此，我們與其稱他為文學家，倒不如稱他為鄉土文史家。

最平常的非常人

民國 26 年，也就是詩琅兄 29 歲時曾赴上海「宣撫班」工作，數月後，由於臺灣總督府警務局說他有抗日嫌疑之通報，他自行辭職而返臺。第二年他再赴大陸，這次是華南廣州，任《廣東迅報》編輯。他旅居大陸前後九年當中，最大收穫有二：第一是在廣州結識了後來的賢慧另一半，開始生命第一個春天；第二是利用工作空閒，蒐集資料，廣涉古今群書。

廣東迅報社解散後第二年，他帶妻返臺，從此專心致志於有關臺灣歷史、文化和民俗的研究及寫作。從事報章雜誌如《民報》、《和平日報》等報紙，以及《學友》、《大眾之友》、《臺北文物》、《臺灣文獻》、《臺灣風物》等刊物的編輯工作凡 18 年，先後任臺北市文獻委員會、臺灣省文獻委員會等編纂凡 17 年，合起來整整 35 年的漫長歲月。

研究文史是沒有一定的步驟，撞來撞去，總會撞出門路。畢竟他並非學院派，所以對治學的方法是不按牌理出牌的，只憑挺好的記憶力著述的

居多。他中年時，時常隨著採訪隊走遍各地，這種遍歷各處所看到的，所聞到的風土民情的感受，必須建立在一步一腳印的基礎上。

他擅收集文史資料，又喜歡出席很多有關聚會，以便找尋人事掌故。日後，他只是從那紛亂的資料堆中，加以掌握和分析。寫作寫久了，資料也愈來愈多，但在咀嚼消化中，若非憑藉深厚功力是無以為功的，幹這行要有的是恆心和耐心。

歷年來他積有不少的有關論文、隨筆稿，現在不僅都已裝訂成冊，並且分別集成全集，一共 11 冊，達數百萬言，真是洋洋大觀。這些都是多年來辛勤耕耘的結晶和見證，也可以作為薪盡火傳的說明。由幾十年後看來，竟成了珍貴的「文化財」，教人對臺灣的風土史事了解很多。

詩琅兄的文章樸實無華，但言之有物；文筆有時稍欠精密，卻簡潔有趣。有人批評他笨拙拘謹，文字反而粗淺，文章也欠乏整潔堅實、朗暢清澈之感。其實，他卻常常自謙的說：「我向來熱情有餘，深度不足，也自知我的古文舊學的根柢較差，中文寫得不夠結實。至於有平仄、押韻的古詩，更不敢領教，實在自慚形穢啊！」青年作家李南衡曾把他所收集的日據時期臺灣新文學的史料，加以整理出版了「明」、「潭」兩集，在其自序中說：「也許他們的寫作技巧不一定成熟，也許裡面的中文遣詞用字有些彆扭，但是這些作品，卻是那個時代最具體、最鮮活的紀錄。」。

至於小說，雖然產量不多，但寫得不錯，如〈沙基路上的永別〉，文筆樸拙，敘事的處理也很經濟，不浪費筆墨，儘管如此，不失為一篇很動人的佳構。曾對於「寶刀集」的策畫、約稿聯繫等付出最多心力的青年作家黃武忠，便這樣盛讚他：「尤其感動的是王詩琅在放大鏡下，一字一句，嘔心泣血地寫完該篇六千字的小說，其創作毅力實令人欽佩。」林語堂博士曾說過一句很巧妙的話：「寫小說要緊的是在於故事的編組，人物個性的臨畫，不需高深的文字造詣。」

年輕人朝聖的「麥加」

　　詩琅兄性情耿直，淡於名利，重行誼，尚氣節從不講違心的話，想說的也不瞞。年輕時代難免氣粗得罪人，但是年紀大了，經過環境歷練，氣勢已經收斂了許多。不過，他嫉惡如仇，有時情不自禁地連喊著口頭語的「他媽的！」所謂文人相輕或自我標榜這種事，似乎不發生在他的念頭裡。家境儘管艱困，他卻從來沒有向朋友嘆過苦經，接近他的人，也從未聽到臧否過人物。他自稱是個生無庸福的「平常人」，也許可以這樣稱，他是最平常的「非常人」，因為一來他的功績不平凡；二來他的前半生，套句俗語是個「傳奇」人物。

　　汕頭街 22 巷 30 弄裡的王家，是客廳、書房、廚房都擠在一起的一棟古老平房。書房的格局並不顯豁，一張長方形書桌正面靠著窗，稍許陽光透入，正好就著光。桌子右邊有一個高及天花板的木書架，裡面裝著滿滿的書。書桌上有雜誌，也有稿紙，詩琅兄形容為「亂七八糟」，簡直不是讀書人要求的窗明几淨。他的所有稿件，全在這張書桌上寫的。

　　他老早就困於白內障眼疾，不僅寫字不方便，就是看書時，幾乎把書貼在臉頰上翻看，報紙只能看大字標題。因此，他往往要比別人花更多的時間，才能寫完一篇文章。看到他一行行愈寫愈歪，當然也會爬到方格之外的文字，就會想到他半瞎著眼坐在書桌前面寫稿時的情景，不知他的內心有多麼的痛苦和傷心。寫累了，他往往萎靡地蜷縮在高背皮椅內，白髮皤皤，眼睛瞇成一條縫兒，一個被歲月與病魔摧殘的老人在那兒。

　　詩琅兄由於人緣好，所以平生擁有許多朋友，涵蓋青年人和中年人，而且都能相處怡然的。隨時都會有青年朋友來拜訪他，王家的客廳裡經常訪客滿座，有「講古」或解惑的熱烈氣氛，更有亦師亦友的親切感，讓這些年輕人畢生難忘。對於這些人，他像慈祥爺爺一樣，只要講起鄉土掌故，就滔滔不絕地如數家珍一般。這時候，別人很難插上嘴，有時只嫌咕咕嚕嚕地不能掌握重心。平日呆板得毫無表情的他，心血來潮時顯得很健

談，話匣子一打開，時間的巨輪便滾回到「早前」年代。他記性好，數十年前舊事，聽他有點結巴的腔調慢慢道來，格外引人入勝。

他律己嚴，待人寬，尤其樂於鼓勵後進，對家中那大宗的藏書，他從不藏「私」，每每展示或借給訪客。他常常強調說：「年輕人要講求氣勢是對的，因為對人固然要謙和，但對事則不宜畏縮。」在年輕人的心目中，他是鄉土文化的「活字典」，因此，他也是他們「朝聖」的對象，那麼，汕頭街的王公館便成為他們朝聖的「麥加」。

病魔纏身半輩子

記得民國 69 年 7 月 2 日，《聯合報·副刊》主辦一個以「永不熄滅的燻火」為題的座談會，會場選擇剛收回國有的淡水紅毛城，被邀參加的為日據時期的六名老作家。詩琅兄便是其中之一，他因為兩腿不良於行，左右腋下支著兩隻枴杖，一路低著頭顫顫巍巍的來到這座古堡。那天古堡的景物，參加座談的文友們的形象，都一一還縈繞在我的腦海裡，尤其是詩琅兄的印象最深。聯副的陳白記者這樣寫著：「不覺天色已晚，夕陽透過拱形廊緣，該是座談結束的時候了。步出紅毛城，看見王詩琅步步維艱，王昶雄卻一個箭步，跑到王詩琅跟前，說：『來，我背你走，這樣比較快！』說著，就半蹲馬步，做背人狀。但王詩琅婉拒了他的好意，堅持要自己慢慢走。」

詩琅兄的一生中最不幸的是體質羸弱，百病纏身。他有一張和藹的臉，有一顆慈祥的心，有一份對文史的熱情和理想，但卻沒有一個健康的身體。左右眼因為嚴重的白內障作祟，這個世界在他看來矇矇矓矓，特別是左眼，幾乎瀕於失明邊緣。兩眼都曾經開過刀，但手術後，看遠看近仍是模模糊糊的，不但出門是件難事，而且每次看書寫字時，目視昏花，眼淚直流。

左右腿也是前後開過兩次刀，左腿是在戶外跌了一跤而摔斷的；右腿是在屋裡跌傷的。受過傷的腿，步履蹣跚，必須藉著枴杖支撐了。後來輪

椅取而代之，除非有人保鑣隨行，不然連半步都不敢出門。至於老毛病的
脫腸，更是棘手，雖手術過四次，仍不能根治。晚年患心臟衰弱與肺炎，
這竟成為催命符。

　　他的身體真所謂「百孔千瘡」，多年來吃藥是他每日丟不掉的累贅。因
為病魔纏身，使他看起來比實際年齡要老得多。其實，他的身體，過了中
年就有點蹣跚老態。由於他的生命力強，對他而言，最後五年是熬出來
的，他把自己從百病交加的死亡邊緣搶救回來。雖然雙眼雙腿幾近廢了，
但他從未氣餒。他雖飽受病魔纏繞，但一直仍為鄉土文獻工作付出一定的
心力。

　　纏綿病榻的最後兩年，他對於病魔到底還是認輸了。其實，誰不想再
活幾年，把想寫的寫完，想做的做完，然後說一聲「再見」，才揚長而去。
但，他明知自己早一天解脫，就會早一天免受為病苦而煎熬的活罪。臨終
時他儘管腦筋清楚，但整個軀體已經癱瘓，心力也已經交瘁，不止說話吃
力，終於完全不能說話。

　　有人說得對，夫妻情愛彌篤，而身心已衰，相依為命的要求也轉切。
詩琅兄一生窮困潦倒，百病纏身，幸賴王太太恬退自甘，體貼入微，給他
不少慰藉。她脾氣好，有氣度，服侍丈夫無微不至，特別在丈夫臥病期
間，衣不解帶，有時終宵廝守，憔悴得簡直像個礦婦，我最後一次去馬偕
病房探望時，他對太太的那份感動，從他的眼神中流露出來，是一種出自
內心的感動。他的聲音嘶喝，說：「沒有她的照顧，根本不能活到今天！」
有人把這種鶼鰈之情分析得蠻有意思：這是中國讀書人的純潔、古樸，而
把有所為和有所不為，都鎔鑄於搖頭晃腦之中。

身後不寂寞

　　在他 76 年的人生旅程中，六年為孩童年代，念書九年，幫助父業十
年，坐監三年，淪陷區大陸生活九年，報章雜誌編輯 18 年，文獻工作 17
年，最後五年為悠閒與臥病歲月。

　　一個有民族血性的臺灣人，在精神上認同的是中國，但在日帝統治下，曾經體驗過無可奈何的煎熬，這漫長的煎熬，不但沒有磨損他們的志氣，反而激發了更為堅忍不拔的奮鬥精神。有些有心的青年評論家，對於詩琅兄的評價極高。他們說：那些為了抗日而付出過血淚代價的上一代的知識人，光復後並不是個個被當抗日英雄看待，有的已經作古，有的被遺忘在社會的小角落，默默地傳遞著歷史的見證，王詩琅是其代表性的一位。「從他的身上，我們可以看到那個年代知識人命運的縮影，也可以看出他們目前不大受到社會重視的遭遇。」

　　其實，以詩琅兄的恬淡、隨和的性格來說，應有許多口碑。他世事看久了，便凡事都看淡了，回首一望，記憶的事都是一場夢。孔子不也說過嗎：「不義而富且貴，於我如浮雲。」他從不在公開講話時提起往事，茶前飯後也很少涉及。

　　自民國 70 年以還，他相繼榮獲聯合報小說獎之推薦獎、國家文藝基金會獎、臺美基金會人文科學獎等三項大獎，確是實至名歸，在生前最感快慰的一大喜訊。特別是後者，接到這條喜訊後第六天，他就辭世了。雖然本人未能前往領獎，但他歷經苦難的一生，成就斐然，喜訊直到彌留之際才溜進來，可謂「喜從天降」，他也大可含笑九泉呢！他的生涯本身就是一部鄉土滄桑、民族血淚的史書，這些遲來的榮譽，不是他輝煌成就的肯定是什麼？

　　詩琅兄嚥氣那一天，王太太傷心欲絕，悲痛得無以自處，這對結褵四十多年的恩愛夫妻，真可稱鶼鰈情深。由於他倆膝下並無所出，所以後來過繼了親戚的子女，二女一男都很乖巧，老人家如同己出的一味疼愛，對人自誇擁有「三寶」。如今子女已經嫁娶，內外孫也有六個，以習俗之見言之，業已沒有後顧之憂。

　　詩琅兄一生醉心鄉土文化，對子女只要求各盡所能，各守本分。他自嘲是糊裡糊塗地過日子，也許他沒有別的嗜好，假如有，行動不由己的身體，說來也沒有用。他的清淡情懷，他的淒涼晚景，倒也贏得同儕和晚輩

的敬愛，這並不單靠他人緣好，我想。梁錫華先生在悼徐訏一文中，有一段文字是：「他在風蕭蕭中鬧然而來，今天在風蕭蕭中寂然而去。寂然而去，是的，誰，特別在香港，管得著一個作家的死。」反觀詩琅兄，他古道熱腸，平生默默地耕耘，雖無萬貫家財，卻有許許多多的知音和接棒者，更有曾是「牛衣對泣」的遺孀和孝子慈孫，延續香火，傳芬芳。因此，他身後不蕭條，更不寂寞。

　　詩琅兄一生已經做了許多事，如今當可獲得安息的時刻了。而知人的生老病死乃是適來明順去的自然規律，但是「歲暮風雨泣靈旐」的哀傷，又怎能忍得住呢？詩琅兄仙逝之後，我停筆到今天，無一紙追悼之詞，恪守禪旨的「不立文字，直指人心」之教。借用畏友李嘉先生的說法，是人在最悲戚的時侯，說不出一句話，掉不下一點眼淚，因為沉默是最悲痛的反應，最強烈的抗議。

　　生是苦海，死是解脫。逝者既然辛辛苦苦的跑完一生的全程，悄悄地走了，但願黃泉路穩，早日到達無生無死，無老無病的極樂仙鄉，永享「清淨無為」之樂。安息吧，詩琅兄！

——選自《自立晚報》，1985 年 1 月 18～19 日，10 版

歷史的漏洞

◎藍博洲*

　　眾所周知，因為國共內戰、兩岸封斷的政治因素，在兩蔣時代反共國安戒嚴體制下，臺灣的近現代史研究一直是充滿這樣那樣的禁忌的。到了1970 年代中葉以後，隨著「鄉土文學論戰」在思想上的「撥亂反正」，以及黨外民主運動在政治上的左衝右撞；長期被湮滅的臺灣近現代史與歷史人物，才在諸如《夏潮》雜誌等有識之士的推動下，陸續出土。

　　作為日據下「黑色青年」先驅之一的王詩琅的歷史及其作品，便是在這樣的歷史條件下重新出土的。

　　記得，第一次知道並閱讀王詩琅先生的作品，是在 1979 年剛上大學的那年冬天吧！因為打折的關係，在臺北書店買到德馨室出版社出版的「王詩琅全集」一套 11 卷，並且比較認真地讀了第九卷《臺灣文學重建的問題》和第十卷《夜雨》。幾年後，通過《陋巷清士──王詩琅選集》一書，又讀到一些「全集」沒有收錄的相關文章，對詩琅先生的歷史也有了更進一步的認識。再後來，因為參與《臺灣總督府警察沿革誌──臺灣社會運動史》中譯版的編輯工作，有機會較完整地認識到詩琅先生作為無政府主義青年時的思想與行動。

　　我想，詩琅先生的歷史面貌，至此，應該已經完整而清楚地呈現，沒有隱漏了吧！

　　吳濁流先生說：「歷史很多漏洞。」

　　事實的確如此。

---

*作家。

　　濁流先生說：「光復後，很多人偽造歷史，……日政時代的御用紳士……一躍變為愛國分子的也有；反之，有許多真正的志士都埋沒在地下，這是很不公平的。」

　　這裡，我並不是要說，詩琅先生也有「偽造歷史」的問題。我要說的是，因為反共國安戒嚴體制的嚴酷限制，使得詩琅先生在有生之年終究沒能把他過去的歷史，向後人作完整的交代！我的意思是說：是特殊的、不健康的歷史條件，不讓詩琅先生交代那段不為人知的歷史；不是他「偽造歷史」。

　　那麼，人們要問：「詩琅先生究竟還有什麼歷史沒有交代呢？」

　　我說，那就是他參加中共在臺灣的地下黨，也就是蔡孝乾領導的「臺灣省工作委員會」的那段歷史！

　　我知道，人們，尤其是獨派那些靠搞臺灣史升等或升官的學者們，一定會說我在虛構、偽造歷史。

　　「王詩琅怎麼會參加共產黨？證據拿來！」

　　我當然拿不出什麼物證來的！畢竟，當年的地下黨並沒有核發什麼黨證之類的東西，即使有，歷經長期肅殺的白色恐怖風暴，有誰還會留下這個殺十個頭都不夠的「罪證」呢？

　　「那麼，你有什麼根據？」

　　我的根據是：1945 年，曾經與詩琅先生在廣東花地「國民政府軍事委員會廣州行營臺籍官兵集訓總隊」共事的蕭道應醫師的歷史證言。

　　蕭道應（1916～2002），屏東佳冬人，1940 年臺北帝大醫學部第一屆畢業後，隨即與鍾浩東等客籍愛國青年，前往大陸，投身丘念台領導的東區服務隊，為抗日戰爭貢獻一己之心力。抗戰勝利後，在前述集訓總隊任中校政訓主任，因而與該隊臺籍政治教官王詩琅等熟識。

　　1946 年 6 月，蕭道應比王詩琅晚一步回臺，隨即由杜聰明推薦，任職臺大醫學院法醫學系。據安全局檔案所載，1947 年冬，蕭道應由中共在臺地下黨省委之一張志忠介紹，參加中國共產黨，接受張志忠領導，擔任上

層統戰與社會調查研究工作。

1993 年 11 月 7 日，蕭先生在接受我的採訪時提到，當時任職國民黨臺灣省黨部的王詩琅，後來也通過他的介紹入黨，由他單線領導；即便省黨部祕書——丘念台的女婿——王致遠，也不知道他和王詩琅的組織關係。

其後，蕭道應於 1952 年 4 月下旬在三義山區被捕，不得已「自新」後留置調查局任法醫的工作。終其一生，未曾暴露他和王詩琅在地下黨的組織關係。同樣地，詩琅先生也沒有客觀條件敘說這段「祕史」。另外，在地下黨單線聯繫原則下，除了蕭道應自己，知道這段王詩琅祕史的應該就只有張志忠了；可他已於 1954 年槍決犧牲了。

因此，在所有相關人證都已故去，又沒有具體物證的情況下，人們有理由大聲說，這是「虛構」，乃至於「偽造」的歷史。

然而，我無意為此爭辯！只是想把採集到的某種歷史說法公諸於世，讓人們可以多一個面向，去認識過去的歷史人物與他們走過的時代，如此而已。

話說回來，如果人們認識到當年花地集訓總隊的教官與隊員們在 1950 年代白色恐怖時期的遭遇……包括張旺、鄧錫章、王石頭、高草、黃培奕、石聰金、賴阿煥……等等男女隊員和教官都投入地下黨的革命，並遭到槍決監禁或流亡的命運；那麼，我們對曾經是「黑色青年」的詩琅先生的這段「歷史的漏洞」，也就不會感到意外了！

2003 年 2 月 21 日

——選自王詩琅著；張良澤編《艋舺歲時記》
臺北：海峽學術出版社，2003 年 3 月

王詩琅的戰後再出發

◎蔡易澄[*]

一、前言

　　現有關於戰後王詩琅的討論，可以分為三個曲徑：兒童文學、民間文學、戰後文化活動的觀察。關於王詩琅兒童文學研究的部分，有林文寶的論文〈王詩琅與兒童文學的活動〉[1]、〈王詩琅與兒童文學〉[2]與徐淑雯碩士論文〈王詩琅兒童文學研究〉[3]。林文寶的兩篇論文詳細爬梳王詩琅生命歷程與兒童文學創作之間的關係。徐淑雯則是詳細比較王詩琅創作的兒童文學，相同主題但不同版本的差異，透過比較作品的形式、內容，說明其兒童文學的活動與成就。王詩琅民間文學研究的部分，卓英燕碩士論文〈王詩琅臺灣民間文學作品之研究〉[4]，比較王詩琅創作的民間文學與民間流傳版本的差異，透過觀察王詩琅如何改寫的民間文學，說明王詩琅的社會關懷。戰後文化活動的觀察，有王惠珍的論文〈老兵不死：試論 50、60 年代臺灣日語作家的文化活動〉[5]。王惠珍的論文針對 1910 年代出生的臺灣文學作家，如何在戰後開始整理、編纂文獻資料、創作兒童文學、譯介推廣臺灣文化進行詳細的爬梳。

[*]發表文章時為成功大學臺灣文學研究所碩士生，現為宮原眼科宅配行銷部高級專員。
[1]林文寶，〈王詩琅與兒童文學的活動〉，《兒童文學學術研討會論文集：少年小說》（臺東：國立臺東師範學院，1992 年），頁 299～322。
[2]林文寶，〈王詩琅與兒童文學〉，《東師語文學刊》第 7 期（1994 年 6 月），頁 118～209。
[3]徐淑雯，〈王詩琅兒童文學研究〉（中國文化大學中國文學研究所碩士論文，2005 年）。
[4]卓英燕，〈王詩琅臺灣民間文學作品之研究〉（花蓮師範學院民間文學研究所碩士論文，2005 年）。
[5]王惠珍，〈老兵不死：試論 50、60 年代臺灣日語作家的文化活動〉，「天理台灣學會第 20 屆國際學術紀念大會」（日本天理臺灣學會、臺灣中國文化大學主辦，2010 年 9 月）。

　　戰後王詩琅的創作相當豐沛,除了兒童文學、民間文學之外,其實還從事社論、歷史文章、臺灣風物的撰寫,文章內容相當豐富且多元。相較於一般研究者關於王詩琅戰後文化活動的討論,顯然,戰後王詩琅的研究仍欠缺整體性的關照。

　　本章擬對王詩琅戰後的文化活動進行整體性的觀察,本章將處理三個問題:第一,王詩琅戰後的活動如何進行?第二,王詩琅在戰後寫了哪些作品?第三,王詩琅為什麼寫?

二、1945～1950 年之間的活動

　　1945 年美國在日本長崎與廣島投下原子彈之後,日本宣布投降,結束了第二次世界大戰。戰爭結束的時候,王詩琅還待在廣東。根據王詩琅的描述,他說 1945 年的 8 月 15 日中午,日本天皇裕仁親自廣播,告知在廣東的日、臺人,日本戰敗,戰爭結束。日本天皇的廣播結束之後,《廣東迅報》報社中的日本人難過哭泣,每個人皆無心工作。8 月 16 日,報社的社長召集了日本、臺灣、廣東的員工,告之報紙將廢刊,所有的員工一律發遣散金,日、臺員工也暫時留用,以整理社務。約略一個星期過後,報社社長召開了最後一次的會議,跟大家說明隔天會有車子接送大家到集中營,準備返鄉。隔天,王詩琅發現車輛只有接送日人前往集中營,他們被留下來了,被棄之於不顧。[6]後來,王詩琅在丘念台的安排之下,於廣州擔任「國民黨政府軍事委員會廣州行營臺灣官兵總隊」的政治教官,一直到1946 年才成功返臺。

　　1946 年王詩琅返臺之後,先在《民報》擔任報紙編輯,並為了解決生活上的壓力,透過丘念台的幫助到「國民黨臺灣省黨」兼任幹部,幫忙整理國民黨議會資料,並將蔣中正的訪談稿翻譯成日文。[7]創刊於 1945 年的

---

[6]王詩琅,〈往事的回憶〉,《陋巷清士──王詩琅選集》(臺北:弘文館出版社,1986 年),頁 186。
[7]王麗華編,〈史話與童話──訪王詩琅談文獻工作與兒童文學〉,《大高雄》革新第 8 期(1979 年 8 月),頁 109～117。

《民報》之言論立場是以公正客觀的精神針砭時弊，扮演監督政府的角色，但在二二八事件之後被迫停業。[8]1948 年王詩琅在張維賢的引介下認識毛一波，毛一波邀請王詩琅到《和平日報》撰寫社論，發表〈論本省冬令救濟〉、〈臺幣的考驗〉等文。《和平日報》被禁之後以《掃蕩報》復出。[9]王詩琅也從《和平日報》轉入《掃蕩報》，撰寫「臺灣風土誌」系列文章。

　　王詩琅此時期的文本，主要的特色是詳細的社會觀察。像〈從糧價論本省經濟政策〉、〈臺灣糖業的危機〉、〈日產房屋出售問題〉、〈本省縣市地方財政問題〉、〈論本省糧價與物價〉、〈本省的水產事業〉、〈臺灣工業的路線〉、〈公地放租、公地放領〉等文章[10]，都是王詩琅對臺灣財政經濟的觀察。

　　〈從糧價論本省經濟政策〉王詩琅主要是從糧價的漲跌，分析國民黨政府的臺灣經濟政策。王詩琅先是批評陳儀採用平抑糧價的方法，造成市場無糧，黑市無價。這樣的問題直到魏明道採用「安定中求繁榮」的政策之後，利用田賦徵實與收購餘糧的方法，才掌握住食糧，控制糧價。王詩琅從觀察臺灣糧價的問題，評論臺灣的經濟在日治時代已經出現問題，認為國民黨不應該沿襲那樣的制度，讓臺灣的經濟生產出問題。因此，王詩琅認為政府應該針對過去經濟政策上的弊端進行調整，將許多的公營企業開放民營，這樣才有辦法讓國家經濟走向繁榮。[11]

　　〈論本省糧價與物價〉是王詩琅另外一篇與財政經濟有關的文章。在這篇文章中，王詩琅主要是批評當時政府資源分配不均的問題。王詩琅指出，田賦稅、海關稅、鹽稅等稅收，政府在接收過後直接歸於國庫，不能歸在國庫的便歸於省庫，最後剩下的零星費用才歸為地方縣市政府的收入。其次，地方上的重要資財產不屬於地方政府所有，而是屬於中央，導致在地方所徵收到的費用最後還是歸於中央，地方政府並沒有任何的收

---

[8]王天賓，《臺灣新聞傳播史》（臺北：亞太圖書出版社，2002 年），頁 137～138。
[9]王天賓，《臺灣新聞傳播史》，頁 147～149。
[10]王詩琅的詳細著作目錄，請參考本論文附錄「王詩琅略年表」。
[11]王詩琅，〈從糧價論本省經濟政策〉，《和平日報》，1948 年 2 月 13 日，2 版。

入。於此，王詩琅認為，魏明道說當時臺灣的目標主要準備發展地方自治，輔助地方發展的說法，與實際政策不同。因此，王詩琅在文本的最後，說明應該建立起一個完整「地方財政制度」的制度，才能完整的推動生產建設。[12]

　　除了財政經濟的文本之外，王詩琅對於臺灣文化發展也相當關心。〈勗本省戲劇工作者〉是王詩琅對於臺灣戲劇的關注。這篇文本主是王詩琅藉由介紹當時舉辦的第五屆戲劇節，說明臺灣戲劇發展遇到的困境。王詩琅先是說明中國的戲劇是在五四運動之後開始蓬勃發展，但是臺灣的經驗不盡相同。臺灣曾經受到日本殖民統治，在那樣的背景之下，就算臺灣的戲劇努力追求藝術的真實，或是人生的真理，但還是受限於環境的惡劣，藝術無法發展。因此，王詩琅呼籲政府對臺灣戲劇的重視，同時指出臺灣戲劇的推動，需要注意三點：1.戲劇是要普遍到大眾之中，而不是知識分子自身的陶醉物。2.經營劇團需要費用，所以方針應該極力援助，但不可對劇團有限制，使其自由發揮。3.戲劇是以大眾為主，那麼臺灣戲劇運動的主體，應該以本地人為主，外省人為輔。[13]

　　除了對戲劇的關心，還有文學。〈臺灣的新文藝問題〉一文就是王詩琅對臺灣文學發展的關心。在這篇文章中，王詩琅指出臺灣新文學在日治時代，受到中國五四運動的影響，造就了臺灣新文學運動的發展。王詩琅將日治時代的臺灣文學分為三個階段：萌芽期（1923～1930 年）、本格化期（1930～1937 年）、光復之前的文學（1937～1945 年）。「萌芽期」是以說明《臺灣民報》上的新舊文學論戰與對中國新文學的介紹；「本格化期」是說明知識分子開始推廣新文學運動，此時先後成立文藝社團，像是「臺灣文藝作家協會」、「臺灣文藝協會」、「臺灣藝術研究會」，除此之外，許多文藝雜誌也在此時先後創辦，像是：《南音》、《臺灣文學》、《先發部隊》、《福爾摩沙》。「光復之前的文學」則是說明皇民化時期的文學作品，王詩琅批

---

[12]王詩琅，〈論本省糧價與物價〉，《和平日報》，1948 年 7 月 9 日，2 版。
[13]王詩琅，〈勗本省戲劇工作者〉，《和平日報》，1948 年 2 月 15 日，2 版。

評此時的文學活動，除了語言的使用變成日文之外，文學的內容也從反映現實逐漸游離。所以，王詩琅認為政府應該正視臺灣文學的發展，鼓勵輟筆的中文作家重振旗鼓，商請報紙副刊作發表園地，發行文藝雜誌，一同努力開展中國新文藝。[14]

　　王詩琅在《掃蕩報》撰寫「臺灣風土誌」系列文章，例如：〈劍潭寺〉、〈淡水河上的遊域〉、〈學海書院〉、〈烏鬼井・烏鬼橋〉等文章。「臺灣風土誌」系列文章的特色，主要是描述臺灣的地方風景。

　　〈劍潭寺〉主要是介紹劍潭寺與附近地方的風景。根據王詩琅的描述，劍潭寺在明末鄭氏的時候，只是當時開墾的部族在劍潭恭奉觀世音的地方。後王詩琅引用了府誌的資料，說明此寺在乾隆初年草創，後在乾隆38年重修，因為寺廟地點在劍潭，所以改為劍潭寺。但在1937年七七事變之後，日本殖民政府在臺灣推動皇民化運動，臺灣的神社要擴大「神域」，所以將劍潭寺從劍潭遷到大直山麓。[15]

　　〈淡水河上的遊域〉一文是在介紹淡水河附近的「特殊娛樂文化」。王詩琅在這篇文章中指出，萬華原來的名字是艋舺，是臺北發達最早的地方，現第一水門地區的大溪口，則是艋舺的發祥地。這篇文章中，王詩琅所指的淡水河，是指艋舺附近的淡水河流域。進入日治時期之後，淡水河的河道就漸淺起來，所以日本殖民政府便將此地規畫為「特殊娛樂場所」。每到夏天掛上燈籠之後，小姑娘就會在門口招攬生意。但隨著「牡蠣船」的出現，大溪口的特殊娛樂場所也走向式微。所謂的「牡蠣船」是日本人經營的日式酒菜船，船上除了供應酒菜之外，還有藝妓的表演。但好景不常，這些日式酒菜船被颱風颳走之後，艋舺的繁華景象也逐漸荒涼。[16]

　　〈太古巢〉主要是在介紹陳維英。太古巢是臺灣進士陳維英晚年讀書的地方，位於臺北市大龍峒與圓山動物園之間的山腰處。陳維英不只是臺

---

[14]王詩琅，〈臺灣的新文藝問題——寫在五四文藝節前〉，《和平日報》，1948年5月3日，2版。
[15]王詩琅，〈劍潭寺〉，《艋舺歲時記》（臺北：海峽學術出版社，2003年），頁50～51。
[16]王詩琅，〈淡水河上的遊域〉，《艋舺歲時記》，頁52～53。

灣舉人，還曾經擔任福州閩縣教官，辭官之後返臺教書。由於陳維英的努力，讓淡水的文風蒸蒸日上，因此王詩琅認為陳維英是一代鴻儒，東寧詩人之冠。

王詩琅的發表平臺主要在《和平日報》與《掃蕩報》，但期間，他也曾零星的在《新生報》、《民報》、《公論報》、《臺旅月刊》、《新希望》發表一些文章。這些文章的內容與性質，與《和平日報》與《掃蕩報》上的文章性質相同，因此，就不多做說明。

三、1950～1960 年之間的活動

1952 年，王詩琅受黃啟瑞的邀請，參與「臺灣北市文獻委員會」的籌備工作後任職該會，並擔任《臺北市志》特約編纂委員，同時也主編《臺北文物》季刊。王詩琅在「臺北市文獻委員會」工作將近十年，直到 1961年黃啟瑞下臺，由周百鍊擔任主任委員之後，王詩琅才離開。途中，在1954 年，王詩琅接受白善的邀請，編輯兒童文學刊物《學友》，一直到1957 年辭職，再回到「臺灣北市文獻委員會」工作。換言之，1950 年到1960 年代，王詩琅的活動有兩個重點，第一，擔任《臺北市志》特約編纂組長，在 1957 年以特約編纂組長的身分，被聘為臺北市文獻會的委員。除此之外，王詩琅同時也主編《臺北文物》季刊，主要的工作是整理、編纂文獻資料、譯介推廣臺灣文化。第二，編纂兒童文學刊物《學友》，編寫兒童文學。

（一）「臺北市文獻委員會」時期

「臺北市文獻委員會（以下簡稱臺北市文獻會）」於 1952 年成立籌備會，由當時的臺北市長吳三連先生根據臺灣省政府命令，指派蘇得志、楊又林負責籌畫的事宜。同年的 3 月 28 日，正式於臺北市政府會議室舉辦第一次臺北市文獻會的籌備會議，當天出席的人有：吳三連、黃啟瑞、林呈祿、洪炎秋、方豪、黃得時、吳槐、楊又林、蘇得志等人。當天的籌備會，確立臺北市文獻會的法規，確定委員會的預定人選，確定臺北市文獻

會的成立大會日期。[17]臺北市文獻會的成立大會舉辦於 1952 年的 6 月 11 日，地點在臺北市議會大樓的三樓。出席的來賓有：吳三連、黃啟瑞、林呈祿、王飛龍、黃得時、王詩琅等。當天由主席吳三連說明臺北市文獻會成立的目的，工作重點在於編纂《臺北市志》與蒐集文獻資料兩大工作。[18]

臺北市文獻會成立之後，除了忙於孔子聖誕釋奠禮宣傳事宜與孔子誕辰紀念文物展之外，就是發行《臺北文物》刊物。根據《臺北市文獻委員會五十週年紀念專輯》的說法，《臺北文物》發行的主旨為二：1.遵行總統的社會改造和文化改造號召；2.發掘臺北市及臺灣省的資料，進行介紹與探討研究，促進臺北市與臺灣省的文化。[19]《臺北文物》創刊號的創刊詞中，吳三連也在〈本刊的使命和目標〉中強調，他認為當時候的臺灣，還未曾有計畫性的針對散佚的文獻資料，進行地毯式的搜查與整理。所以，在倡導社會改造運動、推行敦親睦鄰的背景之下，發行《臺北文物》便是企圖振興中華文化。[20]黃啟瑞、黃純青在《臺北文物》上發表的創刊詞，說法與吳三連大同小異。換言之，《臺北文物》的發行，就是針對臺灣的文獻進行資料的整理、搜尋與探討。

《臺北文物》的作者群，由擔任編輯的王詩琅與其友人所組成，分別是：當時擔任臺灣大學副教授的楊雲萍、黃得時；臺灣省文獻會組員的毛一波、李獻璋、郭水潭、廖漢臣、李騰嶽。除外，此刊物也網羅了各方的專家學者，針對不同主題刊登其文章。

王詩琅在《臺北文物》上發表了很多文章，像是：〈日據前的臺北城及城內〉、〈淡水河流域的變遷〉、〈漳泉械鬥與黃龍安〉、〈日據前的神祕托缽僧〉、〈臺北日人的新劇運動〉、〈臺灣小說選〉、〈思想鼎立時期的雜誌〉、〈《臺灣新文學》雜誌始末〉、〈青山宮的謝范二將軍〉、〈清初對內的通

---

[17]邱榮裕編，《臺北市文獻委員會五十週年紀念專輯》（臺北：臺北市文獻委員會，1993 年），頁 55～60。
[18]邱榮裕編，《臺北市文獻委員會五十週年紀念專輯》，頁 60～70。
[19]邱榮裕編，《臺北市文獻委員會五十週年紀念專輯》，頁 63。
[20]吳三連，〈本刊的使命和目標〉，《臺北文物》第 1 卷第 1 期（1952 年 12 月），頁 2～3。

商〉、〈娼妓的民族正氣〉等文章。以下，將挑幾篇文章介紹之。

〈漳泉械鬥與黃龍安〉是在說黃龍安的故事。咸豐 3 年時，臺北地區
有許多械鬥。居住在艋舺的泉州人怕受到大稻埕、士林、板橋的漳州人的
攻擊，所以商請住在滬尾鎮（今天的淡水），經營德春行的黃龍安的幫忙。
黃龍安上有一位母親，因此不敢妄自決定，便去請示母親。黃龍安的母親
不願意他惹出是非，黃龍安也委婉推辭。面對如此狀況，艋舺地區的人認
為，若要請黃龍安幫忙，勢必要用強硬的手段才行，便請人直接到他家，
連同椅子將黃龍安直接搬到眾人面前。黃龍安受不了大家的推崇，義不容
辭，趕到艋舺與其他的泉州人會合，共衛艋舺。[21]

後來，有位板橋的吳姓中人想從中勸和，邀請黃龍安到林國芳的家
中。兩人議妥和約之後，林國芳設宴款待黃龍安。黃龍安的個性小心謹
慎，隨身攜帶銀杯與銀筷，當林國芳為黃龍安斟酒時，黃龍安以銀杯盛
酒，發現銀杯轉黑，後又用銀筷攪拌，銀筷也變黑，黃龍安才發現林國芳
與吳姓中人密謀毒害他。最後，黃龍安遂立誓囑子孫，不可與林、吳、紀
三姓的人聯姻。[22]

〈圓山貝塚和大砥石〉主要是在介紹臺北市的遺跡「圓山貝塚」與
「大砥石」的歷史。圓山古稱為龍峒山，高約四十公尺，為當時臺北市最
大的風景區。日據時代，約昭和 12 年（1938 年）時，日本當局曾經將圓
山內兩個地區的貝塚列為史蹟，分別為：圓山動物園西南部的斜面，另外
一處是圓山的北側，靠近基隆河筆塚西下方之處。兩地的貝層主要是以大
形蜆為主，混著蛤、蠔及鹽吹貝等海棲類組成。其次，還有鹿骨、鹿角、
魚骨等加工品。因此，王詩琅認為住在這裡的先住民，是以這些貝類、魚
類、獸類為食品。[23]

大砥石在圓山貝塚的西南部。約略在大正 7 年（西元 1918 年）時，日

---

[21] 王詩琅，〈漳泉械鬥與黃龍安〉，《臺北文物》第 2 卷第 1 期（1953 年 4 月），頁 11。
[22] 王詩琅，〈漳泉械鬥與黃龍安〉，《臺北文物》第 2 卷第 1 期，頁 11。
[23] 王詩琅，〈圓山貝塚和大砥石〉，發表於《臺北文物》第 2 卷第 2 期（1953 年 8 月），後收錄於
《臺灣文學重建的問題》（臺北：海峽學術出版社，2003 年），頁 150。

人在臨濟寺附近的貝塚挖出，在經過臺北醫學專門學校宮原敬之鑑定，確認是先住民使用的砥石。大正 15 年（1926 年）時，臨濟寺將其捐出，使其能永久保存。大砥石是糊層砂岩，高 1.25 公尺，上表層有多數馬蹄形的凹面。王詩琅認為，這樣的外觀顯示出此石頭曾經拿來做為研磨許多石器。[24]

　　文章的最後，王詩琅指出這些史蹟是臺北市的重要遺跡，考古學上的重要資料。但是對於這些史蹟的年代，在日據時代有過一番爭論。尾崎秀真、石板莊作主張是三、四千年的遺物；宮本延人、平山勳主張是「比較的近代」的遺物。王詩琅則是認為，這樣遺跡的價值與年代，只能請專業的考古學家繼續考證。[25]

　　〈臺北日人的新劇運動〉是一篇介紹旅居臺灣的日人，在臺灣的戲劇活動。在臺灣，最初展開戲劇活動的日本團體，是臺北一群日人文藝青年：藤原泉三郎、安井清、宮崎直介等人所組織。第一次的公演，是在日據時代臺北火車站前的鐵道飯店的遊藝場，劇題是奧尼爾的《鯨》獨幕與但西里的《光明門》及表現派的獨幕。後因經濟的蕭條，使得文藝組織壽終正寢，一直到 1930 年才逐漸活絡。[26]

　　臺灣的戲劇活動，後來接棒的是臺灣由臺灣人所組成的「星光演劇研究會」。根據王詩琅的說法，星光演劇研究會是由當時高等學校的學生所組成。星光演劇研究會的第一次公演，依據臺北高等學校校友會雜誌《翔風》的記載，一共排演七齣劇，分別為：高校演劇部所作的《盜難火車》、瀧鯉亭丈作的《八笑人》、岡本民治作的《京洛亂刃》、金子洋文作的《坂》、北村小松作的《馮太真》、菊池寬作的《順番》、但西尼作的《山里群神》。星光演劇研究會在昭和 4 年（1929 年）臺北高等學校的紀念祭，舉辦第二屆演劇晚會，演出的劇本有六齣，分別是：紐爾・羅曼作的《亞

---

[24] 王詩琅，〈圓山貝塚和大砥石〉，《臺灣文學重建的問題》，頁 151。
[25] 王詩琅，〈圓山貝塚和大砥石〉，《臺灣文學重建的問題》，頁 152。
[26] 王詩琅，〈臺北日人的新劇運動〉，發表於《臺北文物》第 3 卷第 2 期（1954 年 8 月），後收錄於《臺灣文學重建的問題》，頁 42。

米第和擦鞋臺上的人》、有島武郎作的《魯摩又之死》、高爾基作的《夜店》、米爾丁作的《炭坑夫》、金子洋文作的《兒子》、北村壽夫《怪貨物船》。[27]

星光演劇研究社第二次公演之後，引發了臺北市日人的知識階級與文藝青年對戲劇產生興趣。星光演劇研究社也開始招攬學校中對戲劇有興趣的成員，可惜第三次的公演在學校當局的干涉，公演之前宣告流產。雖然陸續有許多戲劇愛好者積極投入臺灣的新劇運動，但是效果仍不彰。後來較有成效的是昭和 5 年（1930 年）的「かまきり座」，由當時的旭小學校與壽小學校的學生組成。他們曾經舉辦了兩次的演劇發表會，但因缺乏有經驗的指導者，讓發表會只變成劇本的朗讀，撐了兩個月後，也宣告解散[28]，臺北的戲劇活動也突然沉寂起來，一直到 1933 年的民烽劇團成立之後，才有所突破。

1930 年代之後，旅居臺北的日本也開始活絡起來，成立了三個新劇團，分別是：1.由新原保夫、藤員泉三郎組成的「臺北劇集團」；2.岩石正男、陳內進組成的「新人座」；3.由「南小劇團」原班人馬所組成的「臺北演劇集團」。臺灣人的部分，則是 1933 年成立的「臺北劇團協會」，此會成立以後，積極開始活動，在 2 月舉辦新劇祭典，2 月 19 日與臺北帝國大學教授瀧田、宮島龍葉等合辦戲劇展覽會兩百餘件。至於之後的戲劇活動，王詩琅則無多做介紹。[29]

除了介紹地方類的〈日據前的臺北城及城內〉、還有臺灣文化類〈臺北日人的新劇運動〉的文章之外，還有文獻資料介紹類的文章，像是：〈本市書房最後的數字〉、〈日據時期本市的義塾〉、〈日據時期私塾員生數〉。〈日據時期私塾員生數〉是根據日昭和 15 年（1940 年）出版的《臺北市統計書》，計算昭和 8 年（1933 年）到昭和 12 年（1937 年），臺灣傳統的教育

---

[27]王詩琅，〈臺北市日人的新劇運動〉，《臺灣文學重建的問題》，頁 43～44。
[28]王詩琅，〈臺北市日人的新劇運動〉，《臺灣文學重建的問題》，頁 45～46。
[29]王詩琅，〈臺北市日人的新劇運動〉，《臺灣文學重建的問題》，頁 47～49。

機構之中的教師與學生的人數。〈日據時期本市的義塾〉則是昭和 11 年
（1936 年）的統計，除了公立的學校之外還有五間私塾，分別是：尚聖私
塾、青年私塾、稻江義塾、慈惠夜學義塾、培英義塾。〈北市書房最後的數
字〉這篇文章，是日本殖民政府在昭和 14 年（1939 年）[30]，在臺北市進行
的統計，當時只剩下九處，分別為：映竹齋書房、修養書房、養學書房、
尚聖書房、聚養齋書房、文安雅言書房、培德書房、稻江義塾、青年義
塾。

　　王詩琅在《臺北文物》中，發表了相當多元的文章，有介紹地方類的
文章、有臺灣文化關心類的文章、也有文獻資料介紹類的文章，展現出相
當具有活力的創作能量。

（二）兒童文學雜誌《學友》時期

　　1954 年，王詩琅應白善的邀請，編輯民間兒童文學雜誌《學友》，創
作了相當多的兒童文學。王詩琅創作的文章，有分成兩類，一種是改編自
民間文學的文章：像是〈水蛙記〉、〈猴子紅屁股的故事〉、〈狐狸精報恩〉、
〈桑下飢人〉、〈邱罔舍的故事〉、〈白賊七〉、〈鄭成功〉、〈文天祥〉等文
章。另外一類，則是改寫西洋兒童文學作品，像是〈巨龍國探險記〉、〈霍
倫保克的雪冤〉、〈少年孤島漂流記〉等文章。以下逐一介紹之。

　　〈水蛙記〉改編自臺灣民間故事中的「李門環的故事」。故事內容是富
家千金不認同父親將家中姐妹嫁給有錢人的行為，因此千金被父親刻意安
排嫁給村莊的窮人李不直。李不直是一位有為的青年，千金知道李不直的
為人，也願意嫁給他。李不直娶了千金之後，每日依然認真的工作。有一
天，李不直得到了比黃金更有價值的黑金磚，當李不直想要獲取更多時，
卻被仙人告知剩下的黑金磚非李不直所有，而是一位叫李門環的人所持
有。不久之後，李不直與千金生了一個兒子，岳父取名為李門環，夫妻於
是得到了所有的黑金磚。李不直岳父生日的當天，千金的姐姐、姐夫們看

---

[30] 編按：《臺北文物》第 5 卷第 4 期誤作昭和 13 年。

不起窮人李不直，為了想看李不直的笑話，便提議只要李不直有錢可以買他們的田地，他們願意將自己的田地賤價出賣。李不直在與姐夫簽訂契約之後，便將放在竹筐中魚蝦下面的黃金取出，買下姐夫們的土地，並將剩下的錢，全部送給岳父當生日禮物。最後，好心的李不直越來越富有，李門環長大後也認真讀書，參加科舉考試高中狀元。[31]

〈猴子紅屁股的故事〉是善良小女子被賣到富有人家當女婢的故事。金枝是一位其貌不揚的女子，被賣到李家之後成天遭受李家的頭家娘虐待，三餐也只能吃剩菜剩飯，善良的金枝想到李家肯收養他，也就都不計較。某天，頭家娘給了金枝兩個紅龜粿後叫他到菜園工作，金枝走到樹林時遇到了一個沒有東西吃的老乞丐，就將自己的食物給老乞丐。隔天，這位老乞丐又到李家討食物吃，結果被頭家娘趕出去，金枝見狀偷偷到廚房拿食物給老乞丐。有一日頭家娘叫金枝到溪邊抓魚蝦，金枝到溪邊後又見到那位老乞丐。金枝在老乞丐的幫助之下抓到很多魚蝦，老乞丐還將金枝變漂亮了。頭家娘與她的女兒知道之後也想變漂亮，他們跑去找老乞丐，沒想到老乞丐將她們變成了猴子，還燙了她們一屁股紅。[32]故事的最後，好心的金枝嫁給了一位勤勉的青年，變成有錢人戶。

〈邱罔舍的故事〉是在敘述邱罔舍一天到晚愛捉弄人，叫小朋友穿喪服、戲弄賣柴販子使其遭到毒打。因為愛捉弄人，邱罔舍最後被鎮上的人唾棄，死在床上無人理睬。[33]〈白賊七〉的故事與〈邱罔舍的故事〉內容相似。白賊七的個性愛說謊，成天捉弄他人。某天，白賊七欺騙市場的小販們，告訴這些小販城中的員外今天要宴客，所以小販們爭相送貨到員外家。當市場的小販們將貨送到員外家後，才發現又被白賊七欺騙了。故事的最後因白賊七愛說謊，家中失火大聲喊救，眾人誤以為白賊七又在說謊，因此不理睬他，他就這樣被活活燒死了。

---

[31]王詩琅，〈水蛙記〉，《台灣民間故事》（臺北：玉山社出版公司，1999年），頁142～147。
[32]王詩琅，〈猴子紅屁股的故事〉，《台灣民間故事》，頁106～109。
[33]王詩琅，〈邱罔舍的故事〉，《台灣民間故事》，頁124～129。

〈鄭成功〉主要說明滿清在李自成等人的幫助下入關，取下了明朝江山建立滿清帝國。但鄭成功不願屈服決定退守臺灣，想要反清復明。某日鄭成功之弟前來求見，告之鄭成功若不投降，父親會遭殺害。鄭成功表示若忠孝無法兩全，他將選擇效忠國家，請弟弟轉告父親，希望父親原諒。可惜鄭成功死前仍無法復明成功，最後泣然而逝。[34]

〈文天祥〉是敘述元朝滅南宋後文天祥不願屈服的故事。文天祥年輕時與家人到鄉賢祠看歐陽修等先賢的牌位之後，立志他日死後也可以與先人並祀。文天祥成年之後宋朝陷入危機，他前去與元軍談判，表示宋朝是繼承先朝的正統，不可以強權篡逆，所以遭到綑綁監禁。文天祥後來逃出，但最後還是被元軍逮捕於元世祖 19 年遭殺害。文天祥死前留下：「孔曰成仁，孟曰取義。惟其義盡，所以仁至。讀聖賢書，所學何事？而今而後，庶幾無愧。」[35]

〈巨龍國探險記〉是動物學者查寧奎博士的故事。某天，有位印地安人急忙地來找查寧奎博士，告之部落發現一位病人，且生命危急。當博士到達部落時，病人已經死亡。死亡者是一位英國籍的男子，博士從攝影機與其照片推斷死者應該是位冒險家。博士瀏覽完照片之後，發現照片中棲息著大型爬蟲類的森林引發他的興趣，博士與助理還有幾位印地安人便開始找尋照片中的地點。後來，他們終於找到了巨龍國，也看到了翼手龍、肉食巨龍等大型恐龍，也經歷了一番冒險。最後，他們將大型蜥蜴的胃袋作成空氣球，在空氣球中打入天然瓦斯，他們吊在氣球下面，才得以逃出巨龍國。[36]

〈霍倫保克的雪冤〉是在述說一國的皇帝與公主捉弄霍倫保克的故事。霍倫為了祈求戰事順利，便摘下庭院的月桂樹枝，編起勝利的桂冠，也許是因為太累了，霍倫也睡著了。這時，皇帝與公主散步到了庭園，見

---

[34] 王詩琅，〈鄭成功〉，《清廷臺灣棄留之議》（臺北：海峽學術出版社，2003 年），頁 170～180。
[35] 王詩琅，〈文天祥〉，《清廷臺灣棄留之議》，頁 181～191。
[36] 王詩琅，〈巨龍國探險記〉，《臺灣文學重建的問題》，頁 182～190。

到睡著的霍倫，起了捉弄霍倫的念頭，將他手頭的桂冠拿走，換成公主的手套。霍倫起來之後，發現桂冠不見，只見到一雙手套，但因軍隊已經要出發，所以也無法追回桂冠。出發之際，霍倫突然看見公主身上的手套與自己手中的手套一樣，暗暗地走到公主旁邊。霍倫走到公主身旁之後，被公主的美麗所吸引，而誤聽了長官的命令，到了戰地從事戰爭之後，違背了命令，最後被處以死刑，又得知公主要被嫁給敵國王子，傷心欲絕。霍倫不放棄希望，求助於自己的皇后，拜託她與皇帝溝通，饒恕霍倫的罪。最後，霍倫還是被帶上刑場，當眼罩被褪去時，發現公主站在他的面前，後將桂冠帶到霍倫的頭上。霍倫才發現，自己被公主與皇帝開了玩笑。[37]

王詩琅並非一開始就熟稔於兒童文學，而是在編輯《學友》之後，才開始接觸兒童文學，進而閱讀兒童心理學、兒童教育學、兒童文學指導等書，王詩琅本身就有文學底子，進而開始創作兒童文學。[38]王詩琅認為從事兒童文學，應該要注意到教導小孩努力不懈的精神很重要。王詩琅認為他改寫神話、民間故事、歷史故事，除了教育下一代之外，也提供他們知識，特別是鄭成功、文天祥這樣故事背後的文化遺產，他認為是下一代必須了解且知道的。因此，王詩琅認為自己與安徒生一樣，兒童文學的創作是具有教育性的。[39]

1950 年到 1960 年，王詩琅的活動主要以整理文獻與撰寫兒童文學為主，這樣的活動持續到 1961 年，王詩琅辭退臺北市文獻會的工作為止。1961 年之後的活動，留待下一節說明。

四、1960 年之後的活動

1961 年，王詩琅辭職臺北市文獻會的工作，接受李騰嶽的邀請到「臺

---

[37]王詩琅，〈霍倫保克的雪冤〉，《臺灣文學重建的問題》，頁 191～193。
[38]王麗華編，〈史話與童話——訪王詩琅談文獻工作與兒童文學〉，《大高雄》革新第 8 期，頁 116～117。
[39]王麗華編，〈史話與童話——訪王詩琅談文獻工作與兒童文學〉，《大高雄》革新第 8 期，頁 116～117。

灣省文獻委員會（以下簡稱省文獻會）」工作，進行《臺灣省通志》的編輯工作，直到 1973 年退休。退休之後的王詩琅，其文筆活動並未終止，他仍繼續撰寫臺灣歷史文章，像：〈余清芳事件全貌〉、〈荷蘭攻略基隆史料〉、〈日本占據臺灣時期統治政策的演變〉等文章。除此之外，1966 年王詩琅應毛一波的邀請，與其一同編輯《臺灣風物》雜誌。

（一）「臺灣省文獻委員會」時期

「省文獻會」是一個什麼樣的機構呢？省文獻會的前身，最早是「臺灣省編譯館的臺灣研究組」。「臺灣省編譯館」成立的目的在於，配合臺灣省行政長官公署的施政方針，認為臺灣受到日本皇民化運動的影響太深，需要重新施以「中國化」的運動，促進臺灣人中華意識的凝結。[40]「臺灣省編譯館」分為四個組別，進行再中國化運動，分別為：學校教材組、社會讀物組、名著編譯組、臺灣研究組。「學校教材組」的工作，是透過編輯學校教科書，希冀利用教育灌輸民族意識。「社會讀物組」則是透過發行成人閱讀的書籍，例如：《鄭成功傳》、《張騫傳》、《中國故事集》，藉以發揚中國文化。「名著編譯組」是編輯與介紹中國儒家經典與中國哲學的單位，透過名著的編輯，喚起大學生與研究者對中國文化的興趣，參與文化重建。「臺灣研究組」進行的文化重建活動，除了推廣鄭成功等歷史人物之外，還借重留用的日本學人，進行臺灣民俗、文獻等資料整理。[41]1947 年 2 月，臺灣發生二二八事件發生之後，臺灣行政長官公署遭到裁廢，改為省政府。臺灣編譯館也遭到撤廢，學校教材組、社會讀物組、名著編譯組，由「教育廳編省委員會」接管，「臺灣研究組」則由 1948 年成立的「臺灣省通志館」接管。[42]

1948 年 4 月 24 日，臺灣省政府根據 1929 年，中華民國內政部頒行的

---

[40]臺灣省行政長官公署編，《中華民國三十六年度臺灣省行政長官公署工作計畫》（臺灣：臺灣省行政長官公署，1947 年），頁 4～5。

[41]黃英哲，《「去日本化」「再中國化」：戰後臺灣文化重建（1945-1947）》（臺北：麥田出版公司，2007 年），頁 80～110。

[42]黃英哲，《「去日本化」「再中國化」：戰後臺灣文化重建（1945-1947）》，頁 116。

「修志事例概要」之規定，公布「臺灣省通志館組織規程」，後於同年 6 月 1 日正式成立，林獻堂為首任館長，林忠為副館長。「臺灣省通志館」主要的工作是負責《臺灣省通志》的編纂。1948 年 6 月 8 日，省政府另外公布「臺灣省通志館顧問委員會組織章程」，說明顧問委員會的任務有四項：1.協助及計畫通志館進行事宜；2.研究有關通志館進行事宜；3.供給通志館各種資料；4.審議通志館編纂志稿。[43]根據當時顧問委員會主任委員黃純青表示，「臺灣省通志館顧問委員會」的成立，是唯恐「臺灣省通志館」的編纂工作有所不足，「臺灣省通志館顧問委員會」可以旁蒐遠羅，期無疑材。[44]由上可知，「臺灣省通志館」主要的工作為編纂省通志，又另置顧問委員會協力成事。[45]

1949 年陳誠繼任省政府主席，對於臺灣歷史文獻相當關心，所以根據 1946 年頒布的「各省市文獻委員會組織章程」，所列志書纂修為主要任務的目的，下令研擬「臺灣省文獻委員會組織規程」。因此，「臺灣省通志館」於 1949 年 7 月 1 日改組為「臺灣省文獻委員會」，「通志省顧問委員會」也同時撤銷。省文獻會成立之後，主任委員由原省通志館館長林獻堂改任，以黃純青為副主任委員，並購置當時臺北市延平南路 111 號的 3 層洋樓為會址。省文獻會的主要業務為纂修《臺灣省通志》之外，也進行臺灣文獻的收集、保管、整理、編纂的工作。[46]

1961 年，王詩琅接受李騰嶽的邀請到「省文獻會」工作，主要就是進行《臺灣省通志》的編纂工作。以下是《臺灣省通志》中王詩琅撰寫的部分：

(1) 1954 年的《台灣省通志稿》，第 5 卷「教育志」中的〈制度沿革篇〉。

(2) 1962 年的《台灣省通志稿》，第 7 卷「人物志」中的〈特行篇〉。

(3) 1966 年的《增修台灣省通志稿》，第 3 卷「政事志」中的〈行政篇〉。

---

[43]王世慶等編，《臺灣省文獻委員會志》（南投：臺灣省文獻委員會，1998 年），頁 1～2。
[44]王世慶等編，《臺灣省文獻委員會志》，頁 1～2。
[45]王世慶等編，《臺灣省文獻委員會志》，頁 11。
[46]王世慶等編，《臺灣省文獻委員會志》，頁 11～12。

　　除了通志的纂修之外，王詩琅為了收集資料，也進行了幾次田野調查，到臺灣各鄉鎮進行耆老的訪談。1973 年省文獻會就進行了兩次關於「閩粵族群喪葬習俗的調查」。請參考以下圖表[47]：

時間	地區	地點	出席者
1973 年 3 月 11 日	嘉義縣白河鎮	仙草里大仙寺	耆老：吳清池、蘇登、吳萍、吳銀治、張田、吳朝林
1973 年 3 月 12 日	臺南縣麻豆鎮	麻豆鎮民眾服務站	耆老：李兆彥、郭守陣、盧添德、李長江、高宜潤、林永殊等
1973 年 3 月 18 日	花蓮縣花蓮市	更生日報社會議室	耆老：賴進、鍾滿堂、黃桂森
1973 年 3 月 20 日	臺北縣板橋市	縣政府第二會議室	耆老：林啟清、陳弄獅、朱傲陽、楊水生、黃春榜等
1973 年 3 月 21 日	臺北縣金山鄉	金山飯店	耆老：許金水、黃惜、許琳環、許景添
1973 年 9 月 3 日	臺東縣臺東鎮	臺東縣政府會議室	耆老：林得水、王伯文、古仁廣、陳培昌、李木山等

　　王詩琅進入「省文獻會」之後，開始整理臺灣文獻，所以也開始撰寫歷史文獻的文章，像是：〈乙未臺北抗日義士列傳〉、〈也談「霧社事件」的文學〉、〈余清芳事件全貌〉、〈荷蘭攻略基隆史料〉、〈日本占據臺灣時期統

---

[47]王世慶等編，《臺灣省文獻委員會志》，頁 190～192。

治政策的演變〉等文章。[48]以下逐一介紹之。

〈乙未臺北抗日義士列傳〉這篇文章的撰寫，是王詩琅有鑑於日據時期，日人把武裝抗日時期的義民烈士稱為土匪，所以王詩琅認為這些抗日分子有需要被重新認識。這篇文章中的義士一共有 31 位，如下：林李成、林為恩、陳秋菊、詹振、簡大獅、賴忠、吳得福、呂元典、詹永和、黃世霧、林維給、呂大田、王赤牛、蘇力、蘇俊、陳小埤、蘇根銓、陳有善、翁景新等。[49]

在王詩琅所書寫的歷史文章，我認為最具有代表性的就是 1974 年，由臺灣省文獻會出版的《余清芳事件全貌》。這篇文章主要在說明，余清芳在年輕時與志同道合者武裝抗日的事蹟。「余清芳事件」的領導者除了余清芳之外，還有羅俊與江定。

這三位領導者在這次的抗日事件中，各自形成小集團分開籌備，分別是：羅俊派、余清芳派、江定派等。他們採用宗教宣傳模式，規勸臺灣人信佛，後再誘勸信眾一同參加抗日事件。抗日運動進行時，臺中廳警務課巡查對上級提報告，說明當時候的臺灣盛傳中國軍將要攻打臺灣。當時的社會並沒有抗日的跡象，因此日本政府只能暗中調查。調查的過程中，日本警察目睹中國人出現在臺灣，而且與抗日成員到朝天宮進香。日本當局進一步檢查抗日成員的書信，間接證實了中國可能攻臺的消息。爾後日本警察在淡水街抓到幾位抗日分子，查收到一封密函，當局以此信為根據其起追究，發現余清芳、羅俊等人要發動革命。余清芳得到消息之後，攜帶成員與軍資入山，重新研討計議。當局就對臺發布消息與照片，希望可以

---

[48] 需特別說明的是，雖然王詩琅在 1950 年代也發表過〈日據前的臺北城及城內〉、〈淡水河流域的變遷〉、〈漳泉械鬥與黃龍安〉、〈日據前的神祕托缽僧〉、〈臺北日人的新劇運動〉、〈臺灣小說選〉、〈思想鼎立時期的雜誌〉、〈《臺灣新文學》雜誌始末〉、〈青山宮的謝范二將軍〉等文章，但是與 1960 年代後歷史性文章還是不盡相同。最大的差異點在於，王詩琅在臺北市文獻會時期的文章，是以「臺北地方文獻」為主，但是到了 1960 年代之後，則是臺灣歷史上幾次的抗日運動為主。

[49] 王詩琅，〈乙未臺北抗日義士列傳〉，《余清芳事件全貌——台灣抗日事蹟》（臺北：海峽學術出版社，2003 年），頁 101～130。

緝獲余清芳等人。羅俊先在臺南廳先被抓走，日本政府接著竭盡全力去追緝余清芳與江定。

　　余清芳革命軍於甲仙埔發動攻擊，由余清芳本人親自指揮破壞甲仙埔廳內的拘留所並劫取軍事設備，許多日人也在此事件中被殺害。甲仙埔之變傳出之後，日本當局非常緊張，加強警察並從臺北廳率領警察隊 30 名前往支援，與余清芳等人發生激戰。日本這次的反擊讓余清芳等人吃了敗戰，革命軍最後在居民的掩護之下，才甩開日軍的追緝。之後又發生幾次零星的對峙，最後在革命軍缺乏訓練、武器裝備不良的情形下，終不敵日軍的攻擊。余清芳在與江定密議後決定分道揚鑣，最後余清芳在日本與保甲的聯手之下被捕，1915 年余清芳事件正式結束。[50]

　　關於王詩琅歷史文章的書寫，一直持續到 1980 年代時期，內容多大同小異，這邊就不多贅述。[51]

（二）《臺灣風物》時期

　　《臺灣風物》創刊於 1951 年 12 月，《臺灣風物》由陳漢光發起成立，由楊雲萍任主編，宋文薰、曹永和、賴永祥等協助編輯。《臺灣風物》是由楊雲萍命名，刊物性質以民俗習慣的採集記錄和隨筆為主，並鼓勵當時民間研究者，一同參與。[52]

　　1966 年王詩琅與毛一波同時擔任《臺灣風物》的雜誌編輯。毛一波在《和平日報》擔任記者時，透過張維賢認識了王詩琅，後來毛一波便邀請王詩琅到《和平日報》擔任記者與國際版新聞編輯。[53]王詩琅後又介紹洪炎秋、楊雲萍、廖漢臣、黃得時等人給毛一波認識。[54]毛一波離開「省文獻會」之後，正式接掌編輯《臺灣風物》。《臺灣風物》的第 20 卷到第 30 卷

---

[50]王詩琅，〈余清芳事件全貌〉，《余清芳事件全貌──台灣抗日事蹟》，頁 140～141。
[51]關於王詩琅在 1970 年代的活動，請參考本論文第二章「差異視角下的『黑色青年』討論」。
[52]不著撰者，〈《臺灣風物》緣起〉，載於：http://fk.twcenter.org.tw/intro.jsp（最後瀏覽日 2012 年 6 月 16 日）。
[53]毛一波，〈臺灣老作家王詩琅〉，《傳記文學》第 64 卷第 1 期（1994 年 1 月），頁 90。
[54]毛一波，〈臺灣老作家王詩琅〉，《傳記文學》第 64 卷第 1 期，頁 90。

為毛一波所編，王詩琅幫忙毛一波編纂到第 24 卷第 4 期。王詩琅與毛一波進入《臺灣風物》時，剛好是此刊物比較低潮的時候，除了經費不足之外，常也缺乏稿源。[55]王詩琅便向「省文獻委員會」中的成員邀稿。因此，在王詩琅與毛一波編輯《臺灣風物》時，也可以見到李騰嶽、林衡道等文獻會成員的文章。

　　《臺灣風物》每週有個固定的編輯討論會，成員除了王詩琅與毛一波之外，固定的參加者還有：林朝棨、黃得時、宋文薰、廖漢臣、戴炎輝、楊雲萍、黃富三、方豪、巫永福等人。[56]除了上列王詩琅的朋友之外，參加者還有年輕一輩的鄭欽仁、阮昌銳、江韶瑩、吳文星、吳密察、翁佳音等人。鄭欽仁指出從日本返臺之後，因為對臺灣史有興趣，經由康寧祥的介紹下認識王詩琅。爾後，王詩琅便常提供臺灣史相關書籍供他閱讀。[57]鄭欽仁的學生吳密察對臺灣史也有興趣，因此鄭欽仁介紹王詩琅給吳密察認識，並請吳密察加入王詩琅與毛一波等人週末的聚會[58]，同時成為《臺灣風物》編輯的生力軍。吳密察加入《臺灣風物》時，毛一波負責編輯，王詩琅負責行政，他負責跑腿與發行的工作。[59]吳密察指出之所以會幫助王詩琅編撰《臺灣風物》，原因在於當時他是學生，相較於在社會工作的人而言，他比較不忙碌。吳密察的工作除了打雜跑腿，還有到作者家取稿件、跑印刷廠、校對等工作。因為幫忙《臺灣風物》的出版工作，吳密察與王詩琅也逐漸熟稔。[60]年輕世代除了吳密察加入《臺灣風物》的編輯之外，還有翁佳音。翁佳音也是在對臺灣歷史興趣下[61]，透過黃富三[62]的介紹認識王詩

---

[55]〔編輯部〕，〈《臺灣風物》五十週年紀念座談會會議記錄〉，《臺灣風物》第 50 卷第 4 期（2001年 1 月），頁 54。

[56]毛一波，〈臺灣老作家王詩琅〉，《傳記文學》第 64 卷第 1 期，頁 92。

[57]〔編輯部〕，〈《臺灣風物》五十週年紀念座談會會議記錄〉，《臺灣風物》第 50 卷第 4 期，頁 52～53。

[58]〔編輯部〕，〈《臺灣風物》五十週年紀念座談會會議記錄〉，《臺灣風物》第 50 卷第 4 期，頁 53。

[59]毛一波，〈臺灣老作家王詩琅〉，《傳記文學》第 64 卷第 1 期，頁 92。

[60]〔編輯部〕，〈《臺灣風物》五十週年紀念座談會會議記錄〉，《臺灣風物》第 50 卷第 4 期，頁 62。

[61]翁佳音，〈懷永不止息的詩琅伯〉，《陋巷清士──王詩琅選集》，頁 373～376。

[62]黃富三除了當時也是朋友之外，他們也都曾經在臺灣省文獻會工作，也早是朋友的關係。

琅，後來翁佳音與吳密察就一同幫忙《臺灣風物》的出版。除了他們之
外，阮昌瑞、江韶瑩等人也都是因為《臺灣風物》的編輯與王詩琅相識。[63]
因為編輯《臺灣風物》的關係，王詩琅也在此刊物上發表：〈臺灣光復前後
旅居廣州的臺胞〉、〈張深切兄及其著作〉、〈日本新出版的臺灣研究相關書
籍〉等文章。

　　王詩琅發表在《臺灣風物》上的文章與其他文章最大相異之處，就是
紀念友人的文章相當多，像：〈鄉土資料的活辭典〉、〈陳君玉事略〉、〈無名
英雄的微笑——悼王井泉先生〉、〈張深切兄及其著作〉、〈誠摯的學人〉、
〈故吳新榮先生簡歷〉、〈李騰嶽先生事略〉、〈純樸的鄉下人〉等。這些文
章都是王詩琅用來悼念友人。

　　〈陳君玉事略〉說的是臺語流行歌作曲家陳君玉。王詩琅與陳君玉認
識於 1933 年，當時他們都是文學的愛好者，也都是臺灣文藝協會的成員，
但是他們當時並不熟稔。他們真正開始熟識，是他們一同編輯民間兒童文
學雜誌《學友》。陳君玉表現出來自強不息、嚴正不阿、嫉惡如仇的個性，
讓王詩琅深感佩服。為什麼稱陳君玉為臺語流行歌作曲家，而不是兒童文
學家呢？原因在於，自臺灣有臺語歌以來，陳君玉就是這個園地的開拓
者。陳君玉先後在古倫美亞等四家唱片公司的文藝部工作，同時也創作臺
語歌詞，像：〈閨女嘆〉、〈單思調〉、〈春香謠〉、〈琵琶春怨〉、〈賣花曲〉等
風行一時的臺語歌，都是陳君玉的作品。同時，王詩琅也認為陳君玉是一
位無名英雄，由於有陳君玉等人的奮鬥，對於中國文化的保存，中國民族
文化才得以保存其命脈。所以，陳君玉的死去，實為相當可惜的一件事
情。[64]

　　〈誠摯的學人〉是在說臺大教授陳紹馨。王詩琅與陳紹馨認識於 1935
年左右，他們的認識是因為陳紹馨的突然來訪。王詩琅當時在編輯《臺灣
新文學》，陳紹馨的來訪是出自於愛護臺灣鄉土文化的幼苗，特地要與王詩

---

[63]請參考：〔編輯部〕，〈《臺灣風物》五十週年紀念座談會會議記錄〉，《臺灣風物》第 50 卷第 4 期。
[64]王詩琅，〈陳君玉事略〉，《臺灣人物表論》（臺北：海峽學術出版社，2003 年），頁 253～255。

琅分享與鼓勵臺灣文化,其溫和、理智的態度,讓王詩琅印象深刻。王詩琅與陳紹馨真正的熟識是在「臺北市文獻會」工作時,當時王詩琅是臺北市文獻會的特約編纂,陳紹馨是臺北市文獻會的委員之一。王詩琅常與陳紹馨請教社會學與人口發展的問題,也常討論鄉土歷史文化等問題。因此,王詩琅認為陳紹馨是當時臺灣人文科學研究中,成就最好的一位。[65]

這些文章除了發表在《臺灣風物》之外,其實也發表在其他刊物,像是:《臺灣文藝》等文章。像:〈純樸的鄉下人〉、〈無名英雄的微笑──悼王井泉先生〉等。

〈鄉土資料的活辭典〉說的是臺南文獻家石暘睢。1951 年臺北市文獻會計畫了一次環島性的鄉土文獻考察,路過臺南時,由朱鋒(即莊松林)擔任嚮導,訪問石暘睢。石暘睢當時為臺南歷史館的館長,便帶領王詩琅參觀了臺南歷史館,親自為王詩琅解說所有館藏品。又王詩琅為何會稱石暘睢是「鄉土資料的活字典」呢?原因在於,王詩琅認為石暘睢對於臺南市有著深厚且廣博的知識,包含書上沒有記載的部分。其次,王詩琅認為石暘睢的知識,不只囿限於臺南文獻,而是涵蓋整個臺灣的鄉土文獻,是臺灣文獻工作的瑰寶,於此,王詩琅給予石暘睢「鄉土資料的活辭典」的美名。[66]

〈純樸的鄉下人〉說的是吳濁流。王詩琅在編輯《臺灣新文學》雜誌時,就曾經整理到吳濁流的作品「どぶの緋鯉」(〈泥沼中的金鯉魚〉),就對吳濁流有點印象。某日,王詩琅與警察談話的同時,有一位西裝筆挺的鄉下人來訪,王詩琅看了名片之後,才發現來者是吳濁流。王詩琅與吳濁流熟識也是在戰後,他們一同在《民報》工作的時候,因為同時對文學有興趣,才又熟稔。王詩琅認為吳濁流的貢獻,除了寫出《亞細亞的孤兒》,又私投鉅款設置吳濁流臺灣文學獎,培養後進的想法,讓人佩服。但對王詩琅而言,雖然當時吳濁流已經是名作家,但他對吳濁流最深的印象,還

---

[65]王詩琅,〈誠摯的學人〉,《余清芳事件全貌──台灣抗日事蹟》,頁 264~266。

[66]王詩琅,〈鄉土資料的活辭典〉,《余清芳事件全貌──台灣抗日事蹟》,頁 253~255。

是第一眼見到的那位耿直不阿，純樸鄉下人的印象。[67]

　　〈新劇臺灣第一人——悼張維賢〉說的是張維賢。張維賢是誰呢？根據王詩琅此文的說法，張維賢在戰前是位熱衷於臺灣新戲劇運動者。張維賢先是參加「星光演劇社」，後來赴東京深造，也是希望學成之後在臺灣推動較健全的戲劇運動。張維賢從東京回臺之後，糾合好友組織「民烽演劇研究社」，也進行臺灣戲劇的推廣。後來隨著臺灣環境的轉變，張維賢轉向到中國經商，戰後才回到臺灣。歸臺之後，張維賢應王詩琅的要求，也投入臺灣戲劇運動文獻資料的整理工作。王詩琅有鑑於張維賢對於臺灣戲劇的認真與投入，所以稱張維賢為「新劇臺灣第一人」。[68]

　　在《臺灣風物》時期，王詩琅除了發表友人的悼文之外，也曾發表一些歷史文章（像：〈日據初期臺灣的留日學生〉）或民間文學的文章（像：〈貓婆鬍鬚全拚命〉）。這些文章的性質與本文已經做過簡介，這邊就不再重複。

　　王詩琅的生命經驗，幾次的工作都與他的友人有關，像他會在《和平日報》工作，是因為張維賢的引介下認識來自中國的無政府主義者毛一波，毛一波邀請王詩琅到《和平日報》撰寫社論。王詩琅後來編輯《臺灣風物》也是因為毛一波的邀請。換言之，王詩琅的活動與他的人際網絡息息相關。但這並非本論文的主題，這邊就不多做贅述。

——選自蔡易澄〈王詩琅研究——黑色青年與戰後再出發〉
成功大學臺灣文學研究所碩士論文，2012 年 7 月

---

[67]王詩琅，〈純樸的鄉下人〉，《三年小叛五年大亂》（臺北：海峽學術出版社，2003 年），頁 207～211。
[68]王詩琅，〈新劇臺灣第一人——悼張維賢〉，《三年小叛五年大亂》，頁 152～159。

黑色青年的悲劇

王詩琅及其小說意識

◎張恆豪[*]

一、不可抗拒的思想潮流

在第一次世界大戰爆發前後，當整個歐洲大陸正陷溺於各資本帝國主義間的勾心鬥角之際，強權甚囂塵上地吞沒公理，窮兵黷武的殖民地併奪，竟導致了列強間之自相殘殺，而將人類歷史推向史無前例的毀滅浩劫。此時，在混戰濁浪之背後，有一股世界的、先覺性的、無可遏止的政治激流，正以急驟推進之姿，一而再地向這四周暗潮洶湧的蓬爾小島迎面撲來。例如：1912 年，祖國辛亥革命成功，中華民國的肇造；1916 年，日本人吉野作造提倡「民本主義」運動；1917 年，俄國發生十月革命；1918 年，美國總統威爾遜發表戰後十四點和平條件的原則，高唱民族自決；1919 年，朝鮮發生三一民族獨立運動，祖國也爆發了「外爭主權，內除國賊」的五四運動，又印度也在此時爭取獨立；以及日本在戰後大正年代產生了議會主義的普選運動、勞動運動、社會主義運動、市民階級的民主自由運動……這一長串之時代巨流，不僅深深搖撼了臺灣本土，同時也襲擊著日帝統治下殖民地知識階層的心靈，致而迸發了臺灣近代史上以非武力爭自由、爭民權、爭自治的先聲，也使得 1920 年以後的臺灣，在一批批先覺者和反抗者之前仆後繼下，被推進了「黎明期」[1]民族解放運動的歷史軌道中。

---

[*]文學研究者。

[1]係指海外臺灣留學生於 1919 年以後，所展開的一連串民族自覺運動，其間先後所成立的團體，有「聲應會」、「啟發會」、「新民會」等，見葉榮鐘等著《臺灣近代民族運動史》（臺北：自立晚報社，1971 年）的第三章「海外臺灣留學生的活動」。

　　發軔於 1923 年之臺灣新文學運動，乃在此一時代思潮的衝激和歷史因緣的際合中，以中華民族抗日鬥爭強勁之一翼，登臨於文學祭壇。因而，日據時期臺灣新文學的作家，當目睹到殖民地上壓迫者與被壓迫者之間，仍根深柢固地存在著政治、經濟、教育……的差別待遇和利害衝突時，為了要爭平等、爭公理，自然地對文學意識的關注會更殷切於對文學藝術的營求，主決地將文學意識轉移到現實意義和教化功能之層面上來，亟望以文學的參與力量，來介入時代之創痛，表達殖民地悲憤的籲天心聲，進而喚醒被壓迫者和被屈辱者的民族意識，抗拒日本資本帝國主義之苛酷統治，以爭取殖民地的民族解放和命運自決。此固然是殖民地環境影響了文學發展的方向，另方面也可解釋為不屈的文學魂，為根本改變殖民地之格局所做的抉擇。這不但和島上先覺者之立場相一致，也與世界各弱小民族之反抗文學呼應成為堅韌的環結，二次世界大戰前日帝統治下的朝鮮，在李光洙、金東仁、廉想涉諸人的努力下，一心想要擺脫殖民主義的精神威脅，為其苦難祖國樹立起民族文學之纛旗，便是凜然悲壯的一例。

　　所不同的是，有一種作家雖具有強烈的憂患意識，卻能劃清界限，超然置身於政治激流之外，始終如一地堅守文學本位，冷智靜觀時局的蛻變，以鷹隼似的利眼，窺探出激流上的水勢及其底下的動因，為被迫害的族類留下深刻的見證；而另一種作家，則以為如春風夏雨的文學，雖然溫和卻是無力的，為求立竿見影，崇偉的理論務必與具體的行動密切結合，行動是檢驗理論主要的也是唯一的竅門，是以不惜跳出文學立場，毅然投身民族運動之洪流，無可倖免地也被捲入政治風暴，或被拘，或入獄，或遭致流放，甚者不幸地齎志以歿。日據下的文學魂如蔡秋桐、郭秋生、龍瑛宗屬於前者，賴和、楊華、王詩琅、楊逵等則屬於後者，這種不同典型，顯然地和他們內在的性格和外在的經歷有絕對之關係。

二、王詩琅的成長背景

　　王詩琅先生，一開始便承繼了殖民地亟求民族自決的反抗傳統。他是日據時期臺灣民族社會運動由「覺醒期」至「蛻分期」[2]的重要人物，也是臺灣新文學運動由「開花期」至「決戰期」[3]的主要角色。從其生平資料，我們可以看出在日本帝國主義強權的統治下，一個文學青年如何由認知、掙扎，乃至自我覺醒的歷程，並且隨著時局之演變及日趨緊張，他又如何自理念走向實際行動，在困躓的悶局中永不懈怠地覓尋出路。

　　王詩琅，祖籍福建省泉州晉江，在臺灣淪為日帝殖民地之第 14 年（1908 年 2 月 26 日），生於臺北艋舺（今之萬華）。他的父親王國琛，母親廖燕，都是忠厚殷實的商人，在艋舺開有老布莊德豐號，經營布匹批發生意。王氏自幼家境不錯，但是身體羸弱，尤其苦患眼疾。七歲上私塾初讀，受教於前清秀才王采甫。十歲時，便入學臺灣總督府的附屬公學校。課餘之暇，喜好伏案沉思，和閱讀稗官小說、論說正軌之類。[4]稍長，父母親原希望他能克紹箕裘，繼承家業，但他卻違背父志，放棄經商之途，抱箋箋之心，獨浸染於文學和政治的書堆中。[5]

　　公學校畢業以後（1923 年），家人無意讓他繼續升學，然時值世界性

---

[2]「覺醒期」，乃指「臺灣議會設置運動」、「臺灣文化協會」和「臺灣青年雜誌」等臺灣非武力抗日民族運動之三大主力崛起後的一連串影響事實；「蛻分期」，指 1927 年「臺灣文化協會」分裂後的發展景況，見葉榮鐘等著《臺灣近代民族運動史》第 4～9 章。

[3]見葉石濤，〈臺灣鄉土文學史導論〉，收於《臺灣鄉土作家論集》（臺北：遠景出版公司，1979年），頁 14。亦見王錦江〈臺灣新文學運動史料〉，載於《臺灣新生報》，1947 年 7 月 2 日，5版；〈臺灣文化事業的回顧〉，載於《國民通訊》創刊號（1948 年 5 月）；〈半世紀來臺灣文學運動〉，載於《旁觀雜誌》第 16 期（1951 年 10 月）；〈日據時期的臺灣新文學〉，載於《臺灣文藝》第 3 期（1964 年 6 月），此四作俱收於張良澤編，《臺灣文學重建的問題》（高雄：德馨室出版社，1979 年）。又見黃得時〈臺灣新文學運動概觀〉，載於《臺北文物》第 3 卷第 2 期（1954 年 8月）、第 3 期（1954 年 12 月）、第 4 卷第 2 期（1955 年 8 月），另收於李南衡編，《文獻資料選集》（臺北：明潭出版社，1979 年），頁 269。

[4]章回小說，如《紅樓夢》、《水滸傳》、《三國演義》、《西遊記》、《施公案》、《彭公案》、《七俠五義》等；論說類，如《東萊博議》等，見王麗華，〈史話與童話——訪王詩琅談文獻工作與兒童文學〉，《大高雄》革新第 8 期（1979 年 3 月），頁 109。

[5]見王詩琅，〈慈愛勤勉進步的母親〉、〈舊詩作的回憶〉，收於《夜雨》（高雄：德馨室出版社，1979年），頁 14、19。亦見張良澤，〈王詩琅先生事略年譜〉，《大高雄》革新第 8 期（1979 年 3 月），頁 118。

民族自決的思潮澎湃，臺灣本土之民族解放運動，也由啟蒙性的「黎明期」推進大眾化的「覺醒期」，由於時勢鼓舞，以及求知心切，王詩琅便與同學自組「勵學會」，專看一些中學、大學的講義錄，和中日文名著新刊，範圍包括文學、政治、社會、思想等[6]，他潛修苦學，並關心時事，民族意識乃漸萌芽，對日帝的統治也益感到不滿。這一少年時期之閱歷和經驗，薰養了他疾惡如仇與多愁善感的性格，且反映在日後的文學風格上。

特別值得注意的是，這一年發生兩件大事，改變了王氏命運。一件是 9 月 1 日，日本本土發生關東大地震，該國無政府主義大師——大杉榮，在災禍紊亂中，被憲兵大尉甘粕正彥非法地逮捕，16 日和他的妻子伊藤野子及八歲幼甥橘宗一同被絞死。這一罔顧人道的政治迫害，震驚了全世界，此時年僅 16 的王氏深感憤慨，乃由同情大杉榮之立場，開始接觸無政府主義書籍，受到巴枯寧、克魯泡特金、大杉榮、石川三四郎及國人黃凌霜、黎劍波等人的啟迪甚多。另外便是同年 12 月 16 日，臺灣總督府忽以違反治安警察法的口實，對於蔣渭水、蔡培火等人所成立之「臺灣議會期成同盟會」，進行風聲鶴唳大檢舉，造成了轟動全臺的「治警事件」。結果蔣渭水等 18 人被起訴，其中 13 人且被判有罪而身受其苦。此一事件，強化了王氏為殖民地奮鬥的決志，從而服膺無政府主義，為其抗日民族社會運動之思想主軸。

1926 年，王詩琅加入由日本人小澤一所倡導的「黑色青年聯盟」，為當時的黑色青年（黑色象徵死亡，表示誓死之覺悟），曾多次被捕入獄，較大者有三件：一是 1927 年「臺灣黑色青年聯盟大檢舉事件」，和另外為首的三人小澤一、吳滄洲、吳松谷，被日本警部以違反治安維持法祕密結社的名義付諸公判，王氏被判懲役一年六個月[7]；一是 1931 年「臺灣勞動互助社事件」，和為首的陳崁、蔡禎祥、黃天海諸人被捕，王氏再次坐牢十個

---

[6]思想方面，指巴枯寧、克魯泡特金、大杉榮、石川三四郎、黎劍波、黃凌霜諸人論述；文學方面，有冰心、茅盾、魯迅等 1930 年代作家作品，和《小說月報》、「創造社」書刊，以及世界文學精華（透過日文），見王麗華，〈史話與童話——訪王詩琅談文獻工作與兒童文學〉。

[7]見《臺灣民報》第 191 期，1928 年 1 月 15 日；及臺灣總督府編《臺灣總督府警察沿革誌》。

月；另外一件是 1935 年，適值「臺灣始政 40 週年紀念」，由於受到日本本土無政府共產黨大搜捕的波及，王氏又與張維賢等人被株連入獄，拘禁三個月，此三次牢獄之災，都與無政府主義有關。職是之故，關懷社會運動者的受難靈魂，便成為其作品中反覆出現的主題，而日本帝國強權下的資本主義，也是他屢次所欲批判的對象，王氏文學創作也主要地在反映這一階段（1926 年至 1936 年）的生命體驗與社會經驗。

1927 年，當臺灣的思想界正出現百家齊鳴的盛況時，卻不幸地產生了「革新家的態度」問題，同時不適當地誤蹈日本版之「左右傾辯」，加以日本當局的分裂陰謀，和臺灣人的路線大辯論、奪權方式，終使得臺灣的民族社會運動，由「蛻分期」步向於分崩離析、沒落潰敗的「衰微期」。儘管如此，王詩琅毫不退縮，為繼續爭取其立場之實現，乃轉向於「開花期」的文學運動，前後所參與的社團，有 1931 年加入「臺灣文藝作家協會」（日本人平山勳、上清哉等人創辦）、1934 年加入「臺灣文藝協會」（郭秋生、廖毓文等人創辦），並於 1937 年 8 月至 1938 年 5 月，代編過《臺灣新文學》第 1 卷第 8 期至第 2 卷第 4 期（楊逵、葉陶夫婦所創辦），其光復前的文學作品也都發表於此時。

七七事變前後，日本當局為發動大東亞戰爭，總督小林躋造提出了「皇民化」、「工業化」、「南進基地化」的響亮口號，將臺島納入決戰總體制，進而雷厲風行地推展皇民化運動，強徵臺灣青年遠赴南洋充當砲灰。處此變局，王詩琅深感到國家沒有主權，民族便不能獨立，則一切的思想和理想難免都要落空，因此在 1936 年，曾洞察機先，義正辭嚴地披露〈一個試評——以「臺灣新文學」為中心〉與〈賴懶雲論〉[8]二文，再三地強調漢文在臺灣的現實性，以及賴和文學的民族地位，不容被抹煞，以駁斥日本政客企圖消毀漢族文化的陰謀，此為其無政府主義的轉向，民族主義的

---

[8]〈一個試評——以「臺灣新文學」為中心〉，載於《臺灣新文學》第 1 卷第 4 號（1936 年 5 月），另收於李南衡編《文獻資料選集》，頁 216；〈賴懶雲論〉，原著為日文，載於《臺灣時報》第 201 期（1936 年 8 月），另收於李南衡編，《賴和先生全集》（臺北：明潭出版社，1979 年），頁 399。

復歸，這一醒悟，完全是歷史大勢所使然。中日戰爭全面爆發以後，王氏曾兩度被徵調到大陸，一次在上海，擔任日本陸軍特務部（宣撫班）的工作，一次是在廣州，擔任廣東迅報社編輯。直到日本無條件投降後，1946年4月始返回臺灣。

三、王詩琅的思想形態

由上檢視，不難窺察出王詩琅文學生命的成長歷程，以及其作家性格和作品風格的形成關係。前已述及，王氏小說主要在於反映 1926 年至 1936 年的生命體驗與社會經驗。[9]而這一時期，主宰其文學思想軸心者，一言以蔽之，便是反抗日本帝國強權的資本主義，而主張互依原則的無政府主義。

1868 年，尚處於封建閉守的日本，由於遭受到先進資本主義世界之壓迫，其社會內部起了極大的變革。明治維新以後，其金字塔似的上層結構，可說是大地主和資本家的相結合，然而農村中根深柢固的封建體制，卻阻礙了其資本主義之躍進，並造成內部尖銳矛盾，和國內市場的狹仄性。於是，日本統治階層乃以早熟的帝國主義之形態與意識，向外擴張，劫奪殖民地並侵掠其市場。[10]不幸地，1894 年的甲午戰爭和 1895 年的臺灣割讓，便是在此一歷史進展下的悲劇種因。

日本據臺共計 50 年又 4 個月，其經濟發展態勢，大體上雖可分為四個階段[11]，但基本上，日本將臺灣視為其資本主義之禁臠，在資本、原料、市場絕對獨占的優勢下，任其巧奪豪取，而以日本之利益為依歸則是一致的。它的統治性格，正是依附強大的國家權力、好戰的軍國政策，來從事

---

[9] 王詩琅光復後的近作──〈沙基路上的永別〉（載於《聯合報・副刊》，1980 年 10 月 27 日，8 版）則另當別論。

[10]此一觀點，見潘志奇，〈臺灣之社會經濟〉，收於《日據時代臺灣經濟之特徵》（臺北：臺灣銀行，1957 年）。

[11]第一階段自日本占領臺灣，經日俄戰爭，至第一次世界大戰發生止（1895～1914 年）；第二階段為第一次世界大戰時期（1914～1920 年）；第三階段為第一次世界大戰以後至「九一八事變」發生止（1920～1931 年）；第四階段為日本侵略戰爭時期，即自「九一八事變」起，至第二次世界大戰結束、臺灣光復止（1931～1945 年）。見周憲文，《日據時代臺灣經濟史》（臺北：臺灣銀行，1958 年）。

原始資本之累積，並暴露其專制和高壓的趨向。他們之一切措施，無非殫
精竭慮地要割斷臺灣與中國的血緣，使臺灣完全淪為日本殖民地，進而以
此跳板，為其進軍南洋的瘋狂意圖而鋪路。[12]對於此一強權形態下的資本主
義，王詩琅除了在小說〈夜雨〉、〈沒落〉、〈十字路〉中有所鍼砭外，於
〈社會進化與支配〉一文中，他更針對資本主義的內涵──社會達爾文主
義，提出根本的質難：

> 遊牧時代進到定住時代，便自然而然促起人類為要食、便，就不得不生
> 產了。於是一方面便有地域環境之差異，發生了種族間的風俗慣習的背
> 馳，更為食物的缺乏發生出掠奪和其他種種的事故惹起戰爭，戰爭的結
> 果當然是強者勝，弱者敗。勝者掠奪了敗者的食物及其他的一切，占領
> 其土地而且驅使他為奴隸，代牛馬從事生產工作。
>
> 這樣考察起來，支配是和私有財產同時發生的。經濟組織與政治組織是
> 同一物之一表一裡的東西。自暴力征服事實發生以後，他們便漸漸地把
> 社會的財富壟斷在少數人之掌中。而且以國家的××（××）合理化他們的
> 行為，來××被征服大眾。這樣的支配和私有財產的形式，是隨其時代而
> 變易其形態而已。例如：野蠻時代的酋長和部落民，封建時代的貴族和
> 平民，至於近代是代議制度與資本主義，總之不論甚麼時代，支配和私
> 有財產必然為這些制度之母胎。
>
> 到近代所謂產業革命以來，舊式的封建制度被革掉了。那無生氣的怪
> 物──機械便出來幫助資本家富強起來。
>
> 在資本主義社會的×××××為要維持明日的生計，不得不在他的鐵蹄下窒息
> 自己的知識、創造力，而從事的工作。
>
> 自己天天所做的工作，到底是甚麼東西一點也不知，只像附屬在機械的
> 肉塊一樣。做到和機器迴轉的同一時間來拖延了他們的日子就罷了。所

---

[12]此一觀點，見黃靜嘉，《日據時期之臺灣殖民地法制與殖民統治》（作者自印，1960年），頁31。

使用不良的材料短促期間製造的貨物是否粗雜、耐久不耐久，他們是一概不管。（以下 37 字削除）

這樣陰慘地過著營養不良、不衛生的生活是不消說的。且眼睜睜看了父母妻子及鄰人的飢寒衰頹而病死。

一年到終披星戴月、辛苦耕作的農民，到收穫期，連口都餬不夠，「自己不能保那能顧他人」，這就是現社會所造出的一句卑劣的觀念。（以下二行削除）[13]

於此，王詩琅透過歷史的觀察，指出在任何時代的演進中，人類由於爭食和爭端的結果，造成了種種畸形之現象，而其惡果卻在不同的社會結構中轉胎投生。上面所引，雖有不少重要字眼，已被當時《明日》雜誌編輯黃天海削除了。然其思想觀點，大致尚可窺悉一二：

其一，他反對達爾文「弱肉強食」的進化論，及其連帶所形成的階級制度。

其二，他反對一切支配和私有財產的行為，及其背後的政府統治形式。

其三，他反對日本資本帝國主義的壓迫和剝削，而主張農工階層的解放。

然而，他所肯定的理想模式，和實現此一藍圖的手段是什麼？在同文中，他又說道：

「人類是社會的動物」這是有名的西諺。不錯，我們試觀那生活在那原始大同社會的原始人民，快樂地在燦爛的陽光、明秀的月亮、光耀的星光之下吸了清澄的空氣，沒有所謂××，沒有所謂××，大家以本然的互相扶助與連帶責任，受盡大自然之恩惠，生活過來的事實是誰也共認的。但是野獸和氣候及自然的一切之威脅要破壞他們的生活與秩序的時候，

---

[13]見《明日》第 1 期（1930 年 8 月），頁 11、12。另收於張良澤編，《夜雨》，頁 7。

他們即一致團結起來，以互相扶助與連帶責任的偉力防禦擊破那阻害生活的障礙物。這不是人類的單獨事實，是潛在一切動物的內在裡面之本能。有這本能才能夠繁榮地生存。所以也可以說人類是社會的動物。[14]

綜上所引，王氏贊成克魯泡特金的互依原則及高德文、蒲魯東的連帶責任，至為顯然，此為其思想要點之四。

其五，他反對腐化的現代資本社會，而憧憬原始的、平等的、團結的自然文明和大同世界。

以上諸點，正是典型的無政府主義。而在〈生田春月之死〉一文，王詩琅復藉著對日本詩人生田春月的批評，進一步地表達了他的思想觀：

日本的亥尼，自稱僻隅的詩人，轟動一時之生田春月的自殺，也不是為解答這未知的世界，而躍身清澄美麗碧藍的瀨戶內海。

一個剛剛跑到真實的自覺的他，為何竟自殺了呢？有的說是戀愛問題，有的說是思想的煩悶，紛紛不一。

虛無主義走到無政府主義！這是他的意德沃洛基（按：意識形態）的經歷。在他的詩或是感想，我們也可以完全明白的，雖然他濾過一切的精神苦悶，達到無政府主義，但貫徹在他的精神裡面，始終是一抹之厭世的哀愁的氣氛。他不是求積極的社會的解放之無政府主義。而以自我完全為主點的個人的無政府主義之處，便會看出他的破綻和他的苦悶。而這就是他自殺之一大原因。[15]

此處的「虛無主義」（Nihilism）一詞，最先原出現於屠格涅夫的《父與子》，小說主角巴札洛夫即是個徹首徹尾的虛無主義者。根本上，他們崇

---

[14] 〈社會進化與支配〉，《明日》第 1 期，頁 11。

[15] 見《明日》第 1 期，頁 25。另收於張良澤編，《夜雨》，頁 5~6。收於全集中〈生田春日之死〉，乃「生田春月之死」的訛誤。

尚科學真理，反對專制政治，一心要打倒宗教權威，主張徹底改革當時社會，使各階層趨於平等，但一方面又認為個人有絕對自由，凡是社會、家族，乃至宗教所強加於人的一切義務責任，皆可假託個人自由而一概予以否定。因虛無主義有極大的副作用和破壞性，只知迷信科學卻不能解答精神上的問題，易陷入作繭自縛的悶局，而走向沉淪毀滅之途，是故為王氏所反對，而代之以積極的、社會解放的無政府主義。

按無政府的理想，雖淵源甚古，如我國老子、希臘芝諾，但近世的無政府主義，則脫胎於法國大革命和產業革命，可說是受到盧騷的熱情所澆灌的產物。其理論首見於英國哲學家高德文（William Goldwin）的名著《政治的正義》（*An Enquiry Concerning Political Justice and its Influence on General Virtue and Happiness*），後經法國蒲魯東的肇創，俄國巴枯寧的闡揚，及克魯泡特金的集大成，更造成舉世披靡的盛勢。無政府主義（Anarchism），音譯作安那其主義，安那其之字根，源於希臘文的 A-narchie，所指的是「無權力」、不需要統治者，而非「無秩序」、混亂破壞的意思，是廣義的社會主義之一派。在政治上，它排斥一切強權，認為任何國家都是惡事，故反對工人參加國會及選舉，同時也反對工人的政權，不主張無產階級專政。因政治組織要侵害自由，故又主張完全地消滅國家統制形式，而取代以自由公社的自由聯合。在經濟上，它反對私人財產，主張財產應平均分配，一切土地、生產器具，及資本均歸團體所有，憑持互助合作的精神，以達成社會問題的根本解決。在思想上，反對神權的支配，痛恨人為的立法與設施，主張服膺自然，來發展天賦人權，以科學真理來啟發理性與信心，以建立一個自由、和諧、博愛的大同社會。

據此看來，王氏以上諸點，顯然並非他的創見，這在前面無政府主義大師的論著中，皆不難找到蛛絲馬跡，但無可諱言，王詩琅早期充滿反強權、反階級的社會意識，則是事實。由於臺灣的抗日民族運動，對內常獲得地主和資產階級的協助，早先甚至還以其為主力；而對外所爭議的對象，表面乍似單純的勞資糾紛，但實際上此一切皆源自於日本資本的獨占

勢力及總督府的土地挑撥。換言之，經濟關係無法擺脫其根本的政治因素和民族因素。是以誠如矢內原教授所言：日據時期的臺灣社會運動「一方面是以其殖民地的事情為基礎，同時則又帶有民族運動的性格，而在另一方面，也是臺灣的民族運動帶有階級運動的性格」。也就是說民族情感與社會意識二者之相結合遠甚於二者之相排斥，強烈的社會意識無不統攝在民族情感的源頭上，此乃殖民地的社會特徵使然。[16]

自從共產國際得勢後，全世界無政府主義的活動也都漸漸開始沒落，臺灣本土的無政府主義組織也在 1930 年以後趨於瓦解，其沒落除了時代因素外，個人以為尚有下列幾點內在的成因：

一、在倫理旨趣上，或在人世前景上，無政府主義雖然提出了不少令人動心的論點，無奈陳義過高，忽略了人性之弱和人性之惡，致而實踐不易，並且在對資本主義的評析，也不及共產主義之具有煽惑性，而其做法更缺乏系統組織。

二、無政府主義的實踐，乃需要理想的客觀條件予以配合。日據下的二元教育，本質上仍屬於一種殖民地的愚民政策，同胞們的知識不發達，道德不普及，何能蔚成風氣且身體力行？

三、無政府主義，雖含沙射影，隱示有對日本帝國強權的反抗，然此一反抗，唯有在國家主權獨立的形態下才能發揮強大的作用。無政府主義，既反對政府形式，沒有政府形式，國家主權的獨立即無從產生，國家主權不獨立，便有如強權刀俎下的魚肉，而欲奢求被壓迫民族的解放，那無異是痴人說夢罷了。

當一群溫馴善良的羊，面對著來勢洶洶、齜牙咧嘴的狼，無論以何等友好的神色，去披瀝博愛、互助、和平共存之道，終究顯得自不量力而無濟於事的。它那神聖莊嚴的陳辭，在入侵者的眼中，正不過是顢頇無能的反照而已，除非趕緊也將自己搖身一變為兇惡的狼，或是更威猛的老虎，

---

[16] 此一觀點，見矢內原忠雄，《日本帝國主義下之臺灣》（臺北：臺灣銀行，1956 年），頁 92。

方能免於被侵襲併吞,而在當前,除了機警地團結自救外,實在別無善策了。是故,中日戰雲密布之際,王氏的重返民族本位,雖是歷史轉折下的歸趨,但勿寧是有良知、有擔當、有遠見之智識分子的必然抉擇。

四、小說意識

有一類作家,其小說素材,皆來自於主觀的自我經驗,以寫實筆法,鋪展出一己的思想軌跡,作品具有濃厚的自傳成分,例如楊逵;而另一類作家,雜以想像,旁敲側擊,與角色、事件保持適切的距離,僅是運用語調、意象或場景來襯托自己的感悟,例如楊華、王詩琅;當然也有融和以上兩種特性的,賴和即是一例。

假使說,賴和所關懷的是異族壓迫下的農民、工人和小販;楊華關懷的是勞動者和童養媳;楊逵關懷的是智識分子(其實就是自己的化身),則王詩琅特別關注的對象,便是那些為了生活、為了爭平等,源於個人挫敗而走向民族覺醒的社會運動者。依其性質,大致可分為兩類,一類純以日據時期社會運動者的生活為經,一次世界大戰後的臺灣殖民社會為緯,例如〈夜雨〉、〈沒落〉、〈十字路〉;另一類則在反映日據社會同民族與異民族間的人性百態,例如〈青春〉和〈老婊頭〉。以下依照作品創作的先後,討論如次:

〈夜雨〉是王詩琅的第一篇小說。故事背景是擺在一次大戰以後的臺灣社會,其時因受到世界性經濟大恐慌的震盪,呈現出百業不振,民生疲蔽的現象。小說主角——有德,誠如其名,是個有道德良知的印刷工人,因憤慨業主剝削,「要廢掉休息也有工資的禮拜日」,為了維護權益,追求合理化的生活,不願卑躬屈膝,仰人鼻息,苟活於絕對被支配的殖民地現況,便挺身起來響應罷工,但不幸罷工陣線全面覆沒,自己砸碎了飯碗,加上轉業無望,竟連累一家四口,陷入山窮水盡的斷炊困境,夫妻間更為細故時常爭鬧不休,最後為解決生活問題,不得不屈服於現實威勢,忍心讓女兒到自己一向所不齒的風月場所,去做女招待,「然後慢慢地,教她學京曲,做藝旦」,與腐化的資本文明沆瀣一氣,過得更缺德、更不合理的生

活，其內心的沉痛，不言而喻。這已不僅是物質生活的窳陋，而是原則的
退讓、精神的殘害、尊嚴的淪喪，可以說是一齣發人深省的道德悲劇。

有德具有道德勇氣，也有深刻的內省能力，當罷工全面慘敗時，他冷
靜地、理性地如此分析：

> 究其原因，雖是惡劣的業主為對抗工人，向內地大量的移入工人及新雇
> 臺灣人，買收內奸，來擾亂陣營。就是自己們的團結不固，指導方針不
> 好，任幾個人操縱，也不能說沒有其責。他（按：有德）覺得什麼人都
> 恨不得的。業主也是為景氣壞不能如前多霑潤工人，自己們卻是為生活
> 而蹶起，那更是正當的行動，就是那些內奸，是當不住長久的罷工，而
> 降服的可憐蟲。這些都不是罷工的責任者。他覺得似乎別有個大的、看
> 不見的責任者。

因身處日常的高壓統治，為了規避忌諱，王詩琅此處的筆觸自然較為
含蓄。這個大的、看不見的責任者，所暗示的，正是帝國強權下的資本主
義和殖民地政策。這才是真正罪魁禍首，它一天不連根拔除，則殖民地生
靈將永無安寧之日。此一觀點，呼應前面所引的〈社會進化與支配〉諸
文，和王氏的基本主張是相一致的。

一次世界大戰以後，正是日本進入戰後資本主義總危機時期。1920 年
的世界性經濟大恐慌，強烈地搖撼了整個日本的國民經濟體系。日本不僅
遭遇到國內市場購買力的減少，而且國際政治上勢力倒退，列強各國重來
遠東市場，再加上遠東各國人民貧困化、殖民地各國工業化，和中國歷次
抗日抵貨運動等問題，使得日本資本主義陷入長期的垂死掙扎。為了解決
危機，日本產業乃進入所謂「合理化」的自救運動，其重點有三：1.國民
經濟各部門的再組織及技術的改進；2.獨占的強化；3.擴大勞動強度及盡量

減少使用勞動者。[17]此一戰後產業「合理化」的過程，促成了生產及資本的益形集中，而殖民地臺灣的工人便在這種惡劣的勞動條件下，受盡日本帝國主義的剝削和榨取。日本當局，儘管假借冠冕堂皇的同化政策和內地延長主義，高唱什麼「機會平等」、「一視同仁」，實則差別待遇依舊存在，臺灣工人的工資不但比不上在臺日籍工人的所謂「勞動貴族」，而且也比日本國內工人的工資為低，這只要查看一下臺灣總督府於 1935 年所調查製作的「日臺勞動者別工資比較表」，即可明瞭。

　　這種癱瘓背景下的欺瞞、歧視、壓迫，使得被殖民者忍無可忍，在面臨生活的挫敗及威脅下，乃逐步透過個人的覺醒，而走向民族的解放運動，這是王氏小說中最常見的模式。〈沒落〉中的耀源，他的家勢由於遭到戰後經濟大恐慌的襲擊而宣告破敗，注定了耀源一家沒落的命運，而他在師範學校念書時，正逢日本人統治進入同化政策時期，因不滿臺灣人和日本人的差別待遇，和日本當局偽善欺瞞的嘴臉，便率眾惹起罷學風潮，因此被學校開除學籍，以後獨自跑到廈門，進入上海大學，由「漠然的民族意識漸把握到社會主義」，進而參與抗日的社會運動。〈十字路〉中的張，出身寒微，他放棄了繼續升學的機會，進入銀行充當給仕（工友），原本鄙斥民族社會運動，一心一意要考取文官，夢想在日本人所統治的臺灣社會中嶄露頭角，以遂其「青雲雄志」。但曾幾何時，自己何以會漸由雄心壯志而落入於屈辱之境？至此才漸漸了悟：

　　　　什麼「適材適所」、「不論學歷，人材拔擢登用」，簡直是欺瞞。自己自給仕任用行員以來，可也已有十年以上了。自己拚命的努力之代價，依然是個下級行員。不看事務上之能不能，那些後進的大學、高商畢業的個個跨過頭上去。想了每日唯唯是諾，像狗子搖尾巴乞憐，奉侍上司還不夠，且不時戰戰兢兢怕被饑首，自己老實覺得自己可憐的很，但去了勢

---

[17]此一觀點，見潘志奇，〈臺灣之社會經濟〉，收於《日據時代臺灣經濟之特徵》。

的自己，要另找別途，又怯、又害怕，老實也是不可能的事。

　　當然的，自己升官發財的夢想，也不過是一廂情願、自欺欺人罷了。在和舊同僚借酒澆愁中，已幡然覺醒的張，對於仍醉生夢死的坤元，如此痛斥：

　　「噓！你還未醒，那是一時代前的事，現在會富的只有那些大資本家。親像我們這樣領薄月給度日的，三頓顧得住還算是好的。現在的窮人想發財，實在是比死更難。」

　　據此而觀，張也是源於個人的挫敗而走向民族的覺醒，他所痛斥的，也是日本帝國強權的資本主義和殖民政策。簡言之，生活的挫敗，是他們參與民族解放運動的最原始動機，因落實於實際生活，並非空泛的概念，故這些小人物的掙扎和悲局，便具有相當的真實性、代表性、和普遍性，這可以說是當時大多數反抗者的基本寫照。
　　這些走向於第一線的先覺者和反抗者，除了帶有憂患意識和道德良知外，還具有對現實的批判力和對自我的反省力。但由於勢單力薄，孤掌難鳴，因此，在他們反抗日本帝國強權的過程中，便往往有以卵擊石的挫敗感。他們的生命形態無不充滿了理想與現實的衝突，生命與生活的頡頏，在淚眼裡有憧憬，即使在一絲希望中，仍無法掩飾形影的落寞。他們生在那一個時代，也活在比一般人更前進的時代，不但要承擔個人的痛楚，而且還得承擔大多數人的痛楚，所以有先知的寂寞和超人的悲哀。但是，他們畢竟是凡人，難以擺脫凡人的弱點，當挫敗困頓時，不是望天興嘆，顧影自憐，顯出侘傺落魄的形相，如〈夜雨〉的有德；便是放浪形骸，徵逐酒色，藉著尋樂來痲痺自己，以求逃避和解脫，如〈沒落〉的耀源、〈十字路〉的張，這種人物的挫敗感、頹廢感、虛無感，便構成了王氏小說角色的主要形象。

　　在此必須指出的，作者在呈露此一形象時，都是以外在境遇的逆轉（如失業的打擊、家勢的沒落，或生活的窘化）來襯托人物的挫敗感、頹廢感、虛無感，並且運用人物內省和情景交融，來觀照心境轉捩，及隱示小說主題。這些時空交錯、人物獨白、情景交融、境遇對比的技法，都說明了王氏深受西洋現代小說的影響。

　　然而，日本帝國主義的魔魅無所不在，其巨大的陰翳如影隨形，果能逃脫得了嗎？無可諱言的，在〈夜雨〉中帶有濃厚的、自憐的感傷主義，小說的結尾，更泛濫著此一情緒。有德何以會由一個充滿抗議精神的理想主義者，淪落到頹廢不振的感傷主義呢？顯然地，在灰黯的悶局中他一直無法找到其思想的出路和奮鬥的方向，若是長此以往，他不是沉淪墮落，便是注定要步上生田春月的自絕後塵。然而，王詩琅並不絕望，並沒有對人世悲觀，在〈沒落〉中，其主人翁耀源雖然仍不免徬徨迷茫，但我們可以見到一線希望的曙光，已逐漸衝開愁悒悽絕的氛圍，展露出盎然的生機來，耀源的心志亦在苦難的錘鍊中卻除怯弱游移，重新肯定自己。蓋殖民地的歷史格局，如魔障壓境般的存在著，唯有提升自己站立的位置，放遠視界，將個人處境與社會苦難結合起來，透過歷史的觀照、時代的分析、人際的比較，認清奮鬥的方向，方有可能重燃起自我的信心，在頹廢的虛無中找到出路，本篇所呈示的，勿寧是個人式的理念，邁入於群體性的信仰的一大契機。在〈十字路〉中，所揭露的正是日據下一個無知的順民由被欺矇而走向自覺，並企圖喚醒大我的心路歷程。值得注意的，作者在處理另兩位社會運動人物時，卻一反常態，並不直接呈述定秋與萬發的挫敗經驗，只輕描定秋昔時頻繁地出入於各勞動組合，側寫萬發從大陸密航回來參與社會運動，而他們受難後的心境，亦僅畫龍點睛地從定秋的眉宇點出──「雖有些疲倦的樣子，卻沒什麼憔悴，眉宇間的凜然神氣也毫不稍減」，這是小說的精省，也是作者高明之處。足見在王氏心目中，那些視死如歸的社會運動者，他們如鋼鐵般地燃燒不屈的意志，已和〈沒落〉中耀源的頹廢、〈夜雨〉中有德的憂傷，有霄壤之別。他們超越了個人的失意，

或情緒的糾葛，昇華到大我民族的命脈，進入於思想的、意志的、群體的奮鬥觀，背負著殉道的十字架，折衝於塵世的十字路，懷抱冷澈的認知和犧牲的覺悟，去啟迪殖民地的芸芸眾生，使頑者靈，愚昧者變成清明，奴化者痛悟前非，矢志不懈，至死不悔。到此，我們已可全然地窺悉王氏小說角色其人格形態的完成過程，他為我們塑造出日據下一個社會運動者的理想形象。

但就大多數的臺灣同胞而言，不知不覺者，固然像〈十字路〉中坤元、來福的愚駑無知，醉生夢死；而後知後覺者，也不過有如張、有德的充滿希望又頹喪，雖幡然清醒，復軟弱無能，踟躕於理想與現實的十字路，徘徊又徘徊，不知何去何從？自奴化到自覺，需要一段艱難掙扎的歷程，而從覺醒到自發性地付出行動去參與，又需要一番相當的刺激。這種被殖民者意識形態的清醒到克服，進而轉化為反抗者的行為方式，正是作者深深執念的心結。

尤有甚者，王詩琅更超越了民族間的利害關係，純粹站在道德信仰的高峰，去肯定患難中相互依持的人性，如〈青春〉；而批判窘困中強凌弱、眾暴寡的獸性，如〈老婊頭〉，這是王氏的人道胸懷，也是其無政府主義的餘音。〈青春〉具有明朗而又蒼白的色調，可見出王氏的異民族之愛，〈老婊頭〉具有陰暗且鬱悶的風格，則可見王氏的同民族之恨。

在〈青春〉中，作者以充滿生命律感，和明媚色彩的景致描繪，將情節帶進了一處具有西班牙風味的療養所，這處療養所雖然依山傍水，外表雪白幽雅，而內裡卻是單調、寂寞、和「死一般地沉默」。月雲是一個在此處靜養的少女，她秀慧又蒼白，青春而孤獨，從其病中的追憶中，我們可以了解；她畢業於臺北高等女子學校，彈得一手出色的鋼琴，具有不可多得的音樂秉賦。她一意立志要成為優異的聲樂家，想望在以男性為主的臺灣固陋社會裡，為女性揚眉吐氣，爭得一席地位。她的個性獨立好強，觀念新潮前進，不願像一般女人嫁人生子而走進婚姻的桎梏，試圖衝破傳統的網羅，在音樂的領域裡有一番傑出的表現。然而，天妒紅顏，正當其黛

綠年華時，她竟襲染上了不治之症，這對一個才情橫溢的少女，勿寧是殘酷無比的打擊。因之，臥病中的月雲，時而沉浸在往昔浪漫的遐思，有如雲雀的心遊萬仞；時而又自美夢驚醒，墜入於現實絕望的暗谷。她生命的樂章，自思絢爛多采，未料竟是一闋未完成的悲愴交響曲。作者在亮朗的寫實風格，不時展露出蒼白輕愁的情調，尤其對於月雲性格中的堅強而又沮喪，青春卻又哀愁，運用精微的心理描寫，刻畫得恰到好處。

此外，情節中又穿插另一支線，月雲的病友千代子，她是一個有滄桑背景的不幸女子。若說月雲是一個具有現代感和叛逆感的新女性，則千代子便是一個保守、乖順、自甘接受傳統擺布的舊女子，她的性格恰與月雲形成對比。千代子自從女校畢業後，她的父親就將她送到臺灣來嫁人，但是遇人不淑，婚後的生活並不美滿，丈夫遺棄了她，在外花天酒地，常常夜不回家。月雲欲反叛傳統而造成不幸，她的悲劇來自於天命；千代子雖臣伏於傳統也造成不幸，她的悲劇則來自人為。然則她們平凡而受迫，同病（無論是精神或者肉體）而相憐的處境，卻是如一的。她們二人，沒有因異族而敵視，也不因性格的不同而互相排斥，相反的，月雲與千代子超越了種族的界限，彼此扶持，相互勉勵，在患難中建立起手足般的情誼，憑著雙方的信念與愛心，合手搭起了一座同命互依的橋樑，散發出人性可貴的光輝。又她們在對話中所提到的水河叔與原口先生，也是如此，水河叔身罹重病，原口先生以醫生的立場為他急救。在此人類的博愛與責任，使得自私和殘暴顯得卑微渺小，克魯泡特金的互助精神，終竟克服了達爾文的天演謬論。總之，在這具有道德重整和救贖象徵的療養所，沒有侵略者和被侵略者之分界，唯有奉獻和犧牲，這是破除猜忌、化解仇恨、消弭戰爭的靈石，也是人類文明進化的原動力。

本篇一方面，在揭露現代女性處身於新舊社會轉變期中的價值取向和心態衝突，另方面對於異民族間人民感情的闡揚，也是作者亟力慎思的焦點。就被壓迫的臺灣同胞而言，他們所要反抗的對象，並非所有的大和子民，而是那些運用資本帝國主義以侵略中國的日本政權、軍人和財閥；反

之，對於某些善良或是同情臺灣立場的日本人民，尤其是膽敢超乎種族利害而發出正義呼聲的開明人士，如當時贊助臺灣民族運動的島田三郎、田川大吉郎、矢內原忠雄……諸人，臺灣同胞不僅不排斥他，甚且基於對信仰和公理的維護，更表現出無比的敬意。

在〈青春〉中，作者的語氣是溫和的，對故事裡的人物懷有同情，而在〈老婊頭〉，作者的語氣卻是嘲諷的，包含著嚴厲的批判。首先要指出的，是作者很生動地將一個靠「蕃仔酒矸」（指接日本嫖客的臺灣妓女）起家的老鴇，刻畫得神龍活現，如聞聲欬。鹽橄欖治是小說中的老婊頭，她由於深得經營三昧，竟然時來運轉，搖身一變，成了家財萬貫的富婆子，使得當地的市議員、銀行職員，紛紛對她哈腰作躬，刮目相望。而鹽橄欖治平時的為人，卻自私刻薄，對待自己親生的女兒溺愛有加，而對困苦的鄰友（如阿樹嫂），或是病痛的雛妓（如秀仔），卻尖酸潑辣，吝嗇小器，十足是個喝人血的暴發戶。

但是，自從日警當局下令整飭風化區，將原來的賣淫街遷移他處後，老婊頭的妓館便陡然沒落了。如今，妓館已成了黯淡歲月的私娼，任由在蕭瑟夜雨中苟延殘喘。甚至，當一個妓女淪貶到僅剩下一角銀和一包菸的低價時，鹽橄欖治也不肯輕易放過她最後牟利的機會。資本主義下人們的唯利是圖，無情無義，從而所造成的「人的商品化」和「人的庸俗化」，都在此暴露無餘。

「鹽橄欖治」，是作者苦心經營的一個角色，她可說是資本社會的縮影，甚之，一個夢魘，一個附骨之疽。從其忽起忽落的浮沉，我們可以看出人類刻苦耐勞的自主精神業已淪喪，被那隨波逐流的投機性格取代了，而圍繞在這一輻軸上的，不外乎是人性的自私、勢利、短視、貪婪、無知……，總之，是病態文明下的劣根性，它腐蝕人心，和殖民地的歷史命運相纏在一起，造成頑劣牢固的鎖鏈，倘若不針對此予以打破，而奢求殖民地民族的解放，那無異是捨本逐末。職是，相對於〈青春〉一作對異民族之愛的肯定，作者退而反省我們弱小民族的悲劇性格，透過老婊頭的形

象及其沒落的景象，嘲諷日據社會下趨炎附勢、笑貧不笑娼的畸態，並進而批判窘迫中強者欺壓弱者、富人支配窮人……這是王詩琅基於深沉的人道胸懷，對於同民族奴隸根性的檢視。

五、黑色青年的悲劇

雖然，欲從王氏現在所留下來的幾篇小說，去釐定他在日據時期新文學發展中的歷史地位，或許尚言之過早。但可以肯定的，王詩琅是個具有深厚社會意識與人道關懷的作家，其思想色彩和文學精神，不僅與賴和不同，也和同時期的楊華、楊逵迥異其趣。賴和是個以中國為歸向的民族主義者，全然站在殖民地上被壓迫者和被剝削者的立場，以伸張正義，充滿了無畏的譴責和控訴精神，在他文學生命萌發的時期，也正是臺灣「純民族的」抗日運動勃興的階段，是以，誠如葉石濤先生所說，賴和的小說較缺乏對殖民地民族前景長遠的觀照[18]，自然是可以理解的；楊華則是個社會主義者，其作品透露出在日本帝國強大淫威之下，個人力量的渺茫無望，瀰漫著一股悲鬱厭世的生命情調；而楊逵，由於受到日本勞工總同盟和農民組合的影響，且親身參與臺灣的農民組合[19]，因此其小說頗有走向階級化和國際化的傾向，具有世界性弱小民族的文學特性，不時洋溢出激昂的改革意願和強烈的奮鬥決心，同時也適逢臺灣的抗日運動由「純民族的」轉變為「思想性的」、「社會性的」主流，因此在他的作品中，也如同葉石濤先生所說，似可隱隱然窺見出殖民地民族未來的希望和遠景[20]，但自中日戰爭爆發後，面對著異族的侵凌，他也毫不遲疑的歸返到民族大義的立場。而王詩琅是個反抗強權的無政府主義者，其理想誠然崇高浩偉，但當個人面對頑強的資本主義的威勢時，便難免有螳臂當車的挫敗感，況且無政府

---

[18] 見彭瑞金、洪毅，〈從鄉土文學到三民主義文學──訪葉石濤先生談臺灣文學的歷史〉，《臺灣文藝》第 62 期（1979 年 3 月），頁 9。

[19] 見林梵，《楊逵畫像》（臺北：筆架山出版社，1978 年），頁 73。

[20] 見彭瑞金、洪毅，〈從鄉土文學到三民主義文學──訪葉石濤先生談臺灣文學的歷史〉，《臺灣文藝》第 62 期，頁 9。

主義者向來堅持絕棄權力慾望，縱使勝利後也不主張組織政府，只是天真地迷信人性的善良和愛心，自以為在漫漫的沙漠中可以找到澤及蒼生的綠洲，但揆之當時的鷹犬當道和獸慾橫流，孤獨的旅人所覓得的究竟是綠洲？或者只是一片虛幻的海市蜃樓呢？這從其曇花一現的結局，已不難看出答案了。可以這麼說，在此廣大的地球上，凡是有強權存在的地方，無不視黑色青年為洪水猛獸，而黑色青年也注定要與悲劇結緣。因此，王詩琅的小說便常流露出一種精神煎熬的無奈感，和生活鞭笞的無力感。然而，他不僅像明鏡般的反映出這些人物受難的一面，還像明燈似的予以這些人物情感的撫慰、心智的砥礪、人格的鍛鍊，使他們不忘將個人從一己的小宇宙，奮力地去推向整體的大宇宙，冷智剖析歷史的動因，不憂不懼地勇往直前，在道德使命的感召下，一步步地挺向殉道的悲劇。20 世紀人道主義的理想家羅曼羅蘭以為：世上的偉大英雄，並不是歷史學家認為肩膀上荷負著歷史重任的亞歷山大、凱撒或拿破崙之流，而是在精神上去安慰寂寞者，給予正在受苦的奮鬥者以勇氣的那些人物。在某種程度上，王氏的小說正可給予我們同等的啟示和同等的激勵。

1980 年 10 月

——選自《現代文學》復刊第 13 期，1981 年 2 月

走充滿荊棘的苦難之道

讀王詩琅的小說

◎葉瓊霞*

> 英英烈烈從容就義，大聲疾呼痛論淋漓，
>
> 那有什麼稀罕？但耐久地慘澹辛苦，
>
> 走充滿荊棘的苦難之道，
>
> 卻不是容易的——

　　日據時期的臺灣作家，雖然面對著同樣的統治機器，而且在許多方面有著共同的遭遇和命運，但由於每一個作家的出身背景、階層、世界觀和天賦各自不同，所以在描寫統治者的嘴臉，統治者與被統治者之間的關係，殖民地社會的各層面形象時，每一個作家在作品中所呈現的世界都不盡相同。

　　王詩琅的父親於光緒初年來臺經商，定居在泉州郊商聚集的艋舺，所以王詩琅自小即得以沐浴艋舺濃厚的閩南情調，七歲時父親送他入私塾，向宗叔秀才王采甫習漢文。這段童年，培養出一個他日後對清代臺灣歷史、艋舺民俗掌故以及漢文文學的興趣，而且在他的文學創作上，也提供了一個不同的觀察角度。其他出身農村的作家，慣常處理農村中日本統治者與農民之關係，而王詩琅的小說，卻慣以在日本資本主義催逼下，邁向近代化的臺北都市為舞臺。

　　而自 1915 年噍吧哖起義慘敗後，臺灣的抗日活動已由武力轉變為文化

*發表文章時為成功大學歷史語言研究所碩士生，現為南臺科技大學通識教育中心社會科學組講師。

上的抗爭，臺灣文化界遂成為此一階段抗日運動的大本營。少年的王詩琅除了是活躍於文化運動界的知識分子，同時也具有社會運動者的身分，曾因「臺灣黑色青年聯盟事件」被捕入獄。他醉心於文學、政治、經濟、社會的各種知識，而對他的思想起著最大的作用的是 1923 年日本關東大地震之後，日本無政府主義領袖大杉榮夫婦被非法逮捕、殺害的事件。這一慘案打破了王詩琅對「明治維新」、「大正民主」的神話，從而驚覺到國家權力無限擴張的可怕。經由對大杉榮的同情，他開始接觸無政府主義的書籍，而感動他最深的是克魯泡特金的〈告青年〉一文，他曾向知友毛一波坦訴他當時讀後感動得淚流不止的情況。無政府主義高蹈的理想性格，和改造人類社會的樂觀期許，就此俘虜了這位純潔少年的心，從此以後，無政府主義的信仰便深植他的心中，並成為他的小說所反映的重要內容之一。

以小說觀察臺灣社會實像

王詩琅的小說創作數量不多，卻有著他個人的觀察角度和關懷面，以下即就其小說所觀察的臺灣社會實像作分析說明。

葉石濤曾以交響曲比喻作家的所有作品，而將處女作比為主旋律，不管主旋律在全曲當中有著多麼豐富的變化，它仍然會統一著全曲的風格和色調，是故一位作家的處女作，經常是研究者用以探索作家心靈的入門之鑰。王詩琅的處女作〈夜雨〉，處理的正是在社會運動中，個人的理念與行動、期待與局限的問題，此後類似的主題還曾出現在〈沒落〉、〈十字路〉等小說中，足見這是他觀察臺灣社會實像的一個原始思考點，也是他以文學的方式對社會運動時期的重新反省。

王詩琅寫作小說的特點是，不以狀外在之實景為足，無論處理何種題材，他都願意進入人物的心靈，去捕捉人類心中對一切外在事物的反應，所以在探討社運分子心路歷程的這類小說時，首需提挈出他所塑造的人物典型。

第一種人物典型是時代的先覺者，他們對臺灣命運之悲慘與自身處境

之不平等，都覺醒得甚早，有些是透過文化協會的啟蒙，有些是在學校中接受了新思潮的洗禮，例如〈沒落〉中，年輕時代的耀源、石錫仁；〈十字路〉中的定秋和萬發等。

　　第二種典型是已屬社會上穩定力量的中年勞動者、小資產階級，他們原本的關心能力只及自家的溫飽，但因生計逼迫，或生存條件的差異過鉅，才不得不起了抗爭的自覺，例如〈夜雨〉中的有德，和〈十字路〉中的張。

　　第三種人物是較具衝突性的，他們是從前兩種典型中退化下來的，也可以說是社運陣營的逃兵，年輕時代的理想熱情，在經過牢獄之災和現實的打擊後，已使他們的生命呈現一種蒼白無力的挫敗感，〈沒落〉裡的耀源、石錫仁是為代表。

　　這三種人物類型當然無法含括整個社會運動陣營裡的眾生群相，及種種互動關聯，但是他成功的地方卻在於他把籠罩整個社會的不景氣現象、受日本翼護的資本家對臺灣勞工的無理壓榨，都與臺灣人民的生活、心理，緊緊地結合起來，他不以描寫社運的表面衝突為滿足，而是要把衝突的場景移到人物的家庭及其內心掙扎上，他使得每個人都以自己的方式去感知這些事件，並做出屬於他個人的回應。由此可以顯現的重要主題是，看似波瀾壯闊的社會運動，其實都是由最小的單位——個人——所組成的，在日本殖民統治之下，每個人都有可能成為體制下的犧牲者，也因此都有可能成為反體制者。而投身社會運動者在面對外在運動的興衰、帶給家人的身心負擔以及內心矛盾的掙扎時，或許修正了對事物的許多看法；或許為理想的貫徹付出了痛苦的代價；也或許就沉醉酒鄉、溫柔鄉中，就此「沒落」了。〈沒落〉中有一段耀源在沉思自己的今昔之別時，所作的深切反省：

　　英英烈烈從容就義，大聲疾呼痛論淋漓，那有什麼稀罕？但耐久地慘澹辛苦，走充滿荊棘的苦難之道，卻不是容易的。路是明而且白。只是能

夠不怕險阻崎嶇，始終不易，勇往直進的，現在有幾個人？

這一段話指陳的，固是王詩琅心目中真正的社運分子形象，但其中流露的，應也不乏自身從社運陣營中退卻下來的寂寞心境和萬般感慨吧！

心懷漢族意識的臺人悲歌

1937 年，中日戰爭爆發，臺灣進入「戰時體制」，政治控制的強度日甚一日，所以人民的自主性也就愈來愈低，臺灣的文化人奉軍方徵召，或在軍方與人情壓力之下，被迫前往淪陷區（大陸或南洋）工作者不在少數，王詩琅亦為其中之一。

雖然在淪陷區所擔任的是新聞工作，仍不脫文化事業之範疇，但王詩琅生前極少提及他這一時期的生活，其原因在晚年的小說〈沙基路上的永別〉裡，有著部分的投射。這篇小說所描述的正是一名被派赴大陸工作的臺籍青年，對唐山女子的愛情遭挫的故事。故事中的主角，一方面對原鄉中國，一直存有深切的渴慕；但對自己扮演日本的侵略幫凶一事，卻有揮之不去的愧疚感。這兩條主線引出了主角內心的糾葛，也帶出整個情節的開展。第一條主線是臺灣青年對祖國唐山的夢，他把這個夢寄託在對女子的愛情上，就如同是寫臺灣人對中國的感情。但隨著求愛不成，夢境破碎，象徵著臺灣人的祖國夢也面臨崩潰。第二條主線是主角每每思及自身尷尬的國籍、工作性質時，便百轉千迴、萬般無奈，以這種身分出現於原鄉，是他所不願的，但這卻是歷史的宿命。兩條脈絡交織而成的，是一闋心懷漢族意識之臺人的悲歌，因為他們儘管視中國人為同胞，但卻沒有把握對方是否也願視他們為同胞？對自身漢民族血統執念愈深者，其矛盾與痛苦也就愈大。

作為社會運動者的王詩琅，他以言以行，直接地表達他的異議；而作為文學創作者的王詩琅，他挑選了他所熟悉的社運者形象，來體現他所看到的人類精神強度、理想情操以及每個人都可能遇到的，在不平等的社會

中懦弱、驚懼、向現實低頭。至於王詩琅的文學精神自然也帶有抨擊殖民統治者和舊社會弊病的成分，不過他的格局並不止此。他同樣想要傳達統治者與被統治者之間的種族差別的待遇、資本家聯合殖民當局無理壓榨勞動勞工的事實、以及女性弱勢人口所遭遇的種種問題，但他並非聲嘶力竭的控訴，反而是運用一種不慍不火的溫婉筆調，讓小說中的人物在他們特殊的情境中來做出屬於他們自己的結論，每個人受限於自身條件，必然有不同的結論出現，這也正符合了他所想表達的——政治社會環境是與每個人息息相關的，每個人都有可能面對抉擇，選擇成為一個反體制者或一個與現實妥協者。而一般大眾心目中正義化身的社運分子，在他筆下也突顯出多面化深度，以及與殖民者外在衝突之外的內心糾葛，更是把鬥爭的場域由社會拉向自身，豐富了社會運動的義涵。

——選自《國文天地》第 77 期，1991 年 10 月

王詩琅小說與臺灣抗日左翼

◎陳芳明[*]

前言

　　左翼運動，在臺灣現代史上，有其不堪回首的一頁。所有參與這個運動的知識分子，幾乎都不能倖免於被告、被捕、被殺的命運，穿越了日據時期與戰後初期的兩次政治整肅，左翼運動者的理想追求，可謂凋零破敗。當歷史的浪潮席捲過去之後，他們的名字與事蹟也隨著擦拭淨盡。即使是存活下來的左翼運動者，對於自己曾經有過的反抗紀錄，也極力掩飾或塗改。這是因為客觀的政治條件不容他們說出真相。

　　王詩琅是殖民地時期重要的抗日作家。他同時參加政治運動與文學運動，對於日據時期臺灣知識分子的心靈活動與思考狀態頗為熟悉。他在新文學發展史上之所以受到注意，並非只是因為他參加過幾份文學雜誌的編輯；更值得重視的，乃是他撰寫了數篇小說，觸及當時左翼運動者的一些側面。在有關左翼史料頗為匱乏的研究領域裡，王詩琅的作品誠然為後人留下了部分生動的形象。

　　這篇短文，並不探討王詩琅的生平與思想，文學評論家張恆豪已經有過頗為精闢的議論。[1]本文希望透過王詩琅小說，窺探臺灣左翼抗日運動的歷史經驗；同時，也企圖從史實的左翼政治運動，評估其對文學工作者所

[*]發表文章時為靜宜大學中國文學系副教授，現為政治大學臺灣文學研究所講座教授。
[1]參見張恆豪，〈黑色青年的悲劇──王詩琅及其小說意識〉，原載《現代文學》復刊第 13 期（臺北：1981 年 2 月）。後收入張恆豪主編，《王詩琅、朱點人合集》（臺北：前衛出版社，1991 年），頁 103～133。

產生的影響。在悲愴荒蕪的左翼史上，王詩琅究竟提出了怎樣的證言，顯然值得深入探討。

王詩琅小說的社會關懷

　　王詩琅開始介入文學創作，是在臺灣抗日運動到達巔峰狀態的 1930 年。跨過這年之後，日本就發動對外軍事擴張的行動。1931 年爆發的九一八事變，足夠說明日本軍國主義已經臻於成熟階段，而必須進行國外的資源掠奪。為了使整個對外武力行動不致受到牽制，東京的軍閥決定對內採取鎮壓政策，以免有後顧之憂。

　　包括日本本土與殖民地在內的所有政治運動，都毫無倖免地遭到逮捕取締。日本警察在 1931 年，先後解散了臺灣民眾黨與臺灣文化協會，並且對臺灣共產黨黨員進行有計畫、有系統的緝捕。[2]

　　從歷史事實來看，王詩琅的文學活動，正好趕上崩壞前夕的左翼政治運動。熟悉王詩琅生平的人，都知道他在 1927 年因參加無政府主義的「臺灣黑色青年聯盟」而被捕。[3]基本上，臺灣的無政府主義運動與共產主義運動往往混淆在一起。究其原因，不僅是因為無政府主義運動者橫跨了共產主義的組織。王萬得、蔡孝乾、翁澤生就是具體的例子，他們既是臺灣共產黨黨員，又是無政府主義組織的成員。同時，也是因為無政府主義者強調對社會弱小者的關心，遂導致與社會主義者劃分不出清楚彼此的界線。

　　青年王詩琅可能並不在意無政府主義與共產主義之間的差異，在不公平的殖民地社會裡，他所關心的無疑是被壓迫的、無助的弱者。他在獲釋出獄後，正逢左翼文學刊物大量出版的時候。創辦刊物的編輯，都是與他的無政府主義運動有密切關係。王詩琅在晚年曾經如此回憶：「這時候，臺灣陸續辦了很多雜誌；比如以民族運動為主流的，由黃白成枝和謝春木所

---

[2]有關臺灣共產黨員被捕的史實，參閱陳芳明，〈從分裂到崩壞〉，《謝雪紅評傳》（臺北：前衛出版社，1991 年），頁 191～216。

[3]王詩琅參加無政府主義組織的事實，參閱台灣總督府編，『台灣總督府警察沿革誌』，現在改名為『日本統治下的民族運動』（東京：台灣史料保存会，1969 年），頁 889～890。

辦的《洪水報》；由王萬得、周合源等合辦的，有共產主義傾向的《伍人報》；由黃天海辦的，有無政府主義色彩的《明日》等，所謂三大思想鼎立時代，成了臺灣文壇的熱潮。我和這些人都是朋友，經他們的慫恿，每個雜誌我都寫了稿；有的是新詩，有的是論文。」[4]王詩琅認為這三份刊物代表了三大思想的鼎立；事實上，這些刊物編者都與無政府主義運動者有關。黃白成枝、王萬得、黃天海全部都是無政府主義者。

　　無論如何，王詩琅投稿的文學刊物，毫無例外都以關懷社會為出發點。因此，王詩琅作品之帶有強烈的左翼色彩，就不是意外的事了。以《洪水報》的發刊詞為例，清楚表達了對資本主義的反抗：「何因取洪水為我們最愛的報名呢？兄弟們！試看我們的身邊的資本主義的狂風，倒壞我們的家屋，資本主義的暴雨，流失我們的田園，我們的居住將近要亡了，說我們的食糧將近沒有了，我們所處的情景，豈不像前月末的狂風暴一樣嗎？我們冒著風雨而計畫此報，其心理有幾分悲壯，其決心有若干的血氣，所以取洪水為名，以表現我們同人的心志。洪水猛獸，自古以來，人人所惡，惡其物而取其名，這是什麼意義？……」[5]

　　這段發刊詞，毫不掩飾它對資本主義的批判立場。在 1930 年代，「洪水」是一句雙關語，一方面是資本主義對社會的泛濫成災，一方面則是指「失工的洪水」，亦即失業的浪潮。「洪水」又寓有赤潮之意，等於是紅色社會主義的暗示。因此，在《洪水報》上發表作品，幾乎已表明了作者的政治立場。王詩琅在《洪水報》上刊登的詩作，恐怕是目前所能發現的他最早的文學作品。這首題為「冬天的監獄」的新詩，並非成功之作；但它卻是王詩琅入獄經驗的最好寫照。[6]試以此詩的最後兩節為例：

[4]王詩琅，〈我的早年文學生活〉，收入張炎憲、翁佳音編，《陋巷清士——王詩琅選集》（臺北：弘文館出版社，1986 年），頁 210。王詩琅接受日本學者下村作次郎的訪問時，也提到他最初撰稿的情形。參閱下村作次郎，「王詩琅が語る『台湾新文學運動』」，收入氏著『文學で読む台湾——支配者・言語・作家だち』（東京：田畑書店，1994 年），頁 303。
[5]本社同人，〈說幾句老婆仔話（代為創刊詞）〉，《洪水報》，1930 年 8 月 21 日，頁 1。《洪水報》失佚已久，最近我的學生黃一舟尋獲慨贈，特此向他感謝。
[6]王詩琅，〈冬天的監獄〉，《洪水報》，1930 年 8 月 21 日，頁 3。

隔房的悲傷慟哭，

　　對面房的怨恨嗟嘆；

對面的被打的叫嚷，

　　唉！兄弟們不要怨嘆！

你們為何不明白教你受

　　縲絏的原因。

牆外嘹亮的喇叭，

　　威嚴的隊長的號令，

房外看守的佩劍響，

　　唉！可憐的奴隸們，

你們替誰辛苦地努力呢？

　　這兩節只是以「犯人」與「獄卒」的處境作為對比。那些發號司令的牢頭，其實為只是為主子擔任奴隸而已，並沒有比受難的坐牢者有任何崇高之處。王詩琅在稍早之前坐過一年六個月的監獄，對於日本殖民者的本質可以說認識得非常透澈。經過這種意志上的鍛鍊，王詩琅的創作方向自然而然是與被壓迫者站在一起。

　　王詩琅從事小說創作，集中在 1935、1936 的兩年。[7]全部的作品，其實只有五篇短篇小說，亦即：

1.〈夜雨〉，《第一線》，第 1 期，1935 年。

2.〈青春〉，《臺灣文藝》，第 2 卷第 4 號，1935 年。

3.〈沒落〉，《臺灣文藝》，第 2 卷第 8 號，1935 年。

4.〈老婊頭〉，《臺灣新文學》，第 1 卷第 6 號，1936 年。

5.〈十字路〉，《臺灣新文學》，第 1 卷第 10 號，1936 年。

這些小說發表時，臺灣抗日政治運動已全部宣告終止。知識分子的精

---

[7]參閱張恆豪，〈王詩琅生平寫作年表〉，收入張恆豪編，《王詩琅、朱點人合集》，頁 140。

神抵抗，開始從政治運動漸漸轉移到文學運動。1935 年 5 月，臺灣文藝聯盟正式宣告成立，代表著新文學運動到達一個新的分水嶺。王詩琅並沒有參加這個文學組織，因為他認為「文藝必須堅守自由獨立的立場，不需要這種不分畛域、一統天下的聚會。」[8]王詩琅的創作性格，由此可見一斑，文學是一種不受任何外來干涉的儼然存在，也是一種追求解放的象徵。這種自我要求，顯然也強烈投射到他的小說創作之中。

王詩琅的五篇小說，事實上只有兩種類型。一是集中描述臺灣女性的黯淡命運，她們在沉悶的殖民地社會，尋找不到未來的出路；如〈夜雨〉、〈青春〉、〈老婊頭〉。另一種是描述左翼青年的抑鬱，終而淹沒在時代的狂潮裡，如〈沒落〉、〈十字路〉。這些小說，都帶有濃厚的社會主義傾向。尤其是第二類型作品，直接以左翼政治運動的事實為主題，揭露當時知識分子心靈的挫折。小說鋪陳出來的景象，較諸歷史文字的紀錄還要來得真切。

陰翳的筆調之所以貫穿王詩琅的作品，自然是與他所處的 1930 年代有著密切的關係。以史實來印證的話，王詩琅小說誠然倒影著當時政治社會的面貌。以〈夜雨〉而言，小說中的人物有德因罷工失敗而失業時，面臨必須讓女兒去從事女招待的選擇。有德是一位印刷工人，為的是爭取星期日也必須獲得工資，因此參加了罷工的行動。

在撰寫這篇小說時，顯然是受到當時工人事件的啟發。1929 年 2 月，臺北印刷從業員組合提出待遇改善的要求，其中的要求條件是，每月第一、第三星期日以及一般假日，雖然沒有上班，業主仍需發給工資。印刷工與業主談判後，悉數遭到否決。[9]這場罷工行動，最後宣告失敗。官方的紀錄上，並沒有解釋失敗的原因。然而，在〈夜雨〉中，王詩琅卻有如此的描述：「雖是惡劣的業主為對抗工人，向內地大量的移入工人及新雇臺灣人，買收內奸，來攪亂陣營。就是自己們的團結不固，指導方針不好，任

[8]下村作次郎，「王詩琅が語る『台湾新文學運動』」，『文學で読む台湾——支配者・言語・作家だち』，頁 305。
[9]台湾總督府編，『台湾總督府警察沿革誌』，頁 1261～1262。

幾個人操縱，也不能說沒有其責，他覺什麼人都恨不得的。」

　　透過小說的鋪陳，王詩琅讓我們透視歷史背面的實相。罷工失敗的真正原因，竟然還是由於臺灣工人本身的不團結。雖然有德沒有責備，但小說裡王詩琅其實已代為做出了責備。這篇小說的可貴性，就在於進一步描述失業工人的困境。當有德不能維持家庭生計時，只好被迫允許自己的女兒去做女招待的工作。女招待有什麼不好？依照有德的想像，做了女招待之後，「慢慢地，教她學京曲，做藝旦」。對有德來說，「他雖是兩袖清風的工人，少時卻曾在書房裡念了幾年書。他很輕蔑藝旦、娼婦、鴇母、烏龜一類之人。」

　　換句話說，有德已經預見到，他的女兒似乎就要墜入煙花巷了。這種絕望式的敗北主義，恐怕是臺灣知識分子所能發出的最深沉哀嘆吧。罷工的行動，原是對資本主義殖民體制表達強烈抗議。結果，罷工失敗等於是代表資本主義的獲勝。如今，女兒又即將成為資本主義的商品，殖民體制的獲勝於此又得到證明。小說中顯現出來的工人運動的失敗，不也就是作為知識分子的王詩琅的挫折？

　　〈夜雨〉中的女性，全然毫無掌握自我命運的機會。在另一篇小說〈青春〉，記錄的是一位追求藝術理想的女性月雲，卻因罹患不治之症，終至陷入絕望深淵。這篇小說雖然沒有批判資本主義，但對於女性企圖突破傳統藩籬的心情，卻有著深切的刻畫。月雲最後還是沒有克服病魔的糾纏，懷抱著未遂的夢告別人間。

　　為什麼選擇女性來表達他的思考？王詩琅從未在其他地方做過任何解釋。然而，可以推見的，以女性隱喻臺灣命運的悲慘，幾乎是日據時期臺灣小說的共同基調。王詩琅的〈夜雨〉，重點固然放在罷工之上，但是真正被犧牲者反而是女性。〈青春〉充滿了光與影的追逐，但小說中的女性終究還是抵不過黯淡命運的安排。女性之作為一個隱喻（Metaphor），乃是殖民地作家所共同接受的。通過這一個隱喻，王詩琅透露他對社會的關懷。縱然這樣的關懷，是何等悲觀。

他不是嘶聲吶喊的作家，而是透視事實真相的冷靜觀察者。以〈夜雨〉為例，王詩琅後來就承認：「大家都在謳歌罷工，高唱罷工勝利，但是我卻指出相反看法，像那種無用的團體，連事先準備都沒有的罷工行動，是注定要失敗的」。[10]如果這就是他創作的出發點，那麼他寫的這些小說似乎還有更為深層的意義。他希望勇於批判者能夠採取行動前，應該有抗爭到底的決心，而不是停留於表面的吶喊。果真如此，他對臺灣人的責備，豈非就是對日本殖民體制的強烈批判？這種表現方式，與賴和、楊逵作品的積極精神比較起來，正好構成鮮明對比。

虛構小說中的共產運動

王詩琅作品中比較值得注意的，應推〈沒落〉與〈十字路〉兩篇小說。大概還沒有一位日據時期的作家，在日本軍閥對外發動侵略戰爭之際，敢於選擇共產主義者作為小說的題材。這兩篇作品寫於 1935 年、1936 年之交，正是日本總督府加緊控制臺灣社會的高壓政策階段。王詩琅為什麼要觸探屬於思想禁區的主題，自是值得推敲。

臺灣共產黨的組成，有其曲折艱辛的一頁。[11]這個革命型的地下黨在 1928 年成立於中國上海後，就漸漸介入臺灣的抗日運動組織之中。由於謝雪紅的卓越領導，臺共終於影響了當時的兩大政治團體，亦即臺灣文化協會與臺灣農民組合，使其走向左傾化的道路。正因為臺共的成長茁壯，而引起日本警察的注意。1931 年，日本總督府下令採取行動，日警展開全島大逮捕。當時被檢舉的可疑者，高達五百名左右；以後被審問判刑者，則有 49 名。臺共大逮捕，無疑是抗日政治運動史上的大事件。但是，在黨員被捕之初，整個事件不容許在報紙披露。直到 1933 年 7 月，臺灣報紙才獲

---

[10]王詩琅，〈夜雨〉，張恆豪編，《王詩琅、朱點人合集》，頁 22。
[11]有關臺灣共產黨的組成過程，參閱陳芳明，〈林木順與臺灣共產黨的成立〉，《臺灣史料研究》第 3 期（1994 年 2 月），頁 120～151。以及盧修一，《日據時期臺灣共產黨史》（臺北：自由時代出版社，1989 年）。

得日本當局的解禁而開始報導事件經緯。[12]被捕者名單被公布之後，臺灣知識分子中間產生了極為巨大的震撼。王詩琅的小說，便是以臺共事件為背景，勾勒了當時一些左翼運動者的心境。

「滿洲事變前後，這小島上的社會運動像在颱風前的燈火一起熄滅。」這是〈沒落〉這篇小說其中的一段文字，點出了整個時代的光景。[13]正如前面提及，日本帝國主義在經過經濟大恐慌之後，為了維持統治基礎的穩定，不得不對外進行軍事的擴張，以取得更為廣闊的經濟資源。1931年在中國東北發生九一八事變，代表了日本軍閥具體落實的侵華政策。臺灣總督府在殖民地施行高度控制，禁止所有社會、政治的運動。燈火一起熄滅那般，臺灣進入了屏息的狀態。

〈沒落〉中的男主角耀源，是小布爾喬亞家庭出身的新興知識分子，「他的師範學校在校時代，正是一切異了思想的系統共同合作。」這分明是指文化協會組成的初期狀況，當時各種不同意識形態的信仰者，都以聯合戰線的方式結合在一起。耀源在學校就因為內臺人差別待遇的問題而參與學潮，因此被開除學籍。

就在被開除學籍後，「他也毫沒有顧戀地，跑到廈門去插入中學，畢業後就進入上海大學去了。他在廈門的時候已由漠然的民族意識把握馬克思主義。到上海後，他的充滿滿腔的鬥志，時常掩瞞父母的眼睛往還上海臺灣間活躍，臺灣也漸由啟蒙的文化活動進入本格的社會運動之分化期的當兒，他們無產青年一派計畫的文化協會占領也成功了」。[14]從這樣的描寫，耀源幾乎已經不是一位虛構的人物，而是被放在現實發生過的歷史經驗裡塑造出來的。

臺灣知識分子在殖民地社會的成長過程中，很難避開政治運動的影響。耀源在學校時期參加學潮，最後被迫遠走留學讀書，進入上海大學進

---

[12]有關這次事件經緯的紀錄，當時都寫入黃師樵的《臺灣共產黨秘史》（新竹州：1933 年）。

[13]王詩琅，〈沒落〉，張恆豪編，《王詩琅、朱點人合集》，頁 48。

[14]王詩琅，〈沒落〉，張恆豪編，《王詩琅、朱點人合集》，頁 47～48。

修，以至成為社會主義的信仰者。這樣的道路，是許多左翼運動者走過的。根據日本警方紀錄，在上海大學讀過書的臺灣青年，包括林木順、翁澤生、蔡孝乾、洪朝宗、李曉芳、莊泗川、潘欽信等。[15]〈沒落〉裡的耀源，乃是在這種歷史背景下所衍生出來的形象人物，他可能不是一位特定的現實人物，但類似耀源這樣的知識分子，確確實實存在臺灣社會中。

　　左翼運動的崛起，並非只是起因於臺灣人與日本人之間的差別待遇，同時也是因為資本主義在臺灣進行剝削掠奪而造成的連鎖反應。1921 年臺灣文化協會成立時，基本上是從文化運動的立場出發；最初成立宗旨，係以提升臺灣文化之向上為訴求。臺灣文化協會漸漸不能擔負政治運動的任務，主要原因在於資本主義在臺灣取得高度的發展，使得社會運動必須要求更為細緻的領導出現。近代式的產業次第出現。大規模的工廠也紛紛設立，這種情況立即產生兩種影響。第一、大資本家開始土地兼併的行動，迫使許多農民放棄土地所有權。瘋狂式的土地掠奪，終於促成農民意識的成熟，從而農民運動也緊接著發生。第二、大工廠的設立，也製造了大批的近代城市型的工人。在不公平的勞資關係下，使無數的工人產生了工人意識。階級意識誕生之後，反抗性的工人運動自然而然就被刺激產生了。1925 年以後臺灣之所以漸漸見證了工人運動與農民運動的蓬勃發展，便是由於這種社會轉型期的變化而引導所致。臺灣文化協會的青年知識分子，不再滿足於原有的文化運動使命，於是他們走向民間，密切與工人、農民運動結合起來。左翼運動的速度因而加快，既造成臺灣文化協會的分裂，也使臺灣的抗日運動獲得前所未有的突破。

　　充滿理想抱負的知識青年如耀源者，雖然是在小資產階級的家庭裡長大，卻因為信奉了社會主義思想而走入了民間。他的積極介入，未料竟被日警注意，在上海期間被捕，接著又送回臺灣坐牢。這次的入獄經驗，使他在意志上發生動搖。甚至，在服完兩年的懲役時，他還向檢察官發誓要

---

[15]台灣總督府編，『台灣總督府警察沿革誌』，頁 73。

與左翼組織斷絕關係。對於一位社會主義者而言，在政治立場上與意識形態上，無論是被迫或自動「轉向」，都是相當可恥的事。王詩琅以〈沒落〉來為小說命名，正是描寫一位曾經主張革命的知識青年的墮落。

在通往沒落途上的耀源，不僅背叛自己，也不敢去認識舊有的同志。王詩琅特別安排這樣一幕：他那些被捕的同志在法院開庭，耀源懷著忐忑不安的心前去旁聽。坐在旁聽席上，耀源看到昔日的同志以被告身分走進法庭。面對著同志，耀源不能不對自己責備：「他是和自己一樣師範學校的罷學被開除後就到廈門去，廈門畢業後到上海大學去的。五卅慘案風潮勃發，自己和他是怎樣熱熱地雜在怒號的示威遊行的民眾中喊呢。同時上大閥的理論家的他還不斷前進著。但是自己呢？」[16]內心裡的痛苦掙扎，莫過於如此的自我審問。這裡提到的「上大閥」，指的就是那些在上海大學讀書的「上大派」。眼看著同志仍然繼續堅持原有理想，他對自己的退卻不免是感到羞慚的了。

耀源不能不這樣為自己辯護：「英英烈烈從容就義，大聲疾呼痛論淋漓那有什麼稀罕。但耐久地慘澹辛苦，走充滿荊棘的苦難之道，卻不是容易的。路是明而且白。只是能夠不怕險阻崎嶇，始終不易，勇往前進的現在有幾個人？自己已是宣告自己的無能了。拋棄父母朋友妻子，還要貫徹主張，做擔負未來的階級前衛，和密網滿布的資本主義的拚命，不是像自己的意志薄弱能做到。所以由戰線篩落也是當然的。但醉生夢死地過去又是不可能了。」[17]耀源之所以陷於矛盾的困局裡，無非是意志不夠堅定。在抵抗精神受到強烈挑戰時，他選擇了屈服的方式。作為一位沒落的革命者，卻又不甘於醉生夢死，因此他只有處在不斷自我審問、自我鞭撻的境地。

在無以自遣之餘，耀源終於躲到咖啡店去逃避。在那裡，耀源遇到當年同是上大派的同志，一位吳姓朋友。從對話中，可以察覺吳姓同志早已揮別當初的理想，而投入紅塵滾滾的風月場所了。先前才看到一批同志面

---

[16]王詩琅，〈沒落〉，張恆豪編，《王詩琅、朱點人合集》，頁51。
[17]王詩琅，〈沒落〉，張恆豪編，《王詩琅、朱點人合集》，頁51。

對帝國法庭的審判，接著又看到另一批同志墜入花叢，耀源內心湧起無可名狀的悲哀，究竟是繼續沒落下去？還是應該振作？小說的結尾，傳來了耀源心底的呼喊：「剷除這頹廢！」。他必須去迎接黎明：「不知道是那裡的雄雞，朗朗亮亮的抑揚底啼叫聲，鮮明地透進車窗來」。王詩琅收筆的寫法，自然暗含了他的期待。沒落了的左翼青年是不是從此就擺脫猶豫掙扎，當有待推敲。不過，在太平洋戰爭前夜，思想禁制特別緊縮的時期，王詩琅的筆調似乎透露了一種晦澀的抗議。

　　王詩琅雖是無政府主義者，但是對共產主義者並不帶有絲毫宗派的偏見；相反的，他投以最大的同情。在短篇小說〈十字路〉裡，王詩琅塑造了另一位張姓的知識分子。張雖不是左翼人士，卻有一位表兄萬發與朋友定秋，都是屬於臺灣共產黨黨員。張與定秋都在銀行裡服務，只是定秋較具理想主義的熱情，積極介入了社會運動。張與定秋之間的對比，可以從下列的文字鋪陳獲知：「他（定秋）那黑赤稍長的理智的臉龐，有決斷力的炯炯眼光，不高不低而敏捷的身材。他和自己雖不是主義上的同志，在銀行內卻算是心腹之交。當年他頻繁地在各勞動組合和社會運動團體出入的時候，自己誠懇地勸他。他不但不聽，反講甚麼我們無產階級前途，社會的矛盾，他們是遂行什麼階級使命，還暗暗裡含唆說自己的青雲雄志是個空中樓閣，他這遭入獄中的六個年間，自己也十分變了。自己的意志也不能算薄弱，但生活的炮火之包圍裡，那幻影似的青雲雄志任你怎樣也不得不拋棄的而消滅了。」[18]

　　這位張姓青年，與〈沒落〉裡的耀源相較之下，不能算是意志薄弱的人。但是，他之沒有介入社會運動，並不是受到任何政治欺壓，而是因為生活的負擔。無論如何，王詩琅筆下的左翼運動者，總是具有超乎常人的情操抱負，總是對社會不公不義表示反抗。他們的熱情，誠然是投入運動的主要力量。另一位他的表兄萬發，行動則更深入。萬發的身分由下面的

---

[18] 王詩琅，〈十字路〉，張恆豪編，《王詩琅、朱點人合集》，頁 75。

文字可以窺見：「新聞揭載開禁後，他才知道他（萬發）在臺灣××黨中比定秋占更重要的地位，且是帶了國際共黨遠東支部對臺灣××黨的改革指令的使命回臺的。」[19]這段敘述，顯然又是從現實的歷史經驗中提煉出來的。

所謂「臺灣××黨」，當然指的就是臺灣共產黨。按諸史實，臺共在1930 年以後，內部就形成一個「改革同盟」，成員大多是上海大學的臺灣青年，他們同時也兼具中國共產黨黨員的身分。「改革同盟」的成員，並不服原來黨中央謝雪紅的領導，遂假借改革的名義，準備篡奪謝雪紅的領導權。當時，有一位黨員陳德興，就是接受上海同志翁澤生的指示回到臺灣。陳德興攜帶的文件，正是國際共黨遠東支部的指令。[20]王詩琅的小說構思，必然是從當時有關臺共事件的報導而獲得的。這篇小說裡的萬發，自然不是歷史人物陳德興的翻版。不過，依照報紙的文字去創造小說人物的可能性，則無需質疑。

張、定秋與萬發，祕密一起去洗溫泉。在風聲鶴唳的大逮捕行動中，他們獲得暫時的放鬆。在避難的溫泉鄉，張姓青年開始了內心的自我批判：「他不覺地這幾年來，鬱在心坎上的一種不可名狀的無可發洩的憤慨和悲哀，又再湧上起來。甚麼『適才適所』、『不論學歷、人材拔擢登用』簡直是欺瞞。自己自給仕任用行員以來，可也已有十年以上了。自己拚命的努力之代價，依然是個下級行員。不看事務上之能不能，那些後進的大學、高商畢業的個個跨過頭上去。想了每日唯唯是諾，像狗子搖尾乞憐，奉侍上司還不夠，且不時戰戰兢兢被鹹首，自己老實覺得自己可憐的很。但去了勢的自己，要另找別途，又怯、又害怕，老實也是不可能的事。就是這個現在懷起了疑念的人生社會，在麻木了的神經，已沒有去探求和鬥爭的精神和勇氣了。」[21]

類似這種反求諸己的苛責，雖是對個人進行無情的批判，實際上，不

---

[19]王詩琅，〈十字路〉，張恆豪編，《王詩琅、朱點人合集》，頁 75。
[20]有關改革同盟的史實，參閱陳芳明，《謝雪紅評傳》，頁 197～198。
[21]王詩琅，〈十字路〉，張恆豪編，《王詩琅、朱點人合集》，頁 82。

也就是對帝國主義者的殖民體制提出嚴厲的抨擊？張姓青年在進入銀行工作後，追求是虛榮、物慾，有時甚至是不照顧自己的家庭。這種生活上的角逐，與左翼人士對理想的追求相較之下，人格情操的高下，判然分明。

〈沒落〉與〈十字路〉這兩篇涉及殖民地時期左翼運動的小說，都同樣企圖從頹廢的知識分子的自我批判，尋出精神的出路。小說的左翼運動者，面貌與性格都是模糊不清的；反而是那些難以振作的青年，其形象被刻畫得較為鮮明。為社會主持正義的革命人士，身影都在暗處；曝露於沉淪現實的，則是面目清楚的知識青年。如此明暗對比的寫法，與一般英雄式傳奇小說的技巧可以說截然不同。王詩琅的撰寫策略，很明顯是「反英雄的」。恰恰就是因為使用「反英雄的」撰寫模式，他的小說才使人覺得更為真實。

傳統小說的英雄式人物，通常都是形象輪廓分明，縱橫天下，具有無可搖撼的堅定意志。相形之下，王詩琅的英雄人物塑造，是非常人性的。他們四處躲避，在地下與殖民統治者對抗，而且也有恐懼的時刻。如果期待從王詩琅小說尋獲性格剛強的傑出人物，必然徒勞無功。王詩琅寧可從挫敗的另一面，去觀察左翼運動的起伏消長。很清楚的，他不會意淫式的在小說中渲染得勝的景象，也不會抽象地以空洞的口號呼喊出政治運動的氣勢。處在 1930 年代受挫的臺灣社會，王詩琅僅能使用隱晦、迂迴的方式，間接表達他反抗的心情。周遭人物的沒落，豈非就是整個社會的沒落？然而，那些隱藏於暗影中的革命人物，不也代表了臺灣社會另外一種復起的力量？王詩琅的小說，不能帶給讀者暢快的渲洩，但也不至於給讀者予以精神的壓抑。他只是平實地把所處時代的心情呈現出來，有時更是忠實地把真正的歷史經驗鋪陳出來。選擇左翼運動的一些側影作為小說的重心，似乎已足夠透露王詩琅用心之良苦了。

結語

在小說中考證歷史事實，是很離奇的。小說創作畢竟是建基於虛構的

想像。然而，從文學史的角度來看，這種做法並不離奇。事實上，有時候小說的描述較諸歷史事實還來得可靠。以左翼運動的歷史為例，在官方紀錄上，歷史人物留下來的只是一些組織上的從屬關係，活動出入的過程，以及被捕判刑時的口供。這些文字紀錄，絲毫不存在人性的味道。

　　王詩琅的小說，正好填補了歷史紀錄遺留下來的空白。他讓後人看到當年左翼運動的一些生活實況，以及他們內心的掙扎糾葛。在殖民體制的高壓政策下，他清楚突顯了臺灣知識分子的心靈是如何受到創傷。這是小說創作比起歷史紀錄還能突破時代格局的地方。

　　在討論王詩琅作品時，不免會推敲小說中的微言大義。他的文學思想受賴和的影響很大。臺灣新文學之父賴和，是左翼文學的奠基者。王詩琅寫〈沒落〉與〈十字路〉時，似乎有激勵賴和之意。因為，賴和的創作到1935 年時，已呈現疲軟的現象。王詩琅的一篇討論賴和的文字，便是寫於1936 年。他如此表示：「時代在不斷的推移，往往臺灣社會運動的一切陣營和派別，終歸於潰滅。目前，思想界正漂流著由於險惡的國際情勢所蘊釀的一般令人窒息的空氣。這樣的一個時代，便要求舊有意識形態的解體。而由於賴懶雲並不是一個先行於時代的英雄人物，就有一份更多、更大的苦痛。被遺棄了的、失去了理想的他，又當然不能不尋求麻醉的途徑。於是醇酒和美人成了他唯一的去處。」[22]

　　王詩琅以這種方式來討論當時的賴和，彷彿寓有責備之意。他甚至還舉出賴和的作品為例：「他的隨筆〈赴了春宴回來〉（載《東亞新報》新年號）中有『不時敢違我母命，美人情重極難違』之句，坦白無傷地寫出了他最近的心境。在長時停筆後的近作〈一個同志的批信〉（載《臺灣新文學》創刊號），便是一個被時代遺棄而又失去希望的人的自嘲。」[23]在王詩琅眼中，賴和誠然不是參與政治運動的行動者，僅能以劍筆與不公的體制

---

[22]王詩琅，〈賴懶雲論〉，原載《臺灣時報》201 期（1936 年 8 月），後收入張炎憲、翁佳音編，《陋巷清士——王詩琅選集》，頁 141～142。
[23]王詩琅，〈賴懶雲論〉，《陋巷清士——王詩琅選集》，頁 142。

搏鬥。如果失去了鬥志，則賴和作品的精神必然為之萎頓。

　　賴和所寫〈赴了春宴回來〉與〈一個同志的批信〉，其風格與早期的〈一桿秤子〉、〈鬥鬧熱〉等作品似乎有很大的不同。昔日那種堅定而又銳利的批判，直指殖民統治者本質的筆鋒，已不復見。[24]王詩琅顯然是見證了賴和的轉變而寫出〈沒落〉與〈十字路〉的。如果這樣的推測是正確的話，則王詩琅對左翼運動的同情將不止於那些參與者，恐怕還間接對賴和有所期許。

　　王詩琅的小說創作，在發表〈十字路〉後就宣告中止了。必須要等到戰後的 1980 年，才又寫出一篇〈沙基路上的永別〉，中間留出空白長達 45 年之久。王詩琅的作品由於數量少，所以很難評估他的成敗。以他有限的成績來看，他並不是一位卓越的小說家。然而，他為後人留下左翼運動的證言，是日據時期臺灣作家中的特殊存在。他沒有創造波瀾壯闊的虛構場面，但他保存了生動的人物雕像。因為撰寫這些小說，王詩琅在左翼文學史上就占有一席位置。

1994 年 5 月 27 日，臺北

——選自《文學臺灣》第 12 期，1994 年 10 月

---

[24]有關賴和作品的討論，筆者詳述於另一篇即將完成的〈賴和與臺灣左翼文學系譜〉。

沉沒之島
王詩琅的〈十字路〉

◎郭淑雅[*]

> 意志也是孤寂的。
>
> ——阿爾培·卡謬

那麼，馬克思果然是對的？

> 凡是資產階級已經取得統治的地方，就把所有封建的、宗法的和純樸的
> 關係統統破壞了；無情地斬斷了那些使人依附於「天然的尊長」的形形
> 色色的封建羈絆，使人與人之間，除了赤裸裸的利害關係及冷酷無情的
> 「現金交易」之外，再也找不到任何別的聯繫了；又把高尚激昂的宗教
> 虔誠、義俠的血性、庸人的溫情，一概淹沒在利己主義的冷冰之中。把
> 個人尊嚴變成了交換價值，把無數特許的和自力掙得的自由都用一種沒
> 有良心的貿易自由代替了。總而言之，它用公開的、無恥的、直接的、
> 冷酷的剝削，代替了由宗教幻想和政治幻想掩蔽著的剝削。
>
> （孫善豪譯）

　　1930 年代的臺灣，行走於其中的步伐已不再是為了抵制日軍進駐的頑
固身影，也並非是為了揭櫫日臺平等的政治社會運動者的奔走。驅走了傳
統封建體制下的「素樸」心靈，被日本資本主義以一倨傲姿態包圍的臺灣

[*]發表文章時為靜宜大學中國文學研究所碩士生，現為南臺科技大學通識教育中心兼任講師。

在此時展現了它的傲人成果，至少，〈十字路〉井原百貨店的櫥窗外，就正佇立著心情游移在「商品拜物教」的張，身旁繁華的街道與如潮的時髦男女補強資本主義／現代化的思考，撞擊著主角張心中的缺口，而那缺口，就在那一頂櫥窗內的鼠灰色中折帽。

　　王詩琅的〈十字路〉[1]一開始便為我們揭示了一個異於傳統典型的知識分子形象：張是一個處於周遭友朋獻身於社會運動的環境中，自己卻仍不為所動地一路朝富貴榮華目標邁進的角色；麻醉於資本主義之中，染上現代化的癮並在其中盡情追逐名利，翻滾於濤濤洪流的小知識分子。時移事往，原本執著以「唐衫」與現代化拉鋸的傳統文人如今已變成立於百貨公司店前躊躇於要不要買一頂新帽子的情景，只因那頂帽子才能搭配他身上的新洋服、新外套，更主要的是如此他才不會在一班同事面前抬不起頭。於是他終於不管他身上剛領的錢將不夠家中花費，還是入了店選購了那帽子：

> 服飾是門面，近代人最講究服裝，自頭上至足尖，絲毫不能苟簡的，要有全體的均衡，要有洗練的近代化。

　　以馬克思著名的物質的下層建築影響意識形態的上層建築來看，則我們就不難理解這頂占了張歲暮賞與金十二分之一的「裝飾品」何以能讓張：「他提了盛帽子的圓紙盒，臉上露呈滿意的顏色，在響著的橐橐的皮靴的步伐，較平常也有氣力且活潑。」王詩琅以一小知識分子內心對於商品的眷慕及掙扎揭露了彼時臺灣島嶼浸沉在一股崇尚現代文明／物質享受的氛圍之中無法上升的景況，完全地符合馬克思所言：「在財產的各種形式之上，在社會存在的條件之上矗立著上層建築。上層建築包括各種不同的、獨特的感受、幻想、思想方式與生命觀。整個階級創造與形成這類感受、幻想、思想方式與生命觀，則由其物資基礎與相關的社會關係導引出來。」如此一頂帽

---

[1] 王詩琅，〈十字路〉，《王詩琅、朱點人合集》（臺北：前衛出版社，1991 年）。本文引用之小段落皆出自此版本。

子給予張的自足感，使他有勇氣行走於喧嘩的榮町，穿過高大巍峨的官衙會社銀行等建築物，也穿過不久前一波波洶湧的政治／社會／文化運動浪潮的記憶；異族統治的抗拒仍未走遠，與日帝殖民主義相生的資本主義密布叢生的糾結觸角卻盤踞著臺灣島嶼的每一角落，以異於殖民者的陰柔手段，纏繞扭曲臺灣島民的生產方式與生活形式，乃至於思考狀態；是以一頂簇新的帽子竟可以壯大盈滿一顆苦悶卑微的靈魂，藉由物質崇拜，將身為被殖民者虛弱的自尊撑持起來，並藉以來麻醉、平衡精神的虧損。日本現代化對臺灣知識分子心靈的「洗滌」之徹底，由此便可窺見。

〈十字路〉藉由張這個角色演繹出 1930 年代社會中間階級的心靈狀況，張雖只有公學校畢業的學歷，但在日據時期大都貧無立錐之地的臺灣人民而言，張的境況已數幸運。而知識分子較諸一般大眾有機會進入正規體制內接受教育，接受日本現代化的「啟蒙」，這種啟蒙其實就是另一種曖昧，使他們比常人更加熟練整個資本社會對市場、人力、資源的要求與分配，也使他們在整個社會競相炒作追求物慾的風氣中迷失了自己。〈十字路〉的張已經「再呈現」（representation）當時臺灣社會走向集體物化（被物化與自己物化）的現象，人民汲汲營營於個人財產的積累，而任由自己內在空虛、封閉與麻木。另一方面，由於資本主義的鞏固，知識分子穩坐社會中產階級保守心態也使他們易於對所見的不公做消極的抗議而已。中產階級的身分反而削弱他們的思考與行動。〈十字路〉中的張儘管有著相當強烈的違和感，卻懦弱地不敢深究隱藏在種族背後的階級分化，如今面對精神上的無法提升與物質的陷溺不可自拔，於是即使他聊發一些布爾喬亞的不滿與牢騷，卻依然令人覺出中產階級知識分子其實是力守資本主義防線的共犯之一：

> 他自己也冀圖考中了普通文官，在銀行裡掙得一個地位。所以那些公學校同窗，在鬧著什麼文化協會，研究什麼社會問題，自己卻一點不去睬他們，只一味向自己的榮達的路邁進。

失卻了傳統知識分子憂國憂民的心態，反而盡情擁抱世俗的張，對當初投身社會運動的同事抱持不以為然的想法，然而歷經多年在社會中翻滾，他原本的雄心壯志也煙消雲滅，並且即使他身為資本體制下的中間一環，但當整體臺灣社會面對日本殖民體制時，則全體臺灣住民立即被貶為低等階級的分野立刻出現，日本政府且利用其殖民者與被殖民者之間的階級分化來亟力防堵臺人有任何跨越階級的機會。張並未能如當時熟悉左派理論的知識分子般了解這本身即是一種民族與民族間階級的壓迫，他只是隱約的感覺到似乎有一道他怎麼跨也跨不過的界限橫阻在他的人生路上。矢內原忠雄在《日本帝國主義下的臺灣》曾經提及日據時期臺灣社會大體上官務公務員、資本家、會社、銀行員是日本人獨占；中產工商階級則屬臺人日人互相競爭，自由業者也是。臺人在農人及勞動階級占大多數，而即使是知識分子，也在日本保護其資本及其人民政策下，僅能養家餬口，但一樣得面對其他不平等的待遇（如薪水、津貼、升遷）。〈十字路〉中的張所擔任的是一下級行員，薪水僅能溫飽而已，且更主要的是，不論張如何努力力爭上游，卻永遠也凌越不了被殖民者／資產階級／日本人所緊緊設定的階級防線：

> 他不覺地這幾年來，鬱在心坎上的一種不可名狀的無可發洩的憤慨和悲哀，又再湧上起來。什麼「適才適所」、「不論學歷，人才拔擢登用」簡直欺瞞。自己自給仕任用行員以來，可也已有十年以上了。自己拚命的努力之代價，依然是個下級行員。不看事務上之能不能，那些後進的大學、高商畢業的個個跨過頭上去。想了每日唯唯是諾，像狗子搖尾巴乞憐，奉侍上司還不夠，且不時戰戰兢兢怕被馘首，自己老實覺得自己可憐的很，但去了勢的自己，要另找別途，又怯、又害怕，老實也是不可能的事。就是這個現在懷起了疑念的人生社會，在麻木了的神經，已沒有去探求和鬥爭的精神和勇氣了。

　　日本在臺灣的教育政策，原就不是以啟發民智為主，而是一為配合臺灣的資本主義化，必須相當程度地提高普通教育與技術教育的權衡。也就是說日殖民政府在臺灣的教育政策本身就是一種「投資」的考量，教育的目的只為提高人民的生產力而已。以此推論，則當時整個臺灣民眾在日本統治之下，被當成純粹的「勞動者」，只為增加日本本國的經濟競爭力，擴展帝國主義高度發展的目標而存在，全然沒有自己的主體性與自主性，而只是日本行「現代化」刀口下的一塊俎上肉而已，則全體臺灣人民，無異亦是處於一集體被異化（alienation）的情形之中，以艾倫‧伍德（Ellen Wood）對於異化的定義：「倘若感覺生活無意義，自身無價值，或除非能對自身或自身狀況產生幻想，否則無能維繫意義感及自我價值感，則可說是『被異化』了。」而知識分子並不了解這一層糖衣背後其實隱藏了一個巨大的策略，一個讓臺灣社會淪為只是匯集原料、勞動力與生產的出口加工區而已的陰謀。臺灣人民在自身所處的土地，自身所代表的民族中被貶抑成與自己意識不符的「劣級品」；被灌輸自己是二等國民所造成的分崩離析感、疏離感，壓抑感使臺灣人處於一種撕裂自己究竟是一個「人」或只是一個「生產力」的矛盾之中，久久無法超脫：

> 一年到末，只是起床、洗臉、吃飯、出勤、彈算盤、記帳簿、散勤、回家、睡覺……毫無生趣的乾燥的生活，所以自己偶爾應同僚的招誘，漸漸地喝起酒來，或者是自然的路徑。一條排洩無聊的水溝，終日卑屈的鬱悶，在朦朧的薰醉裡可破裂消散。

　　資本體制的實行重新洗牌了臺灣的整個產業結構，也翻新了臺灣的社會面貌，注重現代化的生產方式及注重利潤創造的價值觀念，連人的生活皆被規格化、機械化，當全然忽略自己有身為「人」的感知能力時，臺灣人與他自身、與這個社會的「異化」便由此產生。

　　「我們一切的發現和進步，似乎結果是使物質力量具有理智生命，而

人生命化為愚鈍的物質力量。」（馬克思）喪失了清明的心靈與生命動力的張，只求穩固寄生於體制內的姿態，無異反映了日殖民主義對一般大眾心理進行催眠的最佳樣板。1920 年代伊始的政治運動在歷經左右翼的分裂之後，至 1930 年代初期左翼運動被殲滅，而獨留溫和的右翼運動，但不論其所屬是民族與階級運動的訴求，對於被殖民統治的臺灣主體來說，其實是沒有界線的。改革的思潮在 1930 年代中雖趨緩和，但依然隱動著，只是明顯地再也撼動不了資本主義的堅牢城牆。〈十字路〉中張的親友萬發、定秋就在其身邊上演著一齣無產主義的行動劇，但仍無法動搖張一心往榮達之路邁進的心志。張尚且如此，其他人又如何？不論是「食死頭路，天天飲酒，打麻雀，無為度日子」的來福，或是對累積財富十分熱中的坤元「……發大財咱們或者做不到，小財產咱們累積起來，卻不是做不到的事。你看世界的大富戶，誰不是由無錢人出身？」〈十字路〉的書寫場域遠離了早先作家所見的民不聊生及備受欺凌的農村生態，進入一個現代化明亮燦目的情境裡，但是時代的消逝如煙嗎？哲人尚未走遠，典範卻已不再，王詩琅筆下投射出的，是一大片浮游群落蒼白、枯燥、靜止、缺乏厚度的生命情態；資本主義升起的魑魅氛氳，正迷惑了所有「前進」的臺灣人民，這一道衝不破的四處羅織的網，困住了每一個在其中做困獸之鬥的臺灣人。然而夢想是如此渺遠，現實是如此不堪，慾望的奔竄，意志的喪失，裊裊中，臺灣已是一座沉沒之島。

——選自《聯合文學》第 180 期，1999 年 10 月

自己們的餘燼紀念日

王詩琅〈沒落〉

◎朱宥勳[*]

> 英英烈烈從容就義，大聲疾呼痛論淋漓那有什麼稀罕？但耐久地慘澹辛
> 苦，走充滿荊棘的苦難之道，卻是不容易的。路是明而且白。只是能夠
> 不怕嶮岨崎嶇，始終不易，勇往直前的現在有幾個人？自己已是宣告自
> 己的無能了。拋棄父母朋友妻子，還要貫徹主張，做擔負未來的階級前
> 衛，和密網滿布的資本主義的拚命，不是像自己的意志薄弱的做得到。
> 所以由戰線篩落也是當然的。但是要醉生夢死地過去又是不可能了。
>
> ——王詩琅〈沒落〉（1935 年）

　　有的時候，一篇小說不見得能留給人非常完整的印象，但內中卻有一
兩個詞句讓人恆久不忘。那甚至不見得是最美最好的文字，連作者本人恐
怕都未必在上面刻意經營，但就是勾住了某些讀者。對我來說，王詩琅
〈沒落〉裡面就有這樣一個詞，叫作「自己們」。〈沒落〉發表於 1935 年，
當時是日治時期臺灣白話文學的最後幾年歲月了，再過不久，被時人稱之
為「漢文」的白話文就將全面禁止。從現在的觀點來看，那時候的白話文
既拗口、又不優美，讀起來夾雜了臺語和日語，有種凹凸不平的顛簸感。
許多用字的意思也和現代不同，得從上下文去猜。「自己們」就是這樣一個
在 20 世紀下半葉絕跡的詞；它的意思有點像是「我們」，但又不太一樣。當
轉述一件事的時候——第三人稱小說基本上就是一段長長的「轉述」——，

「我們」這個詞容易把聆聽者也包含進來，但當小說的敘事者對讀者寫「為要打破父母反對自己們的結婚……」的時候，它指的是說話者自己，及說話者所認定的同伴。

不被認定為同伴的，是不能用這個詞去指的。

對〈沒落〉這篇小說來說，這點是很重要的，因為他所要寫的是僅有「自己們」才能理解的苦悶。因為就在小說發表之前的 1931 年，在臺灣總督府全面取締之下，島上的所有社會運動幾乎都土崩瓦解。這篇小說寫的正是參與了整個潰敗歷史的見證人李耀源。小說分成三個場景，串起來就是主角耀源的一天。他年輕時是左翼激進抗爭團體的一員，後來被殖民政府逮捕下獄，數年後出獄，銳氣盡失地生活著。從這些經歷來看，他有點像是之後我們會談到的施明正，但王詩琅畢竟不是施明正那種擁有異於常人之自傲的人，他所寫出來的也就是一般人被國家如此重挫擊倒之後的日子。小說的第一個場景是主角早晨晏起，毫無朝氣；第二個場景是他想到今天法院開庭，審判某一位昔日一起參與社會運動的夥伴，遂到場旁聽；第三個場景是他到「咖啡店」（在當時是聲色場所）飲酒賭博，巧遇另一位運動同志。無論是在哪一個段落，一種沉沉的陰鬱之氣始終散布在行文當中，聲調與光線都帶有灰塵的質感。

在這三個場景中，特別值得注意的是「法院」的一段。主角耀源雖說是去旁聽，但其實只在法庭外繞了一圈，並沒有真正進到庭內。在他與庭外家屬閒談、繞著警戒線靜靜看著檢察庭、留置場等法庭設施沉思默想的時候，讀者才會理解到，他其實是來此憑弔自己逝去的理想與熱情的。重點不在審判如何，因為耀源已是個被擊敗、再沒能力左右結果的人了。如文前所引的那段，這種抱著已然落敗的理想而活著的人，是非常苦悶的；他們明知自己所想所為是正確的，卻沒有辦法搖憾這錯誤的世間。而當他們歷經苦鬥、被壓垮因而必須回去過著「安分守己」的生活時，又無法像一般人一樣安心過日子，過往的理想不斷在回憶中咬嚙著他們。那是一種餘燼一樣的生活：曾經比任何人都努力衝撞過，燃燒了自己肉體與精神最

旺盛的年月，但在短暫的光亮之後，只剩下再也無法復燃的餘溫和灰燼。因此，他的心裡頭總是「有一種輕蔑憐憫自己的感傷喘息著」——整個人簡直分裂開來，自己輕蔑自己，自己又憐憫自己。

　　而在這個場景的末尾，耀源坐在喫茶店的窗前，看著街道前有一列遊行隊伍唱著軍歌過去，這才想起來今天是「海軍紀念日」。小說家安靜地描述遊行，但沒有加上任何評論和感想，這是一個非常高明的反諷場景。如果說到法庭去憑弔自己成為餘燼之前的光亮的今天，是耀源面對自己們曾抵抗國家權力壓制的努力全面失敗的「紀念日」的話，現在真正在街頭耀武揚威的卻是代表國家權力之極致的、軍隊的「紀念日」。小說家或耀源對此的默不作聲，也就有了深一層意義。

　　於是，耀源去了咖啡店——面對現實之殘敗，如果什麼也做不了，當然只能一醉了之。這個段落裡，〈沒落〉寫出了日治時期小說中難得深沉的一場飲宴，在一片歡聲鶯燕當中，不知怎麼的我們就是覺得那種灰塵的質感揮之不去。他們笑得越熱烈，底下的回聲就越空洞。就此而言，王詩琅確實是一個早慧於他的時代的小說家，他比他的同代人更早地掌握了一種描寫壓抑在表象之下的情感的能力。這段末尾，耀源遇到了昔日同志，一身的抑鬱終於找到了機會發洩，忍不住吐露心事：「但這陰沉黯淡我想是不輸在獄中的他們。」但是，老同志卻像被觸動傷心事了那樣不願多談此事，耀源也只好「忙住了口」。這個住口毫無責備老同志的意思，因為他們是「自己們」，他們曉得彼此的一切顧忌、消沉與隱痛，因為那就是自己。

　　1935 年的王詩琅，寫下了〈沒落〉，為理想的覆滅留下不甘但無可奈何的見證。但是，如果歷史沒有被人們努力扭轉方向的話，見證就可能成為預言了，每個世代的反抗者無論是否讀過這篇小說，都是為了免於落入這樣的預言而獻身的。在 2012 年的最後一個月，我謹以這篇文章向前輩作家，也向這遍地舉火對抗壓迫的時代致意。我們還有機會，人不是生來要成為餘燼的。當那一日到來，我們或將帶著完全不同的心情，過我們自己

的紀念日。

——選自朱宥勳《學校不敢教的小說》
臺北：寶瓶文化公司，2014 年 4 月

重讀王詩琅〈賴懶雲論〉

◎林瑞明[*]

　　王詩琅是日據時代以來，臺灣新文學運動中相當活躍的一位作家、評論家、編輯人，從 1930 年代延續到 1980 年代，歷時半個世紀有餘，也身經不同的政權，然而對於臺灣文學的發展，臺灣文獻的整理與保存，在在留下了不可磨滅的貢獻。

　　〈賴懶雲論〉以王錦江筆名，列為「臺灣文壇人物論之四」，發表於 1936 年 8 月臺灣總督府發行的《臺灣時報》第 201 號。日文原文長約四千七百字左右，是日據時代賴和作品論中最傑出的一篇。今天讀來，仍處處閃耀著真知卓見的靈光。

　　1979 年 3 月，李南衡主編《賴和先生全集》出版，明潭將王詩琅的原作全文翻譯成中文，收於全集內，中文約五千字。對於賴和研究提供了相當助益。

　　〈賴懶雲論〉對於賴和的描寫極為貼切傳神，指出他不是那種才氣煥發的才子型人物，是所謂良心的知識階級典型。從賴和寫作通常要一稿、二稿、三稿……，不斷修正，才完成作品，確是如此；從他 1921 年參加臺灣文化協會、歷經轉折，而始終與時俱進，不曾退卻，試圖解放「奴隸的奴隸」，也的確是個有良心的文化人。王詩琅對於賴和作品的理解，亦能指出其優點、缺點（如說賴和的作品，由於全力貫注在事件的發展，而常常失去具象性，人物也比較不生動），善盡了評論家的角色。他評論賴和

---
[*]林瑞明（1950～2018），臺南人。詩人、評論家。發表文章時為成功大學歷史學系副教授。

1932 年發表於《南音》的〈惹事〉，三言兩語就闡釋了賴和小說的特色[1]：

> 這一篇作品所給予我們的感動，是夏目漱石《少爺》中的幽默，加上略
> 為沖淡了的魯迅的辛辣所混合的味道。這種既幽默又辛辣的描寫，正是
> 賴懶雲所喜歡的典型，卻可說在這一篇中描寫得最為生動、多彩。

賴和的筆法冷峻，而又混雜著詼諧，針對表現的題材，常又一針見血直逼
入問題癥結的所在，字裡行間每每又流露出深刻的反諷，足以促人深省，
在這方面頗有魯迅之風。〈惹事〉中的少年，甫出校門少不更事，有他的衝
動（在魚池旁邊與另一少年打架之情節），也有他的正義感（當警察誣指村
婦偷雞時，少年生起和自己力量不相應的俠義心來），小說中的情節，多少
具有夫子自道的意味；夏目漱石筆下的《少爺》（『坊ちせん』），亦是取材
於夏目剛到松山任教時的急躁魯莽，而又充滿正義感的特性。這兩篇小說
都有著向既成觀念以及黑暗勢力挑戰的風格。

　　賴和的〈惹事〉在《南音》刊畢的次期（第 1 卷第 11 號），即有郭秋
生（芥舟）的評論云：

> 懶雲兄的〈惹事〉，真的是我們不可多得的好作品了，那樣的題材，確是
> 非他的關心不能把握，非他的伎倆不夠以表現出來的。一種不可抑制的
> 悲憤，油然爆破我們的心頭。

王詩琅針對〈惹事〉，他不僅從表現的題材與技巧來看，還指出其風格的特
色，顯示出他對文學認識之廣度。此外，他還從在日本統治下正開展中的
臺灣新文學，指出影響臺灣文學發展的多元化現象。王詩琅客觀地說：

---

[1] 王詩琅，〈賴懶雲論〉，《陋巷清士──王詩琅選集》（臺北：弘文館出版社，1986 年 11 月）；原載
於《臺灣時報》第 201 號（1936 年 8 月）。本文所引用之王詩琅評論賴和段落，皆出自此版本。

從某一個角度說，臺灣文學是日本文學和中國文學的交流，而一般的臺灣作家，都受到雙方面文學的影響，很少只受其中一方面的影響。但是賴懶雲卻是這個受到單方面影響較大的人。較之日本文學對他的影響，他可說是由中國文學培養長大的作家。

這和賴和選擇用漢文創作有關，臺灣第一代的新文學作家，絕大多數具有傳統漢學的修養，都能寫出極為出色的漢詩，以突顯臺灣人在日本統治下原有的文化特色。賴和、楊雲萍、陳虛谷、楊守愚……等人，是其中代表性的人物，他們和櫟社、南社……等詩社的漢詩人不一樣的地方在於年紀較輕的一代，不僅有文化遺民的意識，在 1920 年代隨著中國五四新文學運動的風潮，亦邁入了新文學的領域，形成臺灣第一代的新文學家，自然受到中國新舊文學較大的影響。因為以漢文創作，中國文學形成顯性的基因，但另一方面，賴和一代的文化人亦受日本教育，他們藉著日文閱讀日本文學及吸收西洋文學思潮，這些知識遂成為隱性的基因。臺灣第一代的漢文系新文學作家，絕不類同於 1930 年代出發的第二代日文系作家，如楊逵、巫永福、張文環、龍瑛宗……等人。隨著日本統治時間的增長，第二代作家的主要影響因素，無形中轉換了，亦即日本文學成為顯性的基因，而中國文學對於日文系作家而言，則必須透過翻譯來吸收，變成隱性了，甚至有些第三代作家如周金波、陳火泉……等，精神、意識受到日本文化較大的影響，在決戰期中寫下了皇民文學。這是殖民地臺灣，新文學運動的特殊現象。研究日據時代的臺灣新文學必須扣緊時代來看，方能看出「世界主義下的臺灣新文學」之多元化，從而釐定各個階段不同的特色。

　　王詩琅評論賴和是中國文學培養長大的作家，從客觀現象來看，這是相當中肯的看法。現在有些文評家，因為臺灣本位之關係，硬要將臺灣新文學之中國因素抽離，這完全抹殺了事實。比較之下，還是日據下的王詩琅看得清楚。王詩琅〈賴懶雲論〉中還特別強調賴和是：

一個不能不和我們這樣的時代聯繫起來評論的作家。但丁通過他的《神曲》、哥德則通過他的《浮士德》來發抒他心中的悲苦；而現代人卻必須藉著對於現實的反映來傾倒自己心中不平的抑憤。

賴和作為一個作家之外，他還全程參與了臺灣文化協會的文化、社會、政治運動，和時代有非常緊密的關係。如果將賴和的文學和時代抽離，無異於買櫝還珠，無法充分了解賴和文學和時代辯證的關係。賴和是個有反省力、有思想性的作家，他以文學見證了時代。臺灣文化協會 1927 年左右分裂後，擔任左翼新文協最後一任的委員長王敏川，曾有〈口占贈史雲〉一詩：

振起斯文志未灰，元龍豪氣謫仙才；
好將一管生花筆，寫出人間苦痛來。

以史雲稱文學家的賴和，不愧是知心好友的深切認識。傳統的觀念，總認為小說家所寫的作品，無非是稗官野史，然而歷史也是人寫的，「事實」本就不易探究。如果套用文學家王爾德（Oscar Wilde）的精警之語：

從前的歷史家，是以「事實」的形式為我們寫出有趣的小說；近代的小說家，則是在小說的假面具下，為我們提供淡然無趣的事實。

賴和的部分小說，確能在乍看似無趣之中，傳達了臺灣人民被政治、經濟雙重壓迫之下的痛苦，真正表現出了日本殖民體制下「反體制的時代精神」。

王敏川在〈口占贈史雲〉詩中，起句就提及「志未灰」，加上這首詩發表於 1940 年 10 月的《瀛海詩集》，繫年於 1937 年的〈喜兒子面會〉之前一首，可以判定這首詩是賴和以筆名「灰」（這也是僅有的一次），發表臺

灣話文小說〈一個同志的批信〉(《臺灣新文學》創刊號，1935 年 12 月)
之後不久的作品。此時賴和的臺灣主體意識愈見強烈，嘗試全篇以臺灣話
文創作，然而卻因臺灣話文書寫的困難，而有了挫折感。王詩琅在〈賴懶
雲論〉中，亦看出了這問題所反映的危機，王詩琅云：

> 他（賴和）的藝術手腕，有一種把事象淡然地、不焦躁、不喧囂地向讀
> 者娓娓道來的大家風格。但是在他的近作〈一個同志的批信〉裡，令人
> 覺得他過去的強韌性顯得淡泊了，創作的火花也顯得抑弱了。如果筆者
> 的這個觀察沒有錯誤，這是作為一個作家的危機。

在這篇小說裡，不僅賴和署名「灰」，連主角的名字也命名為施灰，被關在
監牢裡的同志則取名許修（許、苦臺語同音，即苦修），全篇當然亦有反諷
的意味，形式也頗創新，然而帶著灰色調，大體也反映出臺灣社會、政
治、運動被全面鎮壓後的苦悶、低調。這篇作品以臺灣話文寫作，不像以
前的作品能夠自由揮灑，從創作的角度來看，這是文字無法充分配合語
言，所形成的困擾。王詩琅論及臺灣新文學創作中的這道難關，歸結云：

> 文字是要求切實感的，是要求言文一致的，因此如何表現臺灣語言，便
> 成了一個難題。

賴和早先崛起於臺灣文壇，是以中國式白話文，再混雜臺灣的俚諺、
俗語，形成一種具有臺灣色彩的折衷式白話文，他先前發表的作品，皆有
這樣的特色。經 1931、1932 年郭秋生掀起臺灣話文論戰，賴和亦曾於
1932 年在《南音》發表〈臺灣話文的新字問題〉，表達他的看法。等到著
手以臺灣話文寫作全文時，卻真正碰到了某些臺灣白話音有音無字的難
題，反而造成讀者理解上的困難。在賴和發表的新文學創作繫年上，這是
他最後發表的新文學作品。以後為了避開書寫上的困難，轉回寫竹枝詞、

田園歌謠等舊瓶裝新酒的創作，從此未再發表小說、新詩。距離 1937 年 6 月，日本殖民政府禁止漢文報刊（僅僅剩下《風月報》），還有一年半之久。由此角度來看，賴和以臺灣話文發表〈一個同志的批信〉之後，確實存在著嚴重危機。換言之，日本殖民政府尚未禁刊漢文作品，他即自動停止了發表新文學創作。從 1925 年 7 月發表散文〈無題〉於《臺灣新民報》第 67 號，新文學生涯前後十年半。前述王敏川的〈口占贈史雲〉是知心好友對他的鼓勵，當是希望他能以生花妙筆繼續創作新文學，以寫出民眾的心聲，但賴和因語文的困擾，反而陷入了危機。

　　賴和原本具有強烈的漢民族意識，隨著 1930 年代臺灣社會、政治運動的深刻化，弱小民族自求解放的意識愈見抬頭。在他眾多不斷修改的漢詩中，有一首〈讀臺灣通史十首之一〉，原詩云：

　　旗中黃虎尚如生，國建共和竟不成；
　　天限臺灣難獨立，古今歷歷證分明。

　　這是對 1895 年臺灣民主國的感慨歌詠，乙未抗日失敗，出生於 1894 年的賴和終生有「我生不幸為俘囚」（〈飲酒〉）之嘆。當時臺灣民眾為了保鄉衛土，以落後武器對抗日本現代化軍隊的慘痛經驗，是臺灣人深刻的痛楚。賴和在《懶雲詩存》中亦有表現，如〈定寨〉一詩是他登臨彰化八卦山（乙未抗日之役，中部地方最慘烈的一戰）的感嘆，其中詩云：

　　山河歷歷新，世代悠悠易；
　　先民流血處，千載土猶赤。

將臺灣中部地方貧瘠的紅土與戰爭聯想一起，而賦予新義。再如〈讀林子瑾黃虎旗詩〉，臺灣民主國的國旗，更是令他感觸深刻，全詩云：

黃虎旗，此何時？閒掛壁上網蛛絲；

彈痕戰血空陸離，不是盛名後難繼。

子孫蟄伏良堪悲，三十年間噤不語；

忘有共和獨立時，先民走險空流血。

後人弔古徒有詩，黃龍破碎亦已久；

風雲變幻那得知，仰首向天發長嘆。

堂堂日沒西山陲。

黃虎旗的設計，虎首向天而尾翹，賴和詩中最後兩句的表現非常特別，一是緬懷臺灣民主國之過去，一是期待統治臺灣的日本之「日沒西山」，留下餘韻未言。就律詩的形式而論，表現並不完整，但彷彿空谷回音，令人迴盪心頭。

前引〈讀臺灣通史十首之一〉，在他後期的改稿詩中，原詩意義做了一百八十度的大逆轉，可作為賴和臺灣主體意識深刻化的例證。改作詩云：

旗中黃虎尚如生，國建共和怎不成；

天與臺灣原獨立，我疑記載欠分明。

改動的部分不多，僅僅八個字而已，然而這裡頭有對臺灣民主國的無限婉惜，有對臺灣歷史的反省，敢於從根本之處質疑史書之記載。在日本統治下的賴和，歷經社會、政治運動的衝擊、挑戰，以這樣的改稿，呈現了他「民族主義／國家主義」（Nationalism）前後期不同的面貌。

這種變化，也反應於賴和換用臺灣話文創作，以及在發表〈一個同志的批信〉之後，因臺灣話文表現困難，從此不再發表新文學。

王詩琅在〈賴懶雲論〉中仍有所期待於他，該文結論云：

當我們按照他的年代順序通讀他的作品時，我們看見每一篇作品的發展

情況。筆者毋寧還對於作者今後的努力和成就，寄予期望。我不記得有誰曾說過這樣的話：三十而寫小說，至四十始能寫出真正的小說。在這個意味上，筆者仍願寄厚望於他。

然而，在新文學創作上，賴和令王詩琅失望了。這是弱小民族的悲哀，是沒有充分書寫文字的族群的悲哀，賴和在猶當盛年之際，停止發表新文學創作的嚴肅意義在此，他的新文學生涯顯現了 1930 年代臺灣新文學家的掙扎，這不單是臺灣文學史上的問題，也是臺灣精神史上值得探索的現象。

王詩琅的〈賴懶雲論〉是 1930 年代，問題意識極為深刻的論文，代表了當時文學評論的水平，絕不在今日之下。現時收於《賴和先生全集》的〈賴懶雲論〉中文譯文，對照日文原文，起碼有兩處應予更正，有助於對賴和作品的理解。

其中之一：

譯文：

當時高舉新文學之大旗，而直逼舊文學之牙城，並發出激烈的砲火的，有張我軍和蔡孝乾等人。然而，處在喧囂的論爭之中的賴懶雲，卻正埋首寫著目前在《臺灣新民報》連載的小說〈春雷譜〉，而稍後受到楊雲萍的評論。

日文：

當時その大旆を提げて舊文學の牙城に迫り、激烈に砲火を交へたのが、張我軍や蔡孝乾等であつだが、その喧喧囂囂たる論爭の最中にあつて賴懶雲は、今『台灣新民報』に連載されている小說「春雷譜」を書きつつある楊雲萍に稍後れてデビュウした。

關鍵處在於後半段誤譯了。首先明潭將日文外來語：デビュウ（début）──其法文是「初登場」之義──，誤為レビュウ（review）──評論──，再

將語格關係錯置，遂有此誤譯。應譯為：

> 處在喧囂論爭最中心的賴懶雲，是在目前正寫著小說〈春雷譜〉於《臺
> 灣新民報》連載的楊雲萍之稍後初登臨文壇。

　　由於明潭之誤譯，賴恆顏、李南衡合編的〈賴和先生年表簡編〉，遂將
〈春雷譜〉誤認是賴和的作品而載於 1936 年年表內。致使研究者誤以為賴
和 1936 年中尚有新文學創作發表。由於〈春雷譜〉刊載於《臺灣新民報》
日刊部分，報紙不易保存（臺灣由於以前不重視日據時代的文獻資料，圖
書館未見存有《臺灣新民報》日刊），此條登載於賴和年表之內的記事，容
易造成誤解。筆者 1985 年發表〈賴和與臺灣新文學運動〉於《成功大學歷
史學報》第 12 號，列表說明賴和生前所發表的新文學創作，已將〈春雷
譜〉還之於原作者楊雲萍。當時猶未找到王詩琅〈賴懶雲論〉之日文原
文，僅能參考明潭之譯文，遂在表前說明：「〈賴和先生年表簡編〉中，
1936 年，記載〈春雷譜〉於《臺灣新民報》連載，延續王詩琅之誤記」。
僅一半正確，亦即〈春雷譜〉確實非賴和的作品，但卻唐突了前輩王詩
琅。當時筆者亦曾請教於他，但畢竟年事已高，不復記憶。其實王詩琅在
〈賴懶雲論〉的說法是正確的，錯誤在於譯文。比賴和年輕 12 歲的楊雲
萍，從事新文學，從文獻資料來看，也確實稍早於賴和。
　　其中之二：

譯文：
　　楊逵說他「在某一個意義上說，是臺灣關心大眾生活的文學的元老」。
日文：
　　楊逵の「言はば，台灣プロ文學の元老」。

　　關鍵處在於身處戒嚴體制之下，談「普羅」（プロ）色變，因此譯文在

這裡用了曲筆，這絕對可以理解。問題是王詩琅在 1936 年臺灣總督府發行的《臺灣時報》，公然引用楊逵的「普羅」言論，說賴和「是所謂的臺灣普羅文學的元老」，雖然王詩琅在文後亦稍加宛轉解釋「俠義的正義感，才是他的思想的真面目」，但引文中的楊逵正是普羅文學的代表性作家，也是農民運動的健將，他與賴和亦有很深的淵源，甚至筆名楊逵都是賴和為他所取的，取代了他一向嫌惡的原名楊貴。楊逵對於賴和的理解，可說是 1930 年代臺灣作家對於充分具有抵抗精神的賴和之普遍性的認識。反觀在 1970 年代末期，在戒嚴體制之下，反共當道，連 1930 年代臺灣左翼的普羅文學，具有抗日的積極意義，都避之唯恐不及。賴和及他這一、兩代生存於日本殖民體制下的臺灣反抗作家，真實的影像也因之模糊了。

臺灣文學的道路是曲折的，這也反映了臺灣歷史之多重面像，歷史之研究，理應還給他們真實。

由以上譯文的兩處問題，思及日據時代臺灣文學的研究，1970 年代再次出發以來，雖然整體而言，已取得一定的成績，但仍不夠。研究者在從事研究時，仍需返本溯源，仔細翻檢資料，其中如涉及日文文獻，必要設法取得原文閱讀，以減少不必要的錯誤。

筆者寫這篇短文，主要是對評論家王詩琅業績的肯定，強調〈賴懶雲論〉是日據下賴和論最有分量的一篇文章，藉以緬懷前輩；其間部分引申，補充拙作〈賴和與臺灣新文學運動〉之不足；亦經由比對原文，修正以往的研究，用以自我期許，也有所期待於年輕一輩的臺灣文學研究者。

現在是認真的、嚴肅的以學術的態度正視臺灣文學的時候了。

——選自《臺灣文藝》第 127 期，1991 年 1 月

王詩琅對自己兒童故事作品
之改寫（節錄）

◎徐淑雯[*]

　　本文第二章分析了德馨室、玉山社兩個王詩琅兒童故事版本的差異。
本章則將觀察王詩琅自己所寫兒童故事的差異，這主要是因為王氏有改寫
自己的兒童故事作品的情形，包括先後寫作三則「傻瓜行事總出錯」型故
事，及描述鄭成功事蹟的〈鄭成功〉與〈鄭成功拒降記〉兩篇。以下將分
別比較三則「傻瓜行事總出錯」型故事，以及〈鄭成功〉與〈鄭成功拒降
記〉之異同及承襲關係。由於改寫作品的現象可能形成相同故事的不同說
法，就是民間文學研究者所謂「異說」，性質上和版本問題中的「異本」考
訂有類近之處，故將本章置於王詩琅的版本問題之後。

「傻瓜行事總出錯」型故事三則比較

一、三則故事之類型歸屬與分段

　　本文第一章第三節論述研究方法時曾提到本文將參考 AT 分類法，這
個分類法目前最為國際所通用，它的代表作是美國學者湯普遜教授的 *The
Types of the Folktale*。這本書的類型編號 1696 名為 " What Should I have
Said"[1]，金榮華先生在《中國民間故事集成類型索引（一）》中將此型名稱
改為「傻瓜行事總出錯」，並寫定故事大要如下：

---

[*]發表文章時為中國文化大學中國文學研究所碩士。
[1]Stith Thompson, *The Types of the Folktale* (Helsinki: Academia Scientiarum Fennica, 1981), p. 480.

一個傻子依照他母親或妻子教他的話去說，或教他的原則去做，但是因為他弄不清事情的性質，只見到部分的表面現象，因此總是出錯。如：他把兩匹白布賒給廟裡菩薩而弄失了（1319N*），見到出喪隊伍裡的人都穿白衣服，以為是他們拿了他的布，前去索回，被打了一頓。母親說，那是在出喪，應表示哀悼。於是當他遇見一支結婚迎親的隊伍時便去表示哀悼，又被打了一頓。母親告訴他，那些人抬著箱子等東西是在辦喜事，應該說恭喜。後來他看見人家失火，忙著搶搬箱子，他就去說恭喜，當然又挨了一頓打。他母親說，人家失火應該幫忙救火，往火上潑水。結果他在鐵匠店裡把鐵匠的爐子澆熄了。

又如：他母親告訴他，遇見別人打架，應該盡量把打架的人拉開。他碰到兩頭公牛打架時就去拉架，結果受了傷。他母親說，碰到動物搏鬥時，應該向牠們噴水，後來他看到兩隻公雞在打架，就把熱水潑了過去，結果兩隻雞都被燙死了。

或是：他領了十個銅錢的工資，拿在手裡跑回家。到家一看，銅錢已經滑落了一大半。他的母親告訴他，工資應該放在口袋裡。後來他幫一個送牛奶的人做事，那人送他一桶牛奶作報酬，他就把牛奶放在口袋裡，結果全部漏掉。[2]

王詩琅寫作的兒童故事，共有三篇可以歸類在 1696 型號下，分別是1936 年收錄於李獻璋《臺灣民間文學集》的〈陳大戇〉[3]，收於 1952 年 4月婁子匡《臺灣民間故事》的〈陳大戇的笑話〉[4]，及 1959 年 4 月 10 日，在《新學友》第 2 期發表的〈傻孩子的故事〉。〈傻孩子的故事〉後來收入德馨室出版的「王詩琅全集」卷一《鴨母王》中[5]，也見於玉山社 1999 年

[2]金榮華，《中國民間故事集成類型索引（一）》（臺北：中國口傳文學學會，2000 年），頁 134。
[3]李獻璋編，《臺灣民間文學集》（臺北：龍文出版公司，1989 年），頁 168～175。
[4]婁子匡編纂；齊鐵恨註釋，《臺灣民間故事》，見婁子匡編，「國立北京大學民俗學會民俗叢書」第 11 冊（臺北：東方文化書局，1970 年），頁 1～13。
[5]王詩琅，《鴨母王》（高雄：德馨室出版社，1979 年），頁 77～81。

出版的《台灣民間故事》。[6]

　　本節擬討論王詩琅先後寫作多篇 1696 型「傻瓜行事總出錯」故事的理由、各篇内容有何差異，及是否有相承的關係。《新學友》、德馨室本及玉山社本三者實為同一篇，因此在與〈陳大戇〉、〈陳大戇的笑話〉比較時，僅取其一即可。由於《新學友》本未見，因此以下論述比較時，〈傻孩子的故事〉取時代較玉山社本早出的德馨室本。

　　王詩琅所寫〈陳大戇〉、〈陳大戇的笑話〉與〈傻孩子的故事〉，情節大致相同，和金先生為「傻瓜行事總出錯」寫定的故事大要相較，都有「見到出喪隊伍裡的人都穿白衣服，以為是他們拿了他的布，前去索回」、「遇見一支結婚迎親的隊伍時去表示哀悼」，「看見人家失火，他去說恭喜」、「在鐵匠店裡把鐵匠的爐子澆熄」、「碰到兩頭公牛打架時去拉架」等情節，並且還多了了「見人打架誤以為在打鐵，前往幫忙」一段。本文依此將王詩琅所寫述 1696 型「傻瓜行事總出錯」的三個故事揉合，分成下面九個情節段：

　　一、引言：說傻孩子家境貧困。

　　二、失布：說傻孩子家的白布遭竊。

　　三、送葬：傻孩子出門尋找失布，誤認送葬者頭戴的白布為己有，前往搶奪，因而被打。父親（母親）告訴他那是送葬行列，應該勸慰。

　　四、迎親：傻孩子在外，誤認迎親隊伍為送葬隊伍，向前勸慰，因而被打。父親（母親）告訴他紅色表示迎親隊伍，應該道喜。

　　五、火災：傻孩子在外，誤把發出紅色火光的火災當作辦喜事而向前道喜，因而被打。父親（母親）告訴他那是有人家失火了，應該幫忙滅火。

　　六、滅火：傻孩子又上街，誤認打鐵店的火為發生火災，引水滅火，因而遭怒。父親（母親）告訴他那是有人在打鐵，應該幫忙打鐵。

　　七、打架：傻孩子到鄰村，見人打架，誤以為他們在打鐵，於是前往

[6]王詩琅，《台灣民間故事》（臺北：玉山社出版公司，1999 年），頁 88～91。

幫忙打，結果兩個打架的人反過來合力打他。父親（母親）告訴他，遇到這種事應該要勸架。

八、勸牛：傻孩子看到有兩牛角觚，勸牛不要打架，卻反而為牛所傷。

九、結局：傻孩子因被牛所傷而死亡。

觀察王氏三個版本的情節段，〈陳大戇〉本與玉山社本〈傻孩子的故事〉，並沒有為故事分段；〈陳大戇的笑話〉與德馨室本〈傻孩子的故事〉，則把故事劃分為六個段落，〈陳大戇的笑話〉並為每一個段落設置小標題，這六個標題依次為「找尋白布」、「不要傷心」、「恭喜恭喜」、「汲水滅火」、「幫忙打鐵」、「勸牛息爭」。

基於故事內容的實況，本文為上述王詩琅三篇 1696 型「傻瓜行事總出錯」故事重新劃分為上列九個情節段，並以與各本實際分段情形相對照，如下表：

表一、王詩琅「傻瓜行事總出錯」型故事三則分段對照表

王氏分段 本文分段	〈陳大戇〉	〈陳大戇的笑話〉	〈傻孩子的故事〉	
			德馨室本	玉山社本
一、引言				
二、失布		找尋白布	1	
三、送葬				
四、迎親		不要傷心	2	
五、火災	不分段	恭喜恭喜	3	不分段
六、滅火		汲水滅火	4	
七、打架		幫忙打鐵	5	
八、勸牛		勸牛息爭	6	
九、結局				

「傻瓜行事總出錯」型故事是由一連串事件連接而成，〈陳大戇〉本與玉山社本〈傻孩子的故事〉不分段，或許是基於故事篇幅簡短的考量。而〈陳大戇的笑話〉與德馨室本〈傻孩子的故事〉的分段，大致上則是依據事件來分，但在第一段，實際上包括「說明傻孩子家境情況」、「白布遭竊」、「傻孩子誤把送葬者的白布當為己有」，因此本文更析分為「引言」、「失布」、「送葬」三部分。在故事的末段，傻孩子除了勸牛不要打架造成受傷死亡外，〈陳大戇〉、〈陳大戇的笑話〉還論及旁人對傻孩子愚蠢行為造成後果的處理，筆者把這部分獨立出來，另立「結局」一段。

二、三則故事的承襲關係

為了更清楚快速觀察三本間在詞、句上的相同之處，下文以最先發表的〈陳大戇〉本為準，擷取三個版本完全相同或是相似的文句，列成下表，然後依表作說明。說明、引證時，也會依據該表註出條次，以便於檢索。

表二、王詩琅「傻瓜行事總出錯」故事三則詞句對照表

段落	條次	〈陳大戇〉本	〈陳大戇的笑話〉本	〈傻孩子的故事〉本
前言	一	1.貧窮的他們，正是所謂赤貧如洗	3.家裡很貧，	2.他家裡很窮。
	二	2.父親卻是個世上罕見的，不貪不取，誠實無比的忠厚人。	2.爸爸是忠厚長者。	
	三	3.大戇卻是個愚蠢不過的大獃子。	1.陳大戇，是一個獃孩子。	1.臺灣有一個叫陳大戇的傻孩子，
	一	1.想給他一件新衣服穿。		3.要給他做新衣服。

失布	二		1.媽媽看大戀這穿著的衣服多破了，	1.媽媽看他穿的衣服已經破爛，
	三	2.所以一天帶了粒積的些少錢，	2.所以湊了所有的錢，	
	四	上市鎮買得了一塊白洋布回來。	到鎮上去買了一塊白洋布回來。	2.到鎮上買一塊白洋布回來，
	五	3.大戀看見，	3.獸孩子看了，	
	六	一面疑訝地拿起那塊布，	一面奇怪的拿著這塊布，	
	七	一面問道：	一面問媽：	
	八	「阿母：這要作什麼？」	「阿母！這布做什麼用？」	
	九	「要做你的衣服啦。」	「要給你做新衣服。」	
	十	4.這使大戀歡天喜地地跳躍起來了	4.他歡天喜地的跳起來	4.陳大戀歡天喜地，
	十一	5.「好呀！好呀！	5.「好呀！好呀！	
	十二	阿母，幾時做呢？快緊做啊。」	阿母，快做呀！」	
	十三	6.說著強要他母親即刻就做起來。	6.他說著催媽媽立即做起來。	
	十四	7.「今天沒有針線，	7.「今天，沒有針，沒有線，	
	十五	你乖乖地待著，	你等一下，	
	十六	阿母明天就去買	明天買了針線就	

		來做。」	給你做。」	
	十七	8.那晚大戀就快活地睡了。	8.他快活的睡過一晚。	5.快活地睡過了一晚。
	十八	1.那塊布竟不翼而飛了。	1.那一塊白布不見了，	1.誰料那塊布……晚上給小偷偷去了。
	十九	任他搜遍厝內，再也不見昨天的白布	他找遍了也找不到，	
	二十	2.「奇怪？阿母：	2.「奇怪！阿母：	
	二一	要給我做衣服的布	你要給我做新衣的白布，	
	二二	給賊兒偷去了。」	給賊兒偷去了！」	
	二三	3.急得獸小子大叫大嚷起來。	3.他大叫大喊地哭了一陣	2.急得大叫大喊，哭了一陣。
	二四	4.母親……不免恨恨地罵叫：	4.媽……恨恨的也罵著：	3.媽媽……只得好言勸慰他。
	二五	「可惡的賊子，	「可惡的賊子，	
	二六	不去有錢家偷，	不去有錢人家偷，	
	二七	倒來偷這貧窮人的東西。」	卻來偷我們貧窮人家的東西。」	
	二八	5.父親畢竟較為曠達，	5.父親畢竟是曠達，	
	二九	只得勸解幾句	勸解幾句也就算	

		道：	了，	
	三十	6.大戀越覺心裡滾做一團，總不甘願。	6.這個獸孩子還是不肯就此作罷，	4.大戀心裡不甘心，不肯就此作罷。
	三一		他獸頭獸腦地跑到外面去找那白布。	傻頭傻腦跑到外面要找那塊白布。
	三二	7.一壁走，一壁說道：	7.他一壁走著，一壁說著：	
	三三	「我要去找出那塊布來。」	「我要去找回那塊白布來！」	
送葬	一	1.東張西望，	1.東張西望，	1.他東張西望，
	二	步到鄰村的時候，	快到鄰村的時候，	快到鄰村的時候，
	三	遠遠地來了一簇旗幟為先，	遠遠地望到一簇旗幟過來了，	只見一簇旗幟過來，
	四	鏘鏘噹噹的鑼鼓繼續其後的，	接著是鏘鏘噹噹的鑼鼓樂隊，	接著是噹噹鏘鏘的鑼鼓樂隊，
	五	一陣出殯的行列。	一陣出殯的行列，	這原來是出殯的行列。
	六	2.大戀獸獸地正看得有趣	2.大戀正看得忘記了他是在找白布，	
	七	發見送葬者的頭上都捲著白布，	突然發現送葬的人底頭上都包著白布，	2.看見最後送葬的人，個個頭上都包著白布，

八	3.便忽地大叫道：	3.便大叫：	3.便大叫：
九	「喂！盜了人家的物件的賊子。」	「喂！偷了我家白布的賊子。」	「喂！偷了我家白布的賊子。」
十	叫著躍身向那個人，往頭上就扯抓過去。	叫著便跳過去向送葬人底頭上搶回白布來。	說著跳過去把送葬人頭上的白布搶過來。
十一	4.「你說什麼屁話！」	4.「你說什麼？	4.「你說什麼？
十二		你搶白布！打！打！打！」	你搶白布！打，打，打！」
十三	5.將大戀痛打了一頓。	5.大戀挨了打，	5.陳大戀挨了頓打，
十四		也不知道原由，	也不知道是怎麼一回事，
十五	大戀悄然的回家	咕嘟著嘴回家來。	便哭著回家去
十六	將這事的始末，一五一十哭訴給父親聽。	獃孩子一五一十地哭訴給爸聽，	告訴媽媽。
十七	6.父親氣得幾乎說不出話來，	6.爸爸氣得幾乎說不出話來，	6.媽媽氣得說不出話來，
十八	只得教他道：	教育他說：	只好教訓他說：
十九		「獃子呀！	「傻孩子，
二十	「白布世間是很多的	世間上有著白布很多呢！	世間白布很多呢。

	二一	不可胡亂疑人。	不好胡亂的罵人家偷你的白布，	
	二二	你看見的那是死人的出葬，		那是人家有喪事出殯的，
	二三	所以應該說，	你應該同情他們安慰的說：	你應該安慰他們說：
	二四	『實在真可惜，但願不要傷心！』	『實在真可惜，請你們不要傷心！』	『實在真可惜，請你們不要傷心！』
	二五	安慰安慰他們才是。」	這樣才對呢。」	才對呀。」
	二六		獃孩子聽了，默默地記在心裡。	傻孩子點點頭，記在心裡。
迎親	一	1.隔日	1.隔了幾天	1.過了幾天，
	二	2.跑到別的鄉村去找尋白布。	2.跑到那附近的幾個村莊去找尋，	2.跑到附近的村莊去找尋。
	三	3.前面來了鼓吹為先，	3.前面過來熱鬧的行列，也是吹吹打打，他先聽到鼓樂的聲音，	3.前面來了熱鬧的行列，也是吹吹打打，
	四	花轎在後的迎娶的行列。	殿後的是花轎。	
	五	4.大戀想起昨天父親說的話，	4.又想起爸爸的話，	
	六	以為這是殯葬了。	以為這是出殯的行列，	4.以為這也是出殯，
	七	5.忙走近前：	5.連忙走向前去，	5.便走上前去，

八	6.實在真可惜，請您不要傷心！	6.實在真可惜，請你們不要傷心！實在真可惜，請不要傷心！	7.實在真可惜，請你們不要傷心！實在真可惜，請你們不要傷心！	
九	7.他只顧痴痴癲癲出神的說，	7.可是他只顧痴痴癲癲不停的向著他們叫。	6.痴痴癲癲不停地說：	
十	8.行列的人家聽得早已憤怒起來，喊罵道：	8.喜事行列之中有的聽清楚了他底話，明白他底意思，所以憤怒的罵著他：	8.喜事行列的人很生氣，	
十一	你這獸子，放什屁話！	你這獸子，放什麼屁？		
十二	9.大戀的腦袋就像給刀劈了似的，已經著了幾下拳頭了。	9.劈劈拍拍地打他的頭顱、胸背；還有些人，摳著他底嘴巴。	9.把他毆打一頓。	
十三	10.他抱了頭「哎喲！」地哭叫著回家去了	10.他莫名其妙的抱著頭就逃「啊唷」「啊唷」的帶哭帶走逃回家裡來。	10.他莫名其妙，抱著頭逃回家，	
十四	11.這時候	11.這種情況，是人家在迎親的喜事，	11.這種情況是人家迎親，有喜事，	

	十五	要向人家說「恭喜」的。	你應該對他們說「恭喜恭喜！」	應該說：「恭喜，恭喜！」
	十六	他的父親聽了，只搖著頭這樣教示他道。	爸爸聽了他的訴苦，先搖著頭，	媽媽便又教他
	十七		並且還對他說明：	她還教他
	十八		喪葬的儀式是素的白的，	喪葬是素的白的，
	十九		喜慶卻是紅的彩的，	喜慶是彩的紅的。
火災	一	1.有一次，	1.有一天，	1.有一天，
	二	他又上那隔有一里餘的市鎮去閒遊。	獸孩子又上那相隔一里多的市鎮去閒遊。	傻孩子上市鎮閒遊。
	三	2.只見街上一帶被濛濛的黑煙籠罩著，	2.只見一條街上被黑煙籠罩著，	2.看見一條街被黑煙籠罩著，
	四	還有很多的人們在那近傍左來右往，	還有很多的人兒在近傍左竄右衝，	
	五	極為混雜。	非常混亂。	非常混亂。
	六		他又看到紅的火光了，	紅的火光沖天。
	七	3.大戇以為這必定是娶新娘了，	3.以為這一定又是喜慶大事，	3.他以為這一定是喜慶事，
	八	同時記起了父親	記得爸爸說過的	

		告訴的話	「恭喜」	
	九	想再不會亂亂子了。	這次一定不會鬧出亂子了，	
	十	就打開喉嚨大聲叫道：	他就開口大聲的叫：	便開口大聲叫道：
	十一	大家恭喜，恭喜。	恭喜，恭喜！大家恭喜。	「恭喜，恭喜！大家恭喜！」
	十二	4.這時恰值有個消防夫挨過他的身傍，	4.這時候恰巧有個消防夫挨過他底身傍，	4.這時候，恰好有個消防人員
	十三	忽聽他這麼嚷，	忽然聽到他這麼叫，	聽見，
	十四	就停了腳，	就停了腳，	
	十五	睜圓了眼瞪住他：	睜圓了眼，瞪住他說：	氣得睜大著眼，
	十六	獸子！恭喜什麼。	獸子，恭什麼喜？	
	十七	5.問著便將打火棍擎起，往他的頭上打了下來，	5.問著，便把打火棍擎起來，向他底頭上打去，	5.用手裡的打火棍把他打了幾下。
	十八	6.嚇得他魂不附體，	6.已經嚇得魂不附體，	6.他嚇得
	十九	飛也似的鼠竄而逃。	飛也似的跑回家去。	飛也似的跑回家。
	二十	7.再將這些事詳細地告訴父親，	7.他把經過原原本本告訴了爸爸，	7.把經過告訴媽媽。

二一	他父親怕了一怔，	爸爸一怔，	媽媽
二二	不覺吐了一口長息：	又嘆了一口氣，	又教他
二三	那是人家失火的，	是人家不幸失火，	那是人家不幸失火，
二四	此後倘再遇到的話，	此後倘使遇到火起，	
二五	應當汲水幫人家滅火。	你應當趕快汲水去幫人家滅火。	應當趕快幫人家滅火。
滅火	一	8.獸子把白布的事早已經忘記了。	8.獸兒子已把失掉白布的事，差不多忘記了。	
	二	9.於是又上街	9.他又上街	8.傻孩子又走到街上
	三	10.行至橫街尾時，	10.他走到橫街上，	
	四	有間店頭	有一家打鐵的鋪子	9.看見一家打鐵的鋪子
	五	裡面有火片燃燒著，發著火花，	發出火花，	還發出火花，
	六	而幾個人拿了鐵槌拚命地在打一塊炎炎的火。	尤其是幾個壯漢圍住了火，在用鐵槌拚命得打著火塊，	有幾個壯漢圍住了火塊，用鐵槌打著。
	七	11.一定是火燒不錯了，	11.這一定是火燒，不錯，	10.這一定是失火，

八	12.瞥見壁下有桶水，	12.瞥見壁下有桶，桶裡裝滿水，	11.找個水桶，裝滿了水，
九	他急忙拿起來	他急急忙忙地拿起來，	
十	就向火潑去。	就向火潑去，	向火潑過去，
十一	13.俄然，	13.一剎那，	12.一剎那，
十二	滿店騰起濛濛的灰煙。	滿店騰起了灰煙，	滿屋裡騰起了灰煙，
十三		爐裡的火全熄滅了。	連爐裡的火也熄滅了。
十四	14.打鐵匠兇狠地睜了眼大怒起來了。	14.打鐵匠兇狠狠地發怒了，	13.打鐵匠大怒，
十五	小畜生，不要走。	小畜生，不要逃。	
十六	舉起鐵鎚來就要打他。	一邊還舉起了重重的鐵鎚要打他。	舉起了很重的鐵鎚要打他，
十七	15.看見形勢不對，	15.他一看形勢不對	14.他一看來勢洶洶，
十八	16.拖了跛腳逃回家去，	16.立刻拔腳就逃，逃回家裡，	15.慌忙拔腿逃回家
十九	啼啼哭哭地說與父親聽，	哭著又對爸爸陳述，	對媽媽哭訴。
二十		17.爸又指點他說：	17.媽媽指點他說：
二一	17.那是打鐵店，	那是打鐵店，	「那是打鐵店，
二二	你不給人家幫忙，	你不給人家幫幫忙，	

	二三	且要去潑熄牠，	反而去潑水滅火，	
	二四		如此情形，	碰到這樣的情形，
	二五		照例你應該幫他們打鐵，	應該幫他們打鐵才是。」
打架	一	1.雖遭了這許多次痛打，	1.他遭受了幾次挫折，	1.他挨了幾次打，
	二	他還不肯死心塌地地撒手做閒人，	卻並不消極，還是愛管閒事。	還是愛管閒事。
	三	一日	一天	有一次
	四	又出門去了。	他又跑到別的村子裡去玩。	到別的村裡玩。
	五	2.剛走到某鄉村外的	2.剛剛走到前村附近，	
	六	大榕樹下，	那棵大榕樹的下面，	
	七	那裡正有兩個人，	正有兩個像那鐵匠一樣的壯漢，	2.看見兩個像鐵匠的壯漢
	八	你來我去地在打架。	你來我去的在打架，	在打架，
	九	3.他又以為是打鐵的，	3.他一看以為這是打鐵，	3.他以為這是打鐵，
	十	4.這裡該要幫忙了吧	4.這次，我應該去幫他們的忙呢！	4.便想幫他們打，
	十一	5.隨即以他所有的力量	5.當時用盡他生平的力量，	5.使盡力量，

	十二	跳進他們之間去。	跳進去和他們打在一起，	跳進去打在一起。
	十三	6.齊向他頭上打來。	6.集中打這個獸子了。	6.所以兩人都集中來打他。
	十四	7.大戇只得又抱了瘤腫疼痛的頭跑回家來。	7.他只得忍痛抱頭逃回家來。	7.逃回家
	十五	8.那是打架。	8.那是人家在打架，	8.那是人家在打架，
	十六	那個時候應該要說「大家息事吧。」	那個時候你應該勸他們「大家息事吧！」	那時候應該勸他們息事，
	十七	而把他們分開的。	再把他們雙方分開才是。	把雙方分開才是。
勸牛	一	1.大戇委實也有些害怕，	1.心裡卻有些兒害怕，	
	二	就不敢再往遠處去了。	不敢再到遠處去玩。	
	三	2.是個傍晚時候，	2.是一個傍晚的時候了，	1.一個傍晚時候，
	四	他在附近的曠地裡玩，	他在家底附近空曠地上走來走去的望著，	在家對面
	五	忽然看見了田中的草原上，	忽然看到草原之上，	看見
	六	二隻水牛角對角	有兩隻水牛角對	兩隻水牛角對角

		地對峙爭鬥著。	著角地鬥著。	鬥著。
結局	七	3.是啦是啦。	3.對啦！對啦，	2.「對啦！對啦，
	八	這次是真的打架了。	這次真是打架了。	這次真是打架了。」
	九	4.就躍進兩牛的中間去:	4.跳進兩條牛的中間。	3.跳進兩條牛的中間叫著:
	十	大家息息事吧。	大家息息事吧！	「大家息事吧。」
	十一	5.話還未了，	5.話還沒叫完，	4.他話還沒說完，
	十二	只見一隻牛將角插入他背後，一隻將角插入腿股間	只見一隻水牛將角衝過來，他來不及避開，插進了他底腹部；另一隻水牛也是撞過來，牠底一隻角，也插進獸子的背部了。	兩條水牛的角都向他衝過來，他來不及避開，被插進腹部和背部
	十三	他便給撲倒在地下，	一下子他倒在地面，	當場倒下，
	十四	再也不能動彈了。	再也不能動彈了。	再也不能動彈了。
	一	1.有個鄰居恰巧路過這裡，一看大戀滿身鮮血，呻吟在地下。	1.附近的鄰人看到大戀被牛觸傷倒在地面了。	
	二	2.父親也是滿面淚珠，	3.爸爸滿面淚珠，	

三	3.仰天長吁短嘆起來。	4.仰天長嘆痴問：	
四	4.大戇瞪了白眼，身手向天抓了幾抓就絕了氣息。	2.他已經倒下頭去，小戇子就此死掉了。	1.這可憐的傻孩子就此死掉了。

　　根據上表「引言」有三條、「失布」有 33 條、「送葬」有 26 條、「迎親」有 19 條、「火災」有 25 條、「滅火」有 25 條、「打架」有 17 條、「勸牛」有 14 條、「結局」有四條，一共是 166 條。從中可以看出〈陳大戇〉、〈陳大戇的笑話〉與〈傻孩子的故事〉三個本子之間，確實出現了不少相同或是相近的詞、句，因此可證明三本間確有相承關係。

　　此外，表中多處出現〈陳大戇的笑話〉本與〈傻孩子的故事〉本有相同或是相似的文句，但未見於〈陳大戇〉本，如「失布」二；「送葬」十二、十四、二六；「迎親」十七至十九；「火災」六；「滅火」二四、二五；「結局」一至三，可以證明〈傻孩子的故事〉本應該是承自〈陳大戇的笑話〉，而不是直接承襲〈陳大戇〉本。

三、三則故事的差異

（一）角色、情節的差異

1、角色的刪改

　　「傻瓜行事總出錯」型的故事，除去送葬者、迎親者、打鐵匠等在各情節單元中與傻孩子互動的人物以外，〈陳大戇〉本與〈陳大戇的笑話〉本中，還出現了爸爸、媽媽、鄰居三個角色。爸爸在故事中主要扮演教導者，指導陳大戇在各個場合該有的行為，和故事情節的推進有密切關係；媽媽出現在「失布」的購布、「結局」對陳大戇的死亡表示哀惜兩處，除了帶出「白洋布」，對情節的進展實際作用不大；鄰居的角色在於發現陳大戇的受傷，並為陳大戇的死亡發出感嘆，也不是故事真正趣味所在。

　　〈傻孩子的故事〉中，則刪去了爸爸和鄰居，僅保留媽媽。媽媽除了買進白布開啟故事外，也扮演教導傻孩子的地位。這樣排除次要角色的安排，讓故事更加簡明，同時也更加證明了前文所說〈傻孩子的故事〉承自〈陳大戇的笑話〉，而不是直接承襲〈陳大戇〉的推論。

　　2、情節和情節素的刪簡

　　除了角色的刪改以外，〈傻孩子的故事〉本與〈陳大戇〉、〈陳大戇的笑話〉兩本的不同，還在於它將一些不影響主要情節進展的小段文句加以簡化，甚至刪除，以下分項說明：

　　（1）、形容傻孩子的家境很窮，〈陳大戇〉本先用「赤貧如洗」來做總括性的說明，接著，又從「貯蓄」、「房屋」、「穿著」、「食物」等項目，進一步鋪敘貧窮的狀況。〈陳大戇的笑話〉本與〈傻孩子的故事〉本，僅以「家裡很貧」、「他家裡很窮」帶過。（見表二「前言」之一）

　　（2）、關於傻孩子的父親，〈陳大戇〉對他的性格描述為「是個世上罕見的，不貪不取，誠實無比的忠厚人」，〈陳大戇的笑話〉說「爸爸是忠厚長者」，〈傻孩子的故事〉則從缺。（同前表「前言」之二）

　　（3）、傻孩子詢問媽媽買布的原因，媽媽回答說要幫傻孩子做新衣服，這段敘述〈傻孩子的故事〉從缺。（同前表「失布」之五至九）

　　（4）、傻孩子催促媽媽立刻做衣服，媽媽以沒有針線為由拒絕，這段敘述〈傻孩子的故事〉從缺。（同前表「失布」之十一至十六）

　　（5）、關於傻孩子對新衣服的期待，〈陳大戇〉以傻孩子一改睡到日上三竿的習性，在父母還沒醒來的時候就起床了來表現，〈陳大戇的笑話〉本與〈傻孩子的故事〉本從缺。

　　（6）、當發現白布被偷，傻孩子對母親大叫大嚷，這段敘述〈傻孩子的故事〉從缺（同前表「失布」之十九至二二）。母親對失布的反應，〈陳大戇〉、〈陳大戇的笑話〉是出言恨罵賊子，〈傻孩子的故事〉本簡化為「只得好言勸慰他」（同前表「失布」之二四至二七）。父親對失布的反應，〈陳大戇〉寫他「勸解幾句道：『被盜去是自己的衰運，沒法子，再不必去想牠

吧。』」,〈陳大戀的笑話〉沒有寫出勸解內容,以「勸解幾句也就算了」概括,〈傻孩子的故事〉則從缺。(同前表「失布」之二九)

(7)、在「火災」事件後,〈陳大戀〉本寫傻孩子因為「怨恨這幾遭的失敗」,想要「做個叫人家褒獎的事」,於是「上街去東找西尋,看有沒有火燒」。〈陳大戀的笑話〉寫他「平日也在自怨自艾,所碰到的幾件事兒,多是那樣的尷尬」。〈傻孩子的故事〉則沒有寫出他內心對於前幾次被打的想法。

(8)、在傻孩子誤認兩個人打架為打鐵,向前幫助反倒被痛打後,父親(母親)告訴他遇到這種情況要勸人息事,而〈陳大戀〉在這之後,有教導者要傻孩子以後留在家裡玩、不要出門的話語,在〈陳大戀的笑話〉本及〈傻孩子的故事〉本中則未見。

(9)、在結局方面,〈陳大戀〉本寫鄰居發現傻孩子受傷把他送回家,家人請了醫生也沒救活,隔天就死了,鄰居為這個悲劇感嘆,傻孩子長埋山麓。〈陳大戀的笑話〉寫鄰人看到傻孩子受傷,通知他的家人並請人來救護,傻孩子死後,父親仰天長嘆。而〈傻孩子的故事〉在傻孩子被水牛的角插進身體後,只簡潔地以「這可憐的傻孩子就此死掉了」終筆。(同前表「結局」之一至四)

由上列比較也可看出,一些較為枝節的情節或情節素在〈傻孩子的故事〉被刪除,讓故事集中呈現傻孩子所做的各項傻事,這樣的做法,可以免除讀者在閱讀時的心思從中岔出去而受到干擾。而在結尾部分,〈傻孩子的故事〉以傻孩子的死亡結尾,讓故事在最高潮的地方嘎然而止,在讀者閱讀效果上,會比起其餘兩本另外安排眾人感嘆的餘波為佳。

3、情節及其聯繫情形的差異

三個版本所述內容,在事件、事件的順序上是一致的。但對於後一事件與前一事件的聯繫,則有小部分差異。這些差異,主要表現在傻孩子判斷發生事件所依據的表面現象上,以下將指出各本中傻孩子聯繫前後事件的方式,並討論各本聯繫方式的合理性。

（1）、買布做新衣的原因

〈陳大戇〉說買布的原因，是母親出於對兒子的愛，想要給他一件新衣服穿，〈陳大戇的笑話〉與〈傻孩子的故事〉，則說母親買白布預備替傻孩子做新衣，是因為傻孩子的衣服已經破爛。在三個版本都表示傻孩子家境貧困的前提下，故事中預備製新衣的白布，應當是在「不得不」的情況下買進才合理。依照這標準檢視，〈陳大戇〉不如〈陳大戇的笑話〉與〈傻孩子的故事〉孩子衣服無法再穿著因此需要一件新衣的說法來得佳。

（2）、誤認白布

傻孩子去找尋失竊的白布，他的憑據是「白布」，所以當他看到喪葬的對伍中，別人的頭上包裹著白布，就誤以為那是自己被竊的那塊白布，於是向前爭搶白布而挨了打。傻孩子不知道自己為什麼會被打，於是教導者告訴他遇到這個狀況該怎麼做，三個本子都以世間有很多白布，說明別人頭上的白布，不是傻孩子被竊的那塊，而〈陳大戇的笑話〉則進一步指出那是「送葬的人頭上包著的白帕」，〈傻孩子的故事〉以「那是人家有喪事出殯的」說明白布是喪事出殯用的物品。這樣的說法具體指出了傻孩子所見白布並不是他失竊的那塊。

（3）、誤把喜事當殯葬

三個本子在「迎親」事件中，都描述傻孩子依據吹打樂器、熱鬧的隊伍等場面，誤把人家舉行喜事當成辦理喪事，向前勸告不要傷心而惹怒眾人，遭受到責打。〈陳大戇〉中說傻孩子看到「鼓吹為先，花轎在後的迎娶的行列」，他以「鼓吹為先的行列」聯繫到「那是死人的出葬」，刻意忽略現實上有「花轎」代表是喜事的作用。〈陳大戇的笑話〉描述這個熱鬧的場面時，出現「也是許多人抬著一座很重的東西」，但是在「送葬」事件中，描述的場面僅是「一陣出殯的行列」，沒有寫行列中的人抬著重物，因此在此處傻孩子以許多人抬重物為判定所見是殯葬隊伍的標準，就顯得有些不當。〈傻孩子的故事〉本也用「花轎」來判定喜事，也刪除了「也是」，讓「吹吹打打」、「許多人扛著一座很重的東西」等隊伍中人物的行為，都附

屬在「熱鬧的行列」下，避開了〈陳大戇的笑話〉產生的問題。另外，後兩本以「傻孩子不知道有花轎就是迎娶喜事」，讓讀者明瞭傻孩子不應該以隊伍，而要以「花轎」來作為判定喪事與喜事分野的標準，都較為合理。

（4）、誤把火災當喜事

傻孩子看到火災現場有許多人，誤以為是在辦喜事而向前道喜，因此挨了打。〈陳大戇〉中的傻孩子忽略火災時「黑煙」的意義，只依據「很多的人們在那近傍左來右往，極為混雜」判定是喜事。〈傻孩子的故事〉與〈陳大戇的笑話〉因為教導者在「迎親」事件後告訴傻孩子「喪葬是素的白的，喜慶是彩的紅的」，因此傻孩子判定的標準，除了「很多的人們在附近」以外，又增加顏色的因素，即看到「紅的火光」，因而誤判為喜事。但這兩本也未對「黑煙」做出有意義的解說。

（5）、誤把打鐵的火當火災

傻孩子誤以為打鐵店裡面的火是發生火災所致，因此取水澆在火上，打鐵匠因此怒打他。〈陳大戇〉中傻孩子以「發著火花」、「幾個人在打火」，誤認為是發生火災。〈陳大戇的笑話〉本與〈傻孩子的故事〉本，除了「發著火花」、「幾個人在打火」之外，增加曾在「火災」事件中出現、〈陳大戇〉本所沒有提到的「煙」。〈陳大戇〉本在「火災」這個情節段中提到「黑煙」，在「滅火」這個情節段的描述中沒有出現，也因此沒有用「黑煙」來連結兩個情節段，因而未能增加兩個情節之間的緊密性，似乎有些可惜。

（6）、誤把打架當打鐵

傻孩子把兩個在打架的人誤認為是在打鐵，於是想要前往幫忙，被兩人誤會，結果挨了打。〈陳大戇〉中傻孩子把兩個打架的人誤為在打鐵，是因為他們兩人「你來我去」，讓他想到圍在一起打鐵的打鐵匠。〈陳大戇的笑話〉中傻孩子根據的是「兩個像鐵匠一樣的壯漢」，動作是「你來我去」，〈傻孩子的故事〉則說是「兩個像鐵匠的壯漢」。〈陳大戇〉中因為「兩人你來我去」就推論到打鐵，後二本則是由兩個人的身材像鐵匠一樣，讓傻子聯

想到他們是鐵匠，正在打鐵，以效果來說，後者的聯繫性較強。

（7）、參與牛打架

傻孩子看見兩隻牛在爭鬥想要去勸解牠們，結果卻因此受傷死亡。三個本子中，傻孩子都以「兩隻牛角對角鬥著」作為牛在爭鬥的判定標準。

由上列比較也可看出，經過改寫的〈陳大戇的笑話〉與〈傻孩子的故事〉，在情節的聯繫度上較最早編寫的〈陳大戇〉緊密。這樣的現象，也顯示王詩琅之改寫自己故事，乃有意為之、用心良苦，而改寫後的作品，也果然是後出轉精，可讀性大為提升。

（二）文句的相異

1.稱謂的越見統一

〈陳大戇〉中對於親輩的稱呼，出現「爹媽」、「父親」、「母親」、「阿母」等多種用語，這讓稱謂無法統一，容易造成混淆。

在〈陳大戇的笑話〉中，除了仍有閩南語式「阿母」的稱呼之外，「爸爸」有時又簡作「爸」、媽媽有時簡作「媽」，選擇時似乎沒有一定標準。

〈傻孩子的故事〉本，刪去爸爸此一角色，文中提到女性親長，一律使用「媽媽」一詞，稱謂用語始見統一。

2.改動、刪除不適合兒童閱讀的文句

陳正治先生曾在《童話寫作研究》一書中，說明寫作兒童故事要選擇使用「有味的語言」，其特點之一，就是要是「優美的語言」：

> 優美的語言，是有味兒語言的基本條件。要使語言優美，首先應選用純潔、健康的詞語，避免使用江湖黑話、流行的不雅口語、血腥殘酷語言及汙言穢語。[7]

比較王詩琅三篇故事，後出者顯然注意到使用「優美的語言」的重要，把不雅、不適合兒童閱讀的文句，進行改寫、刪除的工作。如：〈陳大

---

[7]陳正治，《童話寫作研究》（臺北：五南圖書出版公司，1994年），頁130～131。

戀〉中，出現了「你說什麼屁話」，〈陳大戀的笑話〉與〈傻孩子的故事〉把「屁話」兩字刪除，改為「你說什麼」（表二「送葬」之十一）。又如，〈陳大戀〉中有「姦你娘」之句，這是罵人的髒話，未見於〈陳大戀的笑話〉與〈傻孩子的故事〉。〈陳大戀〉中的「你這獸子，放什屁話」，〈陳大戀的笑話〉改為「你這獸子，放什麼屁」，〈傻孩子的故事〉刪除這段話（同上表「迎親」之十一）。

至於血腥殘酷的語言，〈陳大戀〉在「結局」中形容傻孩子的受傷狀況，有「滿身鮮血，呻吟在地下」，傻孩子臨死，「瞪了白眼，伸手向天抓了幾抓」的句子，〈陳大戀的笑話〉有「連他底腸子也擠出」、「滿身鮮血，最初還在呻吟，可是不久就不省人事了」的句子，這樣的文字，太過於寫實，不適合小讀者閱讀，因此〈傻孩子的故事〉在描寫時，改以「當場倒下，再也不能動彈了，這可憐的傻孩子就此死掉了」來避掉。（同上表「勸牛」之十三、十四、「結局」之四）

〈陳大戀〉本收入李獻璋《臺灣民間文學集》，李獻璋編訂此書的目的在整理、保存臺灣民間文學，他在〈自序〉中提及，「所謂民間文學，可以說是先民所共感到的情緒，是他們的詩的想像力的總計，也是思維宇宙萬物的一種答案，同時也就是民眾的思想行動的無形的支配者。我們得從那裡去看他們的宇宙觀，宗教信仰，並對於自然界的認識等等。」[8]賴和也在書前序言中說明，書中各篇的載錄是「獻璋君不惜費了三、四年的功夫，蒐集了約近一千首的民謠、謎語；更動員了十多個文藝同好者，寫成了二十多篇的故事和傳說」。[9]

婁子匡於 1970 年至 1980 年間編纂「北京大學民俗叢書」套書，共收入 180 種中國大陸和臺灣學者的專著，內容涵蓋大量民俗學資料，〈陳大戀的笑話〉收入此套書第 11 冊《臺灣民間故事》。據婁子匡於此冊編後語所言，書中故事「多是臺灣歷來許多人所創作所修訂的，絕不是一個人所創

---

[8]李獻璋，〈自序〉，李獻璋編，《臺灣民間文學集》，頁 4。
[9]賴和，〈賴序〉，李獻璋編，《臺灣民間文學集》，頁 2。

作或增刪而留下來的」。

　　王詩琅在〈陳大戇〉與〈陳大戇的笑話〉中，所使用的語言除了白話文以外，也雜入閩南語語句，這或許是因為收錄兩本的《臺灣民間文學集》及《臺灣民間故事》二書，性質屬於輯錄流傳民間的故事，而王詩琅使用語言不一，正是保留前人說法的痕跡。〈傻孩子的故事〉發表於《新學友》，《新學友》屬兒童雜誌，王詩琅為了讓文章更易懂，所以在體例上力求統一，用字也以合適小朋友閱讀為標準，刪改俚俗血腥的文句，也就可以理解。

——選自徐淑雯〈王詩琅兒童文學研究〉

中國文化大學中國文學系碩士論文，2005 年 6 月

王詩琅《台灣民間故事》內容探究

◎卓英燕*

　　王詩琅所整理記錄之《台灣民間故事》來源大別有二，一為大陸原鄉流傳百年以上的故事，二為其人及事蹟載於臺灣歷史上，屬於臺灣特有的人物故事，大別而言包括傳說、故事兩類性質。民間故事有廣義與狹義之分，研究者基本上能取得一致的看法，主張廣義分類的學者，多認為民間故事是傳統人民口頭創作中敘事散文作品的總稱，相對於韻文而言，所以將神話、傳說、故事歸於一類。然而，現今有些體裁如神話已形成一門獨立學科，不再同故事相混而談，所以在解析作品時，應以體裁出發，劃出大類，再根據作品的內容加以細分，一方面既注意到了文學樣式的特徵，一方面也不脫離作品的思想內容[1]，本文亦採取如是作法分析王詩琅的作品及思想特色。

　　近年來臺灣地區民間故事的研究採集成果中，有把發表於報章雜誌以紙本形式流傳的故事收錄作分類介紹者，早期為陳慶浩、王秋桂主編的《臺灣民間故事》，在漢族故事部分依其性質分為起源傳說、地方風物習俗土特產傳說、歷史與傳說人物故事、生活故事、幻想故事、動物寓言故事、笑話等類型，因與王詩琅民間故事繼承前人書面記錄本的形式相似，因此本章節據此分類方式，亦將王詩琅《台灣民間故事》分門探討。考察王詩琅所收錄的民間故事可歸類為起源故事、歷史與傳說人物故事、生活故事、幻想故事，

---

* 發表文章時為花蓮師範學院民間文學研究所碩士。
[1] 請參見吳一虹，〈我國民間故事的分類研究〉，《民間文學論壇》1986 年第 4 期（1986 年 4 月），頁 58～59。

至於地方風物習俗土特產傳說將於研究「王詩琅全集」卷三《艋舺歲時記》時再作探討，笑話類故事則未見於王詩琅民間文學作品中。

比較故事學為一學科研究方法由來已久，上溯自顧頡剛等人的引進，其後並有民俗研究大家鍾敬文的繼承。此一學科將同一故事之異文並列研究找出其變異及可能的傳承情形。因此在本文中亦將故事類型之資料並列作一參考。此部分將以中國大陸地區為主，以豐富故事的多面性及立體性。故事流傳於口頭，現代學者多認為故事之源頭難以確定，故在此章節，將只呈現資料而不作溯源。

胡萬川教授將芬蘭學者阿奈爾，對民間故事變異性所提出的 15 條規則歸納為四點，分別為細節的增添或減省、不同故事情節的串連融合、角色的替代或變換及講述者以第一人稱講述來替代全稱的講述等。[2]前三點是就民間故事內容方面的變異歸納出規律，末項則是針對講述者的敘述角度作考察。比較王本與同時期作家在處理相同故事後的不同呈現，則明顯可察覺到前三點的變異痕跡，更藉由不同版本間更替、增減的情形，而進一步探尋王詩琅所關注的焦點及社會關懷，此部分將於下一節論述。

本節故事比較部分擬從中文作品著手，將早期學者李獻璋所編的《臺灣民間文學集》[3]（以下簡稱李本）及民國 40 至 60 年間的作品如江肖梅的《臺灣民間故事》[4]三集（以下簡稱江本），婁子匡編、由中國北京大學民俗學會出版的民間文學專書[5]（以下簡稱婁編本），涂麗生、洪桂己合編的《臺灣民間故事》[6]（以下簡稱涂本），蘇樺《臺灣民間故事》[7]（以下簡稱

---

[2]請參見胡萬川，〈變與不變——民間文學本質的一個探索〉，收錄於《臺灣民間學術研討會論文集》（南投：臺灣省政府文化處，1998 年），頁 13～29。
[3]請參見李獻璋，《臺灣民間文學集》（臺北：龍文出版社，1989 年），據 1936 年 5 月刊本影印。
[4]請參見江肖梅，《臺灣民間故事》（臺北：大華文化社，1954 年），後收錄於婁子匡編纂，「國立北京大學中國民俗學會民俗叢書」，冊 118～120（臺北：東方文化供應社，1987 年）。亦可見於江肖梅著；陳定國插圖，《臺灣民間故事》（新竹：新竹市文化局，2000 年）。
[5]請參見婁子匡編纂，《臺灣民間故事（一）》（臺北：東方文化供應社，1987 年），其中收錄了王詩琅較早期的版本。
[6]請參見涂麗生、洪桂己合編的《臺灣民間故事》。原載於《公論報》1957 年 4 月～1960 年，6 版。
[7]請參見蘇樺，《臺灣民間故事》（臺北：小學生雜誌社，1965 年）。

蘇本）、周青樺《臺灣客家俗文學》[8]（以下簡稱周本），及吳瀛濤《臺灣民俗》[9]（以下簡稱吳本），諸多版本與王詩琅本相比較。李獻璋為早期著名的民間文學研究者，其《臺灣民間故事》亦收錄王詩琅等人的作品，又王詩琅的《台灣民間故事》寫作時間集中在民國 43 至 50 年間，因此以具有代表性的李獻璋所選錄作品及民國 40 至 60 年間發表民間故事作品的作家為討論範圍，對照版本間的異同，並試從人物塑造、考證、藝術手法呈現、形式結構等面向來深入剖析，進一步對其差異性提出可能的解釋，俾使吾人更深入解讀王詩琅呈現作品的方式及其思想意涵，以下依故事內容區分為四類，分別為起源故事、歷史與人物傳說、生活故事及幻想故事，以下分別論述之。

一、起源故事

　　起源故事主要是用來說明某一種動物的生理習性特徵或外型特徵的來源故事，故事主題思想中往往滲透著人們純樸的道德觀，表達了人們的思想感情[10]，隨著情節的推演，捏塑出人們恆存的價值取向。〈猴子紅屁股的故事〉敘述善心的金枝通過神仙的考驗而得到美貌，壞心腸的女頭家、大小姐遭懲罰為猴子，逃到山裡無顏見人的故事。此類型故事屬人變動物的故事，為民間童話之一，流布很廣，普遍存在於各地民談，在中國大陸有人因懶惰而變為老鼠的故事，在臺灣高山族故事及廣西民間故事中則有因懶惰而變為猴子的故事。此外，尚有不同情節描述的故事在臺灣民間流傳著，分別是江本〈猴子的由來〉、吳本〈善心的下女〉，以下試比較王詩琅故事及其他兩故事間的異同。

　　在人物刻畫上，江本多費詞句於描寫下女所處環境的惡劣，主人夫婦的吝嗇刻薄，對照其品格的美好；王本則指出金枝雖為醫父病而被賣，但

[8]收錄於婁子匡編纂，「國立北京大學中國民俗學會民俗叢書」（臺北：東方文化書局，1971 年），冊 55。
[9]請參見吳瀛濤，《臺灣民俗》（臺北：進學書局，1969 年）。
[10]請參見高國藩，《中國民間文學》（臺北：學生書局，1995 年），頁 164。

感念主人家的恩德而努力認真工作、時常幫助乞丐等孝順、良善的人格特點，符合王詩琅寫作時以情節取勝而不以渲染描述為尚的風格；吳本不著重身世、背景，直接切入事件，文末江本：「女婢嫁了一個青年，改變了命運。」王本：「夫妻認真工作成了富戶。」可見王詩琅不沉溺於命定觀，無悲觀、自嘆的筆調，人助而後天助的積極思想，吳本緊扣系列故事而無江本的旁支，敘述風格後著轉精。

二、歷史與人物傳說

包括歷史上可考、可見於通史方志中的人物事件，以及神明傳說故事兩個項目，這些傳說長期在口頭上流傳，往往伴隨人物、古蹟、風俗及物產而生。故事中人物的所思所為以及人物與他人的矛盾糾葛構成了故事的情節，人物的性格及善良形象則構成作品的藝術價值，不管主配角都鮮明的活在人們心中，給予人們可歌可泣、值得深思的故事底蘊，此類故事有的著重於讚頌名人們對歷史作出的傑出貢獻，表現出人們對他們的崇敬，有的則諷刺主角人物的倒行逆施，以引起後人的鑑戒。[11]王本中屬於這部分的故事眾多，共 13 篇，占了《台灣民間故事》的一半。茲分述如下：

（一）〈百萬富翁周廷部〉故事敘述昔時艋舺地方人周廷部意外獲財成富翁後，為富不仁，毒殺大潭湖中之鱸鰻，殺魚時血濺其妻之腹，有孕後生子周代龍，敗光其家產的因果報應不爽故事。其中並加入風水師助周百萬成巨商大賈後，周食言推諉不給謝金，使得風水師敗壞其家地理一事。

近年金榮華教授率學生在澎湖所採集到的一則張百萬傳說[12]，傳說中的風水師，因張百萬驕傲且破壞兩人間的協議，於是敗壞張家陽宅風水的情節。此類風水情節在眾多民間故事中皆可尋得，足見主題的雷同及同樣的價值信仰。澎湖是閩粵移民者較早踏上的土地，因其島嶼的封閉性，使得

---

[11]請參見高國藩，《中國民間文學》，頁 62。
[12]請參見金榮華主編，《澎湖縣民間故事》（臺北：中國口傳文學學會，2000 年），頁 59。

澎湖的民間故事具有較固定的樣貌而少變化[13]，因此將流傳在澎湖當地具類似情節的故事列入作為參考。

（二）〈曾切的故事〉故事敘述義賊曾切有一身好本領，具俠義精神，樂善好施、有膽識，助寡婦離險境的故事，王詩琅在前言中，勸人少年時期時宜謹慎行事，具濃厚教化意味。與王詩琅故事具有不同情節的文本在民間流傳，如江肖梅的〈曾切〉故事，以下比較兩故事的異同。

在人物塑造方面，江本簡單交代曾切其人尊重節婦、以金錢救濟飢寒。而王本對曾切的成長歷程、行事風格、人格特質多所著墨，突顯父死、寡母照顧不周的情況下，仍很孝順，使讀者對主角的身世寄予同情，且讚嘆其一身可飛簷走壁無所不能的好功夫，以鋪陳後來曾切走歹路的無奈及深深惋惜，將讀者引導入故事的教育情境中。

在考證方面，王本對故事主人翁的背景作了考證，「曾切是滿清末葉的人，他生長的地點傳說紛紛沒有一定，但比較可靠是桃園八塊厝人」可見其參考眾多版本，而加以比較考證的嚴謹寫作態度，江本則以「從前在臺北淡水一帶，常有一個大賊出沒，他的名字叫作曾切」，作一概括性的介紹。

在藝術手法方面，江本設定曾切是一個大賊，所以對話淺白易懂，並由人物的自述來勸誡讀者。而王本中的曾切不似一般偷兒，反而近似文質彬彬的長者，談吐文雅，寫得一手好書信。王本行文頗有文人之筆調，江本則較接近民間風貌，篇幅比較起來，可明顯看出王本形塑人物的鉅細靡遺及用心。

在形式結構方面，王本有引言，明故事之教育宗旨，勸兒童青少年慎始。文分四段，並以一、二、三、四為標題作區隔，首段敘述生平、成長歷程、外貌。二、三段描述曾切行俠仗義的行為，向富人「借」銀兩，使眾兄弟不擾民、百姓好過年的俠義行徑；第三段則藉節婦的行為來彰顯曾

---

[13] 請參見李世珍，〈澎湖張百萬傳說之研究〉，《硓𥑮石》第 29 期（2002 年 12 月），頁 50。

切的重義、尚氣節的性格；末段延續第三段說明曾切的俠義行徑，曾切向陳遜言借 1000 兩後，還以 20 兩鴉片菸，完整呈現其個性中重諾言，只偷「土豪劣紳」的原則，最後並加入曾切對自己人生的感慨，表達心之所欲改邪歸正的積極人生態度。江本則不分段落，只聚焦描述曾切向陳遜言借錢救節婦的義行，而將故事結束於還菸土一事後，即不再贅述人物心理態度。

　　要言之，王本著重人物性格良善面的描繪及利益人民的積極思想，呈現啟迪小朋友、青少年人格的獨特視角，作品發表於《學友》刊物，考量到讀者群故其旨在勸誡人應慎始，而江本則較無如此刻意地教化意味。

　　（三）〈太古巢〉採倒敘手法，敘述大龍峒舉人陳維英少時不愛讀書，後來受激發憤向學，獎掖後進張書紳。對清末淡北文風產生很大的促進、教化作用的故事，勉人勤勉向學，終將有成，且應該不忘回饋一己之力。

　　民間尚有江肖梅〈陳迂谷〉故事流傳，首先，在人物塑造方面，王詩琅筆下的故事從陳維英受譏而刻苦勵學終有成談起，側重人物的高風義行、造福鄉里、創義學、獎掖後進不遺餘力的事蹟，且對後進張書紳的小時窮困，多費筆墨去描述，勉勵人不向困境低頭，在江肖梅的故事中，除了描述陳維英知辱而發憤圖強的歷程外，多了陳維英尊師重道的一段，此種寫作風格恐與江肖梅先生為人師的歷程不無關係。[14]其次，在主題意識方面，兩故事版本同樣著重在「刻苦勵學而後有成」的思想主軸上。再者，在情節上，江本與王本較顯著的不同，在於王本無陳維英出生時的降生吉祥之說，不收錄廣為人們津津樂道的思想意識，恐與王詩琅其人的務實寫作風格有關，他不特意強調民間信仰，情節也往往刪落人生負面情境用詞。[15]最後在藝術成就、手法方面，江本採順序法，使得閱讀故事時較容易，故事中放入大量的詩詞，以符合故事角色的文人身分，結尾並以陳維

---

[14]請參見江惟明〈懷念父親〉，收錄於江肖梅著；陳定國插圖，《臺灣民間故事》。
[15]請參見陳勁榛，〈林瑞芳、王詩琅本白賊七故事考論〉，收錄於《海峽兩岸民間文學學術研討會論文集》，頁 118。

英自著的對聯來烘托人物的高潔風格；王本則說明其晚年作文吟詩的生活，並以〈題太古巢〉一詩中的淡泊風範作結。

　　（四）〈鴨母王〉故事敘述清末臺灣民變朱一貴事件，王詩琅在前言中即明白指出此為教化版本，並非史實。王氏以戲謔的筆調去寫鴨母王缺乏見識，不能識賢能者，終招致失敗。在民間尚有不同文本流傳，有朱鋒〈鴨母王〉[16]、涂本〈鴨母王〉及蘇本的〈鴨母王〉，以下分析故事間的異同。

　　在主題思想方面，朱鋒記錄本從水中倒影談起，使鴨母王覺得「天意」欲使自己稱王，而王本將此段置於後，先從時代說起，以利閱讀時對基本相關背景的了解，其後情節與王本相差細微，可說王本前有所承，而潤飾敘述順序。此外，王本尚增加兩小段，即朱一貴登基時「祭告天地列祖列宗和延平郡王鄭成功」的報本忠義形象及四版本中唯一有藍廷珍審問朱一貴時，朱以「興師復國」之大義反譏的情事。涂本則有鴨母王偷聽到地理師和財主的對話，把先父的遺骨挖掘起來，移埋在龍穴位的傳說。王本則分段描述朱一貴的家世，生性豪爽慷慨、具愛國心，常與明朝遺老交遊、高談反清復明理念的愛國者形象，與方志中所載「性任俠，所來多故國遺民、草澤壯士……留宿其家，痛譚王國事」[17]之描述如出一轍，證王氏考證之詳。蘇本則描述朱一貴原是鄭成功的部屬，清兵攻下臺灣後，部屬們紛紛隱居不願投降，當時的臺灣是在知府王珍的殘虐統治下，突顯「官逼民反」的思想。四版本的側重各有不同，涂本從風水應驗的角度描述此一事件的失敗，（其姐後移骨而使朱一貴帝王夢碎）；王本前有承繼朱鋒記錄本，進一步提出一己的想法——肯定朱一貴的民族大義，但又諷其不能有遠大的見識，而有自利的思想，朱一貴把抗清復明運動看作「天意」，他自己又想作「天子」，結果就失敗了；蘇本由當時社會處於暴政下，民反為

---

[16]請參見李獻璋，《臺灣民間文學集》，頁 1～13。後亦被收入巴楚編，《臺灣民間故事選》（成都：四川人民版社，1984 年）。
[17]請參見連橫，《臺灣通史》（臺北：臺灣銀行經濟研究室， 1962 年），頁 775～776。

必然之結果的角度來論述,因此當鴨母王誓師攻打臺南府時,「欽慕鴨母王而來投靠的人日益增加,不到幾天已經數萬人」、「許多受王珍欺詐壓迫的人都來投效」,時勢造就英雄。

在情節結構方面,涂本承朱鋒記錄本,描寫清兵圍剿朱一貴的理由,除民變上報朝廷外,尚有北京欽天監觀星得知有人稱王而發兵的一段故事,而以其姐因鴨母王殺其夫,故懷恨移穴的插話作結。王本以一大段的篇幅描繪朱一貴占臺南府及登基時穿戲服的得意忘形,呼應王本前言中的訓誡意味;蘇本描寫鴨母王揭竿後,勢如破竹稱中興王;隨後加入作者的議論作結,認為鴨母王失敗之因,「為其兵將沒有受過嚴格的訓練及組織」,肯定其反貪官汙吏的精神,不對其被押執回京處死作描述。四者相同的故事情節,皆是鏡中顯影及鴨子聽話排隊的傳說。

(五)〈黃三桂一日平海山〉的故事敘述平定林爽文亂事有功的黃三桂的傳奇。在此篇故事中,黃三桂從小事情窺知林爽文不可共患難,因此王氏雖於行文中表示認同林爽文的民族大義,卻在故事行進間無形流露出對此一民變不表讚揚之意。在民間流傳與王詩琅筆下不盡相同的故事敘述有李獻璋〈一日平海山〉、江肖梅〈黃三桂〉,以下試析其間異同。

在人物設定方面,李本偏重敘說黃得祿的出身奇譚,而非黃三桂的故事。因此可見「一日平海山」用以形容人的功績,可附會於英雄人物身上。清代中期,臺灣由於社會騷動事件頻傳,朝廷時時用兵,因此建立軍功的情形很多,反映在民間故事而流行。故事大意為王得祿為一目不識丁之鄉野村夫,因偷竊而被兄趕出家門,夜裡得廟中白鬚老人指示從軍,因緣巧合從「先鋒旗手」升為統領的故事。這個故事具有傳奇人物發跡歷程、土地公助人受封事蹟、兄嫂友愛之情……等為人津津樂道的主題元素。關於王得祿故事在王詩琅《台灣歷史故事》中亦有〈先鋒旗手王得祿〉,在下一章中將再作深入的討論。

在主題意識方面,江本對於黃三桂多所讚許,故事選取其為民除害,殺地方匪賊的事蹟,對於林爽文此一民變領袖,則以匪寇視之。王本則肯

定反抗異族統治為「革命」，但對林爽文其人持負面評價，故當黃三桂於艋舺阻林爽文進犯時，是謂「建立軍功」的解讀視角。

藝術手法方面，江本與王本在情節推衍上大同小異，然而王本在人物刻畫上較細膩，對黃三桂的聰慧、樂善好施有所描摹，對林爽文攻城掠地的過程，「先攻陷滬尾、士林、擺橋後，又進攻新莊」的戰事推衍過程則敘述詳盡，此外王本在第二段描述民變首領林爽文拜會黃三桂的傳說，從小細節看林爽文的性格。除彰顯其立論嚴謹，恐與王詩琅於1948年任職臺北市文獻會，主編《臺北文物》時，對臺北市郊歷史沿革、重要人物多所關注，蒐集資料有關。

（六）〈黃蘗寺的奇僧〉故事與鄭成功及「天地會」反清復明的民族大義有關。敘述臺南大北門外的黃蘗寺住持和尚武功高強，雖隱身寺廟，仍不忘為民請命，暗中進行反清復明的行動。在民間尚有不同作家筆下的故事流傳，如蘇樺的〈怪和尚〉，以下分析他與王詩琅筆下故事的差異性。

在人物刻畫及情節推衍上，兩版本皆強調奇僧武藝高強，及犧牲自己保全部屬的性格，民間故事的情節十分奇詭，很能引人入勝，趣味盎然。

在藝術手法上，王本由寺院的暮鼓晨鐘氛圍，烘托出靜謐中一股不凡氣勢，文詞典雅，將奇僧塑造成能文善詩、十八般武藝皆會的文武全才，強調其人及知府間的肝膽相照。蘇本並不特意突顯友誼，而讓小朋友從故事中慢慢去體會。王本文末有廟宇的今昔變遷，具有寓教於樂，使讀者認識地方風土的功用。

（七）〈妙計濟貧〉故事敘述清雍正朝淡水廳舉人許超英的傳奇故事，許運用細膩的觀察及機智的應對，從建竹塹城官商勾結貪汙的富豪手中及僭禮、仿宮制建築的富人手中，「募得」金錢賑濟貧病交迫的人民。

（八）〈物歸原主〉故事敘述乾嘉時期助清廷平林爽文叛亂、沿海擾民大盜的大官王得祿家中的一段插曲。敘述一農人狀告大官人嫂嫂的管家侵占土地，智逼原欲吃案的彰化知縣升堂辦理，終歸還土地的故事。在嘉義縣、市所採錄到的閩南語故事集中多有王得祿其嫂仗著財大勢大而占人便

宜的故事。

（九）〈神童救父〉的故事敘述乾隆年間竹塹西門人郭成金智救其父的故事，郭成金一片孝心欲頂替販私鹽的父親受罪，袁同知出對句試其才能，最後惜才釋放郭父歸家，描述故事主角以機智與聰慧自救的故事。

（十）〈義犬護主〉的故事敘述咸豐年間臺灣匪賊橫行時，竹塹城管父張玉湖及其養的流浪狗間的故事。人犬以義相待，人救犬而後犬捨命奮勇咬賊以報恩的地方風物傳說，最後人犬合葬，稱「十三管父的墓」。

在臺灣民間流傳不同情節描述的故事有江本〈十三管父〉，王詩琅故事的思想主軸強調了人犬間的忠義，而江肖梅故事則敘述在竹塹治安的敗壞下，財產、生命不可保，極力勾勒人心惶惶不安的亂世景象，另外，在藝術手法上，王詩琅擅用對話去襯托人物心理，情節緊湊、步步進逼，詳細記述雙方激戰過程，而江肖梅記錄本則簡明扼要交代事件。

（十一）〈七爺八爺〉敘述范無救、謝必安的故事。七爺八爺原是衙門差役，出公差時因天雨使得八爺返家拿傘，留下來等待的七爺謹守約定，抱橋而被淹死，八爺後來上吊而死，以義相從。

（十二）〈水蛙記〉敘述玉枝不嫌貧愛富嫁給窮苦但勤奮的李不直，後來李不直追白兔而得一黑金磚，待要再取時，出現一老人告之財富非其所有，後來夫妻生了一個胖娃兒，祖父取名為李門環才順利取財的「財富天注定」之故事，此故事尚有不同主題思想呈現的版本在民間流傳，分別是江、涂、吳本所記錄、篇名皆以主人翁名為題的〈李門環〉，就思想主題來說，王本刪落了人生的消極面，只說「最要緊的還是在人」，而江本、涂本則表達了「福由天注定」的思想，至於吳本無論用詞、時間、人物、身分……，無一不同於涂本，可說是承涂本而來的一種說法。四版本情節結局變動不大，多以李門環中狀元作結，王本故事中尚有一段敘述，描述李不直富有後，懂得回饋鄉里的情節；涂本則以「不貪圖富貴人家，結果得了好的報酬」來評析此故事。此外，金榮華教授在澎湖所採錄的〈李土〉故事中，李土雖發現滿窟銀子，但土地公告之銀子非其該得而是李門環所

有，後來李土的岳父替孫子取名為李門環後，李土才能拿走銀子。這則故事則可視為「水蛙記」之異文。

（十三）〈新竹城隍救駕〉敘述一個滿清不明年代時候的故事，從「伯」到「公」，使得新竹城隍的位階受封高二級的趣談，故事內容敘述城隍托夢告訴知縣，欲其速速去迎接輾轉流徙到臺灣的滿清皇子，異文有江本〈新竹城隍〉及蘇本〈新竹城隍〉，三故事在敘述上較不同的是，江本以新竹城隍信仰興盛作始，王本於文始則細細介紹城隍的階級：首都的是王，府的是公……然後話鋒再一轉「但新竹城隍卻位階高兩級」而導出故事。三故事主題皆以神明助皇子歸家為主軸。

三、生活故事

生活故事是具有濃厚現實生活特徵的民間故事，沒有魔法的情節，也少瑰麗的幻想，而是直接、具體的表示現實生活，主要透過強烈的現實性、鮮明的對比性、尖銳的諷刺性，構成樸素動人的濃厚特色[18]，使人從淡淡、雋永中細細品味。故事發生地、時間……的設定多半只有一個模糊的影子，有時僅以「古時候臺灣」作交代，另外還有解釋俗諺的故事。此類故事包括〈傻孩子的故事〉、〈巨人國〉、〈邱罔舍的故事〉、〈無某無猴〉，以下分別論述之。

首先，〈傻孩子的故事〉敘述陳大憨的系列故事群。陳大憨要找回母親欲製新衣的白布，搶送葬人頭上的白布被毆，母親告訴他，此時應請對方不要傷心，其後傻孩子遇迎親隊伍勸其不要傷心又被毆，而後歷經失火、打鐵匠打鐵、兩人打架……的情況皆言不合時宜，最後擋在兩條水牛間「勸架」，終受傷而死。愚昧而不知事理，不懂變通會遭到失敗。傻孩子的故事在民間有不同敘述的故事流傳著，如王詩琅自己較早期的版本〈陳大憨〉[19]及吳瀛濤〈陳大憨〉的故事，以下試比較他們的異同處，在人物刻畫

---

[18]請參見劉守華、巫瑞書主編，《民間文學導論》（武漢：長江文藝出版社，1997年），頁255。
[19]請參見李獻璋，《臺灣民間文學集》，頁168～175。

上，全集中的〈傻孩子的故事〉與王詩琅〈陳大憨〉相較，少了早期記錄本中極力描述陳大憨家屋破壁裂的貧窮慘狀、其父卻是「世上罕見，不貪不取、誠實無比的忠厚人」一段，刪除其家忠厚卻不得子嗣傳香火的境遇，刻意沖淡悲調及刪除價值信仰與實際生活的衝突。在系列情節上，王詩琅〈傻孩子的故事〉與吳瀛濤〈陳大憨〉的故事差異不大，只在結尾時，王詩琅以「這可憐的傻孩子就此死掉了」作結，因此行文中多以帶著同情的口吻敘述事件，而吳本於文末則反思「傻人有傻福」這句俗話，留給讀者想像及思考空間。此外，在其他角色的塑造上，王詩琅〈陳大憨〉中的父親角色在〈傻孩子的故事〉時變為母親一角，王氏後出本中的母親形象始終是好言相勸、耐心教導者，而在吳本，每發生事件，大憨回家是向「父親」哭訴的，父親由好言勸導到禁止其出門惹禍，合乎閱讀者對事件的評述，作者在敘述時會插入自己的議論，例：「真是傻瓜極了，連出葬和迎娶都分不出來。」相較下，王本對主人翁多一份溫情。

再者，〈巨人國〉故事敘述聰明的年輕人偷聽一對夫婦的談話後，假冒佛祖促成一段姻緣，後來在熟雞中藏毒藥，智殺老虎，最後造三尺大的草鞋，排放於沿海，使敵人不敢來犯。

至於〈邱罔舍的故事〉則是一則在臺灣家喻戶曉的故事。描述邱罔舍的胡來讓大、小孩受苦的一系列故事群，故事主人翁最後病死，王詩琅著重其愛捉弄人且可惡的本質去描述故事。在邱罔舍一系列故事中，不同小故事的擷取塑造了主角不同的形象，主角捉弄人的動機有為了娛樂者，因此這類故事在惡作劇後往往會有所補償，例如「元旦穿麻衣」的故事，麻衣後會綁著銀元，使人破涕為笑；另外還有與人打賭後，為了表示自己的能力者，例如戲弄理髮匠、少女的故事，這類型故事將其形象塑造為老是做缺德事、騙人的無賴；再則尚有為了報復與其有過節的原因者，如戲弄柴販的情節；還有應別人要求者，此時對象常常是父親，捉弄父親的行

徑，塑造了一個不孝的頑劣子弟形象。[20]

　　在臺灣民間流傳的邱罔舍故事眾多，如李獻璋編《臺灣民間故事》、江肖梅〈邱懵舍〉、文麗〈邱妄舍的趣事〉[21]、〈謝能舍〉。不論邱懵舍、邱妄舍……音雖不同，皆指同一人[22]，以下分別比較這些故事間的異同。

　　毓文、守愚、點人、獻璋所著之〈邱妄舍〉[23]先述說邱妄舍的出生傳說，其父殺鱸鰻的因果故事，擷取流傳在人們口中一系列戲弄人故事，包括剃頭師、摸少女、糊紙匠……，最後以「不凡之人必異其死」作結。偏重邱罔舍的奇人異事，無道德說教及譴責意味。王詩琅在這個廣泛流傳的故事中則無此出生、因果、復仇的宗教情節，轉而將之附會於「百萬富翁周廷部」故事中，為兩者間顯著的不同之處，從另一角度觀之，亦可說人們傾向於將主要、膾炙人口的故事情節留存於記憶中，並附會於不同人物身上。

　　江本、王本對邱罔舍捉弄人的故事選材不同。王本認為邱罔舍的聰明、富有，但胡作妄為，所以狠狠打了小孩子兩巴掌，讓小孩子被打得哭回去，像在辦喪事一樣，而不似江本爽快地分發銀元。簡言之，江本筆下的邱懵舍所開的玩笑是無傷大雅的，到了王本筆下則令人覺得可惡，文麗亦刻畫邱妄舍人人唾棄的行徑，最後死在路上，所以選取故事不同，造成讀者感覺亦不相同。江本邱懵舍懲罰貪心者，近乎機智人物。結局最特別者為一篇〈謝能舍〉[24]，不見浮屍卻見木雕伽藍爺浮在水上。在 1957 年，張深切曾改編邱罔舍故事為電影，劇中人物形象機智而不使人生厭，有自己的人生哲學，且表現出臺灣人應獨立，並擁護臺灣民主共和國，並教人

[20]請參見林培雅，〈從邱罔舍論機智人物的雙重形象〉，收錄於清華大學中文系主辦、胡萬川總編輯，《臺灣民間學術研討會論文集》，頁 244～246。

[21]請參見文麗，〈邱妄舍的趣事〉，收錄於婁子匡編纂，《臺灣民間故事》（臺北：東方文化書局，1971 年）。

[22]請參見譚遠琴，〈臺灣地區箭垛式人物邱罔舍與李文古故事之比較研究〉（花蓮師範學院民間文學研究所碩士論文，2002 年）頁 19。

[23]請參見李獻璋，《臺灣民間文學集》，頁 142～167。

[24]請參見婁子匡編纂，《臺灣民間故事》。

募捐資金、買軍器來抗日的正義之士形象。[25]此劇並獲第一屆影展金馬獎。
民間故事的多樣性及豐富性，表現於角色的個性可南轅北轍，人物未被單
一化，而是具對立性、雙重性的正負形象中。[26]

　　邱罔舍形象以負面居多，到了後來因時代因素，而有摻雜正面形象的
情形，其後甚至有以正面形象為主軸的版本出現，學者林培雅即認為邱罔
舍的正面形象是從負面形象轉變而來的，且進一步指出在臺灣、中國大陸
變化的原因皆為時代因素，在臺灣電影戲劇中，常把邱罔舍形塑為懲奸除
惡、為民伸張正義的義士，例如張深切懷抱改造臺語電影的使命而改異其
形象，在中國大陸則對故事進行改造、加工以符合「為人民服務」、「愛護
人民」的精神。關於此機智人物雙重形象產生的原因是因為機智人物性格
中帶著玩世不恭、嘲諷世俗社會的眼光，因此行事風格亦正亦邪；此外機
智人物故事呈現重點為「機智」的展現，而民間對這類故事的要求首重趣
味、娛樂性，因此只要主角能展現幽默滑稽又不對社會造成危害，不管
正、負形象，人們還是會接受。[27]學者研究重心除情節結構、特色、溯源
外，亦有與同類型人物作比較者，例如同被認為與徐文長有關、流傳在客
家族群中的另一機智人物——李文古，此外另有流傳於黑龍江、朝鮮族的
金善達故事及內蒙古人物巴拉根倉故事群及雲南白族流傳的「艾玉的故
事」，故事中有利用語意造成混淆的「要不要」情節及艾玉為老財主剃頭修
面的懲治故事，與「邱罔舍」的剃鬍子故事有異曲同工之妙。民間故事的
情節往往有其生活背景作基礎，不同流傳區域會改變情節使之符合該區文
化。[28]

---

[25]請參見張芳明、張炎憲、邱坤良、黃英哲、廖仁義主編，《張深切全集·卷 7·邱罔舍》（臺北：
文經出版公司，1998 年），頁 286～288。

[26]請參見林培雅，〈從邱罔舍論機智人物的雙重形象〉，收錄於《臺灣民間學術研討會論文集》（南
投：臺灣省政府文化處；新竹：清華大學中國文學系，1998 年），頁 243。

[27]請參見林培雅，〈從邱罔舍論機智人物的雙重形象〉，收錄於《臺灣民間學術研討會論文集》，頁
249～255。

[28]請參見黃玉鍛，〈從澎湖甘羅的故事看民間文化對故事情節的影響〉，《砭砭石》第 29 期（2002
年 12 月），頁 30。

最後，〈無某無猴〉故事名稱後來衍生成一句臺灣俗諺，敘述耍猴戲者藉猴子的幫助而獲如花美眷後，竟忘恩負義殺猴取心救妻，其妻失望而自盡的故事。這種向求婚者出難題，檢驗求婚者能力的文化形象，在中國民間流布很廣，不僅大量見於民間文學、民俗資料，也在人們口頭傳承，其中隱含了中國傳統社會中男女結合的理想前提：男女分別以「才」和「貌」實現自身價值。「郎才」要充分實現自我，需要為世所用，往往意味著出將入相；而「女貌」要充分自我實現，有賴於將「郎才」轉化為「夫榮」，進一步獲得「妻貴」。[29]〈無某無猴〉故事女主人翁體現了女子在夫無才德之下，毅然自盡的魄力與控訴，就某一方面而言，她擺脫了傳統女子依附的角色，將「女才」的價值突顯出來，也將「女才」與「男德」的重要性等同起來，此即為此故事的深刻動人之處。這個故事與中國大陸流傳於湖北的「生死結」故事只在前半部相同，至於後來敷衍的情節、主旨皆不同，可見民間文學的富於變化。「生死結」故事敘述一戶人家將女兒許給三家男丁，老人智擇女婿的故事。

在臺灣民間流傳著不同情節敘述的故事，江本、涂本、吳本皆有同名之異文，王本中心思想在於人不可忘恩負義、無情無義，和涂本相較，涂本明顯與日本童話故事《竹取物語》有關，具有童話色彩，砍樵夫妻向月亮禱告求子後，先生從竹子裡救出二寸大的矮小姐，後來情節複合了選婿故事，最後回到月宮。《竹取物語》是以中國同型故事，如收於晉代《太平御覽》一書中的〈鵝籠道人〉志怪故事為素材來源進行改編的作品，也是最早以中國民間故事為原型改編的最好的故事，時間可以追溯到東晉時，人在籠中吐人的情節，很容易演變為籠中誕生的情節，由竹籠進而推至它的原料「竹」，烏丙安先生的研究亦認為藏族故事〈斑竹姑娘〉與《竹取物語》是來自同一祖型[30]，由此例子可說明中日兩國在地理位置接近、長期書

---

[29]請參見譚學純，〈一個同源假說及其驗證〉，《民間文學論壇》1994 年第 1 期（1994 年 1 月），頁 8～13。

[30]請參見繆亞奇，〈可供對比的竹籠故事〉，《民間文學論壇》1986 年第 1 期（1986 年 1 月），頁 30～32。

面文字流通的相互渠道中，顯現在文化上的浸潤與影響。至於吳本則為另一種說法，一男子逛市集，見雜耍者的猴子賺了很多銀兩，利慾薰心將妻子換與耍猴者，最後猴子咬斷繩子逃走，妻子也離開了他，不同情節可見民間文字的變異性，以及經人們之口增省故事的生動特質。

四、幻想故事

幻想故事是民間故事中幻想成分較濃的故事類型，有別於現實性強的生活故事。在王詩琅《台灣民間故事》一書中屬於這類型的故事有〈虎姑婆〉、〈白賊七〉、〈乞丐朋友〉、〈紙姑娘〉、〈狐狸精報恩〉，以下分別論述之。

〈虎姑婆〉又稱老虎外婆故事，敘述老虎化為人，騙取兩姐妹的信任，夜間吃掉姐姐，幸賴妹妹機警用計殺死作惡老虎的故事，此故事具明顯誡訓意味，著重於讚揚人們的機智與勇敢。此故事流布區域甚廣，普遍存在於各地民間故事中，在中國大陸老虎精也作狼精、熊精、狐狸精、猩猩精、野人精、鴨變婆等[31]，少數民族卑南族的「熊外婆」故事，同樣以「狼外婆」、「虎外婆」、「熊外婆」的名稱流行於大陸，《中國民間故事類型索引》一書列為 333C 型。[32]關於虎姑婆故事，較早的書面記載為清康熙年間，流傳於安徽，而由黃承增輯、黃之雋撰錄的《廣虞初新志》中的〈虎媼傳〉，結局為人所救，故事情節為姐弟兩人去外婆家送棗，遇老虎精，後來姐姐發現有異便逃出躲在樹上，姐罵虎媼，虎媼怒而去，姐被挑擔人救後在樹上留下衣服，虎媼領二虎回，二虎以為被騙，便咬死虎媼。而現今流傳的版本結局多為故事主人翁自救，突顯人物的智取及勇於突破困境。故事流傳後基本情節往往相同，只是細節有些變化。中國大陸地區有流行於內蒙古，故事敘述「狐狸精」吃一婦女，喬裝成她的樣貌來吃婦人的三

---

[31]請參見姜彬主編，《中國民間文學大辭典》（上海：上海文藝出版社，1992 年），頁 534。
[32]請參見劉守華，〈閩臺蛇郎故事的民俗文化根基〉，《民間文學論壇》1995 年第 4 期（1995 年 8 月），頁 19。

個女兒，小女兒讓狐狸入家門而被吃掉，大女兒、二女兒藏於樹上，後得喜鵲之助而摔死狐狸精。[33]此一吃婦女的情形在〈熊外婆〉中亦有出現。另有流傳於河南，強調「動物變形」的故事，有個大娘去看外孫，後被狼精所食，大姐見牠臉上無痣，二姐見牠白腿上沒扎腿帶，不肯開門，狼外婆見狀「變形為人」，使三妹受騙開門，後來三人發覺有異，爬上大棗樹，將油倒在樹幹時，使狼爬不上去，三人謊稱要助其上樹，最後三人放手將其摔死。另有一則流傳於四川的故事，母親拜訪親戚，留下金花、銀花，熊精變成外婆來尋，吃了銀花，金花機警爬上樓躲避，滾動油罐子弄出雷聲，使熊精害怕，躲入大木櫃裡，金花反鎖房門澆下沸水燙死牠。[34]此故事的「金花」、「銀花」名字被臺灣所流行的同類型故事沿用。綜觀此一故事群，動物皆取凶暴可怕形貌者或狡猾性格者，王詩琅記錄本故事主人翁名字及情節皆在上述三個流傳本中可尋得，亦可見民間故事在口頭傳播的方式下千姿百態的面貌，傳播者會擷取符合自己生活、風俗及認知的部分，加以加油添醋或改造。

　　在片岡巖《臺灣風俗誌》中有一則〈虎姑婆〉[35]的異文，敘述母親返家後，將熱油倒在虎精身上，而救了兩兄弟的故事，故事簡單應為早期的版本。此外，故事異文尚有江、涂、吳的記錄本，以下分析比較它們之間的差異性，首先，江本極力勾繪孤單可憐的家境；王本則極力塑造孩子的孝心，因怕媽媽在門口等太久而開門，後來仍然機智勇敢地戰勝吃人的妖怪。再者，江、涂、吳記錄本中都指出孩子的名字，一為「阿金」，一為「阿玉」，只有王本未言及此。最後，在故事情節設定上，江本虎姑婆自發性地選擇與姐姐睡，王本「妹妹覺得心生懷疑睡隔壁房間」，因此避免殺戮的可怕畫面，照顧了讀者群的心理，也避免江本中對兩個小孩孤單的情境描述用詞，而聚焦於妹妹的警覺性上。此種寫作風格，誠如學者陳勁榛在

---

[33] 請參見姜彬主編，《中國民間文學大辭典》，頁 535。
[34] 請參見姜彬主編，《中國民間文學大辭典》，頁 535～536。
[35] 請參見片岡巖著；陳金田、馮作民譯，《臺灣風俗誌》（臺北：大立出版社，1981 年），頁 46。原載於大正 10 年《臺灣日日新報》。

研究王詩琅刪文章的標準時所說，少年讀物不宜出現太過粗暴不雅，及太逼真露骨的人事描寫。[36]此外吳本不論人物塑造、用詞、故事背景生平與涂本有驚人的相似，只在文詞上多加了一、兩個字，例涂本：「女孩逃了。」吳本：「女孩再逃也逃不了。」可見吳本前有所承。

　　值得一提的是吳瀛濤記錄本在文末記載了關於「虎姑婆」另一則故事：此時姐妹倆身分設定為孤兒，虎姑婆搖動姐妹藏匿的榕樹時，姐姐哭著唱：「黑雲是爸爸，白雲是媽媽」後，黑、白雲來載兩人升天，最末一句：「可憐的姐妹倆都被列入七娘媽。」此故事可見於日據時期《華麗島民話集》[37]一書中，故事中帶著神奇力量、想像力的馳騁及宗教色彩，頗有中國大陸地方民族風格。也說明了民間故事不會因交流而使民族特色消失，反而會因加工而表現出各族生活、心理、語言、傳統等文化特色，使故事更顯得豐富多姿。[38]

　　其次，〈白賊七〉故事敘述臺灣某地方一個喜歡說謊的人，一系列騙人的謊言故事群。從日據時期開始，即有民間文學工作者記錄、改寫此一故事，施翠峰的記錄為彙整日據時期及民國 40 至 50 年代版本的結果，而林藜記錄本則是近代的異文。歷來研究白賊七故事的流布情形、結構的增減（如加入輪迴轉生的身世或結局下場）、故事特色或人物形象者眾多，亦有與其他地區所流傳的機智人物故事作一比較研究者，如蒙族的巴拉根倉及維吾爾族的阿凡提。白賊七故事原是流傳在中國大陸地區的故事，屬「機智人物故事」，浙江的徐文長故事群被認為可能為白賊七故事原型[39]，徐氏口才極佳、思緒清晰、善於利用推理邏輯能力，使人不得不服。陳兆南先

---

[36] 請參見陳勁榛，〈林瑞芳、王詩琅本白賊七故事考論〉，收錄於《海峽兩岸民間文學學術研討會論文集》，頁 120。

[37] 請參見西川滿、池田敏雄著；致良日語工作室編譯，《華麗島民話集》（臺北：致良出版社，1999 年），頁 29～31。

[38] 請參見林武憲，〈民間故事的文化透視〉，《精湛》第 19 期（1993 年 7 月），頁 70。

[39] 請參見江肖梅，《臺灣民間故事》，後收錄於婁子匡編纂，「國立北京大學中國民俗學會民俗叢書」，冊 118～120。亦可見於江肖梅著；陳定國插圖，《臺灣民間故事》。另有學者施翠峰、彭衍綸則概略指出臺灣故事白賊七是源於福建白賊七仔的故事。

生則認為泉廈地區「佬仔青」的故事為白賊七故事的源頭，並認為從「佬仔」到「白賊」語異同而用詞異及「青」到「七」的聲韻變化，是經過幾段變化而形成今日樣貌。[40]王詩琅記錄本中有戲弄橘子三、豬販、叔父落水、嬸母被火燒死、寒暑寶衣、趕鴨老人、龍王蝦兵蟹將及尖頭魚將軍的行騙故事，最後被火燒死。這一故事在不同地域流行的故事情節及人物名稱不盡相同，各地流布極廣，數量也很大，故事往往由一個個故事群落所組成，小故事間前後有關聯，又各具相對獨立性，進一步來說，各個故事之間在故事主角及其機智施予的對象、故事發生的時間及因果關係等方面，有前後連接、一脈相承的關係，但故事情節卻是完整的，可以單獨拆開講述的，它的藝術魅力不在故事起始的交代和鋪墊，而在於故事情節的轉折跌宕[41]，故事主人翁對於道德和社會秩序是不服膺的，往往有之常人所沒有的特殊能力和神性，能夠與超越人們智慧的神仙鬼怪世界相感應接觸，往來其間。[42]在中國大陸地區流傳著治財主的故事，利用假寶物如火龍衣、萬里羊、會生出食物的鍋、碗及活人棍……而使地主受騙的情節。[43]這類型故事主題側重及中心主旨皆異於臺灣地區，基本上將惡財主與一般善良人民對立來看待，顯示其為人民出一口氣的解讀角度。

　　在民間流傳的不同故事為江本〈白賊七〉，以及收錄於婁子匡主編的民俗叢書中署名林瑞芳版本的〈白賊七〉，以下比較王詩琅、江肖梅、林瑞芳筆下故事的異同。

　　人物塑造上，江本呈現一個突出的無賴形象。系列情節單元相似，只是小細節描述稍異；用詞上，江本有鄉野情調，王本則顯得文雅具文人風格；末了江、王兩本皆以白賊七被火燒死作結，誡人勿作惡多端而自招其害。至

---

[40]請參見陳兆南，〈「白賊七」故事研究〉，收錄於《臺灣民間文學學術研討會論文集》，頁 236～238。

[41]請參見林如求，〈福建機智人物故事略談〉，《民間文學論壇》1992 年第 6 期（1992 年 9 月），頁 48～50。

[42]請參見鈴木健之著；賴育芳譯，〈機智人物故事筆記〉，《民間文學論壇》1984 年第 2 期（1984 年 4 月），頁 64。

[43]請參見姜彬主編，《中國民間文學大辭典》，頁 603。

於林瑞芳本與王本相較，陳勁榛認為根據兩者間背景、用詞雷同，可見林本是王詩琅本的範本，但王氏在節略時對林本的內容作了一些更動，刪除人生負面的情緒用詞，且大段刪略林本中與主旨較不相關的身世、背景介紹，以符合民間故事重點在於敘述事件而非抒情描寫的寫作原則。[44]

再者，〈乞丐朋友〉敘述「命運」的故事，人們從自然現象觀察到枝葉若枯黃零落，通常與日照不足有關，人們據此引申出樹葉缺乏日照為命中所注定。民間故事中將樹葉擬人化[45]，故事有關兩個乞丐好友太陽偏和枝無葉的故事，太陽偏和枝無葉不甘一輩子乞食，後太陽偏因神奇際遇而娶妻，並從金、銀鬼處得財，而枝無葉因不習慣穿上暖和的衣服，且將太陽偏包在食物中給他的銀子送給別人，注定乞食命，表達了「財富天注定」的命定觀。流傳於民間的故事有江本〈太陽偏和枝無葉〉、涂本〈乞食命〉、吳本〈太陽偏和枝無葉〉，江本多周遭環境的摹寫，王本特重人物間的友誼，至於涂、王、吳本在背景用詞、系列情節多相似，另有一則由周青樺先生，在新竹湖口一帶所蒐錄的客家故事〈九世窮〉，客家故事中增加了風水傳說；閩南人說的則是「命運」故事。[46]彼此間細節差異不大，因此筆者推測此故事說法是一種普遍流傳、被人們接受的傳播樣貌。

至於〈紙姑娘〉故事是以臺灣賭風盛行的社會背景為基礎，描述行善獲好報的故事。內容敘述好賭青年善心埋葬被盜墓的屍體，後來得到真人為妻並改掉惡習的故事，江本〈娶紙妻〉故事主題同是說明此一因果報恩功德的故事，只是王詩琅更著重描述年輕人救濟窮人而得善報的積極意義。

最後，〈狐狸精報恩〉故事是敘述古時臺灣樵夫阿南請狐狸精喝酒，狐精感恩助其發跡的民間童話故事。流傳於山東的〈狐狸仙〉故事，亦是敘及嗜飲的狐仙與楊五成好友後，助其娶妻，實現其人生願望的故事，但最

---

[44] 請參見陳勁榛，〈林瑞芳、王詩琅本白賊七故事考論〉，收錄於《海峽兩岸民間文學學術研討會論文集》，頁100～123。

[45] 請參見李嘉惠，〈臺灣閩南語故事集研究〉（臺北市立師範學院應用語言文學研究所碩士論文，2002年），頁172。

[46] 請參見婁子匡，〈序〉，《臺灣客家俗文學》（臺北：東方文化供應社，1987年）。

後狐狸因好友救己而慚愧不已進而上山學藝。

　　幻想故事亦屬於民間童話的範疇，故事中帶著神奇的思維、奇異寶物，頗能引人入勝。〈狐狸精報恩〉中狐狸幫助人類、〈紙姑娘〉為報恩附身紙上與男子婚配的故事軌跡皆見錄於《聊齋》，以下分別論述之。《聊齋誌異》卷二〈聶小倩〉欲報甯生「囊妾朽骨，歸葬安宅，不啻再造」之恩，於是「請從歸，拜識姑婔，媵御無悔」，最終助甯采臣登進士，子嗣滿堂。[47]故事滿足人們對理想人生狀態的冀求，也滿足對女子要求「美而無害」的文化心理傾向。這種「人鬼夫妻」型的故事，源自對美好婚姻的追求心理，顧佳希在〈生與死的戀情——「人鬼夫妻」型故事解析〉一文中說到：

> 當人們追求美好的婚姻心態與神仙觀相結合，就產生了人與仙侶婚戀故事；與古老的變形觀念相結合，就產生人與動植物婚戀故事；當它與人們頭腦中早已存在著的鬼文化觀念相結合，也必然產生「人鬼夫妻型」故事。[48]

他為中國異類婚姻故事的文化心理提供一個解析的角度。這樣的主題也淵源自人們對「女有歸」的社會安定需求上，使得女子身分獲得男性社會的認同，並享有祭祀之儀，不致形成不安定的力量而作祟人間。至於〈狐狸精報恩〉故事，源自中國北方民間狐狸信仰有很長的歷史傳承，魏晉以後狐的傳說成為志怪小說的內容，西晉郭璞《玄中記》中的狐有法術，能幻化為人，他們能助人懲惡、又知情義恩報。至唐朝，信狐之風更盛，到了明清，民間狐仙堂遍布，《聊齋誌異》卷三〈酒友〉是寫狐狸與人類為友，患難相助，因為狐狸的先瞻與預知能力，叮囑他的人類朋友及時種麥種

---

[47]請參見蒲松齡，《聊齋誌異》（臺北：三誠堂出版社，2000年），頁118～120。
[48]請參見顧佳希，〈生與死的戀情——「人鬼夫妻」型故事解析〉，《民間文化》2000年 Z2 期（2000年12月），頁18。

稻，使得朋友生活無慮。《聊齋》中的狐精並不讓人覺得恐怖，而是富有恩情正義的，主要是蒲松齡為了宣傳民間信仰中的善惡報應思想。[49]

　　在豐富多采的漢族民間童話裡，有表現人類征服自然的故事，也有通過折射社會生活表現真善美與虛假醜陋間激烈競爭的故事，如〈虎姑婆〉、〈白賊七〉等，也有表達人們對美好未來的憧憬及想望的故事，如〈乞丐朋友〉、〈紙姑娘〉、〈狐狸精報恩〉等故事，漢族民間童話在藝術表現上具有一般民間童話的特徵，故事講述家們緊緊把握住幻想的邏輯，以曲折動人的情節編織著饒有趣味的故事。與少數民族民間童話相比較，漢族民間童話在藝術表現上具有許多突出的特點，一、執著於現實人生的幻想。民間童話是具有幻想性的民間故事，沒有幻想便沒有民間童話，幻想是讓想像自由飛翔，盡情傾洩著人們的情感，由於漢民族傳統文化所具有的實用理性及形成民族性格中的重人際、內傾性等特點，使得漢族民間故事中的幻想性與現實性保持著極緊密的關係，得仙求道、獲得神仙美眷、擁有寶物都是為了實現追求現實的幸福為目標。民間童話是以少年兒童為主要接受對象的幻想故事，當講述家懷著教育目的實行故事的選擇時，這些童話故事的教訓性顯得更為突出，並以儒家的精神為闡述的核心。因此，漢族民間童話往往實虛相錯，浪漫的幻想超越不出現實社會人際的界限，感情的宣洩也受到一定程度的約束，與少數民族的民間童話相較，漢族的幻想故事更令人有溫情脈脈與執著現實之感。漢族民間童話的特色之二，為道教對漢族民間童話的影響深遠。舉凡神仙故事、上天入地入龍宮、仙怪魔法、道教的法術等，都擴大了民間童話的題材，豐富了人物。三、書面文學的記錄使得漢族童話的變異較少，呈現較固定的樣態。四、漢族民間童話與其他民族間的交流頻仍，尋根溯源，許多流傳於漢族間的童話原型並不在漢族，然而流傳到了漢族居住地，這些故事在環境的描寫、人物性格的刻畫及風情習俗的表現上都具有漢民族鮮明的特色。反之，也有漢族民

---

[49]請參見顏絹純，〈《聊齋誌異》民間童話考論〉（花蓮師範學院民間文學研究所碩士論文，2003年），頁152～154。

間童話在少數民族地區流傳變異者。各民族文化的互相交流，豐富了不分國界、地域的民間文學。[50]學者鍾敬文整理前人研究，歸納出中日兩國同類型民間故事，除了「里正變作猴子的故事」即「中國型惡家婆被罰變成猴子型的故事」外，尚有「竹取物語」相似於「中國西藏的竹姑娘型故事」及「天賜金鎖鏈」同型於「中國的老虎外婆型」故事，說明中日兩國在地域位置接近，經長期歷史、文化、文書流通傳播的渠道中，彼此相濡以沫，尤以民間故事方面的關係更具代表性。[51]

由上述分析可大致了解王詩琅收錄作品時的原則，以有功於人們文教的人物事蹟及道德勸化為主題，冀望讀者從中受到感召，能興起效尤之心，具有濃濃勸人為善以及化民成俗的意含，此外，王詩琅於故事中，往往增加事件的歷史知識背景及刪除悲觀情調的寫作風格，在在無一不在為小讀者種下良善、純美的生命種子。

——選自卓英燕〈王詩琅《台灣民間故事》作品之研究〉
花蓮師範學院民間文學研究所碩士論文，2005 年 6 月

---

[50]請參見賀嘉，〈關於漢族民間童話〉，《民間文學論壇》1991 年第 5 期（1991 年 9 月），頁 44～46。

[51]請參見鍾敬文，〈中日民間故事比較泛說〉，《民間文學論壇》1991 年第 3 期（1991 年 5 月），頁 5～8。

王詩琅廣東八年考（節錄）

◎譚冰清*

一、王詩琅與《廣東迅報》

《廣東迅報》概況

　　1937 年 10 月 21 日，日軍入侵廣州。為了滿足其奴化宣傳的需求，派遣日人唐澤信夫開辦《廣東迅報》。[1]1938 年 12 月由日軍報導部出頭，占領光復中路《國華報》的廠房及其設備供《廣東迅報》辦報，之後又攫取了《星海日報》的資財發展壯大。

　　《廣東迅報》於 1938 年 11 月 7 日創刊，最初每五日出版一次，每次出紙四頁，僅有各項軍事消息和政治宣傳，沒有副刊。1939 年 1 月 14 日，改為三日刊[2]，2 月 1 日，改為日報。同年，7 月 23 日擴充篇幅，每天出紙六頁，並將文藝欄改為「消閒世界」，之後將「消閒世界」改為「曙光」與「新樂土」兩欄，之後又將「曙光」改為「說部」。[3]1941 年 12 月增

---

*發表文章時為廈門大學臺灣研究院文學所碩士生，現為文化傳播行業從業人員。

[1]鄭廣忠，〈淪陷時期廣州敵偽報業〉，原文載於《廣東文史資料‧第 18 輯》（廣州：中國人民政治協商會議廣東省委員會文史資料研究委員會，1965 年）。

[2]此事在抱公〈本報創刊之經過概況〉中也提起，但由於報紙模糊，分不清是「二」還是「三」，根據筆者判斷，更傾向為「二日刊」，但基於其他文章皆採用三日刊的說法，這裡也採用三日刊說法。

[3]抱公，〈本報創刊之經過概況〉，《廣東迅報》，1939 年 11 月 11 日，3 版。抱公應為筆名，鄭廣忠在〈淪陷時期廣州敵偽報業〉文中提到，「報社中除唐信夫外，還有臺灣人數名和廣東人一名。臺灣人內有一姓鮑的，負責總務之責。這人一直在該報工作未他調，故我與之相識。那個廣東人名顏抱非，擔任編輯，他是漢奸區大慶介紹到迅報的。在偽廣州治安維持會宣告成立，區大慶掌握了實權之後，他被調到維持會去了。」結合抱公在〈本報創刊之經過概況〉中自述，1938 年 11 月經人介紹認識唐信夫，受唐信夫囑託協助辦理《廣東迅報》，推斷抱公可能是鄭文中提到的鮑姓臺灣人。

出《廣東迅報晚刊》，1945 年 8 月 15 日停刊。

　　《廣東迅報》隸屬日本善鄰會，是日偽宣傳的喉舌，大力鼓吹「東亞和平」、「皇軍威武」。在這樣的背景下，不難想像這份報紙的整體基調。根據鄭廣忠先生的〈淪陷時期廣州敵偽報業〉[4]介紹，當時的報紙一般分為四版：第一版為「電訊」，包括國內外和省內的時事新聞，並有社論，時事新聞一般採用通訊社的電訊；第二版為「小品文」，亦即副刊；第三版為連載小說；第四版為「本市新聞」及「四鄉通訊」，包括市政、司法、經濟及社會新聞等，有的還有「商情行市」。作為當時在廣州市內發行量最大的報紙，《廣東迅報》的版式基本與上面的介紹一致。最常見的為六版，第一版為電訊，包括社論，與其他報紙不同的是《廣東迅報》的時事新聞是由報導部發來的「特訊」。第三版為本市新聞，第四版為「曙光」文藝副刊、第六版為「新樂土」文藝副刊，第二版和第四版則為國際國內新聞等。除了六版外，四版的為次常見版本，第一版為電訊，第二版為國內外新聞，第三版為本市新聞，第四版為「新樂土」文藝副刊。

　　那麼，《廣東迅報》的編輯與作者群體又是怎麼構成的呢？社長由日本人唐澤信夫擔任，署名唐信夫。迅報的總編輯是臺灣人林寶樹，另以曾任香港《華僑日報》和廣州《大中報》總編輯的陳武揚為外圍主筆，特約撰述社論。編輯方面，一般由「治安維持會」推薦，主編社會新聞版的是李倔，小說版為潘顯，小品版為張文彬。各部門的記者除了臺灣人外，都是登報招來的。王詩琅在《廣東迅報》工作期間，最初從事採訪工作，後來轉任編輯，主要負責國內新聞版塊。[5]

　　社論部分最能體現報紙立場。茲將部分社論摘錄出來，作簡要分析。

[4]鄭廣忠，〈淪陷時期廣州敵偽報業〉，《廣東文史資料・第 18 輯》。
[5]劉靜娟在其文章〈永遠的漢民族──訪王詩琅老先生〉(《中央月刊》第 14 卷第 7 期，1982 年 5 月，頁 82) 中提及王詩琅在廣州期間任《廣東迅報》編輯，編國內新聞版。劉為臺灣人，結合其文章發表的時間 (1982 年)，推測其口中的「國內」應該指的是大陸。但《廣東迅報》並無國內新聞專版，只有第三版為「本市新聞」，國內新聞和國際新聞多一起混合刊登於第一版和第二版。因此無法根據這句話縮小範圍，仍需對報紙作全面考察。

署名為「寶」的文章〈中國亟應息戰言和之主張〉[6]，親日言論明顯。這篇社論發表於 1939 年 6 月 21 日，正是日本全面侵華的時期。在這篇文章中，作者開篇就擺出了一番「大」道理，「主持軍國大計者，對於攻守和戰之道，須著為審時度勢。當攻則攻，當守則守，當和則和，當戰則戰。故攻無不克，守無不固，和無不利，戰無不勝」。然後開始具體分析中國目前的情況：「中華立國於亞洲大陸。東邊與日蘇兩邦比鄰。西南與英法領屬接壤。英法為白色帝國主義之國家，蘇俄為赤色帝國主義之國家，對華均虎視眈眈……然則日本國家是中國之良友也，英法蘇俄是中國之仇敵也。」先是「曉之以情」，接著「動之以理」，開始強調日本強大的國力，「中國對日可親而不可仇，可守而不可攻也」。最後「誘之以利」，逐條闡述中國與日本合作的「好處」：一是可肅清東洋之赤禍，二是可開發中國之富源，以安定東洋，使中日兩國皆受其利。所以，聯俄容共求援於英法，是引狼入室與開門揖盜，而中國應該有「明賢」對於和戰之道，審察厲害得失，一致擁護息戰言和之主張。

發表於 1939 年 8 月 9 日的社論〈二次歐戰的責任問題〉[7]一文也同樣可以看出這份報紙的立場。1939 年 9 月 1 日，德軍突襲波蘭，英法對德宣戰，第二次世界大戰爆發。眾所周知，這是一場全世界反法西斯同盟反對法西斯主義的正義之戰。軸心國德、義、日結成法西斯同盟，侵略其他國家。在這樣的背景下，英、法、美、中等國家聯合起來反抗，最後取得了戰爭的勝利。〈二次歐戰的責任問題〉討論的就是第二次世界大戰的責任方問題。這篇署名為「長」的文章，在首段這樣寫道：「這次歐戰爆發，德國與英國為難，迫得英國忍無可忍，對德宣戰。可以說，是英國自食其果，因為戰後德國復興的迅速，完全是英國養成的」。作者在文中極力為德國辯護，認為「德國此舉，也是有不得已的苦衷」，因為第一次大戰之後，英國肆意處置德國的領土和殖民地，還對德國的軍備進行限制，「這種苛刻的條

---

[6]寶，〈中國亟應息戰言和之主張〉，《廣東迅報》，1939 年 6 月 21 日，1 版。
[7]長，〈二次歐戰的責任問題〉，《廣東迅報》，1939 年 8 月 9 日，1 版。

件，對於德國的生存與國格，是何等的恥辱……殊非獨立國家所能忍受」。在文章的最後，作者指出，「德國這一戰，目的是取回舊殖民地，雖其方式不以和平而以戰爭有為目的不擇手段之嫌，但用心不無可原，且數年來屈居於英國狡獪外交之下，亦有不得不出於一戰以為清算的必要，將來誰勝誰敗，此際雖不可逆知，然英國之希望和平，而卒不得不以戰後二十年培養的實力消耗於一旦，在世人看來，是英國咎由自取的。」這篇社論，為了論述德國發動戰爭的合理性，有意顛倒黑白，罔顧事實真相。

通過對報社背景和社論的分析，《廣東迅報》的立場基本明朗——親日親德反英反俄，反蔣反共，扶持親日勢力。那麼，作為一個自幼學習漢文，具有中國認同的臺灣人，王詩琅在報社的活動如何呢？

根據下村作次郎〈王詩琅先生口述回憶錄〉一文，王詩琅關於自己的廣州之行有過這樣的論述：

> 最初是以報導部（採訪人員）的名義在報社上班，而報社是脫離軍部的管轄，屬於臺灣總督府經營的「善鄰協會」，因此，我們就成了報社的專屬人員。
>
> 由於我是被派往大陸從事新聞工作的，與文學完全沒有關係，原有的關係也就脫離了。雖然我對大陸的文學十分關心，但是卻扯不上關係。當時在日軍的占領區中，所做的報導都只是敷衍、湊合的回憶式文學，或是廣東傳奇之類的。因此與文學乃日漸疏遠。對純文學，不用說更是遙不可及，而且與思想也無關連。在這一段長約十年的時間內，幾乎是偏離文學創作，只沉浸於舊書古籍中。[8]

那麼這些舊書古籍是什麼呢？根據王詩琅在〈我的苦讀〉中的回憶，「抗戰期間，筆者被調在廣州任報社編輯職，這一時期每日除了掀開報紙

---

[8] 下村作次郎編；蔡易達譯，〈王詩琅先生口述回憶錄〉，《陋巷清士——王詩琅選集》（臺北：弘文館出版社，1986年），頁233～234。

的期刊外，大多浸淫在古典的書籍中，《昭明文選》、《十三經注疏》、《諸子集成》、《憶語》、《浮生六記》、《蘇曼殊全集》等都是這一時期的好讀物。」[9]

房建昌在〈近代廣東臺灣人小史（1895～1945）〉一文中也提到，「據1945 年 10 月 31 日的資料，廣州地區日軍集中營收容臺籍官兵 1104 人，設臺籍總隊（全稱為國民政府軍事委員會廣州行營臺籍官兵總隊）管理。該隊政治教官為王錦江，本名詩琅，筆名榮峰、嗣郎等。1908 年生，臺北人。」[10]

單從以上關於王詩琅大陸時期寥寥數筆的記載中，想要完整地還原這一時期的經歷幾乎不太可能。因此，只能從《廣東迅報》裡面尋找線索。但王詩琅在《廣東迅報》時期的文章基本沒有署名，目前關於王詩琅廣州期間的研究還存在較大的空白，並無多少可供參考的文章，更加增加了研究難度。蔡易澄在其碩士論文〈王詩琅研究——黑色青年與戰後再出發〉一文中對迅報時期的王詩琅做了初步研究，但遺憾的是他並沒有找出王詩琅在這一時期的作品，而是得出「1940 年之後王詩琅在廣東的生活其實很艱難，我認為此情境中，生存下去才是首要目標，因此王詩琅應該也沒有心力去進行文學、文化活動了吧」[11]的結論。事實果真如其所言嗎？其實不然，苦難並不是阻礙作家創作的原因，相反，很多作家在艱難的情境下創作了不朽的偉大作品。根據王詩琅自己的說法，他在這期間創作了的報導雖然離文學太遠，但只要有作品，我們還是可以在裡面找出蛛絲馬跡。那麼，《廣東迅報》裡面究竟有多少是王詩琅的文章呢，或者說疑為王詩琅所作的文章。王詩琅在迅報工作期間，都沒有用自己的名字，所以也無從確

---

[9] 王詩琅，〈我的苦讀〉，《陋巷清士——王詩琅選集》（臺北：稻鄉出版社，2000 年），頁 196。原載於《民眾日報》，1980 年 12 月 12 日，12 版。

[10] 房建昌，〈近代廣東臺灣人小史（1895～1945）〉，《東南亞研究》，1995 年第 6 期（1995 年 12 月），頁 55～57。利用北京圖書館所藏 1945 年日本投降後留在大陸的日本駐廣州總領事館檔案中大量的有關史料，特別是日本居留民會和民團的史料，對這一時期歷史進行探討。

[11] 蔡易澄，〈王詩琅研究——黑色青年與戰後再出發〉（成功大學臺灣文學研究所碩士論文，2012 年），頁 50。

切地挑選出他的文章進行解讀和分析。因此筆者採取全文瀏覽的方式，從最基本的方法著手，對七千多張報紙進行地毯式的搜索，針對每一個作者都進行全面細緻地考察，並設定條件一一排除。比如在報紙副刊曝光率較高的編輯眠花、彬彬等，可以根據他們的文章所提的資訊簡單排除。此外還有柳叔、細柳，兩人是否為同一人還無法斷定，但根據鄭廣忠文章所述，「其實，香港華僑報的編輯楊醉石（筆名楊柳，在港時專以寫黃色小說行時）回到廣州之後，亦投稿於《廣東迅報》，林寶樹認為上等貨色，能拉得住讀者，便利用他來擔任編輯」[12]，而根據鄭廣忠的文章，可知細柳過去已經擁有一批讀者，由此可以判斷細柳此時已經小有名氣。而柳叔可能是楊柳的筆名，甚至可能「眠花」、「宿柳」也是楊柳的筆名。此外，迅報的長期投稿人念佛山人、羅敷女、秋雲等也可以排除。而（李）無忌、（黃）復恭、鄭廣忠、戴曙光、土叔等迅報外勤記者也可以排除。根據目前對報紙的梳理，鎖定部分名字，發現署名為「黃榮」、「榮」、「鈞榮」、「潤」、「潤錦」、「秀峰」、「綠陰山房」、「裔剛」的作者無論是從行文風格還是文章關注內容都疑似王詩琅。那麼，他們是不是就是王詩琅呢？還是另有他人？

　　王詩琅，筆名榮峰、嗣郎、王一剛、王錦江、錦江、正宏、禮謙等，其中本名王詩琅和筆名王錦江是最為常用的署名。林文寶曾提及，「王詩琅由於興趣涉及多方面，再加上他有正業的『編輯』職業，所以副業的寫作可以說五花八門。因此，筆名也不少，除常用的王錦江加上他的原姓名外，筆名計有：王剛、王一剛、嗣郎、及其子女姓名王榮峰、榮峰、王貴美、王佩芬、王禮謙、廖全泰等。」[13]由此可見，王詩琅的筆名跟本人可謂「沾親帶故」，除了最常用的本名，其他名字多為其親人和朋友的名字，如「禮謙」、「榮峰」等。其常用的筆名王錦江，也極有可能是王詩琅祖籍泉州晉江（錦江）的諧音。而「一剛」二字與「晉江」二字在閩南語中，發

---

[12]鄭廣忠，〈淪陷時期廣州敵偽報業〉，《廣東文史資料・第18輯》。
[13]林文寶，〈王詩琅與兒童文學〉，《東師語文學刊》第7期（1994年6月），頁172。

音又極為相似（如若推測屬實，亦可從此看出王詩琅的大陸情懷）。綜上所述，在目前已知的筆名中，皆能發現其與王詩琅實際生活有著各種各樣的聯繫。比如取其本名的諧音，如「嗣郎」；比如其家鄉的名字，如「錦江」；又如其親朋好友的名字，如「榮峰」。由此我們在考察《廣東迅報》時，也對與其已知筆名相關的署名加以特別關注。

二、《廣東迅報》以外的其他活動

這一章主要討論的是廣東時期，王詩琅在《廣東迅報》以外的其他文化相關的活動。在第一節我們將討論王詩琅與「同盟通信社」、「興亞院」與「華南文化協會」的相關聯繫，通過梳理這些機構的性質，結合當時歷史環境，分析王詩琅這一時期的經歷。除此之外，王詩琅在廣東期間還翻譯了橫光利一的〈機械〉。在第二節，我們將討論〈機械〉之內涵及其與王詩琅思想的契合之處。據王詩琅回憶，他在廣州期間，還讀了很多書，因此，本章的第三節所要討論的重點則是，王詩琅在廣州期間的閱讀接受，與其當時的心境是否存在呼應之處，這又反應了王詩琅的一種什麼樣的心態？

（一）「同盟通信社」、「興亞院」與「華南文化協會」

根據李獻璋整理的〈王詩琅先生信札集：其所反映的光復初期生活〉[14]一文，王詩琅在 1943 年 1 月 6 日寫給李獻璋的信中提及，除了在《廣東迅報》工作外，他還在「同盟通信社」、「興亞院」等機構任職。而根據前文已經提及鍾逸人的回憶，王詩琅在 1941 年曾前往香港，從鍾逸人叔叔鍾聰敏手中接替「華南文化協會」的工作。除了這些簡單的資訊外，我們想要在王詩琅的回憶中找出關於他在這些機構的活動是難之又難。茲將這些機構的性質作簡要梳理，以求一窺其貌。

1. 同盟通信社

「九一八事變」之後，日本軍部一意孤行，在中國境內不斷擴大侵略

---

[14]李獻璋，〈王詩琅先生信札集：其所反映的光復初期生活〉，《臺灣風物》第 35 卷第 3 期（1985 年 9 月），頁 71～98。

行徑，在國際上被日益孤立。日本國內漸漸意識到對外宣傳的重要性，在這樣的背景下，成立了同盟通信社。同盟通信社是「在外務省、陸軍省、海軍省的斡旋下，正式成立的日本戰時國家通訊社」。[15]於 1936 年 1 月正式成立，1945 年 10 月解體，在其存在的十年時間內，「觸角遍布日本、中國、東南亞、歐美等地，最盛時期共有員工 5500 多名，對日本軍國主義侵略戰爭起到了極大的宣傳和煽動作用」。[16]

同盟通信社成立之後，外務省和陸軍省針對其主導權問題展開了激烈的角逐，最後陸軍省成為了同盟通信社的實際領導者。作為「國家通訊社」，同盟通信社與政府關係密切，主要體現在以下三個方面：第一，在政府情報部門的指導下開展工作；第二，從政府獲取補助金；第三，擁有無線電使用的壟斷權。隨著中日戰爭的全面爆發，同盟通信社社長古野伊之助提出「報導報國」、「正確迅速」、「大同結盟」三原則。

戰時同盟通信社在中國境內從事的主要工作有兩點，一是在國內和中國境內進行宣傳工作，對內進行一些誇大、歪曲事實的報導，對外則積極開展對歐美的宣傳工作，與歐美通訊社對抗。「盧溝橋事變」後，同盟通信社隨即派遣了大量記者隨軍報導，據日本著名新聞記者松方義三郎在 1938 年 10 月的《同盟通信社社報》上的記載，「無論是在綏遠奔馳的卡車上，還是在山西的山坳裡，或者徐州城內，……同盟的新聞都會傳到那裡」[17]，由此可見在中國同盟通信社之無處不在、無孔不入。除此之外，同盟通信社在中國進行的第二項工作是進行「宣撫」工作，包括扶植通訊社和對現存的報紙進行整理合併等。一方面利用自有組織，另一方利用表面上是中方成立的通訊機構，向民眾提供一些具有親日、反共色彩的新聞報導資料，以達到其愚民宣傳的目的。

---

[15]孫繼強，《侵華戰爭時期的日本報界研究：1931～1945》（北京：中央編譯出版社，2014 年），頁 128。

[16]孫繼強，《侵華戰爭時期的日本報界研究：1931～1945》，頁 128。

[17]通信社史刊行會，『通信社史』（東京：通信社史刊行會，1958 年），頁 496。轉引自孫繼強，《侵華戰爭時期的日本報界研究：1931～1945》，頁 136～137。

　　可以說，在中國境內的日本同盟通信社是一條製造並向各報供應新聞的「大動脈」。而王詩琅所在的《廣東迅報》應該也與同盟通信社有著聯繫，當時他之所以在同盟通信社兼職，也應該是因為其在《廣東迅報》任職，因而被納入同盟通信社的範圍。

2.興亞院

　　1937 年 7 月 7 日「盧溝橋事變」之後，日本開始瘋狂地全面侵華，隨著淪陷的省分愈來愈多，日本侵略者在淪陷地區也扶植了越來越多的傀儡政府。為了更加方便地對這些地區進行管理，日本統治集團意識到設立一個統管機關來協調對華政策的必要。

　　1938 年 1 月 16 日，日本首相近衛文麿發表關於「建設東亞新秩序」的第一次聲明，19 日，企畫院擬定在內閣設立「東亞事務局」[18]，但這個方案隨之遭到來自外務省的強烈反對。3 月，近衛內閣再次擬定一個方案，建議設立「對華審議會」，由首相出任會長，並在其下設立「對華局」，包括成立政治、經濟、文化三個部門，擔負調整對華事務的業務。這一次，外務省同意設立「對華審議會」，但仍然反對設立「對華局」。8 月，陸軍方面再次提出設立「對華院」的方案，外務省方面依然強烈抵制。9 月 29 日，召開五相會議，外相宇垣一成憤而提出辭呈。首相近衛文麿接受了外相宇垣一成的辭職，兼任外相。10 月 1 日，通過「關於設立對華院的文件」，規定對華院是「在中國事變期間設置的、以首相為總裁，以外、藏、陸、海四相為副總裁的對華中央機關」。[19]隨後內閣法制局開始起草「對華院」的方案，並於 11 月中旬定稿。11 月 18 日，改「對華院」為「興亞院」。12 月 7 日，正式通過「興亞院官制」、「興亞院聯絡部官制」等文件，12 月 16 日，日本政府發布關於「興亞院」的若干敕令，正式任命總務長官、政務部長、經濟部長、文化部長，宣布了「興亞院」的正式

---

[18]臧運祜，〈「興亞院」與戰時日本的「東亞新秩序」〉，《日本學刊》2006 年第 2 期（2006 年 4 月），頁 130。以下關於興亞院的簡介也大部分參考了此文。

[19]臧運祜，〈「興亞院」與戰時日本的「東亞新秩序」〉，《日本學刊》2006 年第 2 期，頁 131。

成立。

　　1939 年 3 月，興亞院開始在中國成立機關，設立了華北、蒙疆、華中、廈門四個聯絡部和華北聯絡部青島派出所。據臧運祜的研究，無論是在東京中部還是中國各地，興亞院上下對於的都是關於中國的政務、經濟、文化事務的部門，其中，又以政務和經濟兩部門為重。表面上，「興亞院」是一個對華的統籌部門，但實際上，卻是在日本軍部的控制下，由陸軍軍人主導。其打著「興亞」的旗號，實際上卻是要滅亡中國，覬覦整個東亞。1942 年 11 月，日本建立「大東亞省」，「興亞院」歸入其中的「中國事務局」，由此，存在了將近四年的「興亞院」宣告滅亡。

　　根據興亞院各部的職能分類，王詩琅所在的興亞劇團所作的應該是文化事務部門的相關工作。王詩琅在給 1943 年 1 月 6 日給李獻璋的信中[20]百無聊賴地表示，去年（1942 年）晚上在興亞院工作，本來以為 3 月份可以休息，結果卻一直到 9 月份才結束。在這封信中，他向好友訴說了自己的孤寂，透露出無力感。而在同年的 5 月給李獻璋的信中，他又抱怨自己成天只是為了生活下去而工作。由此可見，這段時間裡，做什麼工作或者不做什麼工作，王詩琅可能並沒有什麼選擇的餘地。

3. 華南文化協會

　　「華南文化協會」是廣州淪陷後最早成立的文化機構。日本占領廣州後，為進行文化上的控制和奴化教育，在 1938 年 8 月 8 日，和偽廣東治安維持會聯合成立了「華南文化協會」。1941 年，隨著「中日文化協會」的成立，便改為「中日文化協會廣東分會」。

　　1939 年 10 月 1 日，隨著會員增多，各地分會也越來越多，為了加強總部與分會的聯繫，便於其思想統治，該會開始發行中日文並行的會刊《華南文化協會會報》。從創刊號卷首刊登的發刊詞，可以一窺該會性質，據〈會報發刊詞〉介紹，「本會所負使命，在於促進中日兩國國民之互相理

---

[20]李獻璋，〈王詩琅先生信札集：其所反映的光復初期生活〉，《臺灣風物》第 35 卷第 3 期，頁71〜98。

解及文化之融合，建設新的東亞，增進中日兩大民族之和平與幸福」。[21]該會總部設在廣州，另有其他地方分會。總會共設有總務部、調查部、事業部三個部門。其中總務部下設庶務科與會計科，處理關於人事變更、公文收發、圖章領發保管、會計雜用、對外聯絡等事宜。調查部下設調查科與資料科，處理相關事項。事業部設宣傳科、訓育科、企畫科、女子科四個科室，處理會員訓練、訓育指導民眾、官民團體教化聯絡、文化與復興建設、宣傳、徵求及聯絡會員、婦女兒童等事項。[22]

　　作為會刊，該刊主要刊登該會及其屬下的訓育所、文化復興會、華南歌詠團、華南體育協會的章程以及相關任免指令，並負有介紹該會中央本部、屬下部門業務、會務情況及日占時期廣州的教育、廣東農村經濟調查情況的任務。

　　名義上，該會的會長是歐大慶[23]，但實際上卻由發起人日本特務宮崎控制[24]，此外，其顧問也多為一些敵偽政權的要員，如偽治安維持會委員長、陸軍特務機關長、海軍特務部長、日本駐廣州總領事等。

　　該協會的主要任務是挑選進行輪訓的中小學教員，並組織所謂的「中日文化懇談會」，派遣學生到日本留學。此外，該會還組織「日滿視察團」到臺灣等地進行參觀，並設立圖書館，著手日本書籍翻譯工作，出版《華南公論》，舉辦電影演講會、聯歡會，開展中日兒童書畫展覽會、中日武道觀摩會等一系列活動。[25]

　　根據前文已述及的鍾逸人回憶，王詩琅是在 1941 年初，從鍾聰敏手中接替其在「華南文化協會」的工作。而目前廣州中山圖書館所保存的《華南文化協會會報》僅到 1940 年 3 月份，而其中亦無關於鍾聰敏的任免消息

---

[21]華南文化協會，〈會報發刊詞〉，《華南文化協會會報》第 1 期（1939 年 10 月），頁 1。
[22]華南文化協會，〈華南文化協會中央本部章程〉，《華南文化協會會報》第 1 期（1939 年 10 月），頁 3～4。
[23]時任廣州偽政府民政處長。
[24]楊萬秀，《廣州簡史》（廣州：廣東人民出版社，1996 年），頁 515。
[25]楊萬秀，《廣州簡史》，頁 515。

抑或其他資訊，因此亦無法從中得到其具體的職務及工作內容。

從上面的分析來看，無論是在「同盟通信社」、「興亞院」還是「華南文化協會」，我們似乎都很難在目前現存的殘缺史料中，找到王詩琅的身影。而在晚年的回憶中，他也似乎有意迴避，幾乎不提這幾段經歷。可以肯定的是，這段經歷並不是十分愉快，這點我們可以從他與李獻璋的通信往來確認。王詩琅晚年在回顧自己早年的文學生活時，曾經提及，在廣州期間關係文學的事沒有做太多，但是關係電影公司的事做得不少。那麼，他在電影公司又做了些什麼呢？翻閱日據時期廣州現留存的雜誌《華南電影》，也依然沒有任何蛛絲馬跡。其實，我們從這些條件可以推出一個結論，那就是，雖然在日本統治者的監視下工作，但王詩琅採取的依然是一種消極的不合作態度。無論是在「華南文化協會」重要刊物《華南公論》，還是在當時電影主流雜誌《華南電影》，他都沒有主動發表任何文章，而反觀當時的報社其他成員，比如李無忌等人，皆可在這些雜誌上看到身影。雖然當時經濟窘迫，作為一個作家，他本可以隨便寫寫東西在日偽雜誌上發表便可取得一定稿費，緩解經濟壓力，但是王詩琅並沒有這樣做，因為內心的情感讓他恥於與之為伍。

三、翻譯作品〈機械〉與其思想之關聯

前文已經論及，王詩琅在廣州期間並沒有太多文學活動和作品，王詩琅自己也說「硬拿起來充數的話，就是幾個臺灣同好所編的一個雜誌，要我翻譯橫光利一的小說〈機械〉而已」。[26]橫光利一（1898～1947）是日本新感覺派的重要作家，川端康成曾說，「新感覺的時代，是橫光利一的時代」[27]，透過此語，我們可以一窺橫光利一在新感覺派中的重要地位。

新感覺派誕生於 1920 年代初，此時的歐洲大陸剛結束一戰，歐洲各國

---

[26]王詩琅，〈我的早年文學生活〉，《陋巷清士——王詩琅選集》，頁 213。
[27]轉引自葉渭渠，〈新感覺派的驍將橫光利一〉，《橫光利一文集》（北京：作家出版社，2001年），頁 9。

思想發生變革，新的文藝思潮全面誕生。1923 年關東大地震發生，給日本社會造成劇烈的影響，相似的環境使得這些思潮被相繼被介紹到日本，為新感覺的誕生提供了適宜的土壤。1924 年 10 月，同人雜誌《文藝時代》在東京發行，新感覺派邁上文壇，川端康成、橫光利一便是其中的重要代表人物。新感覺派「主張的核心是強調主觀感覺在創作中的重要地位，主張把主觀感覺熔鑄於創作客體，創作的主觀感受同現實生活相結合。認為藝術家的任務非描寫表面的現實，而是描寫人的內心世界；認為文學的象徵遠比單純的寫實重要。他們否定一切舊的傳統形式，主張進行問題改革和技巧革新。」[28]

　　一般認為，橫光利一的創作可以分為三個時期，從發表處女作〈太陽〉到〈上海〉是第一時期，也是典型的新感覺時期；從〈上海〉轉向〈機械〉，進入新心理主義；再到提出「純粹小說論」，發表〈商界家族〉進入第三時期。作為橫光利一從新感覺時期轉向新心理主義的作品，〈機械〉一問世，便在文壇引起轟動。

　　1930 年，橫光利一在《改造》[29]雜誌 9 月刊上發表了短篇小說〈機械〉，這篇文章講述了一個人商標製作廠的三個工人「我」、輕部、屋敷之間圍繞著工廠祕方的糾葛。「我」從九州的造船廠出來，經一位路上偶遇的談吐高尚的女士介紹，進入這家工廠工作，工廠的老闆有個壞毛病，只要一拿錢就會弄丟。我由一開始懷疑老闆是個傻瓜變成慢慢開始喜歡老闆，再到一個「什麼都是老闆占第一位的人」。漸漸地，「我」受到了老闆的重用，被准許進入機密暗室，卻遭到了老員工輕部的懷疑，他認為「我」是受人指使前來盜取技術祕密的間諜，因此對「我」嚴加防範，並找藉口毆打「我」，但後來「我」和輕部取得了彼此的諒解。後來工廠接到一個大訂單，便從其他工廠借來一個叫「屋敷」的工人，於是「我」開始像輕部懷

---

[28] 沈文凡、閆雪瑩，〈日本新感覺派及其對中國文學的影響〉，《日本學論壇》2006 年第 2 期（2006 年 5 月），頁 25。

[29] 這裡的《改造》雜誌由日本人山本實彥於 1919 年 4 月創辦，至 1944 年 6 月停刊。張東蓀等人曾主編一個雜誌，也叫《改造》（最初名字叫《解放與改造》）。兩份雜誌的立場都偏左翼。

疑「我」一樣懷疑「屋敷」。「我」對屋敷有著複雜的情感，一方面，「我」嚴格監視著他，另一方面，「我」卻又佩服他的坦蕩與勇氣，但又感覺自己被他當作傻瓜，受到了愚弄。為了趕製訂單，在高強度的勞動中，大家都疲勞不堪，而腐蝕原料時氯化鐵釋放的臭素又使人神經疲勞、理性混亂。終於在快要完工的前一天，輕部對屋敷進行了毆打，因為屋敷企圖進入暗室偷取祕密。然而，莫名其妙的是，原本只是在旁觀的「我」也捲入其中。三人相互毆打，直到精疲力竭。後來，工作如期完成，大家都很開心。然而，主人卻又在這時候弄丟了錢。當天晚上，「我」、輕部、屋敷三人在車間喝酒，屋敷卻把重鉻酸銨誤當做水喝下去，結果中毒而死。大家都懷疑是輕部殺死了屋敷，但「我」卻懷疑是自己殺死了屋敷，陷入了混亂：「我的頭腦不知不覺間是不是已經像老闆的頭腦那樣，早就被氯化鐵侵害了呢？我已經逐漸不認識自己了。我只感到那機械銳利的尖端瞄準我，逐漸向我逼將過來。」[30]

在這篇小說中，橫光利一運用「第四人稱」的概念進行了一次文學創作實踐。橫光利一認為，「第四人稱」是作為「旁觀自己的自我」。在這篇文章中他嘗試用一種全新的方式來描寫故事主人公的心裡活動，創造了一種新的心理書寫手法。正是這樣奇特的敘述手法，使得這篇文章充滿了一種眩暈感。那麼，橫光氏所指的「機械」具體指的是什麼呢？蔣葳在〈論橫光利一小說〈機械〉中的雙重「機械」〉一文指出，機械有著雙重含義，一種是外部的機械，一種是內部的機械。「馬克思曾在《1844 年經濟學——哲學手稿》裡對資本主義社會勞動所發生的異化現象進行了分析和闡述，這些異化現象就包括了『人與人的異化』。而它正是外部『機械』的真面目。[31]而內部的機械則指的是一種「非自主性的無意識狀態」，「佛洛伊德和榮格將它看作『自我或意識』的對應項。它受到外部『機械』的刺激而啟動，同時又推動

---

[30]橫光利一著；葉渭渠主編，《橫光利一文集》，頁 158。
[31]蔣葳，〈論橫光利一小說〈機械〉中的雙重「機械」〉，《安徽文學》2009 年第 5 期（2009 年 7 月），頁 25。

著外部『機械』的運轉加速。在這雙重『機械』的內外夾擊之下，原本還保持清醒的主人公『我』也逐漸喪失自我」。[32]

自此，我們可以看到〈機械〉這篇文章的內容與主題了。除開對「第四人稱」的實驗性操作技巧以外，這篇文章還有深刻的主題，對資本主義壓迫下工人的異化進行了刻畫，以及對資本主義社會的有力批判。王詩琅在廣州期間，作為一個被徵召過來的日籍臺灣人，在日本侵略機關工作，某種程度上也是身不由己。一方面，由於時代環境的限制，他無法進行文學創作，另一方，橫光氏的〈機械〉又何嘗不是此刻王詩琅內心的寫照，在這種情境下，王詩琅翻譯〈機械〉也是水到渠成。

同時，我們還可以看到，雖然在日本機關工作，但他還是延續了自「黑色青年運動」時期對資本主義社會的一貫批判，只不過，這次是通過他人之口，採取了更加委婉的方式。

早在 1930 年 8 月 7 日，王詩琅就在《明日》創刊號上發表〈社會進化與支配〉一文中，寫道：

> 到近代所謂產業革命以來，舊式的封建制度被革掉了。那無生氣的怪物——機械，便出來幫助資本家富強起來。
> 在資本主義社會的××××為要維持明日的生計，不得不在他的鐵蹄下，窒息著自己的知識、創造力，而從事無意義的工作。
> 自己天天所做的工作，到底是什麼東西一點也不知，只像附屬在機械的肉塊一樣。做到和機器迴轉的同一時間來拖延了他們的日子就罷了。[33]

而在 1935 年 1 月 6 日在《第一線》上發表的〈柴霍甫與其作品〉中他也再次呼應了這一主題：

---

[32] 蔣葳，〈論橫光利一小說〈機械〉中的雙重「機械」〉，《安徽文學》2009 年第 5 期，頁 26。
[33] 王詩琅，〈社會進化與支配〉，《余清芳事件全貌——台灣抗日事蹟》（臺北：海峽學術出版社，2003 年），頁 184。

齷齪醜汙的現實生活，理想和現實的無限的遠離，現實生活的慘澹的敗北，他們都不約而同一齊陷入絕望、空虛、倦怠的境地了。這在歷史的現實的行程裡，必然的會變為自己破滅的兩種意識：一種是無為的生活，如機械的存在，失掉對理想的希求和欲望。一種是成為完全喪失氣力，徒詛咒人生，嘲笑世間的敗殘的憂鬱的厭世。[34]

作為一個重要概念，早在 1929 年，〈機械〉就被日本文化界進行了諸多討論，王詩琅作為一個精通日文的敏銳的左翼文學青年，注意到這一點自是十分可能。而更加難能可貴的是，即使身處在日本殖民統治者中間，懷著對受壓迫人民的博愛，他依然選擇用極其隱祕的方式來進行抗爭。延續自無政府主義的互助精神，對資本主義的批判，依然在王詩琅的內心靜默生長，並內化為對祖國的認同和對日本殖民者的憎惡，成為王詩琅晚年文學創作最重要的兩個主題。

——選自譚冰清〈王詩琅廣東八年考〉
廈門大學臺灣研究院文學所碩士論文，2016 年 5 月

---

[34] 王詩琅，〈柴霍甫與其作品〉，《余清芳事件全貌——台灣抗日事蹟》，頁 243。

輯五◎
研究評論資料目錄

作家生平、作品評論專書與學位論文

專書

1. 翁佳音，張炎憲　　陋巷清士——王詩琅選集　臺北　弘文館出版社　1986 年
11 月　418 頁

本書選錄王詩琅先生的代表作品，將其分成文學、歷史、評論、及對同時代人的憶
述，希望透過這些作品，了解作者的想法。全書共 7 部分：1.文藝作品；2.歷史作
品；3.時事評論；4.人物憶述；5.生平述懷；6.後人評論；7.〈年譜〉。

學位論文

2. 葉瓊霞　　王詩琅研究　成功大學歷史語言研究所　碩士論文　林瑞明教授指
導　1991 年 6 月　118 頁

本論文以王詩琅為題，呈現日據時代文化人處於日本殖民統治、戰時高壓體制、以
及戰後重歸祖國懷抱等不同情境下，所表現出的種種回應。全文共 6 章：1.前言；2.
王詩琅的社會運動（1923—1931）；3.王詩琅的文學活動（1932—1936）；4.王詩琅
的新聞工作（1937—1948）；5.王詩琅的臺灣史工作（1949—1984）；6.結論。

3. 卓英燕　　王詩琅臺灣民間文學作品之研究　花蓮師範學院民間文學研究所
碩士論文　李進益教授指導　2005 年 6 月　154 頁

本論文以民間文學的角度討論王詩琅作品，佐以作者生平與著作風格，論述作品中
帶有歷史傳承的使命感以及濃郁的人文教育觀；並以民俗信仰的觀點理解作家在作
品中呈現儒家文化重仁愛、重教化的精神及傳統信仰的呈現，藉此表彰作家個人呈
現臺灣一地文化的方式、美學觀、行文的偏重點，以及寫作的技巧。全文共 7 章：1.
緒論；2.王詩琅其人及民間文學；3.王詩琅《台灣民間故事》作品之研究；4.王詩琅
《台灣歷史故事》作品之研究；5.王詩琅《臺灣風土——艋舺歲時記》研究；6.王詩
琅《兒童文學——喪服的遺臣》研究；7.結論。正文後附錄〈生平大事紀〉、〈王詩
琅民間文學作品一覽表〉。

4. 徐淑雯　　王詩琅兒童文學研究　中國文化大學中國文學系　碩士論文　陳勁
榛教授指導　2005 年 6 月　184 頁

本論文藉由分析王詩琅兒童文學作品的形式與內容，觀察他在兒童文學方面的活
動，並據以探討王詩琅在兒童文學上的成就。全文共 7 章：1.緒論；2.王詩琅童話之
版本問題；3.王詩琅對自己兒童故事作品之改寫；4.王詩琅兒童故事之分類與取材；

5.王詩琅兒童故事之主旨與特色；6.王詩琅兒童故事之寫作手法；7.結論。

5. **連婷如　王詩琅小說研究　銘傳大學應用中國文學系碩士在職專班　碩士論文　游秀雲教授指導　2007 年 6 月　209 頁**

本論文以王詩琅的小說作品做為探討的題材，藉由分析小說中的主題和思想，了解在日據時期處於日本殖民統治之下臺灣百姓生活困苦的情景，以及受戰時的高壓政策、與戰後重歸祖國懷抱後等不同情境下，知識份子內心細膩的感觸，進而剖析其寫作技巧，以通曉王詩琅的寫作風格，因年輕與晚年心情的差異，所造成不同的筆觸。全文共 6 章：1.緒論；2.王詩琅的生平與著作；3.小說內容與分期；4.小說的主題和思想；5.寫作技巧；6.結論。

6. **陳冠宇　王詩琅小說研究　南華大學文學研究所　碩士論文　陳章錫教授指導　2007 年 6 月　200 頁**

本論文以王詩琅所發表的七篇短篇小說，為主要的分析、研究對象。全文共 6 章：1.緒論；2.生命的歷程與文學思想的形貌；3.小說人物的典型；4.空間權力的展現；5.小說流派的呈現；6.結論。正文後附錄〈王詩琅生平暨寫作年表〉。

7. **鄒易儒　無政府主義與日治時期台灣新文學──王詩琅之思想前景與文藝活動關係研究　政治大學臺灣文學研究所　碩士論文　張文薰教授指導　2010 年　130 頁**

本論文探討王詩琅早年參與的無政府主義運動經驗，對其後來創作的影響，進而探究臺灣新文學發展過程中與社會運動相互交錯的時代意義。全文共 5 章：1.緒論；2.無政府主義的思想與實踐 ；3.臺灣無政府主義運動之發展歷程；4.「黑色青年」王詩琅的文藝活動 ；5.結論。正文後附錄〈日文引文與中文翻譯對照表〉。

8. **黃馨儀　王詩琅小說中的儒學思維研究　雲林科技大學漢學資料整理研究所　碩士論文　吳進安教授指導　2010 年　119 頁**

本論文以王詩琅小說〈沙基路上的永別〉為主，〈沒落〉、〈夜雨〉、〈十字路〉為輔，探討王詩琅小說中的儒學思想。全文共 6 章：1.緒論；2.日據時期儒學思潮的激盪與發展 ；3.時代環境與生命歷程；4.王詩琅小說所蘊含的儒學思維；5.同時代文人的儒學氛圍──以鍾理和為例；6.結論。正文後附錄〈王詩琅生平及作品年表（依西元年順序排列）〉、〈王詩琅小說作品一覽表〉。

9. **蔡易澄　王詩琅研究──黑色青年與戰後再出發　成功大學臺灣文學系　碩士論文　吳密察教授指導　2012 年　111 頁**

本論文透過在殖民地左翼抗日運動中王詩琅的自我與他人詮釋過程，以及其在廣東期間的考察與戰後活動，企圖對王詩琅進行整體性探討。全文共 5 章：1.緒論；2.差異視角下的「黑色青年」討論 ；3.1937 年到 1945 年間的王詩琅；4.王詩琅戰後的文化活動；5.結論。正文後附錄〈王詩琅略年表〉。

10. 郭雅芳　　王詩琅兒童故事的教育意涵研究　臺北市立教育大學中國語文學系碩士論文　陳光憲教授指導　2013 年　189 頁

本論文以王詩琅改編之民間故事、歷史人物故事以及外國童話譯寫故事為研究對象，探討其中的教育意義與內涵。全文共 5 章：1.緒論；2.王詩琅及其兒童故事改寫；3.王詩琅兒童故事改寫特質；4.王詩琅的兒童故事中的教育內涵；5.結論與建議。正文後附錄〈王詩琅生平年表〉。

11. 譚冰清　　王詩琅廣東八年考　廈門大學臺灣研究院文學所　碩士論文　張羽教授指導　2016 年 5 月　76 頁

本論文透過考察《廣東迅報》分析王詩琅於廣州時期的文化活動，進而梳理王詩琅文學史觀及文化認同。全文共 6 章：1.緒論；2.王詩琅赴廣州因緣考；3.王詩琅與《廣東迅報》；4.《廣東迅報》以外的其他活動；5.後廣州時代認同書寫與事件重述分析；6.結語。正文後附錄〈王詩琅年表（1937-1946）〉、〈報刊樣刊〉。

作家生平資料篇目

自述

12. 王詩琅　　《王詩琅全集》自序　大高雄　革新第 8 期　1979 年 3 月　頁 121—122

13. 王詩琅　　自序　王詩琅全集〔全 11 卷〕[1]　高雄　德馨室出版社　1979 年 6 月　頁 1—4

14. 王詩琅　　自序　台灣民間故事　臺北　玉山社出版公司　1999 年 2 月　頁 14—15

15. 王詩琅　　自序　台灣歷史故事　臺北　玉山社出版公司　1999 年 2 月　頁 14—15

---

[1]德馨室出版社於 1979 年 6 月至 1980 年 3 月，陸續出版王詩琅全集，共 11 冊，依序為《鴨母王》、《孝子尋母記》、《艋舺歲時記》、《清廷臺灣棄留之議》、《余清芳事件全貌》、《三年小叛五年大亂》、《臺灣人物誌》、《臺灣人物表論》、《臺灣文學重建的問題》、《夜雨》、《喪服的遺臣》。

16. 王詩琅　自序　王詩琅選集〔全 7 卷〕[2]　臺北　海峽學術出版社　2003 年 4 月　〔3〕頁

17. 王詩琅　往事的回憶　民眾日報　1979 年 10 月 25 日　12 版

18. 王詩琅　往事的回憶　陋巷清士——王詩琅選集　臺北　弘文館出版社　1986 年 11 月　頁 185—187

19. 王詩琅　往事的回憶　陋巷清士——王詩琅選集　臺北　稻鄉出版社　2000 年 7 月　頁 185—187

20. 王詩琅　舊詩作的回憶　夜雨　高雄　德馨室出版社　1979 年 12 月　頁 19—27

21. 王詩琅　舊詩作的回憶　余清芳事件全貌——臺灣抗日事蹟　臺北　海峽學術出版社　2003 年 4 月　頁 194—201

22. 王詩琅　初領稿酬的喜悅——《王詩琅全集》的紀念　中華雜誌　第 18 卷第 207 期　1980 年 10 月　頁 50

23. 王詩琅　初領稿酬的喜悅——《王詩琅全集》的紀念　陋巷清士——王詩琅選集　臺北　弘文館出版社　1986 年 11 月　頁 189—192

24. 王詩琅　初領稿酬的喜悅——《王詩琅全集》的紀念　陋巷清士——王詩琅選集　臺北　稻鄉出版社　2000 年 7 月　頁 189—192

25. 王詩琅　我的苦讀　民眾日報　1980 年 12 月 12 日　12 版

26. 王詩琅　我的苦讀　陋巷清士——王詩琅選集　臺北　弘文館出版社　1986 年 11 月　頁 193—197

27. 王詩琅　我的苦讀　陋巷清士——王詩琅選集　臺北　稻鄉出版社　2000 年 7 月　頁 193—197

28. 王詩琅　歲暮雜感——頒獎之後　聯合報　1981 年 12 月 7 日　8 版

29. 王詩琅　歲暮雜感——頒獎之後　陋巷清士——王詩琅選集　臺北　弘文館出版社　1986 年 11 月　頁 199—202

---

[2] 海峽學術出版社於 2003 年 3 月至 6 月，陸續出版王詩琅選集，共七冊，依序為《艋舺歲時記——臺灣風土民俗》、《清廷臺灣棄留之議——臺灣史論》、《余清芳事件全貌——台灣抗日事蹟》、《三年小叛五年大亂——臺灣社會變遷》、《臺灣文學重建的問題》、《臺灣人物誌》、《臺灣人物表論》。

30. 王詩琅　　歲暮雜感——頒獎之後　陋巷清士——王詩琅選集　臺北　稻鄉出
　　　版社　2000 年 7 月　頁 199—202

31. 王詩琅　　掙扎硬幹談「苦編」　臺灣風物　第 31 卷第 4 期　1981 年 12 月
　　　頁 21—26

32. 王詩琅　　掙扎硬幹談「苦編」　陋巷清士——王詩琅選集　臺北　弘文館出
　　　版社　1986 年 11 月　頁 203—206

33. 王詩琅　　掙扎硬幹談「苦編」　陋巷清士——王詩琅選集　臺北　稻鄉出版
　　　社　2000 年 7 月　頁 203—206

34. 王詩琅講；下村作次郎記　　王詩琅回顧——文學的側面を中心として　南方
　　　文化　第 9 輯　1982 年 11 月　頁 239—262

35. 王詩琅講；下村作次郎記；蔡易達譯　　王詩琅先生口述回憶錄——以文學為
　　　中心　陋巷清士——王詩琅選集　臺北　弘文館出版社　1986 年
　　　11 月　頁 215—249

36. 王詩琅講；下村作次郎記；葉石濤譯　　王詩琅的回顧錄　文學臺灣　第 11
　　　期　1994 年 7 月　頁 276—305

37. 王詩琅講；下村作次郎編；蔡易達譯　　王詩琅先生口述回憶錄——以文學為
　　　中心　陋巷清士——王詩琅選集　臺北　稻鄉出版社　2000 年 7 月
　　　頁 215—249

38. 王詩琅　　我的早年文學生活　臺灣文藝　第 98 期　1986 年 1 月　頁 198—
　　　204

39. 王詩琅　　我的早年文學生活　陋巷清士——王詩琅選集　臺北　弘文館出版
　　　社　1986 年 11 月　頁 207—214

40. 王詩琅　　我的早年文學生活　陋巷清士——王詩琅選集　臺北　稻鄉出版社
　　　2000 年 7 月　頁 207—214

41. 王詩琅　　日人看臺灣抗日運動——寫在譯前　臺灣社會運動史——文化運動
　　　臺北　稻鄉出版社　1988 年 5 月　頁 11—12

他述

42. 毓 文　同好者的面影（二）〔王詩琅部份〕　臺灣新文學　第 1 卷第 4 期　1936 年 4 月　頁 88—90

43. 毓 文　同好者的面影（二）〔王詩琅部份〕　日本統治期臺灣文學文藝評論目錄・第 2 卷　東京　緑蔭書房　2001 年 4 月　頁 48—49

44. 〔李南衡〕　　王錦江　日據下臺灣新文學・小說選集二　臺北　明潭出版社　1979 年 3 月　頁 73

45. 張良澤　　寫於《王詩琅全集》出版前夕　王詩琅全集〔全 11 卷〕　高雄　德馨室出版社　1979 年 6 月　頁 5—11

46. 張良澤　　寫於《王詩琅全集》出版前夕　王詩琅選集〔全 7 卷〕　臺北　海峽學術出版社　2003 年 4 月　頁 9—14

47. 黃武忠　　熱愛國家民族的王詩琅　日據時代臺灣新文學作家小傳　臺北　時報文化出版公司　1980 年 8 月　頁 93—96

48. 丘彥明　　在最黑暗處燃燒的——王詩琅印象　聯合報　1980 年 10 月 27 日　8 版

49. 丘彥明　　在最黑暗處燃燒的——王詩琅印象　寶刀集——光復前臺灣作家作品集　臺北　聯合報社　1981 年 10 月　頁 115—121

50. 丘彥明　　在最黑暗處燃燒的——王詩琅印象　陋巷清士——王詩琅選集　臺北　弘文館出版社　1986 年 11 月　頁 253—256

51. 丘彥明　　在最黑暗處燃燒的——王詩琅印象　陋巷清士——王詩琅選集　臺北　稻鄉出版社　2000 年 7 月　頁 253—256

52. 雷 田　　夕陽下的孤獨——讀《寶刀集》憶故友[3]　聯合報　1981 年 2 月 26 日　8 版

53. 黃武忠　　深居陋巷的王詩琅　臺灣日報　1981 年 5 月 29 日　8 版

54. 黃武忠　　深居陋巷的王詩琅　臺灣作家印象記　臺北　眾文圖書公司　1984 年 5 月　頁 43—47

---

[3]本文追憶與龍瑛宗、吳濁流、王詩琅、吳瀛濤等人在「幾何會」的文友聚會。

55. 〔聯合報編輯部〕 王詩琅 寶刀集——光復前臺灣作家作品集 臺北 聯經出版公司 1981 年 10 月 頁 93

56. 〔編輯部〕 延續臺灣文獻香火的王詩琅 暖流 第 1 卷第 5 期 1982 年 5 月 〔1〕頁

57. 李南衡 我所認識的王詩琅先生 文季 第 1 卷第 4 期 1983 年 11 月 頁 92—95

58. 施 淑 王錦江 中國現代短篇小說選析 2 臺北 長安出版社 1984 年 2 月 頁 1039—1040

59. 吳密察 萬華陋巷中的老人，臺灣文化界的瑰寶——王詩琅先生 臺灣文藝 第 91 期 1984 年 11 月 頁 4—8

60. 劉峰松 臺灣大老王詩琅先生 新潮流叢刊 第 22 期 1984 年 11 月 頁 61—62

61. 劉峰松 臺灣大老王詩琅先生 陋巷清士——王詩琅選集 臺北 弘文館出版社 1986 年 11 月 頁 319—323

62. 劉峰松 臺灣大老王詩琅先生 陋巷清士——王詩琅選集 臺北 稻鄉出版社 2000 年 7 月 頁 319—323

63. 林子候 臺灣史活字典——悼念王詩琅先生 臺灣日報 1984 年 12 月 9 日 8 版

64. 廖清秀 悼念詩琅先生 臺灣時報 1984 年 12 月 12 日 8 版

65. 廖清秀 悼念詩琅先生 陋巷清士——王詩琅選集 臺北 弘文館出版社 1986 年 11 月 頁 351—354

66. 廖清秀 悼念詩琅先生 陋巷清士——王詩琅選集 臺北 稻鄉出版社 2000 年 7 月 頁 351—354

67. 劉 捷 老作家的鄉愁 自立晚報 1984 年 12 月 28 日 10 版

68. 吳密察 臺灣新文學的活字典——懷念王詩琅先生 中國時報 1984 年 12 月 28 日 8 版

69. 吳密察 臺灣新文學的活字典——懷念王詩琅先生 陋巷清士——王詩琅選

集　臺北　弘文館出版社　1986 年 11 月　頁 365—372

70. 吳密察　臺灣新文學的活字典——懷念王詩琅先生　陌巷清士——王詩琅選集　臺北　稻鄉出版社　2000 年 7 月　頁 365—372

71. 李南衡　王詩琅先生，我們實在感謝您！　文季　第 2 卷第 4 期　1984 年 12 月　頁 69—71

72. 王昶雄　陌巷出清士——哀悼王詩琅兄（上、下）　自立晚報　1985 年 1 月 18—19 日　10 版

73. 王昶雄　陌巷出清士——哀悼王詩琅兄　陌巷清士——王詩琅選集　臺北 弘文館出版社　1986 年 11 月　頁 331—346

74. 王昶雄　陌巷出清士　驛站風情　臺北　臺北縣文化局　1993 年 6 月　頁 216—231

75. 王昶雄　陌巷出清士——哀悼王詩琅兄　陌巷清士——王詩琅選集　臺北 稻鄉出版社　2000 年 7 月　頁 331—346

76. 王昶雄　陌巷出清士　王昶雄全集・散文卷二　臺北　臺北縣文化局　2002 年 10 月　頁 177—189

77. 毛一波　臺灣老作家王詩琅　傳記文學　第 272 期　1985 年 1 月　頁 88—93

78. 楊雲萍　王詩琅先生追憶　臺灣風物　第 35 卷第 1 期　1985 年 3 月　頁 125—126

79. 楊雲萍　王詩琅先生追憶　陌巷清士——王詩琅選集　臺北　弘文館出版社 1986 年 11 月　頁 327—330

80. 楊雲萍　王詩琅先生追憶　陌巷清士——王詩琅選集　臺北　稻鄉出版社 2000 年 7 月　頁 327—330

81. 林子候　我所親炙的詩琅先生　臺灣風物　第 35 卷第 1 期　1985 年 3 月 頁 127—129

82. 林子候　我所親炙的詩琅先生　陌巷清士——王詩琅選集　臺北　弘文館出 版社　1986 年 11 月　頁 355—360

83. 林子候　我所親炙的詩琅先生　陋巷清士──王詩琅選集　臺北　稻鄉出版社　2000 年 7 月　頁 355─360

84. 翁佳音　懷永不止息的詩琅伯　臺灣風物　第 35 卷第 1 期　1985 年 3 月　頁 130─132

85. 翁佳音　懷永不止息的詩琅伯　陋巷清士──王詩琅選集　臺北　弘文館出版社　1986 年 11 月　頁 373─376

86. 翁佳音　懷永不止息的詩琅伯　陋巷清士──王詩琅選集　臺北　稻鄉出版社　2000 年 7 月　頁 373─376

87. 莊永明　詩琅先生給我的教益　臺灣文藝　第 98 期　1986 年 1 月　頁 205─208

88. 何　欣　悼念兩位平凡的巨人──悼詩琅先生　松窗隨筆　臺北　新地出版社　1986 年 11 月　頁 240─242

89. 葉石濤　悼王詩琅先生　陋巷清士──王詩琅選集　臺北　弘文館出版社　1986 年 11 月　頁 347─350

90. 葉石濤　悼王詩琅先生　陋巷清士──王詩琅選集　臺北　稻鄉出版社　2000 年 7 月　頁 347─350

91. 葉石濤　陋巷清士──王詩琅　走向臺灣文學　臺北　自立晚報社文化出版部　1990 年 3 月　頁 115─119

92. 葉石濤　陋巷清士──王詩琅　葉石濤全集‧評論卷三　臺南，高雄　國立臺灣文學館，高雄市文化局　2008 年 3 月　頁 385─388

93. 劉峰松　給臺灣大老的一封信──敬悼王詩琅先生　陋巷清士──王詩琅選集　臺北　弘文館出版社　1986 年 11 月　頁 361─364

94. 劉峰松　給臺灣大老的一封信──敬悼王詩琅先生　陋巷清士──王詩琅選集　臺北　稻鄉出版社　2000 年 7 月　頁 361─364

95. 張炎憲　陋巷清士──王詩琅（1908─1984）　臺灣近代名人誌（2）　臺北　自立晚報文化出版部　1987 年 1 月　頁 237─246

96. 張炎憲　陋巷清士──王詩琅（1908-1984）　治史起造臺灣國：張炎憲全集

9・人物與時代　臺北　吳三連臺灣史料基金會　2017 年 9 月　頁 207—213

97. 陳信元　殞落的作家專題報導之 15——王詩琅 早年傾向無政府主義 後來任職政府編刊物　聯合晚報　1988 年 7 月 12 日　5 版

98. 莊永明　詩琅・文玕・士　臺灣紀事（上）　臺北　時報文化出版公司 1989 年 10 月　頁 196—197

99. 葉石濤　王詩琅的悲痛生涯　臺灣文學的悲情　高雄　派色文化出版社 1990 年 1 月　頁 85—90

100. 葉石濤　王詩琅的悲痛生涯　葉石濤全集・隨筆卷二　臺南，高雄　國立 臺灣文學館，高雄市文化局　2008 年 3 月　頁 399—400

101. 葉石濤　王詩琅先生的生涯　臺灣文學的困境　高雄　派色文化出版社 1992 年 7 月　頁 175—178

102. 葉石濤　王詩琅先生的生涯　葉石濤全集・隨筆卷二　臺南，高雄　國立 臺灣文學館，高雄市文化局　2008 年 3 月　頁 107—110

103. 施淑編　王詩琅　日據時代臺灣小說選　臺北　前衛出版社　1992 年 12 月 頁 167

104. 包恆新　光復初期的臺灣文壇——大陸作家相繼來臺與臺灣文學向祖國的 匯流〔王詩琅部分〕　臺灣文學史（下）　福州　海峽文藝出版 社　1993 年 1 月　頁 11

105. 葉石濤　日治時代新文學作家的戰後命運〔王詩琅部分〕　臺灣新聞報 1996 年 2 月 15 日　19 版

106. 葉石濤　日治時代新文學作家的戰後命運〔王詩琅部分〕　葉石濤全集・ 評論卷五　臺南，高雄　國立臺灣文學館，高雄市文化局　2008 年 3 月　頁 273

107. 王昶雄　質樸見清奇——王詩琅　阮若打開心內的門窗　臺北　草根出版 公司　1996 年 3 月　頁 174—181

108. 王昶雄　質樸見清奇——王詩琅　阮若打開心內的門窗　臺北　前衛出版

社　1998 年 4 月　頁 174—181

109. 王昶雄　　質樸見清奇——王詩琅　王昶雄全集・散文卷二　臺北　臺北縣
　　　　　　　文化局　2002 年 10 月　頁 315—320

110. 王昶雄　　還我當初美少年——樂天豁達的「益壯」一群人〔王詩琅部分〕
　　　　　　　阮若打開心內的門窗　臺北　草根出版公司　1996 年 3 月　頁
　　　　　　　240—245

111. 王昶雄　　還我當初美少年——樂天豁達的「益壯」一群人〔王詩琅部分〕
　　　　　　　阮若打開心內的門窗　臺北　前衛出版社　1998 年 4 月　頁 240
　　　　　　　—245

112. 王昶雄　　還我當初美少年——樂天豁達的「益壯」一群人〔王詩琅部分〕
　　　　　　　王昶雄全集・散文卷二　臺北　臺北縣文化局　2002 年 10 月　頁
　　　　　　　255—259

113. 黃武忠　　王詩琅　文學之路　臺北　臺北市政府新聞處　1998 年 6 月　頁
　　　　　　　48—49

114. 彭瑞金　　王詩琅——走過黑色青年的小說家　臺灣文學步道　高雄　高雄
　　　　　　　縣立文化中心　1998 年 7 月　頁 104—107

115. 彭瑞金　　王詩琅——走過黑色青年的小說家　臺灣新聞報　1998 年 9 月 14
　　　　　　　日　13 版

116. 彭瑞金　　王詩琅——走過黑色青年的小說家　臺灣文學 50 家　臺北　玉山
　　　　　　　社出版公司　2005 年 7 月　頁 182—188

117. 吳密察　　臺灣安徒生　台灣民間故事　臺北　玉山社出版公司　1999 年 2
　　　　　　　月　頁 10—11

118. 王心瑩　　我的大伯公王詩琅　台灣民間故事　臺北　玉山社出版公司
　　　　　　　1999 年 2 月　頁 12—13

119. 王心瑩　　我的大伯公王詩琅　台灣歷史故事　臺北　玉山社出版公司
　　　　　　　1999 年 2 月　頁 12—13

120. 張恆豪　　民間臺灣史的傳人——王詩琅　臺北人物誌（二）　臺北　臺北

市新聞處　2000 年 11 月　頁 138—143

121. 吳密察　王詩琅的生涯行誼　二十世紀臺灣歷史與人物——中華民國史專題
第六屆研討會　臺北　國史館主辦，國家圖書館協辦　2001 年 10
月 23—24 日

122. 李懷，桂華　從文學到文獻的陋巷隱士——王詩琅　文學臺灣人　臺北　遠
流出版公司　2001 年 10 月　頁 123—124

123. 許雪姬等　人物憶往——長官、同事、長輩及友人側寫——文獻會長官及同
事——王詩琅[4]　王世慶先生訪問紀錄　臺北　中央研究院近代史
研究所　2003 年 2 月　頁 182

124. 藍博洲　歷史的漏洞[5]　王詩琅選集〔全 7 卷〕　臺北　海峽學術出版社
2003 年 4 月　頁 1—4

125. 許俊雅　沒落——作者登場　日治時期臺灣小說選讀　臺北　萬卷樓圖書
公司　2003 年 8 月　頁 181—183

126. 賴香吟　馬拉松選手　中國時報　2006 年 11 月 25 日　E7 版

127. 林柏維　王詩琅：沙基路上的永別——黑色青年　狂飆的年代：近代臺灣社
會精英群像　臺北　秀威資訊科技公司　2007 年 9 月　頁 109—
112

128. 〔封德屏主編〕　王詩琅　2007 臺灣作家作品目錄　臺南　國立臺灣文學
館　2008 年 7 月　頁 99

129. 邱各容　臺灣的安徒生——王詩琅　臺灣學通訊　第 28 期　2009 年 4 月
頁 5

130. 莊永明　《臺北文物》・王詩琅・我　臺北文獻　第 182 期　2012 年 12 月
頁 83—91

131. 莊永明　忘年之交・惠我良多〔王詩琅部分〕　文訊雜誌　第 336 期
2013 年 10 月　頁 10—11

---

[4]本文由王世慶口述；許雪姬、劉素芬、莊樹華訪問；丘慧君記錄。
[5]本文記述王詩琅先生參加「臺灣省工作委員會」的歷史。

132. 康寧祥　餅店的孩子——龍藏虎臥僻野中，清士安居陋巷底〔王詩琅部分〕
　　　臺灣，打拼——康寧祥回憶錄　臺北　允晨文化公司　2013 年 11
　　　月　頁 27—29

133. 康寧祥　從市議會到立法院——先賢風範，薪火相傳〔王詩琅部分〕　臺
　　　灣，打拼——康寧祥回憶錄　臺北　允晨文化公司　2013 年 11 月
　　　頁 76—79

134. 鍾逸人　塚本照和與王詩琅　文學臺灣　第 93 期　2015 年 1 月　頁 11—
　　　17

135. 張宜柔　《徵信週刊》〈臺灣風土〉重要作者群像（一）——許丙丁、黃師
　　　樵、吳逸生、王詩琅——王詩琅——作者介紹　臺灣民俗刊物《徵
　　　信週刊》〈臺灣風土〉研究　雲林科技大學漢學應用研究所　碩
　　　士論文　柯榮三教授指導　2017 年 6 月　頁 63—64

訪談、對談

136. 王詩琅等[6]　　《臺灣文藝》北部同好者座談會　臺灣文藝　第 2 卷第 2 期
　　　1935 年 2 月　頁 2—7

137. 王詩琅等[7]　　北部新文學‧新劇運動座談會　臺北文物　第 3 卷第 3 期
　　　1954 年 8 月　頁 2—12

138. 王詩琅等[8]　　北部新文學‧新劇運動座談會　日據下臺灣新文學‧文獻資料
　　　選集　臺北　明潭出版社　1979 年 3 月　頁 251—268

139. 蘇嫻雅　憶塵往看民族魂——訪臺灣史專家王詩琅　臺灣時報　1978 年 6
　　　月 4 日　12 版

---

[6]與會者：黃純青、黃得時、吳希聖、陳君玉、陳鏡波、曾璧三、周井田、鄭德來、高金幅、蔡德
音、林月珠、廖毓文、朱點人、林克夫、陳泰山、林登貴、許滄浪、黃日春、王錦江、徐瓊二、
張深切、張星建、江賜金、劉捷、吳逸生、光明靜夫。
[7]與會者：吳新榮、林快青、廖漢臣、吳瀛濤、施學習、王白淵、林克夫、郭水潭、陳鏡波、張維
賢、楊雲萍、陳君玉、溫連卿、廖秋桂、龍瑛宗、吳濁流、呂訴上、黃啟瑞、黃得時、蘇得志、
王詩琅。
[8]與會者：吳新榮、林快青、廖漢臣、吳瀛濤、施學習、王白淵、林克夫、郭水潭、陳鏡波、張維
賢、楊雲萍、陳君玉、溫連卿、廖秋桂、龍瑛宗、吳濁流、呂訴上、黃啟瑞、黃得時、蘇得志、
王詩琅。

140. 王詩琅等[9]　　傳下這把香火──「光復前的臺灣文學」座談會（上、中、
　　　下）　聯合報　1978 年 10 月 22—24 日　12 版

141. 王詩琅等　　傳下這把香火　文學史話　臺北　聯合報社　1981 年 12 月　頁
　　　413—434

142. 王麗華　　史話與童話──訪王詩琅談文獻工作與兒童文學　大高雄　革新
　　　第 8 期　1979 年 3 月　頁 109—117

143. 王詩琅等[10]　　永不熄滅的爝火──光復前臺灣文學中的民族意識與抗日精神
　　　（上、下）　聯合報　1980 年 7 月 7—8 日　8 版

144. 王詩琅等　　永不熄滅的爝火──光復前臺灣文學中的民族意識與抗日精神
　　　楊逵全集・資料卷　臺南　國立文化資產保存研究中心籌備處
　　　2001 年 12 月　頁 205—216

145. 王詩琅等　　永不熄滅的爝火──光復前臺灣文學中的民族意識與抗日精神
　　　王昶雄全集・散文卷 5　臺北　臺北縣文化局　2002 年 10 月　頁
　　　287—288

146. 王詩琅等　　永不熄滅的爝火　文學史話　臺北　聯合報社　1981 年 12 月
　　　頁 435—446

147. 劉靜娟　　永遠的漢民族──訪王詩琅老先生　文運與文心──訪文藝先進作
　　　家　臺北　中央月刊社　1982 年 2 月　頁 32—34

148. 劉靜娟　　永遠的漢民族──訪王詩琅老先生　中央月刊　第 14 卷第 7 期
　　　1982 年 5 月　頁 81—83

149. 劉靜娟　　永遠的漢民族──訪王詩琅先生　老鼠走路　彰化　彰化縣立文
　　　化局　1996 年 7 月　頁 187—191

150. 鐘麗慧　　受日文教育・用中文寫作──王詩琅、陳火泉年逾古稀　筆耕不
　　　輟──王詩琅　困逆志不撓　民生報　1982 年 6 月 25 日　7 版

---

[9]與會者：王詩琅、王昶雄、巫永福、杜聰明、郭秋生、郭水潭、黃得時、陳火泉、陳逢源、葉石
濤、楊雲萍、楊逵、廖漢臣、劉捷、劉榮宗；紀錄：黃武忠。
[10]與會者：王詩琅、王昶雄、郭水潭、黃得時、楊逵、廖漢臣、劉榮宗、黃武忠、聯副同仁；記
錄：李泳泉、吳繼文。

151. 鐘麗慧　　王詩琅印象記　文訊雜誌　第 1 期　1983 年 7 月　頁 51—57

152. 鐘麗慧　　王詩琅印象記　陋巷清士——王詩琅選集　臺北　弘文館出版社　1986 年 11 月　頁 311—317

153. 鐘麗慧　　王詩琅印象記　陋巷清士——王詩琅選集　臺北　稻鄉出版社　2000 年 7 月　頁 311—317

154. 茅 漢　　黑色青年與臺灣文學——王詩琅先生訪談記　文季　第 1 卷第 4 期　1983 年 11 月　頁 37—43

155. 王麗華　　向晚意不盡——訪王詩琅先生　臺灣文藝　第 91 期　1984 年 11 月　頁 12—18

156. 王詩琅等[11]　　傳下這把香火——「光復前的臺灣文學」座談會　楊逵全集・資料卷　臺南　國立文化資產保存研究中心籌備處　2001 年 12 月　頁 187—199

157. 王詩琅等[12]　　臺灣文學界總檢討座談會　楊逵全集・資料卷　臺南　國立文化資產保存研究中心籌備處　2001 年 12 月　頁 127—139

158. 王詩琅等[13]；《張深切全集》編委會譯　　《臺灣文藝》北部同好者座談會　黃得時全集 2　臺南　國立臺灣文學館　2012 年 12 月　頁 56—67

159. 王詩琅等[14]　　臺灣文學總檢討座談會　黃得時全集 2　臺南　國立臺灣文學館　2012 年 12 月　頁 68—81

160. 王詩琅等[15]；張麗嫻譯　　臺灣文學總檢討座談會　黃得時全集 2　臺南　國

---

[11]與會者：王詩琅、王昶雄、巫永福、杜聰明、郭秋生、郭水潭、黃得時、陳火泉、陳逢源、葉石濤、楊雲萍、楊逵、廖漢臣、劉捷、劉榮宗；紀錄：黃武忠。

[12]與會者：宇津木智、鹿島潮、王錦江、周井田、吳俊英、陳茂成、黃有才、楊柳塘、朱點人、林克夫、藤野雄士、吳漫沙、張維賢、施學習、黃得時、久保末弘、高榮華、林國風、蔣子敬、陳華培、李獻章、楊逵。

[13]與會者：黃純青、黃得時、吳希聖、陳君玉、陳鏡波、曾壁三、周井田、鄭德來、高金幅、蔡德音、林月珠、廖毓文、朱點人、林克夫、陳泰山、林登貴、許滄浪、黃曰春、王錦江、徐瓊二、張深切、張星建、江賜金、劉捷、吳逸生、光明靜夫。

[14]與會者：宇津木智、鹿島潮、王錦江、周井田、吳俊英、陳茂成、黃有才、楊柳塘、朱點人、林克夫、藤野雄士、吳漫沙、張維賢、施學習、黃得時、久保末弘、高榮華、林國風、蔣子敬、陳華培、李献章、楊逵。

[15]與會者：宇津木智、鹿島潮、王錦江、周井田、吳俊英、陳茂成、黃有才、楊柳塘、朱點人、林克夫、藤野雄士、吳漫沙、張維賢、施學習、黃得時、久保末弘、高榮華、林國風、蔣子敬、陳

立臺灣文學館　2012 年 12 月　頁 82—95

年表

161. 張良澤　王詩琅先生作品年表初稿並事略年譜　臺灣風物　第 28 卷第 3 期　1978 年 9 月　頁 15—34

162. 張良澤　王詩琅事略年譜　大高雄　革新第 8 期　1979 年 3 月　頁 118—120

163. 張炎憲，翁佳音編　王詩琅先生年譜　陋巷清士——王詩琅選集　臺北　弘文館出版社　1986 年 11 月　頁 381—407

164. 張炎憲　王詩琅年表　臺灣近代名人誌（2）　臺北　自立晚報　1987 年 1 月　頁 247—248

165. 張恆豪　王詩琅生平寫作年表　王詩琅、朱點人合集（臺灣作家全集）臺北　前衛出版社　1991 年 2 月　頁 139—141

166. 下村作次郎，黃英哲　王詩琅略年譜　日本統治期台湾文学——台湾人作家作品集（別卷）　東京　綠蔭書房　1999 年 7 月　頁 422—425

167. 莊永明　王詩琅年表（1908—1984）　文學臺灣人　臺北　遠流出版社　2001 年 10 月　頁 127

168. 卓英燕　生平大事紀　王詩琅臺灣民間文學作品之研究　花蓮師範學院民間文學研究所　碩士論文　李進益教授指導　2005 年 6 月　頁 135—138

169. 陳冠宇　王詩琅生平暨寫作年表　王詩琅小說研究　南華大學文學研究所碩士論文　陳章錫教授指導　2007 年 6 月　頁 123—140

170. 黃馨儀　王詩琅生平及作品年表（依西元年順序排列）　王詩琅小說中的儒學思維研究　雲林科技大學漢學資料整理研究所　碩士論文吳進安教授指導　2010 年　頁 108—110

171. 許俊雅　《臺灣文藝》重要作家作品篇目表〔王詩琅部分〕　足音集：文

華培、李獻章、楊逵。

學記憶‧紀行‧電影　臺北　萬卷樓圖書公司　2011 年 12 月　頁 198

172. 蔡易澄　王詩琅略年表　王詩琅研究——黑色青年與戰後再出發　成功大學臺灣文學系　碩士論文　吳密察教授指導　2012 年　頁 85—111

173. 郭雅芳　王詩琅生平年表　王詩琅兒童故事的教育意涵研究　臺北市立教育大學中國語文學系　碩士論文　陳光憲教授指導　2013 年　頁 185—189

174. 譚冰清　王詩琅年表（1937-1946）　王詩琅廣東八年考　廈門大學臺灣研究院文學所　碩士論文　張羽教授指導　2016 年 5 月　頁 70—71

其他

175. 〔編輯部〕　國家文藝獎得主揭曉　共有十二人分獲殊榮〔王詩琅部分〕　民生報　1982 年 6 月 25 日　7 版

176. 李獻璋編　王詩琅先生信札集——其所反映的光復初期生活　臺灣風物　第 35 卷第 3 期　1985 年 9 月　頁 71—98

177. 張炎憲　《王詩琅選集》編後語　臺灣文藝　第 103 期　1986 年 11 月　頁 178—179

178. 張炎憲　編後語——試論王詩琅先生　陋巷清士——王詩琅選集　臺北　弘文館出版社　1986 年 11 月　頁 409—418

179. 張炎憲　編後語——試論王詩琅先生　陋巷清士——王詩琅選集　臺北　稻鄉出版社　2000 年 7 月　頁 409—418

180. 張炎憲　試論王詩琅先生——《陋巷清士：王詩琅選集》編後語　治史起造臺灣國：張炎憲全集 8‧書評書序二　臺北　吳三連臺灣史料基金會　2017 年 9 月　頁 8—14

181. 莊永明　臺灣黑色青年聯盟〔王詩琅部分〕　臺灣紀事（下）　臺北　時報文化出版公司　1989 年 10 月　頁 990—991

182. 楊凱麟　【王詩琅全集】美事多磨　中國時報　1993 年 12 月 16 日　43 版

183. 趙勳達　「文藝大眾化」的左翼內部之爭──不充分的臺灣左翼文化思想
　　　　　　　接受狀態──對高爾基文學的掌握度不足：從《臺灣新文學》的
　　　　　　　「懸賞原稿募集」談起　「文藝大眾化」的三線糾葛：一九三○
　　　　　　　年代臺灣左、右翼知識份子與新傳統主義者的文化思維及其角力
　　　　　　　成功大學臺灣文學研究所　碩士論文　林瑞明教授指導　2009 年
　　　　　　　6 月　頁 109；116

184. 趙勳達　「文藝大眾化」的左翼內部之爭──不充分的臺灣左翼文化思想
　　　　　　　接受狀態──對高爾基文學的掌握度不足：從《臺灣新文學》的
　　　　　　　「懸賞原稿募集」談起　「文藝大眾化」的三線糾葛：台灣知識
　　　　　　　份子的文化思維及其角力（1930-1937）　桃園　中央大學出版中
　　　　　　　心　2015 年 12 月　頁 120—121

185. 蕭明治　漫談《臺北文物》季刊之「編後記」──編後記之主編　臺北文獻
　　　　　　　直字第 185 期　2013 年 9 月　頁 212—216

186. 馬翊航　臺灣研究的火種──王詩琅臺灣研究講座啟動儀式暨演講側記　臺
　　　　　　　灣大學文學院臺灣研究中心電子報　2014 年 3 月

187. 林妏霜　王詩琅臺灣研究講座　文訊雜誌　第 343 期　2014 年 5 月　頁
　　　　　　　166

188. 許俊雅　故事書札：書信文獻與王詩琅研究　文訊雜誌　第 393 期　2018
　　　　　　　年 7 月　頁 89—92

作品評論篇目

綜論

189. 楊　逵　臺灣文壇の明日を擔ふ人々〔王詩琅部分〕　文學案內　第 2 卷第
　　　　　　　6 號　1936 年 6 月 1 日　頁 54

190. 楊　逵　臺灣文壇の明日を擔ふ人々〔王詩琅部分〕　日本統治期臺灣文学
　　　　　　　文芸評論集・第 3 卷　東京　綠蔭書房　2001 年 4 月　頁 11

191. 張恆豪　黑色青年的悲劇──王詩琅及其小說意識　現代文學　復刊第 13

期　1981 年 2 月　頁 65—91

192. 張恆豪　　黑色青年的悲劇——王詩琅及其小說意識　陋巷清士——王詩琅
選集　臺北　弘文館出版社　1986 年 11 月　頁 257—286

193. 張恆豪　　黑色青年的悲劇——王詩琅及其小說意識　王詩琅、朱點人合集
（臺灣作家全集）　臺北　前衛出版社　1991 年 2 月　頁 103—
133

194. 張恆豪　　黑色青年的悲劇——王詩琅及其小說意識　陋巷清士——王詩琅
選集　臺北　稻鄉出版社　2000 年 7 月　頁 257—286

195. 司馬文武等[16]　「黑色青年」王詩琅　暖流　第 1 卷第 5 期　1982 年 5 月
頁 22—31

196. 司馬文武等　　「黑色青年」王詩琅座談會　陋巷清士——王詩琅選集　臺
北　弘文館出版社　1986 年 11 月　頁 287—310

197. 司馬文武等　　「黑色青年」王詩琅（座談會）　陋巷清士——王詩琅選集
臺北　稻鄉出版社　2000 年 7 月　頁 287—310

198. 鍾肇政　　臺灣文壇的不朽老兵——簡介王詩琅其人其作品　文學思潮　第
12 期　1982 年 7 月　頁 59—65

199. 鍾肇政　　臺灣文壇的不朽老兵——簡介王詩琅其人其作品　鍾肇政全集‧
隨筆集（二）　桃園　桃園縣文化局　2000 年 12 月　頁 340—
348

200. 下村作次郎　　王詩琅の小說について　臺灣文學研究會會報　第 2 期
1982 年 12 月　頁 12—13

201. 施啟原〔羊子喬〕　　不屈服的文學魂——王詩琅　自立晚報　1983 年 8 月
20 日　10 版

202. 羊子喬　　不屈服的文學魂——王詩琅　神秘的觸鬚　臺北　臺笠出版社
1996 年 6 月　頁 162—166

203. 林子候　　王詩琅（1908—1984）　傳記文學　第 275 期　1985 年 4 月　頁

---

[16]主持：司馬文武；與會者：張恆豪、張燦庭、洪彰生、李達、廖仁義、高天生；紀錄：徐曙。

141—142

204. 白少帆，王玉斌　　王詩琅的創作　現代臺灣文學史　瀋陽　遼寧大學出版
社　1987 年 12 月　頁 186—192

205. 包恆新　張深切與王詩琅的創作　臺灣現代文學簡述　上海　上海社會科
學院出版社　1988 年 3 月　頁 98—100

206. 古繼堂　王詩琅　臺灣小說發展史　臺北　文史哲出版社　1989 年 7 月
頁 93—96

207. 邱各容　不朽的拓荒者——王詩琅　兒童文學史料初稿 1945—1989　臺北
富春文化公司　1990 年 8 月　頁 163—165

208. 葉瓊霞　青年王詩琅與安那其社會運動　臺灣史蹟源流研習會研究班論文
集　臺北　臺灣史蹟研究中心研究組　1990 年 9 月　頁 307—336

209. 葉瓊霞　走充滿荊棘的苦難之道——讀王詩琅的小說　國文天地　第 77 期
1991 年 1 月　頁 48—51

210. 張恆豪　燃燒的靈魂——王詩琅集序　王詩琅、朱點人合集（臺灣作家全
集）　臺北　前衛出版社　1991 年 2 月　頁 13—15

211. 張恆豪　燃燒的靈魂——王詩琅集序　短篇小說卷別冊（臺灣作家全集）
臺北　前衛出版社　1994 年 3 月　頁 29—31

212. 劉登翰　朱點人和王詩琅的小說創作　臺灣文學史　福州　海峽文藝出版
社　1991 年 6 月　頁 494—506

213. 葉石濤　臺灣新文學運動的開展〔王詩琅部分〕　臺灣文學史綱　高雄
文學界雜誌社　1991 年 9 月　頁 47—48

214. 葉石濤　臺灣文學史綱——臺灣新文學運動的展開〔王詩琅部分〕　葉石
濤全集・評論卷五　臺南，高雄　國立臺灣文學館，高雄市文化
局　2008 年 3 月　頁 52

215. 林文寶　王詩琅與兒童文學的活動　兒童文學學術研討會論文集——少年
小說　臺東　臺東師院語文教育學系，臺東師院兒童讀物研究中
心　1992 年 6 月　頁 297—322

216. 林文寶　　王詩琅與兒童文學[17]　東師語文學刊　第 7 期　1994 年 6 月　頁 117—219

217. 下村作次郎　　王詩琅が語る「台湾新文學運動」[18]　文学で読む台湾——支配者・言語・作家たち　東京　田佃書店　1994 年 1 月　頁 291—331

218. 下村作次郎；邱振瑞譯　　王詩琅談「臺灣新文學運動」　從文學讀臺灣　臺北　前衛出版社　1997 年 2 月　頁 279—316

219. 陳芳明　　王詩琅小說與臺灣抗日左翼[19]　文學臺灣　第 12 期　1994 年 10 月　頁 122—141

220. 陳芳明　　王詩琅小說與臺灣抗日左翼　臺灣文學中的歷史經驗　臺北　文津出版社　1997 年 6 月　頁 1—17

221. 陳芳明　　王詩琅小說與左翼政治運動　左翼臺灣：殖民地文學運動史論　臺北　麥田出版公司　1998 年 10 月　頁 99—120

222. 陳芳明　　王詩琅小說與左翼政治運動　左翼臺灣：殖民地文學運動史論　臺北　麥田・城邦文化公司　2007 年 6 月　頁 99—120

223. 張超主編　　王詩琅　臺港澳及海外華人作家辭典　江蘇　南京大學出版社　1994 年 12 月　頁 470—471

224. 許俊雅　　日據時期臺灣小說之作者及其背景分析——小說作者之相關資料及生平略傳——王詩琅　日據時期臺灣小說研究　臺北　文史哲出版社　1995 年 2 月　頁 252—255

225. 羊子喬　　不屈服的文學魂——王詩琅　神秘的觸鬚——羊子喬文學評論集　臺南　臺南縣立文化中心　1995 年 6 月　頁 162—166

226. 羊子喬　　不屈服的文學魂——王詩琅　神秘的觸鬚——羊子喬文學評論集

---

[17]本文論述王詩琅參與之兒童文學活動，及他參予之原因和離開之理由。全文共 3 小節：1.王詩琅的兒童活動；2.走入兒童文學的理由；3.走出兒童文學的行列。

[18]本文後由邱振瑞譯為〈王詩琅談「臺灣新文學運動」〉。

[19]本文透過王詩琅小說了解臺灣左翼抗日運動的歷史經驗，以及評估此運動對文學工作者產生之影響，後改篇名為〈王詩琅小說與左翼政治運動〉。全文共 4 小節：1.前言；2.王詩琅小說的社會關懷；3.虛構小說中的共產運動；4.結語。

臺南　臺南縣立文化中心　1998 年 12 月　頁 162—166

227. 陳芳明　賴和與臺灣左翼文學系譜——明朗的楊逵與黯淡的王詩琅　左翼臺灣：殖民地文學運動史論　臺北　麥田出版公司　1998 年 10 月　頁 65—68

228. 郭侑欣　站在島都的十字街頭——試評王詩琅與朱點人小說　靜宜大學中國文學研究所第 3 次研究生論文研討會　臺中　靜宜大學中國文學系　1999 年 05 月 19 日

229. 郭侑欣　站在島都的十字街頭——試評王詩琅與朱點人小說　仁德學報　第 3 期　2004 年 10 月　頁 99—111

230. 陳芳明　寫實文學與批判精神的抬頭——王詩琅、朱點人與都市文學的發展　聯合文學　第 185 期　2000 年 3 月　頁 142—143

231. 王心瑩　臺灣的安徒生——王詩琅先生　國語日報　2000 年 4 月 17 日　6 版

232. 林淑玟　熱情的兒童文學家　國語日報　2000 年 4 月 17 日　11 版

233. 張明雄　黑色青年的證言——王詩琅的小說　臺灣現代小說的誕生　臺北　前衛出版社　2000 年 9 月　頁 89—94

234. 張明雄　王詩琅與楊逵小說意境的比較　臺灣現代小說的誕生　臺北　前衛出版社　2000 年 9 月　頁 185—202

235. 林政華　以小說著稱的多元文化人——王詩琅　臺灣新聞報　2002 年 10 月 2 日　9 版

236. 林政華　以小說著稱的多元文化人　臺灣古今文學名家　桃園　開南管理學院通識教育中心　2003 年 3 月　頁 32

237. 張　放　追憶王詩琅　人間福報　2003 年 4 月 18 日　11 版

238. 王景山　王詩琅　臺港澳暨海外華文作家辭典　北京　人民文學出版社　2003 年 7 月　頁 567—568

239. 賴奕倫　日據時期東洋風席捲而來的現代性表現——論王詩琅小說的權力空間辯證　臺北師院語文集刊　第 9 期　2004 年 11 月　頁 157，

159—179

240. 李　昀　　蒼白而感傷的女性意象——論王詩琅小說　大明學報　第 8 期　2007 年 6 月　頁 1—14

241. 〔施淑編〕　　王詩琅　日據時代臺灣小說選　臺北　麥田出版公司　2007 年 9 月　頁 167—168

242. 李詮林　　日據時段的國語（白話）文學——賴和、楊守愚、周定山等人的國語（白話）文學創作——其他作家——王詩琅　臺灣現代文學史稿　福州　海峽文藝出版社　2007 年 12 月　頁 197—199

243. 蔡美俐　　斷裂與重建：續寫臺灣文學史——傳遞香火：召喚日治時期臺灣文學——王詩琅：不斷地書寫　未竟的志業：日治時代的臺灣文學史書寫　清華大學臺灣文學研究所　碩士論文　陳萬益教授、張炎憲教授指導　2008 年 7 月　頁 155—157

244. 何京津　　試論臺灣 1930 年代左翼文學的美學現代性經驗——以王詩琅、朱點人為例[20]　第五屆全國臺灣文學研究生學術論文研討會論文集　臺南　國立臺灣文學館　2008 年 9 月　頁 309—331

245. 陳芳明　　臺灣寫實文學與批判精神的抬頭——王詩琅、朱點人與都市文學的發展　臺灣新文學史　臺北　聯經出版公司　2011 年 10 月　頁 138—140

246. 蔡易澄　　差異視角下的「黑色青年」討論——析論 1970 年代後王詩琅的再復出　2012 年成興研究生學術研討會　臺南　成功大學臺灣文學系主辦　2012 年 6 月 2 日

247. 蔡明諺　　鑑往知來——日據文學〔王詩琅部分〕　燃燒的年代：七○年代臺灣文學論爭史略　臺南　國立臺灣文學館　2012 年 11 月　頁 228—229

---

[20]本文藉由兩人作品探討左翼文學家之美學精神，及將此寫入作品之創作技巧，以及思想內涵。全文共 5 小節：1.前言；2.殖民體制下資本主義現代性的經驗：殷賑華麗的島都心臟；3.美學的現代性的展現：反資產階級、個人虛無與疏離感；4.美學現代性的再深化：殖民現代性 vs.身份認同；5.結論。

248. 邱各容　三〇年代的臺灣兒童文學：黃金時期——推動者行止——臺灣新文
　　　　　　　學作家——王詩琅：臺灣安徒生　臺灣近代兒童文學史　臺北
　　　　　　　秀威資訊科技公司　2013 年 9 月　頁 207—213

249. 蔡明諺　疏離與回歸：戰後臺灣「鄉土」文學概念之形塑——本省的鄉土
　　　　　　　〔王詩琅部分〕　流離與歸屬：二戰後港臺文學與其他　臺北
　　　　　　　國立臺灣大學出版中心　2015 年 10 月　頁 98—101

分論

◆單行本作品

小說

《王詩琅、朱點人合集》

250. 吳 當　理想與現實的交戰——《王詩琅集》　芬芳書香　臺東　長虹文化
　　　　　　　2013 年 3 月　頁 151—156

251. 艾 書　理想與現實的交戰——讀《王詩琅集》　更生日報　2013 年 9 月
　　　　　　　15 日　11 版

兒童文學

《台灣民間故事》

252. 陳麗珠　說故事不能說教——論王詩琅《台灣民間故事》中的教化寓意　文
　　　　　　　化與閱讀——少年小說創作與閱讀學術研討會　臺北　中華民國兒
　　　　　　　童文學學會，國語日報社主辦　2011 年 1 月 8 日

《台灣歷史故事》

253. 鄭清文　歷史的觀點　台灣歷史故事　臺北　玉山社出版公司　1999 年 2
　　　　　　　月　頁 10—11

合集

「王詩琅全集」

254. 許雪姬　評《王詩琅全集》——兼論臺灣人物表的做法　書評書目　第 90
　　　　　　　期　1980 年 1 月　頁 58—70

「王詩琅全集」《鴨母王》

255. 蔡佩芳　　《鴨母王——臺灣民間故事》　臺灣兒童文學 100（1945—1998）

　　　　　　　臺北　行政院文建會　2000 年 3 月　頁 100—101

256. 林　良　　讀《鴨母王》——流露散文之美的民間故事　國語日報　2000 年 4

　　　　　　　月 17 日　6 版

257. 徐國能　　五〇年代臺灣小說——五〇年代的作家與作品——王詩琅持續創作

　　　　　　　臺灣小說　臺北縣　國立空中大學　2003 年 12 月　頁 95—97

《陋巷清士——王詩琅選集》

258. 黃武忠　　讀《陋巷清士》有感——兼談王詩琅先生二、三事　文訊雜誌　第

　　　　　　　28 期　1987 年 2 月　頁 274—276

259. 林文月　　雖留身後名一生亦枯槁——評《陋巷清士》　聯合文學　第 31 期

　　　　　　　1987 年 5 月　頁 213—214

260. 張炎憲　　初版與複刻板的兩份心情　陋巷清士——王詩琅選集　臺北　稻鄉

　　　　　　　出版社　2000 年 7 月　〔頁 1—2〕

261. 張炎憲　　初版與複刻版的兩份心情——《陋巷清士：王詩琅選集》複刻版序

　　　　　　　治史起造臺灣國：張炎憲全集 7・書評書序一　臺北　吳三連臺灣

　　　　　　　史料基金會　2017 年 9 月　頁 101—102

多部作品

《台灣民間故事》、《台灣歷史故事》

262. 張良澤　　祖先們走過來的路　台灣民間故事　臺北　玉山社出版公司

　　　　　　　1999 年 2 月　頁 8—9

單篇作品

263. 宮安中　　五、六、七月號作品漫評〔〈老嫫頭〉部分〕　臺灣新文學　第 1

　　　　　　　卷第 7 號　1936 年 7 月　頁 83—84

264. 陳銘芳　　柳巷的酸苦與醜惡——談王詩琅的〈老嫫頭〉　臺灣新生報　1999

　　　　　　　年 4 月 27 日　17 版

265. 龍瑛宗　　名作的誕生——評王詩琅〈沙基路上的永別〉　聯合報　1978 年

5 月 23 日　8 版

266. 龍瑛宗　名作的誕生──評王詩琅〈沙基路上的永別〉　龍瑛宗全集‧評論集　臺南　國家臺灣文學館籌備處　2006 年 11 月　頁 344—347

267. 田源等[21]　聯合報第六屆極短篇、短篇小說獎總評會議紀實──短篇小說推薦獎〔〈沙基路上的永別〉〕　聯合報七十年度短篇小說獎作品集　臺北　聯合報編輯部　1982 年 3 月　頁 26—32

268. 許俊雅　光復前臺灣小說的中國形象〔〈沙基路上的永別〉部分〕　臺灣文學論：從現代到當代　臺北　南天書局公司　1997 年 10 月　頁 132—133

269. 朱宥勳　李登輝的同代人──九位小說家筆下的亞細亞孤兒（下）〔〈沙基路上的永別〉部分〕　想想論壇　2015 年 8 月 28 日

270. 施　淑　簡析〈沒落〉　中國現代短篇小說選析 2　臺北　長安出版社　1984 年 2 月　頁 1058—1059

271. 許俊雅　〈沒落〉集評　日據時期臺灣小說選讀　臺北　萬卷樓圖書公司　1998 年 11 月　頁 199—200

272. 許俊雅　日據時期臺灣文化人與上海〔〈沒落〉部分〕　臺灣文學評論　第 2 卷第 2 期　2002 年 4 月　頁 36，42—43

273. 許俊雅　日據時期臺灣文化人與上海〔〈沒落〉部分〕　中華現代文學大系（貳）‧臺灣一九八九—二○○三評論卷（二）　臺北　九歌出版社　2003 年 10 月　頁 1135—1136

274. 許俊雅　日治時期臺灣文化人與上海〔〈沒落〉部分〕　見樹又見林──文學看臺灣　臺北　渤海堂文化公司　2005 年 2 月　頁 37—38

275. 徐國能　日據時期的臺灣小說──日據時期臺灣小說之作家與作品──王詩琅及其小說〈沒落〉　臺灣小說　臺北縣　國立空中大學　2003 年 12 月　頁 39—40

---

[21] 與會者：田源、朱西甯、余光中、葉石濤、白先勇；紀錄：吳繼文。

276. 賴香吟　　未完成〔〈沒落〉〕　中國時報　2006 年 12 月 9 日　E7 版

277. 陳淑容　　殖民統治、文化抗爭與臺灣文學的萌芽——文學描圖與時代顯影
　　　　　　　〔〈沒落〉部分〕　「曙光」初現——臺灣新文學的萌芽時期
　　　　　　　（1920—1930）　臺南　國立臺灣文學館　2012 年 12 月　頁 28
　　　　　　　—31

278. 朱宥勳　　自己們的餘燼紀念日——王詩琅〈沒落〉　幼獅文藝　第 708 期
　　　　　　　2012 年 12 月　頁 25—27

279. 朱宥勳　　自己們的餘燼紀念日——王詩琅〈沒落〉　學校不敢教的小說　臺
　　　　　　　北　寶瓶文化公司　2014 年 4 月　頁 79—84

280. 崔末順　　日據時期臺灣小說所反映的現代性接受樣態〔〈沒落〉部分〕
　　　　　　　海島與半島：日據臺韓文學比較　臺北　聯經出版公司　2013 年
　　　　　　　9 月　頁 222—224

281. 朱　南　　試論三十年代臺灣小說〔〈青春〉部分〕　臺灣研究集刊　1984 年
　　　　　　　第 2 期　1984 年 5 月　頁 29

282. 林秀蓉　　寫實與貧窮：臺灣小說「肺結核」之敘事意涵——臺灣小說「肺結
　　　　　　　核」形象及其特質——咳嗽者：女性無聲的語言〔〈青春〉部分〕
　　　　　　　眾身顯影：臺灣小說疾病敘事意涵之探究（1929—2000）　高雄
　　　　　　　春暉出版社　2013 年 2 月　頁 68—72

283. 林瑞明　　重讀王詩琅〈賴懶雲論〉　臺灣文藝　第 127 期　1991 年 1 月
　　　　　　　頁 32—41

284. 林瑞明　　重讀王詩琅〈賴懶雲論〉　臺灣文學與時代精神：賴和研究論集
　　　　　　　臺北　允晨文化公司　1993 年 8 月　頁 361—377

285. 林瑞明　　重讀王詩琅〈賴懶雲論〉　臺灣文學的週邊　臺北　富春文化公
　　　　　　　司　2000 年 12 月　頁 361—377

286. 葉石濤　　臺灣新文學與魯迅〔〈悼魯迅〉部分〕　自由時報　1991 年 9 月
　　　　　　　2 日　18 版

287. 葉石濤　　臺灣新文學與魯迅〔〈悼魯迅〉部分〕　葉石濤全集‧隨筆卷三

臺南，高雄　國立臺灣文學館，高雄市文化局　2008 年 3 月　頁 424—426

288. 張簡坤明　〈懶雲做城隍〉　臺灣鄉土散文選　臺北　教育部人文及社會學科教育指導委員會　1995 年 10 月　頁 4—6

289. 張良澤　尋根〔〈孝子尋母記〉部分〕　台灣歷史故事　臺北　玉山社出版公司　1999 年 2 月　頁 8—9

290. 郭淑雅　沉沒之島——王詩琅的〈十字路〉　聯合文學　第 180 期　1999 年 10 月　頁 132—137

291. 陳勁榛　林瑞芳、王詩琅本〈白賊七〉故事考論[22]　海峽兩岸民間文學研討會　中壢　中國口傳文學學會，元智大學中語系主辦　2000 年 5 月 5—6 日

292. 陳勁榛　林瑞芳、王詩琅本〈白賊七〉故事考論　海峽兩岸民間文學學術研討會論文集　桃園　元智大學中國語文學系　2000 年 7 月　頁 99—130

293. 陳芳明　臺灣新文學史——五〇年代的文學侷限與突破〔〈臺灣文學的重建問題〉部分〕　聯合文學　第 200 期　2001 年 6 月　頁 165—166

294. 陳芳明　一九五〇年代的臺灣文學局限與突破——鍾理和與《文友通訊》的臺籍作家〔〈臺灣文學的重建問題〉部分〕　臺灣新文學史　臺北　聯經出版公司　2011 年 10 月　頁 289—290

295. 王建國　一九二五年至一九七七年個別入獄始末暨其監獄文學作品析論——一九二五年至一九四五年個別入獄始末暨其監獄文學作品析論——王詩琅〈冬天的監獄〉　百年牢騷：台灣政治監獄文學研究　成功大學中國文學系　博士論文　陳昌明、林瑞明教授指導　2006

---

[22]本文分析林、王二人版本之異同及論述林本與《阿 Q 正傳》之異同。全文共 7 小節：1.前言；2.林瑞芳本與《阿 Q 正傳》之雷同；3.林瑞芳本與《阿 Q 正傳》之差異；4.王詩琅本與林瑞芳之雷同；5.王詩琅本與林瑞芳本文句、旨趣之差異；6.王詩琅本與林瑞芳本情節安排之差異；7.結論。正文後附錄〈林瑞芳、王詩琅所記白賊七相同、相近詞句對照表〉。

年 7 月　頁 183—184

296. 賴香吟　　罷工〔〈夜雨〉〕　中國時報　2006 年 12 月 2 日　E7 版

297. 陳允元　　夜雨中的霓虹，霓虹下的亞士華爾篤——陰鬱的近代風景：從《第
　　　　　　　一線》的三篇作品談起——以電光妝點自身，在陰翳裏綻放：王詩
　　　　　　　琅〈夜雨〉　島都與帝都：二、三〇年代臺灣小說的都市圖象
　　　　　　　臺灣大學臺灣文學研究所　碩士論文　柯慶明教授指導　2007 年
　　　　　　　頁 114—117

298. 陳建忠　　殖民現代性的魅惑——三〇年代以降現代主義與皇民文學湧現—
　　　　　　　—都市文學、現代主義與文學新感覺〔〈夜雨〉部分〕　文學
　　　　　　　臺灣：11 位新銳臺灣文學研究者帶你認識臺灣文學　臺南　國立
　　　　　　　臺灣文學館　2008 年 9 月　頁 71

299. 林雅蕙　　文人筆下的民間故事——王詩琅〈百萬富翁周廷部〉　2009 年海
　　　　　　　峽兩岸民俗暨民間文學學術研討會　臺北　中國口傳文學學會，
　　　　　　　海華文教基金會主辦　2009 年 12 月 19—20 日

300. 陳嘉琪　　臺灣歷史傳說與讀物中的劉永福抗日形象——文人編寫的人物傳
　　　　　　　記——王詩琅〈黑旗將軍劉永福〉　臺灣文學研究學報　第 14 期
　　　　　　　2012 年 4 月　頁 21—22

多篇作品

301. 林　梵　　王詩琅作品解說〔〈夜雨〉、〈青春〉、〈沒落〉、〈老嫋頭〉、
　　　　　　　〈十字路〉〕　薄命　臺北　遠景出版社　1979 年 7 月　頁 153
　　　　　　　—156

302. 施　淑　　書齋、城市與鄉村——日據時代小說中的左翼知識分子〔〈青
　　　　　　　春〉、〈十字路〉、〈沒落〉部分〕　賴和及其同時代的作家：
　　　　　　　日據時期臺灣文學國際學術會議論文　新竹　清華大學　1994 年
　　　　　　　11 月 25—27 日　頁 10—11

303. 施　淑　　書齋、城市與鄉村——日據時代的左翼文學運動及小說中的左翼知
　　　　　　　識份子〔〈青春〉、〈沒落〉、〈十字路〉部分〕　文學臺灣

第 15 期　1995 年 7 月　頁 95—97

304. 施　淑　書齋、城市與鄉村——日據時代的左翼文學運動及小說中的左翼知
　　　識份子〔〈青春〉、〈沒落〉、〈十字路〉部分〕　兩岸文學論
　　　集　臺北　新地文學出版社　1997 年 6 月　頁 81—83

305. 施　淑　書齋、城市與鄉村——日據時代的左翼文學運動及小說中的左翼知
　　　識份子〔〈青春〉、〈沒落〉、〈十字路〉部分〕　中華現代文
　　　學大系（貳）‧臺灣一九八九——二〇〇三評論卷（一）　臺北
　　　九歌出版社　2003 年 10 月　頁 129—130

306. 下村作次郎，黃英哲　王詩琅作品解說——〈夜雨〉、〈沒落〉、〈十字
　　　路〉　日本統治期台湾文学——台湾人作家作品集（別卷）　東
　　　京　綠蔭書房　1999 年 7 月　頁 425—427

307. 崔末順　日據時期小說所反映的現代性——現代化的眞相與人的疏離現象
　　　——現代化的眞相和虛相——都市的黑暗面〔〈夜雨〉、〈沒
　　　落〉、〈十字路〉〕　現代性與臺灣文學的發展（1920-1949）
　　　政治大學中國文學研究所　博士論文　簡宗梧、河寄澎教授指導
　　　2004 年 1 月　頁 274—275

308. 崔末順　日據時期小說所反映的現代性——現代化的眞相與人的疏離現象—
　　　—現代化和人性的疏離——知識分子的無奈〔〈夜雨〉、〈沒
　　　落〉、〈十字路〉〕　現代性與臺灣文學的發展（1920-1949）
　　　政治大學中國文學研究所　博士論文　簡宗梧、河寄澎教授指導
　　　2004 年 1 月　頁 293—299

309. 羅詩雲　帝國想像下的故鄉凝視：以翁鬧為主要分析對象，旁論福爾摩沙
　　　集團等其他作家〔〈十字路〉、〈夜雨〉部分〕　第 3 屆臺灣文
　　　學研究生學術論文研討會論文集　臺南　國家臺灣文學館籌備處
　　　2006 年 7 月　頁 212

310. 羅秀美　當代都市文學「史前史」——1979 年以前臺灣文學中的都市書寫
　　　——日治時期的都市書寫〔〈沒落〉、〈夜雨〉部分〕　文明‧

作品評論目錄、索引

其他（選、編、譯）

《臺灣社會運動史──文化運動》

《學友雜誌》

319. 林文寶、邱各容　　1945—1963（臺灣光復到經濟起飛前）——事件——兒童
　　　雜誌——《學友》　臺灣兒童文學一百年　新北　富春文化公司
　　　2011 年 1 月　頁 90—91

國家圖書館出版品預行編目資料

臺灣現當代作家研究資料彙編. 104, 王詩琅 / 許俊雅編
選.-- 初版.-- 臺南市：臺灣文學館, 2018.12
面；　公分
ISBN 978-986-05-7167-7 (平裝)

1.王詩琅 2.傳記 3.文學評論

863.4　　　　　　　　　　　107018451

【臺灣現當代作家研究資料彙編】104

王詩琅

發 行 人　蘇碩斌
指導單位　文化部
出版單位　國立臺灣文學館
　　　　　地　　址／70041 臺南市中西區中正路 1 號
　　　　　電　　話／06-2217201　　　　傳　　真／06-2218952
　　　　　網　　址／www.nmtl.gov.tw　　電子信箱／pba@nmtl.gov.tw

總 策 畫　封德屏
顧　　問　林淇瀁　張恆豪　許俊雅　陳義芝　須文蔚　應鳳凰
工作小組　呂欣茹　沈孟儒　林暄燁　黃子恩　蘇筱雯
編　　選　許俊雅
責任編輯　沈孟儒
校　　對　何佳穎　沈孟儒　黃子恩
計畫團隊　財團法人台灣文學發展基金會
美術設計　翁國鈞・不倒翁視覺創意
印　　刷　松霖彩色印刷事業有限公司

經銷展售　國立臺灣文學館藝文商店（06-2217201 ext.2960）
　　　　　國家書店松江門市（02-25180207）
　　　　　一德洋樓羅布森冊惦（04-22333739）
　　　　　三民書局（02-23617511、02-25006600）
　　　　　台灣的店（02-23625799）　　　府城舊冊店（06-2763093）
　　　　　南天書局（02-23620190）　　　唐山出版社（02-23633072）
　　　　　後驛冊店（04-22211900）　　　五南文化廣場（04-22260330）
　　　　　蜂書有限公司（02-33653332）

初版一刷　2018 年 12 月
定　　價　新臺幣 340 元整
　　　　　第一階段 15 冊新臺幣 5500 元整　　第二階段 12 冊新臺幣 4500 元整
　　　　　第三階段 23 冊新臺幣 8500 元整　　第四階段 14 冊新臺幣 5000 元整
　　　　　第五階段 16 冊新臺幣 6000 元整　　第六階段 10 冊新臺幣 3800 元整
　　　　　第七階段 10 冊新臺幣 3200 元整　　第八階段 10 冊新臺幣 3600 元整
　　　　　全套 110 冊新臺幣 33000 元整

GPN　1010702066（單本）　ISBN　978-986-05-7167-7（單本）
　　　1010000407（套）　　　　　　　978-986-02-7266-6（套）

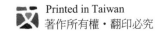